베스트셀러…
「蘭草잎에 어둠 내리면」
辛夕汀詩人遺稿隨想集

辛夕汀 시인의 유고 수상집인 「蘭草잎에 어둠이 내리면」이 지난 8월 국내 비소설계에서 「베스트·셀러」 1위를 차지했다。

지식산업사에서 펴낸 이 수상집은 촛불시대에서 병상에 이르기까지 긴 여울의 물 소리를 듣듯 정답고、난초 잎에 어둠이 내릴 때 노을이 흔들리는 언덕 같은 무상이 엮어져 있다。

牧歌詩人의 타계가 이나라 詩壇史에 끝없는 아쉬움과 그리움을 남긴 것은 이 수상집 하나로 에누리 없이 읽을 수 있다。

책 표지에서 朴斗鎭 시인은 「어찌 아깝고 슬프지 아니한가。우리는 시단의 巨星을 한분 잃었다」고…。

곧 再版을 준비한다는 소식이다。

서재에서

↑ 전주문인들과 함께 앞줄 오른편서 두번째가 辛夕汀씨 다음이 가람 또 다음이 해강이다.

↑ 1933년 봄 文友들과 전주서…왼편이 徐廷柱씨 다음이 辛夕汀씨

1934년 부안변 산 관광길에서의 辛夕汀씨.

『길다』의비바람속에 『촛불』은 꺼졌다

牧歌詩人 辛夕汀씨의 옛모습

↓ 全州商高에서 마지막수업을 하고 있는 辛夕汀씨

제1시집
『촛불』(1939)

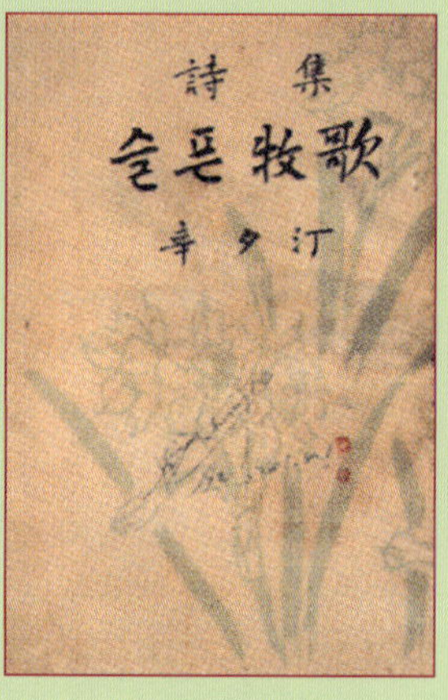

제2시집
『슬픈 牧歌』(1947)

제3시집
『氷河』(1956)

제4시집
『山의 序曲』(1967)

제5시집
『대바람 소리』(1970)

평소 애용하던 파이프

마지막까지 원고를 쓰던 만년필

낙관

임종시 머리맡에 놓여 있었던 손목시계

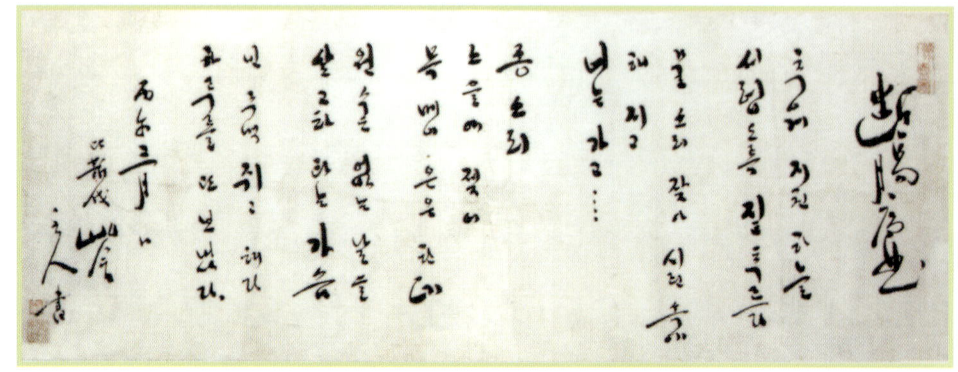

1960년 3월 『동아일보』에 발표된 친필시 「斷腸序曲」

신석정 문학관 개관식 때(2011. 10. 29)

   신석정 평전─그 먼나라를 알으십니까

그 먼나라를 알으십니까

내 문학인생의 스승은 두 분이다. 한 분은 신석정(辛夕汀) 선생님이고, 또 한 분은 서정주(徐廷柱) 선생님이다. 석정(夕汀)은 내가 대학시절 '현대시론' 강의를 통하여 현대시 창작의 길로 이끌어주신 분이고, 미당(未堂)은 내게 서정시(抒情詩)에 대한 깨달음을 주시고 문단에 이끌어주신 분이다. 석정을 대학에서 처음 뵌 해는 1958년이고, 미당을 처음 뵌 해는 1968년이다, 딱 10년 간격을 두고 문학스승 두 분을 만나게 된 것이다.

내가 두 분을 만나던 해부터 그분들의 문학자료를 모으기 시작했다. 그러니까 석정의 자료를 모으기 시작한 것은 꼭 55년 되었고, 미당의 자료를 모으기 시작한 지는 45년의 세월이 흘렀다. 그리고 그 모은 자료를 기반으로 몇 년 전에 『未堂評傳－연꽃 만나고 가는 바람같이』를 낸 바 있고, 또 다시 이번에도 그 자료를 기반으로 하여 이 책 『辛夕汀評傳－그 먼나라를 알으십니까』를 내게 된 것이다.

그런데 두 분 중 미당은 한국을 대표하는 시인으로 평가를 받고 있지만, 석정은 그의 문단 연조에 비하여 그 평가가 미흡한 실정인 것 같다. 지난해 시 전문 계간지 『시인세계』에서 문학평론가 75명에게, 한국대표시집에 대해 물은 결과를 보도한 바 있다. 김억의 『해파리의 노래』(1923년) 이후 한국현대문학사에서 창작시집이 발간된 지 90주년 만에 한국대표시집에 대해 설문을 했던 것 같다. 시집의 우수성, 문학사적 의의, 후배시인에 끼친 영향 등을 고려해 뽑았다는 내용이 중앙일보에도 소개되었다. 그런데 정말 아쉬운 것은, 1위 김소월(『진달래꽃』), 2위 서정주(『화사집』), 3위 백석(『사슴』)…… 등 30위까지 발표된 그 순위에는 석정의 시집이 빠져 있었다.

각설하고, 석정이 그 연조에 비해 온당한 평가를 받지 못하고 미흡한 것은 무슨 이유인가? 물론 여러 가지의 이유가 있겠지만, 나는 그 이유를 일원화(一元化)되지 않은, 석정의 시인적 호칭에서 찾아보려 한다. 석정 시인에 대한 시인적 호칭이 다원화(多元化)되어 있기 때문에, 우선 시인의 정체성이 흔들리거나, 혹은 시세계가 정확하게 전달되지 않고 있다. 그리고 독자들로 하여금 그 진면목(true face, 참얼굴)을 발견하지 못하게 하고 있으며, 시쳇말로 독자들을 헷갈리게 만들고 있는 것이다. 그리고 그런 현상은 전적으로 석정 시 연구론자들의 책임이 크다고 아니할 수 없다.

두말할 필요도 없이, 석정 시인에 대한 호칭이 일원화돼야 한다. 현재 석정 시의 정체성에 혼란을 주고 있는 다원화된 호칭은 지양해야 한다는 말이다. 가령, 목가시인, 참여시인(저항시인), 민족시인 등의 다원화된 호칭은, 석정 시인의 정체성에 혼란을 줄 뿐만 아니라, 석정 시를 오독(誤讀)하게 만드는 중요 원인이 되고 있는 게 사실이다. 그리고 그러한 오독(誤讀)현상은, 석정 시의 독자를 잃어버리게 되는 결과를 초래하고 만다. 그래서 이 호칭의 문제가 중요하다고 하겠다.

이해를 돕기 위하여 다원화(多元化)된 호칭의 내용을 간략하게 정리해 보면 다음과 같다.

첫째로, 맨 처음 그의 호칭은 "목가시인"이라 지칭되었다. 「그 먼나라를 알으십니까」 등 일련의 초기 시가 발표되자, 안서(岸曙) 김억(金億)이 붙인 호칭이다. 그러나 '목가(牧歌)'는 서양적 개념의 장르인데, 석정의 초기 시에 대한 표피적 인상만으로 그런 호칭을 붙임으로써, 한국 문단사에 일종의 오류를 남긴 것이다. 석정의 시세계가 시집을 낼 때마다 변전(變轉)을 거듭했기 때문에, "목가시인"이라는 호칭은 그의 데드 마스크(death mask)가 될 수 없었던 것이다. 다시 말하면 "목가시인"이라 고집할 경우, "참여시인"과 상충되고, "참여시인"이라 고집할 경우, 석정 말년의 시세계인 "은일사상(隱逸思想)"과도 상충된다. 그리고 이런 호칭의 혼란은 석정 시인의 정체성을 흔들리게 만들고 있는 것이다.

두 번째로, "참여시인" 호칭의 부당성을 말하지 않을 수 없다. 석정의 미발표작이나 일제시대 작품을 예로 들며, 몇몇 연구자들이 "참여"니 "저항"이니 말하고 있는데, 이는 어불성설(語不成說)이다. 석정 자신도 "일제에 저항하지 못한 것이 부끄러울 뿐"이라는 고백을 했을 뿐만 아니라, 일제시대 작품들, 즉「그 먼나라를 알으십니까」등을 쓸 무렵 그 자신의 시에 대해 "꿈의 세계에서 미의 절정을 찾아내려" 했다는 고백을 하고 있다. 그리고 무엇보다 중요한 것은, "참여"니 "저항"이니 하고 거론하는 작품들이 대부분 태작(駄作)이거나 아니면 시적 완성도가 떨어지는 작품들이라는 사실이다. 바로 그렇기 때문에 시집에도 제외된 시들인 것이다. 그런데, 그런 논리를 펴고 있는 것은, 석정 시의 정체성을 흐리게 할 뿐만 아니라, 석정 시를 오독(誤讀)하게 만드는 원인이 되고 있다. 다시 말하자면, 그런 논리들은 석정 시의 정체성을 헷갈리게 만들고, 시적 미로(迷路)를 헤매게 만들고 있다 하겠다.

세 번째로, "민족시인"이라는 호칭의 느닷없는 등장이다. 지난 석정문학관 개관식 때, "민족시인 신석정"이라는 대형 현수막이 벽면에 걸려 있었다. 그 현수막을 보고 몇몇 뜻있는 문인들은 깜짝 놀라지 않을 수 없었다. 결론부터 말한다면, "민족시인" 호칭은 결과적으로 고인에게 누를 끼치는 일이 될 것이다. 잘 알려진 바와 같이, 이 나라에서 "민족시인"으로 호칭되는 시인은, 이육사, 윤동주, 한용운 등 세 사람이다. 이육사는 독립운동단체인 의열단에 가입하여 중국 북경 등지를 전전하며 독립운동을 벌인 시인이고, 윤동주는 일제의 계속되는 질곡 속에 1945년 2월 후쿠오카 형무소에서 생체실험의 대상이 되어 사망한 시인이며, 한용운은 조국, 중생, 진리 등으로 표상되는 "님"을 통해 민족의 현실과 염원을 노래했고, 독립운동선언 33인 중의 한 사람이기도 하다. 따라서 석정을 "민족시인"이라 부르는 것은 어불성설이요, 그런 호칭의 시도는 무리수가 아닐 수 없다.

그리고 "참여시인", "저항시인", "민족시인" 등의 호칭을 붙여야만 훌륭한 시인으로 추앙받는 것도 아닌데, 어째서 몇몇 연구자들이 자꾸만 그걸 고집하는지 정말 모를 일이다. 앞에서 말한 『시인세계』의 설문 결과는 그걸 잘 증명해주고 있다.

이제 이 책의 저술 의도는 분명해진 것 같다. 첫째로, 석정에 대한 호칭이 일원화돼야 한다는 점이요, 둘째는 그 일원화된 호칭에 따라 석정 시가 올바르게 이해되고 해명돼야 한다는 점이다.

다시 한 번 강조하여 말하지만, 석정 시는 저항시나 참여시가 아니다. 눈을 씻고 보아도 저항시는 없다. 설사 현실 투시와 현실 비판적 언어가 있다 할지라도, 그건 저항의 언어가 아니다. 그의 선비적 개결성에서 나온 비판의 언어일 뿐, 저항시라고 할 수는 없다. 따라서 "민족시인"이라는 호칭도 터무니없는 말이다.

『山의 序曲』「序文」에서 조지훈이 말한 것처럼 그는 "지조 있는 한 선비"로서 살았고, "지조 있는 한 선비"로서 현실과 사회를 정관(靜觀)하며 산 시인이다. 따라서 본 저서의 의도는 어디까지나, 그러한 석정의 시인적 위상을 재확인하고 그의 "트루 페이스(true face, 참얼굴, 眞面目)"를 찾기 위한 노력의 일환이라는 점을 밝혀둔다.

출판물의 불황에도 불구하고 이 책을 선뜻 맡아서 펴내주신 푸른사상사 한봉숙 사장님께 깊이 감사한다.

2013년 7월
송 하 선

제4부 석정 문학에 나타난 사상

제5부 석정의 대표작품 해설

제1시집 『촛불』 무렵 대표작품 해설

제2시집 『슬픈 牧歌』 무렵 대표작품 해설

제1부
개관

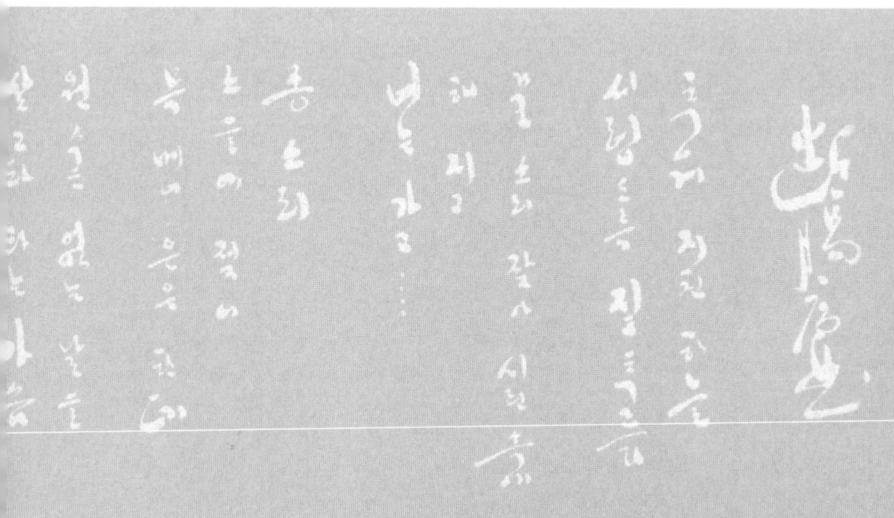

제1장
신석정 평전, 텍스트 선택을 위한 담론

시인 신석정(辛夕汀, 1907~1974), 그의 평전을 쓰기 위해서는 우선 그가 남긴 시 작품과 그의 삶의 궤적을 추적하는 일이 무엇보다 중요하다. 하지만 '그의 삶의 궤적'은, 제3부 「석정의 문학적 삶」이라는 제목을 붙여 추적하게 될 것이므로, 여기서는 우선 시 작품 텍스트에 관해서만 논의하기로 한다.

석정 평전을 쓰기 위해서는, 그가 남긴 시 작품 중에서 과연 어떤 작품을 골라 논의를 전개해나갈 것인지가 중요하다. 왜냐하면 기존의 '석정론'을 일별해보면, 시 작품 선택에 따라 결정적인 시각차를 드러내고 있기 때문이다. 따라서 논의의 중심축으로 삼을 만한 텍스트 확정이 무엇보다 중요하다고 하겠다.

가령 석정을 "목가시인"이라 호칭할 경우에는 거기에 접목시켜 논의할 만한 작품만을 인용하고, "참여시인"이라 호칭할 경우에는 또 거기 알맞은 작품만을 골라 논의의 대상으로 삼는다. 심지어 석정문학관 개관식 때에는 "민족시인" 호칭까지 등장했으니, 석정 문학 논의의 오류의 폭이 어느 만큼 확대될 것인지 가늠하기 어렵다.

석정 시인에 대한 호칭이 다원화될 경우, 독자들을 혼란스럽게 할 뿐만 아니라, 석정 시 이해에도 혼란을 가중시키는 것은 당연하다. 그러므로 우선 그 호칭을 일원화시켜야 함은 물론이고, 그래서 석정 시인의 정체성을 확인할 수 있는 텍스트 선택이 중요하다. 석정 시인에 대한 호칭의 다원화의 원인은 전적으로 텍스트 선택의 오류에서 빚어진 일이라고 필자는 단언한다.

가령 워즈워드(W. Wordswouth)를 "낭만시인"이라 호칭하는 것은 무리가 따르지 않는다. 그의 『서정시집』은 낭만주의의 성전(聖典)이라 불리울 만큼, 철학적 공상적인 작품으로 세계문학에 많은 영향을 끼쳤다. 그리고 "낭만시인"이란 이름으로 그의 호칭도 일원화되어 있다.

마찬가지로 석정 시인의 호칭도 우선 일원화되어야 한다. 다원화의 원인이 된, 텍스트 선택의 오류를 범하지 말아야 한다는 말이다.

그러면 어떤 텍스트를 선택해야 하는가? 이 경우, 크게 두 갈래의 텍스트로 나눌 수 있다. 그리고 결국 이 문제는 석정 시를 순수시로 보느냐, 저항시로 보느냐의 문제와 직면하게 된다. 먼저 순수시로 볼 경우 '정본(正本)'(그가 남긴 다섯 권의 시집)이 텍스트로 선택되어야 한다. 저항시나 참여시로 볼 경우, 일제시대 미발표작들을 중심으로 한 일련의 현실 투시의 작품들이 그 텍스트로 선택되고 있는 것 같다. 그리고 이것을 편의상 '부본(副本)'이라 이름하여 논의하려고 한다.

결론부터 말한다면 '정본'을 평전 논의의 중심축에 두어야 하리라고 믿는다. '정본'은 바로 그가 남긴 다섯 권의 시집을 말함인데, 이 '정본'을 논의의 중심축에 두어야만 그의 시인으로서의 정체성이나 진면목이 드러난다고 믿기 때문인 것이다.

그리고 '정본'의 경우 정말 시인 자신이 후세에 "남기고 싶은 유산"이었을 것이다. 후세에 남기고 싶었기 때문에 마치 정실의 아들처럼 당당하게 시집에 실렸을 것이고, 시인의 당시의 눈높이, 혹은 지적 연령이 그걸 "합격작품"으로 인정했을 것이며, 당당하게 시집이라는 광장에 공개했을 것이다.

시집을 단 한 권이라도 내본 시인이라면 이 말에 전적으로 동의하리라 믿는다. 즉, 시집 속에 넣을 것이냐, 말 것이냐의 분기점에서 선택된 작품이 바로 시집 속의 작품들인 것이다. 그리고 바로 그 '분기점'이야말로 시인의 시적 눈높이, 혹은 지적 연령, 즉 시인 자신의 시안(詩眼)이 번뜩이며 작용하는 때이다. 거기서 제외된 작품들은, 말하자면 일종의 "폐기작품"이라고 보면 된다. 시집에 넣을 것이냐 말 것이냐의 분기점에서 과감하게 버려진 작품들인 것이다. 그리고 '부본'의 작품들이 바로 그 "폐기작품"에 해당되는 작품들인 것 같다.

실제로 '부본'의 작품들을 보면, 미완성작품이거나 아니면 태작(馱作)들이다. 역시 질적으로 떨어지고, 시적 완성도 면에서도 미흡한 작품들로 보인다. 즉 시적 완결성, 시적 상상력, 시의 유기체적 구조, 시적 의미망, 시의 음악성 그리고 비유나 상징 등등의 면에서 거칠고 흠결이 많은 작품들로 보이는 것이다.

그런데 문제는, 이런 '부본'을 들이대며 석정론을 전개하려는 데에 있는 것 같다. '정본'을 논의의 중심축으로 삼지 않고, '부본'을 논의의 중심축으로 삼는 데서, 결정적 시각차를 불러온다. 그리고 그 '부본'을 논의의 중심축으로 할 경우, 계속 그런 류의 작품으로만 논리의 타당성을 입증시키려 들기 때문에 석정 시인의 작품 평가가 자칫 왜곡되고, 그의 정체성이나 진면목이 드러나지 않게 되는 것이다. 그러한 왜곡현상은 석정 시인에 대한 예의도 아니요, 도리도 아니라고 생각된다. '정본'을 토대로 하여 논의를 거듭하는 것이 온당한 평가의 방법이라고 생각되는 것이다.

그리고 그것은 마치 거울의 양면처럼 정면으로는 얼굴이 투시되고, 뒷면으로는 얼굴(진면목)이 투시되지 않는 경우와 비유될 수 있지 않을까 싶다. 말하자면, "완결성"의 작품을 보느냐, "미완성"의 작품을 보느냐의 차이, 석정 시인의 "남기고 싶은 유산"을 보느냐, "버리고 싶은 유산"을 보느냐의 차이 , 혹은 석정 시의 시적 현실을 "정시(正視)"하느냐, "사시(斜視)"하느냐의 차이가 있지 않을까 싶다.

다시 말하자면 시인 신석정을 평가하고자 할 경우, 크게 두 갈래의 텍스트가 존재한다. 그 하나는 그가 남긴 다섯 권의 시집이요, 또 다른 하나는 다섯 권의 시집에 담기지 않은 작품들이다. 첫 번째 텍스트의 경우, 시인 자신이 후세까지도 "남기고 싶은 유산"이었을 개연성이 높고, 또 다른 텍스트의 경우는 "버리고 싶은 유산"일 개연성이 높다.

그럼 여기에서 '정본'과 '부본'의 작품 중, 한 편씩을 검토해보기로 한다. 석정 시 텍스트 선택의 확실한 단서를 마련하기 위하여 실제 작품의 예를 들어보기로 하는 것이다.

먼저 '부본'의 작품 중에서 예를 들어보기로 하겠다.

그리고 이 작품은 예의 그 "저항" 쪽으로 왜곡하여 거론되는 작품이기 때문에, 확실한 단서를 마련하기 위하여 여기서 검토해보려는 것이다.

어머니!
그 염소가 어찌하여 나를 떠받았을까요? 그렇게 유순하던 그 염소가 어여쁜 뿔로 나를 떠받은 그 까닭을 나는 도무지 알 수가 없습니다.
나직한 언덕 저편에 푸른 하늘이 말없이 흐르고 포근한 봄 실바람이 가늘게 그 발자국을 옮기는 푸른 벌에서 나와 함께 놀던 그 흰 염소가 오늘 나를 떠받은 것은 그 무슨 까닭인지 나는 도무지 알 수가 없습니다.

어머니!
그리고 머언 하늘가에 그 끝조차 살아서 아스라이 기인 강 잔주름 잡는 물결에 유달리도 따뜻한 햇볕이 미끄럼 타던 봄날! 나물 캐는 어머니를 멀리 두고 내 홀로 풀피리 불며 굽어든 강 저편 언덕 밑 잔물결에 흰 염소의 어지러운 그림자를 바라보고 놀 때, 아아 그때에도 모르쇠 하고 풀만 뜯던 그 염소가 어찌하여 나를 떠받았을까요?

어머니, 아무리 해야 그 염소의 마음을 나는 폭잡을 수가 없습니다.

어머니!

그런데 그 염소의 목을 얽어매인 것은 그 무엇이며 그를 매어 땅에 말뚝을 박은 것은 그 무슨 까닭일까요?

목대 밑에 달린 쇠고다리, 고다리에 꿰어서 말뚝에 이어 땅을 늘인 굵은 줄!

어머니! 이 모든 것을 저는 물끄러미 쳐다보다가 생각을 하였습니다마는 아무리해도 알 수가 없었습니다.

어찌하여 이것이 저로 하여금 이상한 일이 알닐까요?

어머니!

저는 단 한 번 생각하지 않을 수 없었습니다. 옛날 고향의 나직한 언덕 늘어진 수양버들 저편 시내 건너 푸른 들을…… 그리고 거기서 풀 뜯던 염소의 조으는 눈자위에 말없이 깊어가는 봄과 함께 한없이 깊은 그들의 포근한 꿈을!

그리고 저녁 해 머언 하늘에 기울어 기인 강 잔물결에 내려쏘이는 햇볕이 자개같이 남실거리고 저녁때 유달리도 붉게 빛나는 황토백이 언덕 밑에서 해설피 울던 염소의 기일게 빼는 엄매소리가 한없이 아득하게 지금 나의 귀에 울려오는 것 같습니다. 마치 봄 아침 자욱한 안개 저어편에서 그 무슨 소리 들리는 것 같이……

어머니!

그러던 염소가 그러던 염소가 어찌하여 오늘날 목매여 있으며 그의 눈자위에 철없는 꿈의 오고가던 그림자조차 사라진 것은 그 무슨 까닭인가요?

어머니! 그리고 나를 봐야 알은체도 않고 도리어 여윈 눈자위로 나를 흘겨보는 것은 그 무슨 까닭일까요?

아아, 어머니!

오늘 그렇게 초라한 그가 나를 떠받으며 나에게 덤비는 것은 길이길이 잊지 못할 수수께끼라 이를까요?

오, 나의 어머니!

—「어머니! 그 염소가 왜……」 전문

위의 작품은 1929년 『동아일보』에 발표한 작품이다. 한 마디로 그의 시적 공정(工程)을 느끼게 하는 미숙한 작품이라 아니할 수 없다. 그래서 석정은 이 시를 함량 미달로 여겼음인지, 첫 시집 『촛불』(1939)에 넣지 않았다. 시인 자신의 시안(詩眼)이 선택한 당연한 귀결이었다고 생각된다.

그런데 이 시를 일컬어 혹자는 "이 시 속의 흰 염소는 식민지 치하의 화자 자신일 수도 있고, 유순하고 복종 잘하는 우리 민족일 수 있다"는 논리를 전개하거나, "일제 치하의 한국인의 저항정신을 주제화"하고 있다는 논리 등을 편다. 그리고 "하나는 전원적 염소이고 또 하나는 식민지의 현실을 환기시키는 염소"라는 논리를 펴기도 한다. 정말 기가 막힐 일이다.

그런 논자들에세 묻고 싶다. 과연 이 시의 어디에 일제시대를 유추할 수 있는 구절이 있는지 묻고 싶은 것이다. 1929년에 쓰여졌다는 이유 하나만으로 일제시대와 연결시켜 유추하는 건 정말 무리라고 생각한다. 그런 무모한 유추는 독자들을 시적 미로에 빠트릴 뿐만 아니라, 석정 시를 오독하게 만드는 위험성을 안고 있다.

그리고 1929년에 발표한 작품이라면, 당연히 시적 완성도가 미흡한 작품일 수밖에 없다. 왜냐하면 그는 1924년 『조선일보』에 「기우는 해」라는 습작을 발표했고, 시인 자신이 주요한의 시 「해는 기울고요」의 리듬이 너무 좋아, 그 작품을 본받았다는 작품을 쓰던 때이다. 그는 1930년 상경하여 중앙불교전문강원에 들어가 불전을 공부했고, 그 이듬해에야 비로소 『시문학(詩文學)』 제3호에 그의 첫 작품을 발표했다. 습작과정의 공정이 느껴질 수밖에 없는 이유이다. 그리고 바로 그렇기 때문에 「어머니! 그 염소가 왜……」라는 작품은, 시인 자신이 함량 미달이라고 생각하여 첫 시집에서 제외시킨 것이다.

그러나 미수록작품이긴 하지만 앞에 예시로 선보인 작품이기 때문에, 이 시가 지닌 정서를 잠깐 따라가보기로 한다.

우선 이 시를 쓸 무렵의 그는 고향 전북 부안읍 선은리에 "청구원(靑丘園)"이라는 집을 마련하고 농사를 짓던 때였다. 그의 부친이 당시 성리학의 대가인 간재(艮齋) 전우(田愚)의 문하생이었기 때문에 석정은 당연히 유학적 가문에서 자랐고, 또 본인 스스로도 당시(唐詩) 등을 읽거나, 특히 도연명(陶淵明)에 심취했다는 때였다. 도연명의 「귀거래사(歸去來辭)」는 당시 농사를 짓던 자신의 처지와 유사하게 생각했을지도 모른다. 그리고 농사 짓던 자신의 비애와 처지가 시적 모티브가 되어 이 시를 쓴 것이다.

이때야말로 20대 청운의 뜻을 품은 그에게 있어, 농사 몇 마지기에 '얽매인' 것은, 그 자신 스스로 용납할 수 없는 비애였을 것이다. 그리고 이 무렵부터 그는 노장사상에 감염되기 시작하였고, 따라서 노장사상의 영향을 받아 쓴 작품일 뿐이지, 일제 질곡의 시대와는 아무런 관련이 없는 작품이다. 그리고 석정 자신의 "일제에 저항하지 못한 것이 부끄러울 뿐"(「나의 문학적 자서전」)이라는 고백은, 시대와 아무런 관련이 없다는 것을 입증해준다.

그리고 또한 무엇보다 중요한 것은, 이 무렵 그는 장자의 "제물론"이나 "소요유"의 경지에 매료되어 있었다는 사실이다. 도연명의 「귀거래사」에 매료되어 있던 그에게 있어, 노장의 이러한 정서들은 쉽게 이해될 수 있었던 것이다.

위에 거론한 "소요유"라는 말은 걸림새가 없이 초탈하게 사는 자세를 말함이다. 당시 그의 꿈은 물아일체, 물아양망의 경지 속에 초탈하게 살고 싶었던 시절이다. 청운의 뜻을 품고 학문적 지향을 하려는 시절이었기 때문에 노장의 "소요유"와 그리고 "제생사"의 2차원적 관념 속에 다가설 수 있었다.

따라서 위의 시 "얽어매인 것은 그 무엇"이라는 구절과, "말뚝을 박은 것"의 의미는, 이 "소요유"라는 말과 관련시켜 해명해야 한다. 즉, "소요유"할 수 없는 자신의 처지를 "얽어매인" 염소에 빗대어 은유적으로 표현하고 있다 할 수 있다. 좀 더 범박하게 말하면 그 자신이 현실살이(10여 두락의 소작으로 농사짓는 일, 대처자자(帶妻子者)의 처지)에 "얽어매인" 나머지 "소요유"의 삶을 지향하지 못하고 있는 점을 비관한 것이라 볼 수 있다. 다시 말하면, 우리 인간들은 얽어매는 "그 무엇"에 의하여 자승자박의 "말뚝"을 박고, 그리하여 "소요유"의 삶을 살지도 못하고, 삶과 죽음이 하나라고 하는 "제물론"의 경지에도 도달하지 못하고 있음을 노래하고 있는 작품인 것이다. 그리고 그러한 자신의 처지를 절대사랑을 가진 "어머니"에게 호소하고 있다고 하겠다. 다시 말하자면, 전통적 인습에 "순종"하고만 살던 농경사회에서의 자신의 처지를 "얽어매인" "염소"에 비유한 작품인 것이다.

그리고 그의 당시의 여러 정황과 시의 내용이 암합(暗合)을 이루고 있음도 물론이다. 그런 그의 시를 일제 질곡의 시대와 관련 짓는 것은 무리한 유추이며 아무런 관련이 없다는 것을 재확인한다.

석정 시에 대한, 특히 시집에 수록되지 않은 작품과 현실 투시 작품들에 대한 이러한 왜곡현상은 필설이 모자랄 정도로 많지만, '정본'의 작품, 즉 시집에 수록된 다음 작품을 비교의 대상으로 삼아 우선 살펴보기로 한다.

> 이 투박한 대지에 발을 붙였어도
> 흰 구름 이는 머리는 항상 하늘을 향하고 있는 산
>
> 언제나 숭고할 수 있는 푸른 산이
> 그 푸른 산이 오늘은 무척 부러워

하늘과 땅이 비롯하던 날 그 아득한 날 밤부터
저 산맥 위로는 푸른 별이 넘나들었고

골짝에는 양떼처럼 흰 구름이 몰려오고 가고
때로는 늙은 산 수려한 이마를 쓰다듬거니

고산식물들을 품에 안고 길러낸다는 너그러운 산
청초한 꽃그늘에 자고 또 이는 구름과 구름

내 몸이 가벼이 흰 구름이 되는 날은
강 너머 저 푸른 산 이마를 어루만지리……

―「靑山白雲圖」 전문

이 작품은 석정의 제2시집 『슬픈 牧歌』(1947)에 수록된 작품이다. 이 작품은 언뜻 보면 옛 한시를 번역해놓은 것 같은 서경시로서 그야말로 한 폭의 그림(동양화)을 연상시키는 작품이다. 석정이 젊은 시절 당시(唐詩) 등을 많이 읽었고 유학적 가풍 속에서 『고문진보(古文眞寶)』 등을 많이 접했기 때문에, 이 작품은 특히 한시의 영향이 큰 것으로 보인다.

그리고 기본적으로 석정 시의 본류(本流, 노장사상과 도연명의 영향)에서 벗어나지 않는 작품이라 할 수 있다. 첫 시집 『촛불』 무렵의 기본 정서를 이루고 있던 노장사상과 그 맥을 같이 하고 있을 뿐만 아니라, 마지막 시집 『대바람 소리』의 기본 정서와도 맥을 같이 하고 있기 때문이다. 동양 정서에서 출발하여 동양 정서로 귀환한 석정의 그 정서 말이다.

가령, 동양적 허무주의라 할 수 있는 "제물론"의 관념, "소요유" 혹은 "제생사"의 관념, 만물은 일체이며 무차별 평등의 상태라 일컫고 있는 "천균(天均)"의 관념, 혹은 삶과 죽음은 때와 때의 바뀜일 뿐이며, 이승과 저승의 삶은 연속선상에 있는 것으로 인식되는 관념, 말하자면 불교의 영생관과도 이어지는 "양생주" 관념이나 정서, 이러한 것들이 혼융되어 위의 석정 시에는 나타나고 있는 것이다.

그러므로 "내 몸이 가벼이 흰 구름이 되는 날은/강 너머 저 푸른 산 이마를 어루만지리……"와도 같은 물아일체의 정서, 혹은 '천균' 등의 관념을 그의 시에서 볼 수 있게 되는 것이다. 즉 "내 몸"과 "흰 구름"과 "푸른 산"이 어우러져 '한 몸'이 되는 평등의 상태를 이루었다고나 할까?

물론 이와 같은 정서는 석정 시에 한정되어 나타나는 것만은 아니다. 당시(唐詩)나 혹은 그 영향을 받은 한시(漢詩), 그리고 우리 현대시인 가운데서도 특히 영생관과 조화를 이루는 서정주의 일련의 시들이 제물론이나 양생주사상과 만나고 있다.

내가
돌이 되면

돌은
연꽃이 되고

연꽃은
호수가 되고

내가
호수가 되면

호수는
연꽃이 되고

연꽃은
돌이 되고

— 서정주, 「내가 돌이 되면」 전문

서정주 시에 나타나는 이와 같은 정신주의의 시들은 그것이 양생주사상과 관련을 맺고 있거나, 불교의 영생관 혹은 윤회사상과 관련을 맺고 있거나 간에 그의 시에 많이 나타나고 있는 건 사실이다. 그것을 꼭 짚어 양생주 관념에서 영향 받은 것이라거나, 영생관에서 영향 받은 것이라고 단정 짓기는 어려울지 몰라도, 그러한 동양적 관념이나 정서들이 혼융되어 나타나고 있는 것이다.

마찬가지로 석정의 「靑山白雲圖」도 그러한 관점에서 이해해야 된다. 그래야만 "흰 구름"이 "푸른 산"을 쓰다듬는다는 표현이 가능할 수 있고, "내 몸"이 "흰 구름"이 되어 "푸른 산" 이마를 어루만진다는 표현도 가능할 수 있게 된다. 즉 "내"가 "흰 구름"이요, 그리고 그 "흰 구름"이 "푸른 산"을 쓰다듬고 어루만진다. 말하자면 물아일체, 물아양망의 상태에 젖어 있다고나 해야 될지, 아무튼 석정의 이러한 시들은 동양적 정서나 관념 속에 상당히 많이 경도되어 있는 상태에서 쓰여진 시라는 것은 분명하다고 하겠다.

그리고 또 한편으로 앞의 작품 「어머니! 그 염소가 왜……」보다는 그 형식이 매우 잘 정비되어 있다는 점이다. 유기체적 구조의 면에서도 그렇고, 2행씩 6연으로 된 짜임새에서도 앞의 작품보다는 잘 정비되어 있다. 시적 정서도 매우 안정되고 가라앉아 있으며, 그 표현도 한결 더 세련되어 있다. 그런 면에서 이 작품을 "합격작품"으로 인정하고 시집에 넣은 것이라고 하겠다.

'텍스트 선택을 위한 담론'을 한다면서, 본의 아니게 석정 시 두 편을 감상했다. 한 편은 석정의 시집에 수록되지 않은 작품이고, 한 편은 제2시집에 수록된 작품이다. 이 두 편 중에서 어떤 작품이 더 시적 세련미를 갖추고 있는지는 이미 독자들이 판단하고 있을 것이다.

다시 한 번 강조하여 말하지만, 석정 시는 저항시나 참여시가 아니다. 눈을 씻고 보아도 저항시는 없다. 설사 현실 투시와 현실 비판적 언어가 있다 할지라도, 그건 저항의 언어가 아니다. 그의 선비적 개결성에서 나온 비판의 언어일 뿐, 저항시라고 할 수는 없다. 따라서 물론 참여시도 아니다.

그리고 한편, 저항시를 쓴 시인이라야만 더 추앙받는 것도 아닌데, 일제시대 '미발표작' 혹은 '현실 투시'의 작품만을 인용하며 석정의 시를 "저항" 쪽으로 왜곡하려 드는지, 정말 모를 일이다.

따라서 본고는 석정 시의 본질을 훼손시키고 왜곡시키지 않기 위하여 그의 다섯 권의 시집만을 이 평전의 텍스트로 한다는 점을 분명히 밝힌다. 석정 시의 진면목을 드러내고 긍정적이고도 왜곡되지 않는 평가를 위하여, 그의 '순수시'를 대상으로 하여 이 『신석정 평전』을 쓰려는 것이다. 그리고 본고의 그러한 의도는 어디까지나 그의 시인적 "트루 페이스(true face, 참얼굴, 眞面目)"를 찾기 위한 노력의 일환이라는 점도 아울러 밝혀 둔다.

석정의 시, 올바른 이해를 위한 담론

먼저 석정의 좌우명을 여기 인용하고, 석정 시에 대한 올바른 이해의 방향을 가늠해보려 한다. 이 '좌우명'은 그가 말년까지 소중스럽게 마음속에 간직하고 살았던 내용으로 보이기 때문이다.

> "志在高山流水"—속물이 되기 쉬운 것도 인간이요, 지조를 헌신짝처럼 버리기 쉬운 것도 인간이다. 그러므로 뜻을 항상 저 고산(高山)과 유수(流水)에 두는 날, 명경지수 같은 마음으로 정신의 기둥인 지조를 끝내 지닐 수 있으리라 믿어 '志在高山流水'를 좌우명으로 삼고 있다.
> — 최승범, 「夕汀 시인의 성품과 사상」 부분, 『전북대신문』(1973. 8. 10)

위의 인용문에서 석정은 유독 '지조'를 강조하고 있다. 그는 조지훈이 말한 대로 '지조 있는 한 선비'(제4시집 『山의 序曲』 「서문」)로서, 선비다운 마음가짐을 밝혀놓은 것이라고 볼 수 있다.

그리고 그는 산을 좋아한 시인이다. "내 가슴속에는/하늘로 발돋움한 짙푸른 산이 있다."고 노래할 정도로 산을 좋아한 시인이다. 동양에는 "왜 산에 사느냐는 물음에, 웃음으로만 대답하니 마음은 한가롭다"는 시가 있고, 서양에는 "왜 산에 오르느냐는 물음에, 산이 거기 있기 때문이다"고 한 알피니스트의 말이 있다. 앞의 동양의 시구는, 정적 은둔적인 동양정신을 잘 반영해주고 있는 데 반하여, 뒤의 서양 알피니스트의 말은 동적 진취적인 서양정신을 잘 나타내주고 있는 것 같다.

그리고 여기서 한 발 더 나아가 이야기해보기로 한다면, "정적(靜的)"인 동양정신을 향하여 석가는 '집착을 버리라'는 가르침을 말했다 하고, "동적(動的)"인 서양정신, 그 유목민의 매정스러움을 향하여 예수는 '사랑하라'는 가르침을 말했다는 일설(一說)이 있다. 서양은 '유목민' 생활이 토대가 되어 시민사회로 발전한 곳이고, 동양은 '농경민' 생활, 즉 정착생활이 토대가 되어 고향 마을을 이룬 곳이다.

이와 같이, 동양적 삶과 서양적 삶은, 그 근원부터 어쩐지 다른 것 같다. 그러므로 동양정신과 서양정신은 본질적으로 그 무엇이 다른 것이다. 따라서 석정은 근원적으로 동양적인 시인일 수밖에 없다. 마치 인도의 시인 타고르가 동양적 시인이듯이, 「귀거래사」를 남겨두고 귀향한 중국 진(晉)나라 시인 도연명이 동양적 시인이듯이, 석정은 근원적으로 동양적 한국적 시인일 수밖에 없다.

위에 보인 그의 '좌우명'에 들어 있는 내용도 그 지조 있는 동양적 선비의 정신세계라 할 수 있다. "지조를 헌신짝처럼" 버리기 쉬운 인간들을 향한 그의 질타도 그 자신의 성격과 닮아 있고, "고산(高山)"과 "유수(流水)"에 마음을 둔다는 것 또한 "자연"을 사랑한 노장의 그 '무위자연(無爲自然)'과 닮아 있다. 도연명의 "무릉도원"에서 영향 받은 듯한 '청구원(靑丘園)'이라는 집 이름이 닮아 있고, 그가 말년까지 살았던 집 이름 '비사벌초사(比斯伐艸舍)' 또한 매우 한국적이고 동양적인 이름이다.

시인 신석정은, 지조 있는 동양적 시인이다. 그것은 동양의 하늘과 땅, 산과 물이 만들어준 그의 데드마스크라고 말할 수 있다. 따라서 초기 시를 쓰던 무렵의 그를 "목가시인"이라 호칭한 것은 무언가 잘못된 호칭이었다. 안서(岸曙) 김억(金億)이 "목가시인"이라 호칭함으로써, 그것이 이후 관행처럼 이행되어 왔는데, 분명히 말하지만 석정은 '목가시인'이 아니다. '목가(牧歌)'라는 말은 서양에서 '목자문학(牧者文學)'이라고 불린 일종의 장르적 개념의 문학인데, 동양에는 '목가'라는 장르적 개념이 아예 없다. 그러므로 석정 시인은 목가시인이 아닐 뿐 아니라, 그것은 시인 도연명의 영향을 받은 무위자연적 초기 시(「촛불」, 「슬픈 牧歌」)를 잘못 판단한 데서 비롯된 이름일 뿐이다. 김억은 초기의 석정 시 「그 먼나라를 알으십니까」 등을 접하고, 그 표피적 인상만으로 목가시인이라 호칭함으로써, 우리 한국문단사에 한 오류를 남겼다고 말할 수 있다.

다음으로 이야기해야 할 문제는 "참여시인" 호칭의 문제이다. 이 문제에 대하여는 뒤의 「"참여시인" 호칭에 대한 담론」 항목에서 비교적 자상하게 말할 것이므로, 여기서는 우선 개략적으로만 말해보기로 한다.

결론부터 말한다면, 석정은 참여시인이 아니다. 이 문제를 본격적으로 거론하자면 1967년 전후, 이른바 '참여문학 논쟁'의 쟁점부터 꼬치꼬치 분석하고 거론해야만 한다. 아니 더 거슬러 올라가자면, 이른바 '앙가제 문학(Littérature Engagée)'부터 짚고 넘어가야 하는 문제이다.

개략적으로만 우선 말해본다면 앙가제 문학은 제2차 세계대전 때 프랑스 레지스탕스 운동시대에 성장한 문학의 한 운동이다. 제2차 세계대전 때, 독일군 점령하의 프랑스에서 벌어진 일종의 항독(抗獨)운동이며, 정치적·문학적 지하운동이었다. 특히 사르트르를 중심으로 한 실존주의 문학이 이 땅에 흘러 들어오면서부터, 1960년대 신예비평가들에 의하여 문학의 현실참여론이 전개되기 시작했고, 그에 관한 논쟁도 심심찮게 있어왔다.

그러므로 석정 시인이 만약 "참여시인"이라는 호칭의 당위성을 얻으려면, 우선 그가 일제 질곡의 시대에 시적 항일(抗日)운동을 했어야 한다. 해방이 되고 6·25 전쟁 후 남북분단 현실 상황에서는, 분단 현실에 ‘저항’하는 시를 썼어야 하고, 또 5·16으로 헌정을 중단해야 하는 군사혁명 상태에서는 5·16에 맞서 ‘저항’하는 시를 썼어야 한다.

그러나, 석정은 일제에 ‘항일’한 적이 없이, “꿈의 세계에서 미의 절정을 찾아내려”(「나의 문학적 자서전」)는 작품세계를 만들고 있었고, 김기림의 표현대로라면 “목신(牧神)이 조으는 듯한 세계”를 노래하고 있었다. 뿐만 아니라, 6·25 전쟁 현실에서는 ‘저항’이 아니라 오히려 ‘부역’(부안군당위원장)을 했고, 5·16 군사정부 때에도 “일신상의 위험”(정명환의 표현)을 무릅쓸 만큼의 저항을 한 적이 없다. 프랑스에서처럼 항독운동이나, 정치적·문학적 저항운동에 비견될 만한 ‘저항’은 없었던 것이다. 따라서 석정을 참여시인이라 부르는 것은 무리일 수밖에 없다. 이 대목에서 다시 음미해야 할 말은, 석정 시인 자신이 “일제에 저항하지 못한 것이 부끄러울 뿐”(「나의 문학적 자서전」)이라는 고백을 명심해야 될 것이다.

그리고 또 한편, 석정을 “민족시인”이라는 호칭으로 몰고 가려는 움직임이 있는 것 같다. 이는 아직 확인한 바 없는 일이지만 석정문학관 개관식 때, 문학관 벽면 대형 현수막에 “민족시인 신석정”이라는 표현이 있었다. 개관식에 참석한 필자는 깜짝 놀라지 않을 수 없었다. 눈을 의심했지만 그것은 분명한 사실이었다.

정말 이 문제는, 앞에서 말한 목가시인, 참여시인 문제보다도 중대한 오류인 것 같다. 만약 그를 “민족시인”이라고 호칭할 경우, 이육사(李陸史)처럼 독립운동을 했어야 하는 이력이 필요하고, 윤동주(尹東柱)처럼 후쿠오카 형무소에서 생체실험의 대상이 되는, 그래서 옥사(獄死)하게 되는 경력이 있어야 한다. 아니면 시인 한용운(韓龍雲)처럼 승려이면서도 독립선언 33인에 포함될 정도의 독립운동을 했어야 한다.

 신석정 평전─그 먼나라를 알으십니까

그리고 또한, 석정을 "민족시인"이라 했을 때, 과연 누가 고개를 끄덕일 것인가도 문제이다. 또 한편으로, 바로 시인 자신이 "일제에 저항하지 못한 것이 부끄러울 뿐"이라는 양심적 고백이 있었는데, 그 '고백'을 어떻게 지워버려야 할지 또한 문제라 하겠다.

한 시인에 대한 호칭을 그때그때 경우에 따라서 붙일 일은 절대로 아니다. 가령 워즈워드를 '낭만시인'이라 호칭하는 건 지극히 자연스런 호칭이지만, 석정은 초기의 시에서 "그 먼나라"라는 유토피아를 보였던 시인이고, 중기 시에서 현실 속에 귀환하여 바로 그 현실 투시의 작품을 보인 시인이며, 그리고 말년에는 비사벌초사에 한거(閑居)하며 은일사상(隱逸思想)마저 보인 시인, 그런 석정 시인에게 일원화(一元化)된 호칭은 애시당초 불가능한 것이다.

그것은 마치 시인 서정주를 생명파 시인이라 부른다거나, 삼가시인(三家詩人, 조지훈, 박목월, 박두진)을 청록파 시인이라 부르는 경우와 비슷한 예가 될 것 같다. 그러나 이들의 호칭과 비교하여 우선 말해보려는 것일 뿐, 꼭 비견할 만한 경우는 아니다. 왜냐하면, "생명파"라거나 "청록파" 등의 호칭은, 그런 호칭을 할 만한 시세계를 보였을 때의 이름이었지, 그 다음 시세계의 흐름과 상충작용을 일으키는 호칭은 아니었기 때문이다. 즉 "생명파"라는 호칭은 미당이 첫 시집 『화사집』을 내던 때, 원죄의식 속에 방황하던 시기에 붙여진 호칭이었고, 그 이후에 다양하게 변모된 시의 업적과는 걸맞지 않은 호칭이다. 그러나 그 뒤의 미당의 시세계와는 우선 상충작용이 없다.

또한 "청록파"라는 호칭도 그들이 처음 『청록집』을 내던 때, 자연친화의 시를 쓰던 무렵에 붙여진 이름이어서, 그 이후의 시의 업적과는 또한 걸맞지 않은 호칭이다. 그러나 그 이후의 시적 세계와의 상충작용을 일으키는 호칭은 물론 아니다.

하지만, 석정 시의 경우는 이들과 다르다. 목가시인이라 호칭할 경우, 참여시인과 상충되고, 참여시인이라 할 경우, 목가시인이나 후기의 은일 사상과도 상충된다.

아무튼, 석정의 초기 시 "아무도 살지 않는 그 먼나라"로 화려하게 닻을 올렸던 그의 "이상향", 혹은 "이상향"을 향한 '그 먼나라'의 꿈은, 닻을 내리게 된다. 그의 '꿈의 세계'로의 지향은, 일제 질곡이라는 암울한 상황 속에선 닻을 내릴 수밖에 없게 된 것이다. 그의 『촛불』(제1시집)과 『슬픈 牧歌』(제2시집)는 도전을 받게 된 것이다.

그리고 그 "도전"은 외부로부터의 도전이 아니라, 그 자신의 내부로부터의 도전이었다. 말하자면, 이상적 자아와 현실적 자아와의 갈등을 빚게 된 것이다. 당시 일제의 현실은 그의 표현대로 "밀리고 흐르는 게 밤뿐이오/흘러도 흘러도 검은 밤뿐"(「슬픈 構圖」)인 암울한 상황이었는데, "노루새끼 마음 놓고 뛰어다니는" "그 먼나라"(「그 먼나라를 알으십니까」)만을 동경하는 것은, 그 자신(선비적 기질의 자신)의 내부로부터 용납될 수 없었던 것이다.

역설적으로 말하면, 그 "그 먼나라", 즉 "牧神이 조으는 듯한 세계"(김기림)를 꿈꾸었던 것은, 현실이 너무 어둡고 답답했기 때문에, 그 같은 유토피아로 눈을 돌리고 꿈을 키웠다고 할 수도 있지만, 즉 현실에 대한 "간접적인 비판"(김기림)이었다고 할 수도 있지만, 그러나 그는 현실과의 괴리에서 오는 갈등만은 어쩔 수가 없었던 것이다. 따라서 그는 현실에 눈을 돌리고 그 현실을 작품 속에 수용하기에 이른 것이다. 그리고 그러한 산물이 바로 그의 작품 「슬픈 構圖」이고, 바로 이 작품에서부터 현실 투시적 작품의 세계를 보이기 시작한 것이다.

한편 우리는 그의 제2시집 제목 『슬픈 牧歌』(1947)에 있는 "슬픈"이란 표현에 잠시 주목할 필요가 있다. 왜, "슬픈"인가? 시인 장만영의 표현대로라면, "『촛불』에서 보여준 바와 같은 목가적인 자연을 잃어버리고, 그 잃어진 자연을 그리워하는 애닳은 엘레지"라 했다. 말하자면 그의 제2시집에 들어 있는 시 「슬픈 構圖」는 유일하게 현실 투시의 작품이었지만, 아직도 거기 많이 남아 있는 '목가적'(?)인 작품들 때문에 '슬픈'과 '牧歌'가 합성되어 『슬픈 牧歌』가 되었던 것이다.

시집 『슬픈 牧歌』가 목가적 작품과 현실 투시의 작품이 합성됨으로써, 아름다운 전원적 자연 혹은 노장적 무위자연의 꿈이 깨어진 자의 노래였다면, 제3시집 『氷河』(1956)는 6 · 25라는 동족상잔의 탁류가 휩쓸고 간 뒤의 쓰라린 생활들을 반영하려는 것이었다.

그러나, 그의 시가 보다 결정적으로 현실 투시의 세계를 보이고 있는 것은, 제4시집 『山의 序曲』(1967)에서이다. 혹자는 이 무렵의 석정 시를 '자연'과 '참여'가 혼용되어 나타난 것으로 이해하고 있는 것 같으나, 그의 시가 '참여시'는 결코 아니라고 생각한다. 그리고 이 점에 대해서는, 이른바 참여문학 논쟁(1960년대 후반)을 화두로 하여, 뒤(「"참여시인" 호칭에 대한 담론」)에서 자세히 살펴보기로 한다.

그리고 다음으로는 마지막 시집 『대바람 소리』(1970)이다. 이 시집은 어찌보면 『촛불』이나 『슬픈 牧歌』 무렵의 시적 기조를 이어받은 것 같으면서도, 이제 자연적 연치에 따른 노년의 유가적 은일사상을 보이고 있는 시적 세계이다. 과거 우리의 선인들이 많이 그러했던 것처럼. 마치 도연명처럼 윤선도처럼, 굳이 그것을 "체념"이라 한다면 체념의 유가적 은일사상이 배어 있을 뿐인 작품인 것이다.

말하자면, 이 무렵 그의 시는 『촛불』이나 『슬픈 牧歌』 무렵의 꿈의 세계를 유영하던 이상적 세계는 이미 아니다. 노장적 허무나 일제하의 상처 입은 '슬픈' 얼굴도 이미 아니다. 6 · 25라는 동족상잔의 탁류가 휩쓸고 간 뒤의 쓰라린 생활들을 반영하던 『氷河』 무렵의 시적 기조는 더구나 아니다. 현실 투시의 작품을 보이기도 하고, "참여시를 사갈시(蛇蝎視)"해서는 안된다는 주장을 하며, '부조리한 현실에 눈감고 현실을 외면'하지 않는 '성실한 저항'이 요구된다고 말하던 『山의 序曲』 무렵의 시적 기조도 더더구나 아니다.

이제 그는 '청구원'의 꽃동산으로부터 '비사벌초사'의 "대바람 소리" 속에 돌아온 것이다. 꽃구름처럼 피어오르던 아련하고 몽환적인 분위기로부터, '슬픈' 시절을 극복하고, '6·25'를 극복하고, '엄혹'한 겨울의 시절을 극복한 후, 드디어 선비의 표상과도 같은 『대바람 소리』 속에 귀환한 것이다. 조지훈(趙芝薰)의 표현처럼 '지조 있는 한 선비'의 마음의 고향으로 귀환한 것이다.

한편, 그는 일생동안 고향 전라도에서 살았던 시인이다. 이 점에 대해서 "고향을 사랑했기 때문에" 고향을 떠나지 않았다는 식으로 석정의 현실을 왜곡, 호도하려는 논자가 있는 것 같다. 이것은 전혀 터무니없는 말이다. '고향을 떠나지 않은 시인'이 아니라, '고향을 떠날 수 없었던 시인'으로 수정돼야 맞는 말이다.

그는 가족을 무척 아꼈고 가족 구성원들을 건사하기 위해서는, 우선 호구지책을 해결해야 하는 가장(家長)이었다. 따라서, 그는 '뼈저린' 가난을 이겨내기 위해 직장을 잡아야만 했다. 직장도 심지어는 면서기로부터 고등학교 교사까지(뒤의 항에서 자세히 밝힐 것임.) '대처자자(帶妻子者)'로서의 쓰라린 체험을 하지 않으면 안 되는 처지였다.

대학으로 서울로 진출할 수 있는 처지도 못 되었다. 한때 전북대학교 강사로 출강하며 현대시론 강의를 하기도 했지만, 대학 전임교수로의 진출은 좌절되었고, 이어서 전주고, 김제여고, 전주상고 등에서 교편을 잡다가 퇴직하고 만다.

시인의 짭짤한 체험은, 그것이 '보약'이 되어 훌륭한 명작을 탄생시키

는 법이다. 석정의 이러한 가난한 생활의 역정은, 군데군데 그의 작품에
도 보일 뿐만 아니라, 명작시들을 탄생시키는 빌미가 되었다고 볼 수 있
다. 즉, 그의 작품에는 그의 생활이 많이 반영되고 있었던 것이다.

　다시 한 번 더 강조해 말하지만, 그는 철저히 유가적·동양적 시인이
다. 서양 냄새 나는 "목가시인"이 아니요, 서양 냄새 나는 "참여시인"도
아니다. 일제시대 독립운동을 했던 "민족시인"은 더더구나 아니다.
　초기의 석정은 노장사상, 특히 노장사상의 영향하에 있었던 도연명의
영향을 강력하게 받아 무위자연적 시를 많이 창작했고, 중기 시에 나타난
석정의 시세계는 다소 현실 투시적인 작품을 많이 보인다. "참여시를 사
갈시"해서는 안 된다며 참여시 창작에 대한 의지를 보였지만, 그것은 선
비적 기질이 빚은 비판적 시각이었을 뿐 참여시는 아니다. 개결한 선비의
달관과 관조의 눈으로 때로는 현실을 응시하고 비판하기도 했던, 선비적
기질의 시인이었음을 다시금 생각하게 된다. 결코 그는 투쟁이나 저항의
시인이 아니었음을 다시 확인하는 것이다.
　그리고 그의 지조 있는 선비적 기질과 유가적 정신세계는 "지조를 헌
신짝처럼" 버리는 오늘날의 세태와 비교할 때 더욱 귀하게 느껴지기도 하
거니와, 흠모의 정을 갖도록 하기에 충분한 것이다. 더구나 물신주의에 젖
어 있고, 동서양정신의 혼류로 인하여 갈피를 못 잡게 만드는 오늘의 세태
에 생각이 이르면, 조지훈의 지적처럼 "지조 있는 한 선비"가 그리워지는
시대인 것이다. 그리고 그의 유가적 시정신은 "거악처럼" 우뚝 우리들 가
슴에 남아 있어서, 교훈을 주고 귀감이 되기에 충분한 것이다.
　말하자면 그의 시와 삶은, 난세의 스승의 얼굴로 우뚝 서 있다는 말이
다. 마치 「큰 바위 얼굴」(미국 작가 나다니엘 호든)처럼, 큰 산[巨嶽]처럼,
이 나라 이 땅에 아직도 존재하는 시인인 것이다. "침묵은 산의 얼굴이니

라. 숭고는 산의 마음이니라. 나 또한 산을 닮아보리라"라는 구절이 그의 집 비사벌초사의 서가에 붙여져 있던 기억이 아른거린다.

그러면 여기서 잠깐 머리를 식히기 위해, 다음 작품을 감상해보기로 한다.

네 눈망울에서는
초록빛 5월
하이얀 찔레꽃 내음새가 난다.

네 눈망울에는
초롱초롱한
별들의 이야기를 머금었다.

네 눈망울에서는
새벽을 알리는
아득한 종소리가 들린다.

네 눈망울에서는
머언 먼 뒷날
만나야 할 뜨거운 손들이 보인다.

네 눈망울에는
손 잡고 이야기할
즐거운 나날이 오고 있다.

— 「네 눈망울에서는」 전문

위의 작품은 전주 덕진공원에 세워져 있는 신석정 시비(詩碑)에 담겨진 작품이다. 이 작품이 인구에 많이 회자되는 그의 대표작은 아니다. 그럼에도 불구하고 시비에 새겨지는 작품으로 선정된 이유는 아마 다음의 두

가지 면에서일 것 같다.

첫째로, 이 작품에서 두드러지는 면은, 그 형식(작품 구조)이 잘 정비되어 있다는 점이다. 우선 그 표현기법이 간결하고, 각 연(聯)의 첫 행(行)을 반복 표현하는 형식미를 취하고 있다. 물론 석정 시의 이와 같은 형식미는 꼭 이 작품에서만 볼 수 있는 것은 아니다. 가령 제4시집 『山의 序曲』에서만 뽑아보아도 「내 가슴속에는」 같은 작품이나, 「나의 노래는」 같은 작품, 혹은 「窓」 같은 작품들이 바로 위의 작품과 같은 형식미를 보이고 있다.

그리고 또 한편으로 생각해보면, 일반 독자들에게 많이 알려진 「그 먼 나라를 알으십니까」 같은 작품은, 상대적으로 그 형식미에 있어 시비에 새기기에는 알맞지 않다고 생각된 것 같다. 「그 먼나라를 알으십니까」는 시의 길이가 길고, 시행도 흔히 말하는 유장조로 되어 있어서, 시비에 새겨넣기에는 다소 무리라고 여겨졌던 것 같다.

두 번째로는 아무래도 그 내용 면에서 선정 이유를 생각해보지 않을 수 없다. 우선 이 시의 중심소재는 '눈망울'이다. 그것도 늙고 힘없는 눈망울이 아니라, 소년 소녀에게서만 볼 수 있는 "초롱초롱한" 눈망울이다. "찔레꽃 내음새"가 나는 눈망울이요, "새벽을 알리는" 눈망울인 것이다. 그러므로 그런 눈망울을 소유한 소년 소녀들이야말로 정말 미래세계를 걸 만한, 걸지 않으면 안 될 대상들이다. 그들이야말로 시의 화자에 있어서는 미래지향적 인물들이요 기대해 마지않는 후진(後進)들인 것이다.

따라서 이 작품은 미래의 세대를 기리는, 노시인의 메시지가 담긴 시라고도 볼 수 있다. 그리고 그 메시지는 "머언 먼 뒷날" "즐거운 나날"이 오고 있음을 예고하는 메시지이다. 그리고 바로 그런 교시성이 있는 작품이라는 점이, 내용 면에서의 선정 이유라고 볼 수 있다.

다시 말하자면 이 작품은 그 형식 면에서 유기체적 구조로 잘 짜여져 있을 뿐만 아니라, 그 내용 면에서도 후대를 기리는 내용으로 되어 있기 때문에, 시비에 새겨지는 작품으로 선정됐을 것이라는 말이다. 그리고 이 작품은 그 표현이 우선 난삽하지 않고, 대중에게 잘 어필할 수 있는 평이한 표현이라는 점도 선정의 이유가 됐을 것 같다.

그러나 다른 한편으로 생각해보면, 이와 같이 순정한 시를 썼던 시인, 그리고 초기 시에서 전원적 이상향을 묘사했던 시인, 무엇보다 유독 많은 독자들이 기억하고 있는 작품, 「그 먼나라를 알으십니까」 같은 무위자연적 작품을 쓴 시인에게, 어찌 '저항'이란 언어를 자꾸만 들이대는 것인지 정말 잘 이해되지 않는 일이라 하겠다. '저항'하고 '참여'를 해야만, 훌륭한 시인이라고 말할 수 있는 것이 아닌데도, 정말 딱한 일이다.

무릇 모든 시인에겐 빛과 그림자가 있을 수 있다. 그리고 긍정적 측면과 부정적 측면도 있을 수 있다. 유독 굴곡 많았던 우리의 역사 속에서 밝은 내용도 있을 수 있고, 어두운 내용도 있을 수 있다. 시인은 모름지기 그 밝은 현실도 투시하고 어두운 현실도 투시해야 하는 존재이다. 투시하고 관조할 뿐만 아니라, 그것을 시로 써서 독자들에게 제시해야 되는 존재이기도 하다.

앞에서 석정 시인을 "지조 있는 한 선비"라고 표현했는데, 그 "선비"라는 표현을 긍정적 측면에서 다음에 음미해보기로 한다. 「윤동주 시에 나타난 자의식 연구」(최상윤, 『한국시문학』 6집, 도서출판 불휘, 1992)에 소개된 「한국의 선비정신」은 매우 긍정적인 자료라 할 수 있다.

1. 선비는 지조와 윤리와 도덕과 양심을 지키는 부류이다.
2. 선비정신은 인간의 존엄성을 존중하는 정신이다.
3. 선비는 지성인이고 교양인이면서 비판적 정신을 소유하고 있다.
4. 선비는 형이상학적이며 의리와 명분을 중시한다.
  그러나 그것이 너무나 형식에 흘러 비현실성을 노출하는 폐단도 있다.

5. 선비는 은자로서 은둔생활이 생활의 한 양상으로 취급되고 있다.

위에 인용한 내용 「한국의 선비정신」은 필자가 지적한 석정 문학의 은
일사상이나 선비정신과도 일맥으로 상통한다. 그리고 석정은 유가적 선
비정신 속에 살다 간 시인임을 거듭거듭 말해둔다.

특히 위의 인용에서 눈에 띄는 구절은 "비판적 정신"과 "은둔생활"이
다. 그리고 이러한 정신이나 생활자세는 선비적 개결성(介潔性)에서 비롯되
는 것임을 이해해야 된다. 또한 석정 시에 드러나는 선비적 '투시'(응시)의
언어나 '관조'의 언어, 그리고 '비판'의 언어를 '참여'(저항)의 언어로 착
각해버리는 데서 문제가 발생한다는 사실도 아울러 이해해야 된다.

이해를 돕기 위해 비유해보건대, 동굴 속에 있는 자(은둔자)를 생각해
보라. '동굴'을 선택한 건 생활의 한 방법(명상이나 사색을 위한 방법)일
뿐, 그것이 현실 도피이거나 칩거의 방법만은 아니라는 점이다. 동굴 안
에 존재하면서도 세계와 인류를 '투시'(응시)하고 '정관'할 수 있는 것이
며, 선적 구도(禪的 求道)의 자세, 혹은 미래지향·광명지향의 자세를 지닐
수도 있다. 왕년에 작고하신 성철(性徹) 종정이 저 깊은 암자 속에 은거할
때, 자신만의 안락을 구하려 했던 것이 아니라, 나라와 인간의 진정한 구
원을 위해 정심수행(正心修行)하고, 그리하여 세계와 인류의 미래를 예견
하고 투시함으로써 "법어(法語)"를 말할 수 있었던 점을 생각해보면 문제
는 자명해진다. 말하자면 시인도 성철 스님의 "법어"처럼, 오랜 명상의
끝에 나오는 "절창(絶唱)"으로 빚어지는 작품이어야만 좋은 시가 될 수 있
을 것이라고 믿는다.

석정의 중기 시(시집 『氷河』와 『山의 序曲』)의 경우, 즉 현실 투시의 작
품도 바로 그런 "투시"(응시)와 "관조", 그리고 "비판"이라는 관점에서 그
논의가 비롯되어야 마땅한 일이다. 초기 시의 경우도 중기 시의 경우도,

그런 선비적 자세와 투시를 이야기하기로 한다면 필설이 모자라지만, 특히 중기 시의 경우는 현실 투시가 두드러지는 작품이 많이 있는 게 사실이다. 시인 조지훈이 『山의 序曲』「서문」에서 "지조 있는 한 선비"라고 지적한 것도 같은 맥락에서 생각하고 평가해야 한다.

아아, 시인 신석정! 한국의 시인 가운데 그 풍모가 가장 멋졌던 시인. 마치 프랑스 영화 〈포도의 계절〉 주연배우 멜 페러와도 같은 풍모의 시인. 그러나 이 땅의 "큰 바위 얼굴"처럼 그리고 '큰 산[巨嶽]'처럼 추앙받고 있는 시인. 한일합방 직전에 태어나(1907년) 일제 질곡의 시대를 겪었고, 8·15 해방과 더불어 찾아온 좌·우익 갈등, 6·25 전쟁, 그리고 그 와중에 한때 휘말리기도 했던 시인. 4·19를 겪었고 5·16을 짭짤하게 겪었던 시인. 그는 떠났지만 아직도 그의 작품 속에서 끊임없이 부활하고 있는 시인. '고향을 떠나지 않은 시인'이 아니라, '고향을 떠날 수 없었던 시인', 그리하여 그의 고향 전라도 땅에서 비와 바람과 봄과 겨울을 맞았던 시인. 바로 그 고향의 전원에서 일생 동안 살았던 시인. 그런 그를 "전원시인"이라 호칭하면 어떨까 싶다.

앞에서 필자는 "동양의 하늘과 땅, 산과 물이 만들어준 그의 데드 마스크(death mask)"라는 표현을 한 바가 있다. 이제 여기서 「석정의 시, 올바른 이해를 위한 담론」을 마무리하면서, 번쩍 파천황(破天荒)의 상상력처럼 깨달은 바가 하나 있다. 석정 시인의 시인적 "트루 페이스"는 과연 무엇일까 하는 점이다. 그것은 바로 "전원시인"이라는 점이다. 그리고 이 "전원시인"이라는 호칭을 감히 제안하고자 하는 것이다. 이 문제에 대한 자상한 설명, 즉 "전원시인" 호칭의 당위성에 대하여 제2부 4장 「만약 "전원시인"이라 호칭한다면」에서 독자와의 만남을 이루기로 한다.

석정의 시인적 호칭에 대하여

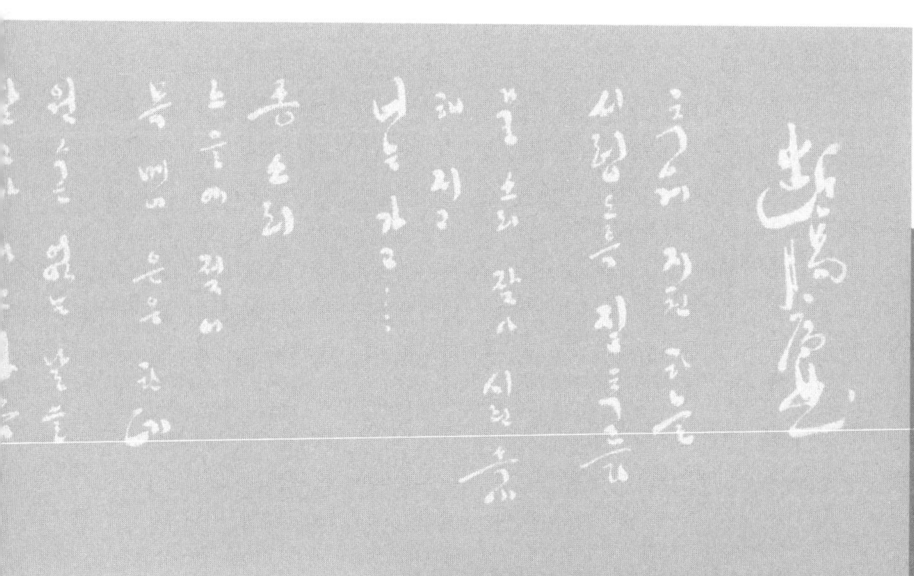

제1장
"민족시인" 호칭에 대한 담론

석정문학관 개관식 때 필자는 적이 놀라지 않을 수 없었다. 왜냐하면 문학관 건물 중앙에 "민족시인 신석정"이라는 대형 현수막이 걸려 있었기 때문이다. 현수막 하나 걸린 게 무슨 대수냐고 할지 모르나, 그건 그게 아니다. 바로 거기서 중요한 것은 "민족시인"이라는 호칭이 영 마음에 걸렸던 것이다.

그런 호칭을 누가 주도했는지는 모르지만, 우선 경솔한 처사였다는 것을 지적하지 않을 수 없다. 결론부터 말한다면, 석정을 "민족시인"이라 호칭하는 건 무리다. 이 나라의 누가 과연 석정을 "민족시인"이라고 생각하겠는가? 두 말할 필요도 없이 이러한 호칭을 하려면 국민 대중의 공감을 얻어야 한다. 논문을 통해서, 혹은 세미나 등을 통해서 우선 한국 문학인들로부터라도 공감을 얻어냈어야 가능한 일이다.

이는 석정을 위하는 일도, 도리도, 예의도 아니다. 자칫 이를 고집할 경우, 오히려 고인에 대하여 누를 끼칠 수도 있다고 생각된다. 그가 일제시대 지조를 꺾지 않았다거나 친일하지 않았다는 점 때문에 그런 호칭을 붙인 것 같은데, 그렇다 해서 "민족시인"으로 호칭하는 건 무리수다.

잘 알려진 바와 같이, 이 나라에서 "민족시인"으로 호칭되는 시인은 세 사람이다. 이육사, 윤동주, 한용운을 우리는 "민족시인"이라고 부르고 있다. 이육사는 독립운동단체인 의열단에 가입하여 중국 북경 등지를 전전하며 독립운동을 벌인 시인이고, 윤동주는 일제의 계속되는 질곡 속에 1945년 2월 후쿠오카 형무소에서 생체실험의 대상이 되어 죽은 시인이며, 한용운은 조국, 중생, 진리 등으로 표상되는 '님'을 통해 민족의 현실과 염원을 노래했고, 독립운동선언문 33인 중의 한 사람이다.

이들 세 시인의 작품 한 편씩을 우선 감상해보기로 한다. 이 담론의 확실한 단서를 위해, "민족시인"들의 작품을 감상해보는 일은 너무나 당연한 일이다.

매운 계절의 채찍에 갈겨
마침내 북방으로 휩쓸려오다.

하늘도 그만 지쳐 끝난 고원
서릿발 칼날진 그 위에 서다.

어디다 무릎을 꿇어야 하나
한 발 재겨 디딜 곳조차 없다.

이러매 눈 감아 생각해 볼 밖에
겨울은 강철로 된 무지갠가 보다.

— 이육사, 「절정」 전문

이 작품은 1940년 1월 『문장(文章)』에 발표하고, 1946년에 발간한 시집 『육사시집(陸史詩集)』에 수록된 작품이다. 이 시인이 작품을 많이 남긴 1940년 무렵 많은 문인들이 변절하여 친일문학으로 타락했거나 아니면 한국어 말살정책으로 인하여 작품을 남기지 못했던 현실이었는데도, 이 시인은 끝까지 민족적 신념을 지키며 죽음을 무릅쓰고 일제에 저항한 시인이다.

이 시인의 작품은 대체로 민족적인 감정과 그 이상을 표현하고 있는가 하면, 반드시 민족적인 저항과 관련을 맺고 있지 않는 듯한 작품도 있다. 이 시인의 대표작으로 흔히 거론되고 있는 「절정」은 전자에 속하고, 「청포도」는 후자에 속한다. 「절정」이 일제하 우리 민족의 절박한 비극을 표현하고 있는 시라는 점에서 「청포도」가 화자의 막연한 동경과 기다림을 정서적으로 승화시키고 있는 시라는 점에서, 두 작품이 지향하고 있는 시적 자세의 차이점을 우리는 발견하게 된다.

그럼 여기서 위의 시 「절정」의 단 4연 8행에 담고 있는 민족적 정황을 1연씩 살펴보기로 한다.

첫 연의 "매운 계절의 채찍"은, 일제하에서의 학정의 가혹성을 말해주고 있고, 그러한 학정에 못 이겨 시의 화자는 "마침내 북방으로 휩쓸려" 왔다고 표현하고 있다. 그리고 그 "휩쓸려" 온 주체는 비단 화자 자신만이 아니라 민족 전체가 그러한 현실 속에 있었음을 반영해주고 있는 것으로 이해해야 된다.

둘째 연의 "하늘도 그만 지쳐 끝난 고원"이라 한 표현은 현실적으로는 아득하기만 하고 황량하기만 한, 하늘도 따라가다가 너무 지루하여 그만 두어버린 만주의 고원을 말해주고 있으나, 그 내면으로는 그렇게 지루하고 답답하고 절망적이기만 했던 일제하의 상황이 압축되고 있으며, 그러한 상황이 "서릿발 칼날진" 겨울의 극점에 자신과 민족은 서 있다고 표현되고 있다.

셋째 연에서 "어디다 무릎을 꿇어야 하나／한 발 재겨 디딜 곳조차 없다"고 한 것은, 2연과 같은 상황에서는 어쩔 수 없는 귀결이다. 그러한 극한 상황에서 어떻게 몸을 가누어야 하냐고 자문(自問)하고 있는 것이며,

"한 발 재겨" 나아갈 수도, 물러설 수도 없는 현실, 그야말로 속수무책이요 불가항력의 일제하의 살벌한 현실을 잘 말해주고 있다.

넷째 연에서는 "이러매 눈 감아 생각해 볼 밖에"라고 표현함으로써, 시인적 진실과 현실 투시의 여유를 보여주고 있다. 즉, 불가항력적인 일제의 살벌한 상황에 과격한 대결은 물론 불가능한 일이거니와, 설령 가능하다할지라도 스스로의 파멸을 자초하고 말 뿐이다. 그러므로, 화자는 시인의 자세인 현실 투시의 자세를 견지할 수밖에 없었던 것이며, 현실을 정관(正觀)하는 자세를 지닐 수밖에 달리 무슨 도리가 없었던 것이다.

그리고 정관하는 자세로 돌아간 시인의 눈에 비친 현실은, "강철로 된 무지개"라고 표현됨으로써 매우 풍자적인 뉘앙스를 담고 있는 표현임을 이해해야 된다. 말하자면 '무지개'는 하늘에 떴다가 금세 사라지는 것이지만 "강철로 된 무지개"라고 표현함으로써 사라지지 않는 무지개, 즉 일제의 절박한 상황이 언제까지 계속 될지 모르는 답답한 심정이 이런 풍자적 언어를 낳은 것이다.

아무튼 이 시는 일제하의 민족수난사를 한 눈에 보는 듯한 매우 수일(秀逸)한 작품이라고 말할 수 있다. 시인 박두진도 그의 『한국현대시론』에서 "이 단 八行 四聯의 서정시가 표출해주는 절박한 민족적 현실과 정황은, 다른 어떠한 산문기록만으로도, 數千數萬어로도 표현하지 못하는, 오직 시만이 할 수 있는 압축성과 응결성, 그러한 감정적 진실과 표현의 진실을 획득하고 있다."고 말한 바 있다.

다음으로 감상할 작품은 윤동주의 「또 다른 고향」이다. 이 시인은 흔히 이육사와 함께 2대 민족시인으로 일컫고 있는 시인이다.

고향에 돌아온 날 밤에
내 백골이 따라와 한 방에 누웠다.

어둔 방은 우주로 통하고
하늘에선가 소리처럼 바람이 불어온다.

어둠 속에서 곱게 풍화작용하는
백골을 들여다 보며
눈물짓는 것이 내가 우는 것이냐
백골이 우는 것이냐
아름다운 혼이 우는 것이냐.

지조 높은 개는
밤을 새워 어둠을 짖는다
어둠을 짖는 개는
나를 쫓는 것일 게다.

가자 가자
쫓기우는 사람처럼 가자
백골 몰래
아름다운 또 다른 고향에 가자.

— 윤동주, 「또 다른 고향」 전문

"비록 그의 종말이 비극적이기는 했지만, 윤동주는 黃梅泉과 같은 가차없는 비평가도 아니었고, 李陸史와 같은 두려움을 모르는 투사도 아니었다. 그 대신 그는 자기가 사는 시대를 괴롭게 살다가는 외롭고 양심적인 젊은 문학도였다." 시인 김종길(고려대 명예교수)의 저서 『진실과 언어』에 담겨진 말이다.

맞는 말이다. 그는 이육사처럼 독립투쟁을 하다가 간 시인은 아니다. 이 시인은 무엇보다 일제하의 비극의 시대를 매읍게 자성(自省)하며 살다간 양심의 소유자였다. 얼마 안 되는 자전(自傳)의 기록들과 관계문헌, 그의 시편들을 살펴보면 바로 그러한 고독한 자기 성찰의 양심을 만나게 된다.

이 시는 1948년 1월 정음사에서 간행한 시집 『하늘과 바람과 별과 詩』에 수록된 작품이다. 이 시가 쓰여진 시점을 정확히 알 수는 없다. 1941년 봄 연희전문을 마쳤고, 바로 동경 릿쿄(立敎)대학 영문과에 입학했으며 1945년 2월 후쿠오카형무소에서 사망한 시인이지만, 이 시의 내용으로 보아 "고향"(북간도)에 잠시 들렸을 때 쓴 작품일 수도 있다.

이 시인은 지배민족 일본을 향한 매운 저항의 시인이었다기보다는 매운 양심의 시인이었다고 말할 수 있다. 그의 짧은 일생 동안 끊임없이 보인 자기 성찰의 시가 그걸 증명해주고도 남는다. 이 「또 다른 고향」도 본질적으로는 그런 '양심' 속에서 우러나온 시라고 할 수 있다. 그렇기 때문에 "고향에 돌아온 날 밤" 무기력할 뿐인 자아를 발견한다. 그 '자아'는 무기력할 뿐인, 정말 조국을 위해 어찌할 수도 없는, 쓸모없는 시체와도 같은 "백골"일 뿐이다. 그러므로 "백골"을, 그 무기력한 자아를 "들여다보며" "눈물짓는" 것이며, 참된 자아, 곧 양심의 자아와의 충돌을 빚고 있는 것이다.

그리고 무기력한 자아와 양심의 자아와의 충돌에서는 항시 양심의 자아가 이길 수밖에 없다. 바로 그렇기 때문에 쫓기는 자의 의식 속에 젖어들 수밖에 없는 것이다. 바꾸어 말하면, 양심의 자아는 무기력한 자아를 용납할 수 없기 때문에 그 무기력한 자아를 "고향"으로부터 쫓아내는 것이며, 따라서 "어둠을 짖는 개는/나를 쫓는" 것 같은, 쫓기는 자의 의식 속에 빠질 수밖에 없다. 그리하여 "쫓기우는 사람처럼" "백골"(무기력한 자아) "몰래" "아름다운 또 다른 고향"에 가자고 노래한다.

그에게 있어 "또 다른 고향"은 과연 어디인가? 그것은 무기력한 자아가 있는 곳이 아닌 다른 어떤 곳, 자아 상실의 공간이 아닌 자아를 부활시킬 수 있는 공간, 일제하의 '어둠 속'이 아닌 '또 다른' 어떤 세상을 그는 염원했을 것이다.

 신석정 평전-그 먼나라를 알으십니까

그러므로 이 시는 일제하의 "어둠" 속에 있으면서도 어쩔 수 없이 무능하기만 한 자신, 즉 양심의 자아로부터 질책당하는 의식 속에 쓰여진 시라고 할 수 있다.

다음으로는 민족시인 한용운의 작품을 감상해보기로 한다. 1926년에 간행된 시집 『님의 침묵』에 담긴 시 「님의 침묵」을 감상의 대상으로 한다. 이 시인의 시들은 불교적 은유와 고도의 상징적 수법으로 이룩되는 서정시여서, 그 깊고 오묘한 시의 경지를 명증하게 이해하기란 쉬운 일이 아니다, 우선 그의 시를 이해하려면 그의 시집 『님의 침묵』 서문인 「군말」에 담겨 있는 구절 "'님'만이 님이 아니라 기룬 것은 다 님이다"는 말을 잘 음미해야 한다. 여기에 그 '서문' 「군말」을 인용해본다.

'님'만이 님이 아니라 기룬 것은 다 님이다. 중생이 석가의 님이라면 철학은 칸트의 님이다. 장미화의 님이 봄비라면 마티니의 님은 이태리다. 님은 내가 사랑할 뿐 아니라 나를 사랑하느니라.

연애가 자유라면 님도 자유일 것이다. 그러나 너희는 이름 좋은 자유의 알뜰한 구속을 받지 않느냐. 너에게도 님이 있느냐. 있다면 님이 아니라 너의 그림자니라.

나는 해저문 벌판에서 돌아가는 길을 잃고 헤매는 어린 양(羊)이 기루어서 이 시를 쓴다.

— 한용운, 「군말」 전문, 『님의 침묵』

ㄱ : 그런데 선생님, 만해시의 '기룬', '기루어서'는 사전에 나오지 않습니다. 그래서 이것을 지금까지는 '기리다'란 뜻으로 해석하고 있었는데 송욱(宋穉) 씨의 『전편 해설』에 보면 ㅎ선생님은 이것을 '그립다'란 말로 보아야 한다고 하셨는데, 이것 어떻게 됩니까? 저한테도 이런 질문을 하는 사람이 있는데.

ㅎ : 그것은 내 생각으로는 '그립다'가 옳다고 생각합니다. '기리다'는 타동사이고 '그립다'는 형용사인데 거기 쓰인 것을 보면, 타동사로는 전혀 뜻

이 통하지 않습니다.

— 허웅, 「ㄱ과 ㅎ의 대화」 부분, 『심상(心象)』, 1974. 7

위에 인용한 「군말」과 허웅 박사의 『심상』지의 기고를 참고로 하여 한용운의 '님'을 이해하는 데 도움이 되었으면 한다.

그럼 한용운의 시 「님의 침묵」을 여기 인용하고 논의를 이어가기로 한다.

님은 갔습니다. 아아 사랑하는 나의 님은 갔습니다.

푸른 산빛을 깨치고 단풍나무 숲을 향하여 난 작은 길을 걸어서 차마 떨치고 갔습니다.

황금의 꽃같이 굳고 빛나던 옛 맹세는 차디찬 티끌이 되어서 한숨의 미풍에 날아갔습니다.

날카로운 첫 키쓰의 추억은 나의 운명의 지침을 돌려놓고 뒷걸음쳐서 사라졌습니다.

나는 향기로운 님의 말소리에 귀먹고, 꽃다운 님의 얼굴에 눈 멀었습니다.

사랑도 사람의 일이라 만날 때에 미리 떠날 것을 염려하고 경계하지 아니한 것은 아니지만, 이별은 뜻밖에 일이 되고 놀란 가슴은 새로운 슬픔에 터집니다.

그러나 이별은 쓸데없는 눈물의 원천을 만들고 나는 것은 스스로 사랑을 깨치는 것인 줄 아는 까닭에

걷잡을 수 없는 슬픔의 힘을 옮겨서 새 희망의 정수박이에 들어부었습니다.

우리는 만날 때에 떠날 것을 염려하는 것과 같이, 떠날 때에 다시 만날 것을 믿습니다.

아아, 님은 갔지마는 나는 님을 보내지 아니하였습니다.

제 곡조를 못 이기는 사랑의 노래는 님의 침묵을 휩싸고 돕니다.

— 한용운, 「님의 침묵」 전문

한용운은 그의 시대를 "님의 침묵"의 시대로 밝혀놓고, "조국(祖國)",

"중생(衆生)", "진리(眞理)" 등으로 표상되는 '님'을 통해 민족의 현실과 염원을 노래한 시인이다. 하지만 이 시인의 시집 『님의 침묵』에 대하여는 그간 많은 논의가 거듭되어 왔다. 그 논의들은 두말할 필요도 없이, 그의 시가 지닌 내면적 깊이 때문에 비롯된 것들이다. 그러나 그러한 숱한 논의에도 불구하고 우리는 그의 시에 대한 명료한 해설을 얻지 못하고 있다.

그러나 한편 "萬海 자신 '파겁 못한 성악가'(藝術家)라고 한 것처럼, 그는 예술가로서 시를 쓴 것이 아니라, 민족을 구제하려는 정신적 지도자로서 『님의 침묵』을 쓴 것이다."라는 송욱(『시학평전(詩學評傳)』)의 말을 참고로 할 필요가 있고, 이 시인이 대중불교운동의 창도자였고, 불교유신운동(『조선불교유신론(朝鮮佛敎維新論)』)을 폈던 주인공이라는 점도 참고할 필요가 있다.

그는 무변중생(無邊衆生)을 제도(濟度)해야 한다는 불타의 정신을 받들어 대중 속에 사는 종교, 민족의 정신과 함께 있는 종교가 되게 하려는 운동을 편 종교인이자 애국자이자 시인이었음을 유의하여 「님의 침묵」을 감상할 필요가 있는 것이다.

그리고 또 한편으로는, 그가 불교 선사(禪師)요, 혁명투사요, 시인이었기 때문에 그런 다면성들이 그의 시에 대한 암중모색을 더하도록 만들어주는 요인이라는 점도 이해해야 된다. 말하자면, 한용운의 "난해시"에 대하여 논자 자신들이 그러한 다면성들에 미리 압도당하고 있는 듯한 느낌마저 가지게 되는 것이다.

아무튼 이 해설에서는 한용운의 작품을 보는 시각만을 제시하고자 하는 의도이므로, 그간의 논의에 대한 검토나 그의 시에 대한 연원을 캐내려 하지 않는다. 논의의 다면성 여하에도 불구하고 한 가지 분명한 사실은, 그의 시는 '님'의 "침묵"으로부터 연유하고 있다는 점이다. '님'은 이별했거나, '님'을 상실했거나, 아니면 자신의 마음속의 '님'을 아직 만나지 못했거나 그 어느 것이든 "침묵"하고 있는 '님' 때문에 비롯된 시라는 점이다. 그의 '님'이 일반적으로 논의되는 "조국"이거나 "중생"이거나 "진리"이거나 그 어느 경우에도 그건 마찬가지다.

그러나, 이 시에 또 하나 분명한 사실은, 그의 '님'은 "침묵"하면서 "침묵"하지 않는 '님'이라는 사실이다. "정중동(靜中動)"이라고나 할까? 이 시의 화자인 '나'는 '님'을 "보내지 아니"하였기 때문이다. 그러므로 그의 '님'은 '나'의 마음속에 항상 존재하는 '님'이다. 존재할 뿐만 아니라 모든 것은 '나'의 마음 탓인 것이다. 바로 그렇기 때문에 "제 곡조를 못 이기는 사랑의 노래는 님의 침묵을 휩싸고" 돌 수밖에 없는 것이며, 그는 또한 그만큼의 정신적 지주를 확실하게 심어놓고 있다고 하겠다. 그리고 그러한 신념은 그가 한 선사로서의 것이든, 한 혁명투사로서의 것이든, 한 시인으로서의 것이든, 깊은 정신적 뿌리가 밑받침되어 있다는 것도 또한 분명하게 이해해아 된다.

한편, 그의 「군말」에서 무엇보다 중요한 구절은 "나는 해 저문 벌판에서 돌아가는 길을 잃고 헤매는 어린 양이 기루어서 이 詩를 쓴다"는 구절이다. 이 구절에서 "돌아가는 길을 잃고 헤매는 어린 양"이란 과연 누구를 말함인가? 그건 다름 아닌 "무변중생"을 말함이다. 그는 불타의 정신을 받들어 대중 속에 사는 종교, 민족의 정신과 함께 있는 종교가 되게 하려는 운동을 편 종교인이자 애국자이자 시인이었음을 상기할 때 "무변중생"임이 분명하다.

그러면 "무변중생"("어린 양")은 또 구체적으로 누구를 말함인가? 그것은 또 다름 아닌 우리의 "민족"을 말함이다. 민족의 정신과 함께 있는 종교, 그래서 『조선불교유신론』을 펴낸 그에게는 "민족"이야말로 그의 "님"이다. 조국, 중생, 진리 등으로 표상되는 '님'을 통해, 민족의 현실과 염원을 노래한 그에게는 "조국"이나 "민족"이 그의 '님'이요 구제의 대상인 것이다. 중생제도(衆生濟度)의 대상인 것이다.

그의 다른 시 「알 수 없어요」에는 그 유명한 절창(絕唱), "타고 남은 재가 다시 기름이 됩니다"라고 노래한 구절이 있다. 이는 당연히 불교의 윤회사상에 기반을 둔 구절이다. 사멸(死滅)과 소생(蘇生)의 순환원리를 담고 있는 표현임은 두말할 나위도 없다. 그러면 '사멸'과 '소생'의 순환원리를 보게 한 대상은 또 과연 누구이겠는가? 물론 '자연'이겠지만, 바로 그 자연 속의 인간, "민족"임이 분명할 수밖에 없다. 일제의 질곡 속에 있는 우리 민족은 영원히 변하지 않고 소생할 수 있음을 예언적으로 담고 있는 구절인 것이다.

종교의 목적은 "구원"이다. 인간을 구원의 길로 이끄는 게 종교의 일이다. 종교인이요 독립운동가요 혁명투사였던 그에게는 "민족"이야말로 "구원"해야 될, "구원"하지 않으면 안 되는 절체절명의 대상일 수밖에 없는 것이다. 그가 진정으로 '기룬 것'→'그리워한 것'은 '침묵'하는 '님', 일제의 질곡 속에 있는 "조국"이요 "민족"이었던 것이다.

그러나 석정의 일제시대의 행적은 이들과는 다르다. 이육사, 윤동주, 한용운 등 '민족시인'들이 독립운동단체 의열단(義烈團)에 가입했거나, 후쿠오카 형무소에서 생체실험의 대상이 되고 있을 때, 그리고 독립운동선언문 33인 중의 한 사람으로 "저항"하고 있을 때, 석정은 노장철학과 타고르를 탐독하고 있었다.

일정의 억압과 착취가 범람하는 그 당시, 나는 일제와 정면으로 싸울 수 있는 용감한 청년이 못되었다. 예술의 목적을 싸우는 데만 둘 수는 없었다. 생활을 승화시킨 꿈의 세계에서 미의 절정을 찾아내려 하였을 때, 사람들은 흔히 나를 가리켜 목가시인이라 불러주었다. 다만 일제에 저항하지 못한 것이 부끄러울 뿐, 그렇게 불리워지는 것을 탐탁하게 여긴 바도 없거니와, 그렇게 불쾌하게 여긴 적도 없다.

— 신석정, 「나의 문학적 자서전」 부분

위에 인용한 내용은 그의 첫 시집 『촛불』(1939년 간행)에 담겨진 시세계를 미리 짐작할 수 있게 만들어준다. 일부 석정론자들은 이 무렵의 미발표작(시집 『촛불』에 담기지 않은 작품)들을 들이대며 현실 투시의 작품이라거나 저항적 언어로 편입(?)시키려 하고 있으나, 그건 무리라고 생각된다. 앞에서도 말했지만, 시집에 담기지 않은 작품들은, 시인의 시안에서 폐기된 작품으로 보아야 한다. 말하자면, 시인이 세상에 "남기고 싶은 유산"이 아니라, "버리고 싶은 유산"이었을 것이라는 말이다.

실제로 그 미발표작들을 유심히 들여다보면, 시의 유기체적 구조의 면에서, 시적 표현기능의 면에서 미성숙된 작품이거나, 시적 공정(工程)을 느끼게 하는 그런 작품들인 것이다.

다음과 같은 작품은 시집 『촛불』에 담긴 작품으로서, 그 구조의 면에서나 그 수사의 면에서 매우 세련되어 있다.

가을날 노랗게 물들인 은행잎이
바람에 흔들려 휘날리듯이
그렇게 가오리다
임께서 부르시면……

호수에 안개 끼어 자욱한 밤에
말없이 재 넘는 초승달처럼
그렇게 가오리다
임께서 부르시면……

포곤히 풀린 봄 하늘 아래

굽이굽이 하늘가에 흐르는 물처럼
그렇게 가오리다
임께서 부르시면……

파아란 하늘에 백로가 노래하고
이른 봄 잔디밭에 스며드는 햇볕처럼
그렇게 가오리다
임께서 부르시면……

—「임께서 부르시면」 전문

위의 작품은 1931년 『동광(東光)』 8월호에 발표된 작품이기도 하거니와 그 첫 시집 『촛불』에도 실려 있는 작품이다. 그리고 그가 24세 때 쓴 작품이고, 장자의 제물론에 영향을 받아 쓴 작품이다. 제물론을 여기서 다 설명할 순 없겠지만 장자에 따르면 '현상(現象)은 모두 연관성을 지닌 전체(全體)이며, 인간의 희로애락도 진군(眞君 : 천지의 주재자)의 작용에 의한 것'이라 하였다. 따라서 '만물은 일체(一體)이며, 생사도 하나이며 꿈과 현실의 구별도 없다. 이와 같이 망아(忘我)의 경지에 도달하는 것이 수양의 극치'라 하였다. 석정은 이 작품을 쓸 무렵, 노장사상에 심취해 있었다. 심취해 있었을 뿐만 아니라 시집 『촛불』 무렵의 시들에는 노장사상이 군데군데 나타난다.

이 작품도 노장사상의 영향권에서 쓰여진 작품임을 바로 느끼게 할 뿐만 아니라, 작품의 완성도 면에서도 「그 먼나라를 알으십니까」, 「아직 촛불을 켤 때가 아닙니다」 등의 작품에 결코 뒤지지 않는 수준작이라 할 수 있다. 아니 오히려 비유법(직유법)이나 도치법, 혹은 4연으로 된 짜임새 있는 유기체적 구조의 면에서는 한 발 더 앞서 있는 작품으로 보인다.

그러나 한편으로 다시 생각해보면, 장자의 양생주사상과 관련이 있는 것 같기도 하고, 또 어찌 보면 불교의 영생관이나 혹은 윤회사상과도 관련을 맺고 있는 듯한 작품 같기도 하다. 또 어찌 보면 이 모든 동양적 정서나 사상들이 혼융되어 쓰여진 작품으로 보이는 것도 사실이다. 그리고 바로 그러한 면은 석정 시인이 유학 가문에서 태어났고, 초년에 노장사상에 심취해 있었으며, 박한영 스님 밑에서 공부했던 사실들을 생각해보면 바로 이해가 되리라 믿는다.

한편 이 시의 '임'은 누구인가? 그 '임'은 한용운의 '님'과는 전혀 다른 '임'이다. 한용운의 '님'이 '조국', '중생', '진리' 등으로 표상되는 '님'이었지만, 석정의 '임'은 이 무렵 석정 시가 노장의 영향권에 있었다는 것을 생각하면, "진군"임에 틀림없다고 하겠다. 앞에서 잠깐 말한 대로, '만물은 일체'이며 '무차별 평등'[天均]의 상태이며, '생사도 하나'이며 '꿈과 현실의 구별도' 없는 '망아의 경지', 즉 인간의 수양의 극치를 말한 장자의 제물론과 그 맥을 같이하고 있는 작품이라 할 수 있는 것이다.

그리고 바로 그렇기 때문에 '임'께서 부르신다면, 시의 화자는 "가을날 노랗게 물들인 은행잎이/바람에 흔들려 휘날리듯이/그렇게" 사라질 수도 있는 것이며, "이른 봄 잔디밭에 스며드는 햇볕처럼/그렇게" 자연과 순치하고 동화될 수도 있고, 혹은 자연과 합일될 수도 있으며, '망아의 경지'에 도달할 수도 있는, 그러한 노래를 만들 수 있었던 것이다.

다시 말하면, 천지의 주재자인 '임'께서 부르신다면 "흐르는 물처럼" "스며드는 햇볕처럼" 그렇게 갈 수밖에 없으며, 시의 화자가 어찌 자연의 순리나 이법을 거스를 수 있다고 하겠는가? 그리고 바로 이러한 정서는 장자의 제물론에서 영향 받은 정서라고 볼 수밖에 없다.

한편, 이 「임께서 부르시면」에 나타난 정서로만 본다면, 60대 노년의 정서로 볼 수 있다. 그런데 석정이 이 작품을 20대에 썼다는 사실은, 곧 노장사상(제물론)의 영향을 생각하지 않을 수 없다. 제물론의 영향을 받앉기 때문에 '천지의 주재자'인 '임'께서 부르신다면 "스며드는 햇볕처럼" "흐르는 물처럼" 갈 수밖에 없는, '생사'도 초월하는 노래를 탄생시킬 수 있었던 것이다.

따라서, 여기 한 마디 덧붙인다면 일제시대의 석정을 "민족시인"이라 부르는 데에는 전혀 동의할 수가 없다. "일제에 저항하지 못한 것이 부끄러울 뿐"(신석정, 「나의 문학적 자서전」)이라고 자술(自述)한 시인을 어찌 "민족시인"이라고 호칭할 수 있겠는가?

"목가시인" 호칭에 대한 담론

석정을 "목가시인"이라 호칭하는 건 적절치 않은 일이다. 어쩌면 관행적으로 쓰여지는 듯한, 이 호칭은 이제는 수정되어야 마땅한 일이라고 생각된다. 처음 이 호칭을 쓴 시인은 안서(岸曙) 김억(金億)이다. 잘 알려진 「그 먼나라를 알으십니까」 등 일련의 석정 시가 발표되자, 김억은 석정을 "목가시인"이라 지칭했고, 편석촌(片石村) 김기림(金起林)은 "현대 문명에 대한 간접적인 비평"이라고 그의 평론에서 말한 바도 있다. 석정에 대한 당시 이들의 호칭이나 비평은 어쩌면 당연한 것이었다. 왜냐하면, 당시의 석정 시 「그 먼나라를 알으십니까」 등의 시들이 이상향에 눈을 주고 있었다거나, '꿈의 세계에서 미의 절정을 찾아내려' 했다는 점에서 나온 호칭이요, 평가였다는 점에서 그렇다.

그러나 석정 시는 첫 시집 『촛불』 이후, 다섯 권의 시집을 출간하는 동안, 그의 시세계가 변전(變轉)을 거듭한다. 크게 대별해보면, 첫 시집(『촛불』)과 두 번째 시집(『슬픈 牧歌』)은 노장사상이 주류를 이루는 작품들이고, 세 번째 시집(『氷河』)과 네 번째 시집(『山의 序曲』)은 현실 투시의 작품들이 많으며, 마지막 다섯 번째 시집(『대바람 소리』)은 다시 '심한경정

(心閑鏡靜)'의 맑은 눈으로 은일사상(隱逸思想)을 노래한다. "목가"라고만 규정할 수 없는 또다른 변전의 시세계를 다섯 권의 시집에서 보여주었던 것이다. 따라서 "목가시인"이라는 일원화된 호칭은 우선 부적절하다고 단정할 수밖에 없다.

그리고 "목가"라는 말은 원래 서양적 개념에서 나온 말이다. 동양적 시가에는 "목가"라는 개념이 아예 없다. "목가"라는 말은 문학 장르적 개념인데, 동양의 시가에는 그런 장르가 아예 없는 것이다.

잘 알려진 바와 같이, 서양은 "유목민"으로부터 출발한 시민사회였고, 동양은 "농경민"으로 정착해서 살던 농경사회였다. 그래서 서양에는 유목생활에서 오는 매정스러움을 경계하여 "사랑하라"는 예수의 가르침이 비롯되었다는 일설이 있고, 동양에는 농경의 정착생활에서 오는 고정관념을 경계하여 "집착을 버리라"는 석가의 가르침이 비롯되었다는 일설도 있다. 서양에는 "동적(動的)"인 문명, 동양에는 "정적(靜的)"인 문화, 서양에는 물질문명, 동양에는 정신문화가 앞서 있었다는 견해도 우리는 잘 알고 있다.

석정은 내가 아는 한, 철저하게 동양적인 시인이다. 그의 용모는 코가 유독 크고, 웨이브 진 머리에 약간 서양적이어서, 마치 프랑스 영화 〈포도의 계절〉에 나오는 배우 멜 페러와도 같은 인상을 풍기지만, 그러나 석정은 철저하게 동양적인 시인이다. 그는 집[비사벌초사]에서 주로 한복을 많이 입었고, 가풍(家風)도 유가적이었으며 그의 부친도 당대 성리학의 대가인 간재(艮齋) 전우(田愚)의 문인이다. 특히 그가 살던 집에는 늘 동양적인 집 이름을 붙였다. 앞에서 말한 비사벌초사(比斯伐艸舍, 전주시 노송동)가 그렇고, 중국 도연명의 '무릉도원'에서 영향을 받은 '청구원(靑丘園, 부안읍 선은리)'이 그렇다. 석정을 서구적 관념과 연결시켜 말할 근거는 내가 보기에 별로 없는 것 같다.

그리고 이른바 '목가(牧歌, pastoral)'라고 하는 것도 본래는 서정시의 한 형식이었는데, 공상적인 황금시대를 동경하고 평화롭고 소박한 전원생활을 미화하는 내용을 지닌 노래였다. 소치기, 양치기를 주인공으로 하는 예가 많기 때문에 목자문학(牧者文學)이라는 명칭이 사용되기도 한 시가였는데, 18세기에 들어 '목가'는 쇠퇴한 장르이다. 그런데 그렇게 쇠퇴한 장르를 이끌어다가 '목가시인'이라 호칭하는 것은 시대적으로, 개념적으로 전혀 맞지 않는 호칭이라고 하겠다.

그럼 여기서 "목가시인"이라는 호칭의 빌미가 된 석정 시 「그 먼나라를 알으십니까」를 잠시 감상해보기로 한다.

어머니
당신은 그 먼나라를 알으십니까?

깊은 삼림지대를 끼고 돌면
고요한 호수에 흰 물새 날고
좁은 들길에 야장미 열매 붉어
멀리 노루새끼 마음 놓고 뛰어다니는
아무도 살지 않는 그 먼나라를 알으십니까?

그 나라에 가실 때에는 부디 잊지마서요
나와 같이 그 나라에 가서 비둘기를 키웁시다.

어머니
당신은 그 먼나라를 알으십니까?

산비탈 넌지시 타고 내려오면
양지밭에 흰 염소 한가히 풀 뜯고
길 솟는 옥수수 밭에 해는 저물어 저물어
먼 바다 물소리 구슬피 들려오는
아무도 살지 않는 그 먼나라를 알으십니까?

어머니 부디 잊지마서요
그때 우리는 어린 양을 몰고 돌아옵시다.

어머니
당신은 그 먼나라를 알으십니까?

오월 하늘에 비둘기 멀리 날고
오늘처럼 촐촐히 비가 내리면
꿩소리도 유난히 한가롭게 들리리다
서리가마귀 높이 날아 산국화 더욱 곱고
노란 은행잎이 한들한들 푸른 하늘에 날리는
가을이면 어머니! 그 나라에서

양지밭 과수원에 꿀벌이 잉잉거릴 때
나와 함께 고 새빨간 능금을 또옥똑 따지 않으렵니까?

—「그 먼나라를 알으십니까」 전문

위의 작품에 대하여 석정 자신은 "이것은 대표작이라느니보다 내가 닦은 학문의 철학적 근거가 그 기층에 깔려 있는 작업으로 『촛불』 속에서 마음에 드는 작품이요 힘 들인 것이어서 골라보았다"고 말한 바 있다.

이 석정 시인의 말에서 "학문의 철학적 근거"란 무엇을 말함인가? 그것은 두말할 필요도 없이, 노장사상과 도연명의 「도화원기(桃花源記)」를 말함이다. 석정은 기회 있을 때마다 노장철학과 도연명의 영향에 대하여 말한 바 있고, 특히 이 작품에 대해서는 「도화원기」와의 영향관계를 시사한 적도 있다.

한편 도연명은 그의 유명한 「도화원기」에서 노자의 이론을 근거로 하여 "무릉도원"이라는 이상향을 구체화시키고 있는데, 그걸 여기 인용해 보면 다음과 같다.

그는 진(晉)나라 태원년간(太元年間, 376~396)에 무릉 사람으로서 어부(漁
夫)를 업(業)으로 하고 있었다. 하루는 개울물을 따라 올라가다가 그만 길을
잃어버리게 되었다. 그때, 갑자기 수백보(數百步)의 양편(兩便) 물가에 우거
진 복숭아 꽃나무숲이 나타났고 그 숲에는 향기로운 풀이 깔린 아름다운 땅
바닥에 떨어진 꽃잎이 흩어져 있었다. 어부는 그것을 매우 이상하게 생각하
고 다시 전진하여 복숭아 숲이 어디서 다하는가를 찾아보려 하였다. 숲에 다
하는 곳에 골짜기 시냇물의 수원(水源)을 이루는 물이 흘러나오는 산이 앞에
나타났다. 산에는 조그만 동구(洞口)가 있어 들어가보니 거기에는 평평하게
넓은 땅이 있었고, 민가들이 가지런히 자리 잡고 그 사이사이에 기름진 밭과
아름다운 연못과 뽕나무, 대나무 숲이 있고, 밭두렁은 곧고 닭과 개 우는 소
리가 들리고, 남녀의 옷이 외계인 같고 노인과 아이들이 다같이 스스로 즐기
고 있었다.

— 도연명, 「도화원기」 부분

위에 인용한 「도화원기」를 읽어가노라면, 이상하리만큼 석정 시 「그 먼
나라를 알으십니까」라는 작품이 떠오른다. 따라서 그 유사성을 확실하게
이해하기 위해서 「도화원기」의 내용과 「그 먼나라를 알으십니까」의 내용
을 다음에 도표화해보기로 한다.

	「도화원기」의 내용		「그 먼나라를 알으십니까」의 내용
①	무릉도원이라는 이상향의 구체화	①	전원적 유토피아의 구상화
②	'숲이 다하는 곳' 골짜기 '시냇물의 水源	②	'깊은 산림지대'에 있는 '고요한 호수'
③	물가에 우거진 '복숭아 꽃나무 숲'	③	'양지밭 과수원'에 있는 '새빨간 능금'
④	닭과 개 우는 소리 들리는 곳	④	'꿩소리도 유난히 한가롭게' 들리는 곳
⑤	'개울물을 따라' 가다가 '길을 잃어버리게' 된 곳	⑤	아무도 살지 않는 그 먼나라 '깊은 산림지대'

⑥	'老人과 아이들이 다같이' '즐기고' 있는 곳	⑥	'어머니'와 함께 단란하게 살고 싶은 곳

위에 비교한 내용을 살펴본 독자들은 희한한 미소를 머금게 될 것이다. 왜냐하면, ①~⑥항에 보이는 내용들이 각각 그 표현은 달라도 너무 유사하게 나타나 있기 때문일 것이다.

> 그 당시 나는 '중앙불전(中央佛專)'에 적을 두고, 석전 박한영 스님 밑에서 불전을 배우는 한편 시문학사를 드나들던 때로, 노장철학과 타골을 탐독하면서 만해 한용운 스님을 자주 찾아다니던 무렵으로, 이 작품에는 이 두 시인의 시적 기법과 정신이 크게 그 저변에 깔려 있을 뿐 아니라, 한편 도연명의 「도화원기」에서 받은 영향도 크가 아니할 수 없다.
> 이 일련의 시가 발표되자 안서 사백의 눈에 머무르게 되어 나도 모르는 사이 목가시인이라는 레테르가 붙게 되었던 것이 바로 그 무렵의 일이었다.
>
> — 신석정, 「상처 입은 작은 역정의 회고」 부분

위의 인용문에서 중요한 것은 ①타고르와 한용운의 시적 기법, ②도연명의 「도화원기」에서 받은 영향, 두 가지로 압축된다. 첫째 항의 '타골과 한용운의 시적 기법'은 우선 산문적이고 유장(悠長)하게 흐르는 표현기법을 말하는 것이고, 둘째 항의 '도연명의 「도화원기」에서 받은 영향'에 대하여는 더 말할 나위도 없다. 석정 자신이 '노장사상'이나 「도화원기」와의 영향관계를 기회 있을 때마다 거론했기 때문이다.

한편, 필자가 다시 관심을 가지게 되는 것은, 위의 도표(「도화원기」와의 비교표)에 나타난 사항만이 아니라, 초기 시를 쓸 무렵의 석정의 여러 행적들이, 마치 사숙(私淑)하던 도연명의 행적을 본받아 처신한 것 같은 느낌을 받게 된다는 점이다. 그 점을 다시 도표화해본다.

	도연명		신석정
①	도연명이 어린 날의 '맹지(猛志)'에 따라서 이름을 떨치려 한 일	①	석정이 스물네 살 되던 봄 청운의 뜻을 품고 박한영 스님의 문을 두드린 일
②	도연명이 '막히면 할 수 없이' 물러나 운명수순(運命隨順)의 논리에 따라 농사를 지으며 노장철학에 심취한 일	②	석정이 어머니의 부음을 받고 어쩔 수 없이 귀향하여 농사를 짓고 노장사상과 도연명의 「귀거래사」, 「도화원기」 등에 심취한 일
③	도연명의 「도화원기」 '도화원'의 발음 '원', '무릉도원'의 '원'	③	석정이 귀향하여 부안읍에 마련한 집 이름 '청구원'의 '원'

이러한 일련의 내용을 참고하고 나면, 우선 우리는 세 가지 면에서 시사를 받게 된다. 그 첫째는, 이 시인이 도연명의 행적이나 정신세계에서 많은 영향을 받았다는 점이고, 그 두 번째는 이렇듯 명백한 동양시인(도연명)과의 영향관계를 확인하고도 석정의 초기 시를 일컬어 '목가시인' 운운할 수 있겠는가 하는 점이며, 그 세 번째는 석정이 식민지시대 시인이라 하여 그가 지향한 "그 먼나라"를 왜곡 해석해서는 절대로 안 되겠다는 사실이다.

아무튼 석정 시 「그 먼나라를 알으십니까」는 도연명의 「도화원기」에 나오는 '무릉도원'에서 영향 받았고, 또 유사성이 많은 작품이라는 점만은 틀림이 없다고 하겠다. 그리고 이것은 매우 중요한 일이며, 석정의 초기 시를 올바르게 보는 눈을 뜨게 하는 데 기여하게 될 것이다.

그동안 우리는 표피적 인상만으로 석정의 초기 시(『촛불』, 『슬픈 牧歌』 무렵)를 평가하고 이해해왔던 게 사실이다. 그가 초년에 유가적 가풍 속에서 성장했다거나 한학적 교양을 온축하며 성장한 점, 그리고 특히 객관적 학력으로 박한영 스님 문하에서 수학했다는 사실들을 석정 시 이해의 토양으로 삼지 않고, 외래적인 냄새를 풍기는 '목가' 운운하며 평가해왔던

게 사실이다. 그리고 이런 평가야말로 뭔가 앞뒤가 맞지 않았던 것이다.

시인 신석정이 시작품을 발표하기 시작한 것은 1920년대 중반이지만, 그의 시가 본 궤도에 오르기 시작한 것은 1930년대 초, 박용철이 주재하는 『시문학』 동인으로 참여하면서부터였다. 이 무렵 그는 『시문학』을 비롯하여 『문예월간(文藝月刊)』, 『문학(文學)』 등의 문예지와, 『동광(東光)』, 『신동아(新東亞)』 등의 종합지, 그리고 일간신문 등에 작품을 발표함으로써, 한국 서정시의 한 획을 긋는 시인으로 부각되기 시작하였다, 그리고 앞에서도 말했지만, '목가시인'이라는 "레테르"(석정의 표현)가 붙여지기 시작했고, 뒤이어 편석촌도 "목신이 조으는 듯한 세계를 조금도 과장하지 아니한 소박한 리듬을 가지고 노래한다"(1933년 시단의 회고)고 평가하기도 했다. 말하자면 이 두 시인의 이러한 표현들이 바로 석정을 '목가시인'이라 부르는 단초가 되었던 것이다.

그러나 석정의 초기 시를 범박하게 "자연 속에서 살고자 하는 시" 정도로 이해하고, 초기 시의 특정작품을 연계시킨다면 굳이 배제할 필요까지는 없다고 하겠지만, 노장의 무위자연이나 도연명과의 영향관계가 확연한 작품들을 '목가' 운운하는 것은 삼가야 되겠다는 말이다.

한편, 이 시(「그 먼나라를 알으십니까」)에 쓰인 '어머니'라는 호칭에 대하여 잠깐 이야기하기로 한다. 먼저 이 '어머니'라는 호칭은, 시의 유장조 리듬을 위한 형식상의 배치이지, 시의 내용과는 결정적 관련성을 맺고 있지 않은 배치라는 것을 이해해야 한다. 말하자면 이 작품에서 '어머니'라는 단어를 아예 빼버려도 시적 의미망에 결정적인 손상을 입히지는 않는다.

다시 말하자면 한용운의 「님의 침묵」의 '님'은 '조국', '중생', '진리' 등 상징적 내포적 의미의 '님'이지만, 이 시의 '어머니'는 실생활에서 부르는 '어머니' 그대로의 이름이라는 걸 이해해야 한다. 그리고 그것은 마치 김소월의 시 「엄마야 누나야」에서 한 가족이 단란을 이루며 살고 싶음을 보여주고 있는 것처럼, 이 시에서도 '어머니'와 함께 '그 먼나라'에서 단란하게 살고자 하는 외연적 의미 그 이상은 아니라는 말이다.

또 한편 이 「그 먼나라를 알으십니까」에서 보여주고 있는 "이상향"은, 인간이면 누구나 한번쯤 동경해볼 수 있는 그런 세계라는 점이다. 그리고 그러한 동경의 세계를 '사숙(私淑)'의 대상이었던 도연명의 '무릉도원'에서 영향을 받아 쓴 작품일 뿐이다. 그런 작품을 굳이 일제하 질곡 속에서 쓴 작품이라 하여 "그 먼나라"를 왜곡 해석해서는 절대로 안되리라 믿는다. 그런 우(愚)를 범하지 않기 위해서는 "생활을 승화시킨 꿈의 세계에서 미의 절정을 찾아내려 하였을 때"라는 석정의 말을 잊어서는 안될 것이다.

그러면 여기서 이 무렵의 작품 한 편만 더 감상해보기로 한다.

저 재를 넘어가는 저녁해의 엷은 광선들이 섭섭해합니다
어머니 아직 촛불을 켜지 말으서요
그리고 나의 작은 명상의 새새끼들이
지금도 저 푸른 하늘에서 날고 있지 않습니까?
이윽고 하늘이 능금처럼 붉어질 때
그 새새끼들은 어둠과 함께 돌아온다 합니다
언덕에서는 우리의 어린 양들이 낡은 녹색 침대에 누워서
남은 햇볕을 즐기느라고 돌아오지 않고
조용한 호수 위에는 인제야 저녁안개가 자욱이 내려오기 시작하였습니다
그러나 어머니 아직 촛불을 켤 때가 아닙니다.
늙은 산의 고요히 명상하는 얼굴이 멀어가지 않고
머언 숲에서는 밤이 끌고 오는 그 검은 치맛자락이
발길에 스치는 발자욱 소리도 들려오지 않습니다.
멀리 있는 기인 뚝을 거쳐서 들려오던 물결소리도 차츰차츰 멀어갑니다
그것은 늦은 가을부터 우리 전원을 방문하는 가마귀들이
바람을 데리고 멀리 가버린 까닭이겠습니다

시방 어머니의 등에서는 어머니의 콧노래 섞인
자장가를 듣고 싶어 하는 애기의 잠덧이 있습니다.
어머니 아직 촛불을 켜지 말으셔요
인제야 저 숲 너머 하늘에 작은 별이 하나 나오지 않았습니까?
─「아직 촛불을 켤 때가 아닙니다」 전문

　이 작품은 노장사상의 핵인 "무위자연"에 바짝 가까이 다가선 작품이다. 이 작품의 "아직 촛불을 켤 때"가 아니라는 구절을 두고, 일제시대와의 어떤 관련성을 말하려는 논자가 있는 듯하나, 그건 어불성설이다.

　시의 해설에 있어 궤변은 금물이다, 해설자는 우선 독자들의 보편적 정서에 기여해야 하고, 시인이 창출한 시세계를 보편타당성 있고 객관성이 있게 해설해야 한다. 이 시를 시대의식과 결부시켜 해설하려는 시도는 그 궤변에 해당된다. 그리고 그 "궤변"에 대해서는 더 이상 말하고 싶지도 않다.

　앞에서도 말했지만, 이 작품도 석정 시「그 먼나라를 알으십니까」와 마찬가지로 노장사상과 관련을 맺고 있는 작품이다. 아니 오히려「그 먼나라를 알으십니까」보다 한 발 더 노장사상에 근접되어 있는 작품이라 할 수 있다.「그 먼나라를 알으십니까」가 노장사상의 영향을 받은 시인 도연명의 '무릉도원'과 관련을 맺고 있다면, 이 시는 바로 노장사상의 핵인 '무위자연'에 바짝 가까이 다가서 있는 작품인 것이다.

　따라서 이 작품에 보이고 있는, "재를 넘어가는 저녁해"라는 표현이나, "푸른 하늘"을 날고 있는 "새새끼들", "능금처럼" 붉어지는 하늘, "녹색 침대"에 누워 있는 "어린 양", 그리고 "저녁안개"가 자욱이 내려오는 "호수", "검은 치맛자락"처럼 보이는 "머언 숲", 혹은 "전원을 방문하는 가마귀들", "저 숲 너머" 하늘의 "작은 별" 등등의 회화적 이미지들은 바로 그 '무위자연' 현상에 다름 아니다.

그리고 이렇듯 묘사된 "자연"을 파괴할 수 있는 인위적 사물은 다름 아닌 "촛불"이다. 이 "촛불"이야말로 "자연"의 상태를 파괴하고 밀어내는 문명적(?) 사물인 것이다. 그러므로 "자연"을 파괴하는 "촛불"은 켜지 말아야 하고, 또 "켤 때"가 아닌 것이다. "저 숲 너머" 하늘의 "작은 별" 그 "자연"의 아름다움 그 극치를 완상하기 위해서는, 석정의 표현대로 "꿈의 세계에서 미의 절정"을 찾아내려면 그 "촛불"을 켜지 말아야 된다고 하겠다. 그리고 이렇게 이 작품을 이해하는 것이, 물 흐르듯 자연스런 시적 논리요 시적 상황인 것이다.

다시 바꿔 말하면, 이 시의 화자는 물아일체(物我一體) 물아양망(物我兩忘)의 "소요유"의 경지에 살고 싶은 것이다. 시의 화자에게 있어 이 소요유의 경지를 침해하려는, 침해할까 두려운 사물은 당연히 "촛불"이다. 그러므로 그 소요유의 경지를 파괴하는 "촛불"은 제거되어야 하고 켜지 말아야 한다. 이것이 석정 시 「아직 촛불을 켤 때가 아닙니다」의 사상과 정서의 개략이다.

한편, 이 시에 보이는 청각적 이미지들, 가령 "발길에 스치는 발자욱소리", 그리고 "어머니의 콧노래 섞인 자장가" 등등의 표현도 또한 물아일체의 관념 속에 있는 그 "무위자연"현상에 다름 아니다.

말하자면 "청산"도 자연이고, 그 "청산" 속에 있는 "나"도 자연이다. "내"가 "청산" 속에 있고, "청산"이 "내" 속에 있다. "나"는 "청산"에 살고 싶고, 그 "청산"을 파괴하는 그 어떤 인위적 사물도 "나"는 용납하고 싶지 않은 것이다.

시집 『촛불』 무렵, 노장사상에 심취해 있던 시인의 정서 속에는 바로 이 소요유의 정서, 장자의 제물론의 정서가 시인의 내면에 강하게 자리 잡고 있었다고 볼 수 있다. 그의 자연적 연치에 비하여 때 이른 초연이었다고나 할까? 그리고 그 "초연"은 장자의 제물론에 심취해 있었기 때문이었다고 할까?

　사실, 두말할 필요도 없이 석정은 도연명의 영향을 가장 강력하게 받은 시인이었다. 타고르와 한용운에게서 유장조의 시행과 리듬, 그리고 불교적 상상력이나 명상적 시풍을 영향 받은 것도 사실이지만, 그러나 이 무렵 가장 강력하게 영향 받은 것은 역시 도연명의 시 정신이었음을 재차 강조하고자 한다. 그리고 조부[신재열(辛濟烈)]에게서 내려받은 유가적 가풍과 당시(唐詩) 등의 영향, 특히 그의 부친이 바로 구한말 성리학의 대가(大家) 간재 선생의 문하생이었다는 점, 또 다른 한편으로는 석정이 살았던 그 시대에는 두보와 『고문진보』 등을 읽는 것은 굳이 고전이라는 인식이 아닌 하나의 상식이며 보편화된 일반적 학문이었다. 그것은 바로 석정시가 유가적 토양 속에서 자라났다는 점을 믿게 해준다. 다시 말하면, 그가 아무리 시의 영향관계를 말할 때 타고르와 한용운 등을 이야기한다 할지라도, 그의 시적 토양은 역시 어린 날 공부한 유교와 한학이었고 노장사상의 영향이었다는 것은 너무나 자연스런 일인 것이다. 다음과 같은 내용들은 도연명의 영향을 더욱 극명하게 나타내주고 있다.

　　늦더위에 너무 시달린 탓인지 가슴이 답답한 요즘엔 이백처럼 침통하게라도 마시고 싶고, 그도 아니면 '閑自飮 獨自酌'을 즐기던 도연명의 경지가 부럽기만 하다.

　　　　　　　　　　　　　　　　　　　— 신석정, 『난초 잎에 어둠이 내리면』, 206쪽

　　그중에는 唐詩集들도 있지만, 내가 사랑하는 것은 『도연명 시집』과 梅窓의 시집이 끼어 있는 것이다.

　　　　　　　　　　　　　　　　　　　　　　　　　　— 신석정, 위의 책, 206쪽

桃源境을 찾아다니던 도연명도 허탄히 인생을 졸업한 나머지 이런 만가를 불렀으리라. 거나하게 술에 취하면 도연명의 이 만가 한 토막을 외워보는 입버릇이 늘었다. 太白처럼 호탕한 술보다는 연명의 '閑自飮 獨自酌'의 경지가 부러웁다.

— 신석정, 위의 책, 206쪽

일찍이 도연명은 술로 그의 울분과 빈궁을 달래던 나머지 '千秋萬歲後 誰知榮與辱 但恨在世傳 飮酒不得足'—천만년이 지나간 뒤, 뉘 있어 영예로움과 욕됨을 알리요? 다만 한 되는 것은 내 세상에 있었을 때, 마음껏 술을 마시지 못한 것이로다.— 이런 데카당적 자만을 써놓았음을 볼 때, 새삼 가슴에 파고 드는 측은한 것을 어찌할 도리가 없다. 그러기에 동쪽 울밑에 피어 있는 국화꽃을 꺾어들고 유연히 남산을 바라보았으리라. 그 또한 꿈에서 살고 꿈을 먹다가 꿈같이 떠나간 시인이다. 아아 위대한 무상일진저.

— 신석정, 위의 책, 75쪽

저 도연명이나 카펜더처럼 조촐한 속에서 살아갈 것을 다짐했다.

— 신석정, 위의 책, 75쪽

宅辺에 五柳를 가꾸어 '閑靜小言 不慕榮利'의 도를 터득한 도연명은 그대로 저 향기 높은 태산목 같은 거목이 아니었을까 생각될 때

— 신석정, 위의 책, 20쪽

도연명은 五斗米에 허리를 굽힐 수가 없어 彭澤의 현령을 내던지고 그 무서운 가난에 쪼들리면서도, '平淡閑雅'한 속에 "歸去來辭"로 마음을 달래야 했고, 끝내는 '探菊東籬下 悠然見南山'의 정점에 도달한 것이 아니겠는가.

— 신석정, 위의 책, 297쪽

인용이 좀 길어진 것 같으나, 이러한 인용문들을 통하여 도연명에게 입은 영향관계를 짐작하고도 남으리라 생각된다. 좀 더 적극적으로 표현해

본다면 석정은 당시 도연명에 심취해 있었다고 해도 과언이 아닐 것이다.

한편, 이 무렵 석정의 다른 시(「靑山白雲圖」)에는 "내 몸이 가벼이 흰구름이 되는 날은/강 건너 저 푸른 산 이마를 어루만지리"와 같은 시구도 보이고 있으니 이러한 물아일체, 물아양망의 경지를 두고 어찌 다른 견해를 보일 수 있으랴. 이 무렵 그의 시는 그만큼 노장사상, 특히 제물론 등의 관념에 상당이 많이 경도되어 있었던 것이다.

다음에 제물론에 대한 설명을 참고로 인용해본다.

> 『莊子』의 內篇 1편 중 제2편, 세상 모든 종류의 眞僞是非를 가리는 논쟁을 모두 상대적인 것으로 보고, 雜論을 하나로 귀속시킴을 말하며, 이를 통해 장자사상의 전모를 엿볼 수 있다. 그에 따르면 現象은 모두 연관성을 지닌 하나의 全體이며, 인간의 喜怒哀樂도 진군(眞君 : 天地의 主宰者)의 작용에 의한 것이라 하였다. 따라서 만물은 一體이며, 그 무차별 평등의 상태를 天均이라 하는데, 이러한 입장에서 보면 生死도 하나이며 꿈과 현실의 구별도 없다. 이와 같은 忘我의 경지에 도달하는 것이야말로 수양의 극치라 하였다.
>
> — 장자, 「제물론」 부분

위의 인용에서 "天均"이라 표현한 말은 석정의 초기 시를 이해하는 데 좋은 참고가 될 것 같다. 이 말은 노장사상과 불교적 영향을 아우르는 석정 시의 사상적 근거로 보이기 때문이다. 말하자면, 위에 보인 제물론 뿐 아니라 불교의 영향(영생관)도 이 무렵 석정의 시에는 많이 보이기 때문이다.

석정의 이 무렵 작품을 대하노라면 이미 이승과 저승의 거리는 압축되어 나타난다. 그것은 위의 인용문 "만물은 一體"라든가 "生死도 하나", "忘我의 경지" 등 이런 말들의 영향이 아닌가 싶다. 당시 20대와 30대 그의 시작품, 그리고 그의 시안(詩眼)을 조숙하게 만든 결정적 계기가 바로 노장사상이었던 것이다. 그리고 바로 그렇기 때문에 "목가시인" 호칭은 적절치 않다는 이야기이다. 또 한편으로는 앞에서 이야기한 대로 다섯 권의 시집을 내는 동안 그의 작품세계는 변전을 거듭했기 때문에 "목가시인"으로 일원화되는 호칭은 가능치 않은 것이다.

그리고 다른 방향에서 생각해보더라도 그건 가능치 않기는 매 한 가지다. 가령 워즈워드를 '낭만시인'이라 부르는 것은 지극히 자연스런 호칭이지만 유토피아로부터 현실 속으로 귀환한 초기 이후의 석정을 "목가시인"이라 부르는 것은 여러모로 걸맞지 않은 것이다.

그것은 마치 시인 서정주를 "생명파" 시인이라 부른다거나 삼가시인(조지훈, 박목월, 박두진)을 "청록파" 시인이라 부르는 경우와 비슷할 것 같다. 즉, "청록파"라는 호칭은 그들이 『청록집』을 내던 때 붙여진 이름이요, "생명파"라는 호칭은 미당이 첫 시집 『화사집』을 내던 때 원죄의식 속에 방황하는 시를 쓰던 무렵에 붙여진 이름이다. 초기 이후에 다양하게 변모된 시의 업적을 고려한다면 "생명파"라거나 "청록파"라는 호칭이 걸맞지 않은 것과 비슷한 경우이다.

아무튼 석정의 초기 시세계, 즉 "아무도 살지 않는 그 먼나라"로 화려하게 닻을 올렸던 그의 "목가"(?)는 닻을 내리게 된다. 그의 『촛불』은 도전을 받게 된 것이다. 그 도전은 외부로부터의 도전이 아니라, 그 자신의 내부로부터의 도전이었다. 말하자면 이상적 자아와 현실적 자아와의 갈등에서 비롯된 것이다. 당시의 일제의 현실은 그의 표현대로 "밀리고 흐르는 게 밤뿐이요/흐르고 흘러도 검은 밤뿐"(「슬픈 構圖」)인 그러한 암울한 상황이었는데 '노루새끼 마음 놓고 뛰어다니는' 그 "먼나라"만을 동경하고 있을 수는 없었던 것이다.

역설적으로 말하면, 김기림의 표현처럼 "목신이 조으는 듯한 세계"를 꿈꾸었던 것은 오히려 현실이 어둡고 답답했기 때문이었다고, 즉 '현실에 대한 간접적인 비판'이었다고 할 수도 있지만, 당시의 그에게 있어 현실과의 괴리는 너무나 큰 것이었다. 그리고 그 괴리에서 오는 갈등만은 어쩔 수 없었을 것이다. 따라서 그는 『촛불』이나 『슬픈 牧歌』 이후 제3시집 『氷河』, 제4시집 『山의 序曲』에서 그의 시세계는 이상주의에서 현실주의로 홀연히 이행된다. 그는 청년적 · 노장적 이상향 지향의 꿈을 비로소 접게 된다. 일제하의 엄혹한 현실을 보면서 그는 노장의 '무위자연' 속에 안주할 수만은 없었던 것이다.

제3장
"참여시인" 호칭에 대한 담론

앞에서 석정을 "목가시인"이라고 호칭하는 것은 적절치 않은 일이라고 했다. 그 이유는 초기 시집 이후 다양하게 변전을 거듭한 그의 시세계를 그렇듯 일원화된 호칭으로는 알맞지 않다는 점 때문이었다. 마찬가지로 "참여시인"이라는 일원화된 호칭도 가능치 않다는 점을 우선 말하지 않을 수 없다.

특히 석정은 제3시집 『氷河』와 제4시집 『山의 序曲』 무렵에 현실을 투시하는 작품을 많이 보이고 있으나, 그렇듯 현실을 투시하는 작품을 보이고 있다 해서 '참여시인'이라 호칭하는 건 무리다. 현실을 투시하고 관조하며 작품을 생산해내는 건 시인의 본연의 책무이기 때문이다. 당연한 것을 당연하게 받아들여야지, 현실 투시의 작품이 몇몇 작품 있다 해서 '참여시인' 호칭을 하는 건 알맞지 않은 일인 것이다.

그리고 이 점에 대해선 뒤에서 1960년대 후반의 이른바 "참여문학 논쟁"을 화두로 하여 자세히 논의하기로 하고, 우선 여기서 밝혀야 될 것은, 그는 "지조 있는 선비"라는 점이다. 그의 네 번째 시집 「서문」에는 조지훈 시인의 "지조 있는 한 선비"라는 지적이 있는데 우리는 이 점을 유의해서 볼 필요가 있다. 조지훈 시인의 지적은 결코 우연한 일만은 아닌 것이다.

진실로 석정은 '지조 있는 선비'라 말할 수 있고 그의 문학도 바로 그 선비적 개결성에서 나온, 다소 현실 비판적인 시각이 있는 작품이 있을 뿐이다. 그의 문학(시)이 결코 국가나 집단의 고민을 드러내고, '그것으로 비롯되는 위험을 각오'할 만큼의 "저항"은 아닌 것이다. 여기서 '그것으로 비롯되는 위험'이란 무엇을 말함인가? 이는 말하자면 '일신상의 위험', 즉 죽음까지도 각오하고 강력한 "저항"을 했을 때 당할 수 있는 위험을 말함이다. 다시 말하지만 그의 현실 투시의 작품은 죽음까지도 각오한 저항의 문학은 결코 아니다. 1970년대 김지하 시인의 시 「오적(五賊)」을 떠올리면 문제는 간단하다. 그는 「오적」을 발표한 후 사형 언도를 받았고, 일본을 비롯한 세계 PEN클럽 회원들이 그의 구명운동을 벌였으며, 그 이후 정권의 변화 등을 거치며 사면받게 된 것은 우리가 너무 잘 알고 있는 일이다.

다음에 인용하는 석정의 '좌우명'은 "지조 있는 선비"의 위상을 잘 드러내주고 있다.

> "志在高山流水"—속물이 되기 쉬운 것도 인간이요, 지조를 헌신짝처럼 버리기 쉬운 것도 인간이다. 그러므로 뜻을 항상 저 고산(高山)과 유수(流水)에 두는 날, 명경지수 같은 마음으로 정신의 기둥인 지조를 끝내 지닐 수 있으리라 믿어 "志在高山流水"를 내 좌우명으로 삼고 있다.
> — 최승범, 「夕汀 시인의 성품과 사상」 부분, 『전북대 신문』(1973. 8. 10)

위의 인용은 재론할 필요도 없다. 선비의 선비다운 말이기 때문이다. 그리고 다시 부연한다면, 그의 시가 다소 현실 참여적인 시로 보이는 이유는 그의 성정(性情)에서 비롯되는 문제라는 것을 인식해야 된다. 석정을 지근거리에서 대면한 사람들은 대체로 알고 있는 일이지만, 그는 선비적 개결성, 시인적 개결성이 유난히 두드러진 분이다. 그 자신의 성정에 마땅찮은 일을 보면, 그 특유의 가십(gossip)과도 같은 언어로, 그 즉석에서 한 마디 날려버리는 성격을 지닌 분이다. 그만큼 그는 성격이 급한 분이다. 성격이 급할 뿐만 아니라 그분의 말씀도 우렁우렁한 목소리인데도 불구하고 매우 급하다. 가령 대중 앞에서나 혹은 출판기념회 같은 데에서의 그의 말씀은 소나기가 시작되는가 싶으면 이미 끝나버린다. 느린 템포로 진행되는 장광설이나 연설은, 아예 그의 체질에 맞지 않는다. 고인에 대하여 대단히 죄송하고 불경스런 표현이거나, 혹은 예의에 어긋날지 모르지만, 만년에 그가 뇌졸중으로 고생하시다가 타계하신 점도 바로 그 급한 성정의 문제가 아니었던가 싶다.

그걸 결벽성이라고 해야 할까, 순수성이라고 해야 할까? 아무튼 그분은 싫은 것은 확실하게 싫어하고 좋은 것은 확실하게 좋아하는 그런 성정의 소유자였다. 그건 세상사뿐만 아니라 사람을 판단하는 기준에서도 그러했다. 좋아하는 사람은 확실하게 좋아하고, 싫어하는 사람은 확실하게 싫어한 그런 분이었다.

그런 그분의 성정은, 그분의 작품에서도 마찬가지로 나타난다. 다소 현실 투시적인 작품을 유심히 보면, 언제나 그 명암이 확실하다. 그의 시에 보이는 시대 현실은 "봄" 아니면 "겨울"이다. 즉, 그의 현실에 대한 표현은 언제나 '지옥', '멍든 세월', '겨울', '소란한 세상', '어둠', '흐린 날', '밤', '시시한 세상', '퇴색한 세월', '시끄러운 세상' 정도의 지극히 추상적인 표현으로 일관되고 있다. 그리고 반대로 그의 미래지향적인 시적 표현은 또 대체로 '봄', '춘망(春望)', '개벽', '어린 봄', '새로운 봄', '경칩', '입춘(立春)' 등으로 표현될 수밖에 없게 된다. 석정의 시가 극복했어야 될 무엇이 있었다면, 바로 이런 "명암(明暗)"이 확실한 표현들, 빛과 그늘이 너무 명백한 표현이 아니었는가 싶다.

　그리고 이러한 표현들을 일러 혹자들은 현실 참여의 언어로, 현실 고발의 언어로, 혹은 저항의 언어로 착각해버리기도 하는데, 좀 더 유심히 천착해보면 바로 그렇지만은 않은 데에 문제가 있는 것 같다.

　사실 이러한 표현들에서 우리는 세상을 반듯하게 관조하고 투시하는 선비적 자세를 찾기는 쉬우나, 현실의 부조리나 고민을 보다 적극적으로 표출해내는 저항적 자세, 또는 그로 인하여 시인 자신에게 위험부담이 닥칠 만큼의 보다 강렬한 저항적 언어, 그런 언어들로는 전혀 받아들여지지 않는다. 그리고 현실을 "진단"하는 데 있어서도 김현의 표현대로 "考古學的 노력"이 없어 보인다. 명암이 너무나 확실하게 드러나는 추상성의 언어로 표현되기 때문에 관념적이고 추상적인 시어가 되어버린다.

　다음 작품은 가장 석정 시다운 현실 투시의 작품 중의 하나로, 이 시는 1947년에 나온 제2시집 『슬픈 牧歌』에 담긴 작품이다.

나와
하늘과
하늘 아래 푸른 산뿐이로다.

꽃 한 송이 피워낼 지구도 없고
새 한 마리 울어줄 지구도 없고
노루새끼 한 마리 뛰어다닐 지구도 없다.

나와
밤과
무수한 별뿐이로다.

밀리고 흐르는 게 밤뿐이요,
흘러도 흘러도 검은 밤뿐이로다.

내 마음 둘 곳은 어느 밤 하늘 별이드뇨

─「슬픈 構圖」 전문

위의 작품은 제2시집 『슬픈 牧歌』에 실린 작품 중에서 유일하게 현실 투시를 보이고 있는 작품이다. 위의 「슬픈 構圖」 같은 작품은 시대적 "어둠"이 가장 핵심적으로 나타나는 작품이다. 그의 초기 시집 『촛불』이나 『슬픈 牧歌』 무렵 작품 중에서 가장 대표적으로 시적 변화를 보여주는 작품이기도 하다.

우선 이 작품은 첫 시집 『촛불』에서 보인 노장적 "자연"이 가장 현저하게 자취를 감추고 있고, 앞의 장에서 말한 제물론 등의 영향이나 정서도 찾아볼 수 없으며, "산수도", "지도" 등에서 보여주던 몽환적인 세계나 환상성과의 조우도 자취를 감추고 있다. 그야말로 일제하 현실의 "어둠" 만이 화자의 의식세계를 지배하고 있는 것이다.

신화적 이상향이었던 "그 먼나라"를 조망하던 그가, 어느덧 현실세계로 귀환하여 시선이 멈춰진 곳은 "흘러도 검은 밤뿐"인 그러한 곳이었다. 시집 『촛불』 무렵 그가 즐겨 부르던 "어머니"도 이젠 자취를 감추고, "그 먼나라"를 향한 안개처럼 깔렸던 아름다운 수식어마저 감춰버린 채로 암울한 현실만이 그의 앞에 펼쳐지고 있었던 것이다.

위의 작품은 우선 전반부 두 연과 후반부 두 연을 분리시켜 생각해볼 필요가 있다.

먼저 전반부를 보면, 1연에 "푸른 산뿐"이라는 표현이 보인다. "지상(地上)"의 '푸른 산'을 표현한 것이다. 그런데 그 다음 2연에는 "꽃 한 송이", "새 한 마리", "노루새끼 한 마리" 뛰어다닐 "지구"도 없다는 것이다. 1연에 대해 2연은 우선 역설적이다.

이 시의 후반부도 상황은 비슷하게 나타난다. 먼저 후반부 3연을 보면

“무수한 별뿐”이라는 표현이 보인다. “천상(天上)”의 무수한 별을 표현한 것이다. 그런데 그 다음 4연에는 “내 마음 둘 곳은 어느 밤하늘 별”이냐고 물음으로써 ‘별’이 없는 ‘밤뿐’이라는 것이다. 3연에 대해 4연 또한 역설적이다.

그러므로 ‘이러한 역설이 왜 가능한가?’가 이 시를 이해하는 초점이 된다. 아니, 그 역설을 이해하는 것이야말로 이 시를 이해하는 지름길이 된다고 하겠다.

우선 1연의 ‘푸른 산’(지상)이 우리들 인간의 안식처나 귀의처로서, 혹은 이상향으로서의 ‘푸른 산’이 되기만 한다면 역설은 불필요하다. 그러나 시인의 의식 속에 있는 ‘푸른 산’은 이미 안식처나 귀의처, 혹은 이상향이 아니다. 이미 그곳은 화자가 ‘몸담을 곳’이 못 되는 장소이다.

시의 후반부의 경우도 마찬가지이다. 우선 3연에 보이는 ‘무수한 별’이 우리들 인간의 삭막한 갈증을 풀어줄 수 있는 존재물이 되기만 한다면 역설은 불필요하다. 그러나 화자의 의식 속에 있는 ‘무수한 별’은 이미 삭막한 갈증을 풀어줄 수 있는 별이 아니다. 이미 그 ‘별’은 화자가 기대하는 ‘별’이 못 되는 것이다. 따라서 이 시는 “지상”의 자연과 “천상”의 자연을 빌어서 역설이 가능했던 것이다. 시인의 표현대로라면 당시 일제하의 현실은 “몹쓸 지구”였던 것이다.

다음과 같은 「시인의 자작시 해설」은 좋은 참고가 되리라 믿는다.

천지를 바라봐야 몸담을 곳이 없고, 꽃 한 송이 새 한 마리 나를 달랠 수 있는 것도 아니었다. 다만 어둔 밤이 나를 에워쌀 따름이었다. 어제도 흐르던 검은 밤이 오늘도 흐르고, 다만 그 무서운 밤이 밀리고 흐를 뿐이었으니, 어쩌지 못하는 마음은 어느 밤하늘 별에다 두어야 할 것이었던가?

— 신석정, 「시인의 자작시 해설」 부분

한편, 이 작품은 앞에서 해설한 작품들, 즉 『촛불』 무렵의 일련의 작품들
이 노장의 "자연"에 밀착되어 있었던 데 비하여 그 "자연"으로부터 빠져나
왔다는 점에서 그 의의를 찾을 수 있다. 말하자면 현실을 도외시하던 시인
이 이제 이 작품에서는 현실에 눈을 돌린 작품이라 할 수 있는 것이다.

이것은 이 시인에게 있어 매우 중요한 변화이다. 그리고 그 변화는 외
부로부터 온 것이 아니라, 시인 자신의 내부로부터 온 것이라고 할 수 있
다. 즉, 이상적 자아와 현실적 자아 사이의 갈등으로부터 온 것이라고 할
수 있다. 당시의 일제 현실은 그의 표현대로 "밀리고 흐르는 게 밤뿐이요
/흘러도 흘러도 검은 밤뿐"인 암울한 상황이었는데 "그 먼나라"(이상향)
만을 동경하고 있을 수는 없었던 것이다.

그런데 이 작품의 문제점을 굳이 든다면 "명(明)"과 "암(暗)"이 너무 뚜
렷하게 나타난다는 점이다. 그리고 그 "명"과 "암"이 너무나 관념적이고
추상적인 느낌으로 다가온다는 점이다. 좀 더 구상화(具象化)된 일제하 질
곡의 상황이 전혀 보이지 않는다는 점인 것이다.

물론, 일제 질곡의 상황을 구상화할 수 없었던 데에는 변명이 있을 수
있다. 그리고 그 "변명"은 일제 당국에 걸려들지 않기 위해서는 어쩔 수
없었다는, 즉 구체적 상황을 표현할 수 없었다는 변명이 있을 수 있다. 또
한편으로는 시적 표현을 꼭 구체화했어야만 된다는 말도 아니다.

그리고 이 시의 또 하나의 문제점은 일제하의 시대적 상황을 너무 지나
치게 예단했다는 데에 있다. 앞에서 말한 그의 선비적 개결성대로 너무
"명"과 "암"을 조급하게 단정해버렸다는 데에 이 시의 약점이 있다. 말하
자면 김현의 표현대로 시대 현실을 진단함에 있어 "고고학적 노력"이 없
이 예단해버렸다는 데에 문제는 있는 것이다. 그리고 바로 그렇기 때문에
관념적이고 추상적인 언어로 읽혀진다고 하겠다. 그럼 여기서 다음 작품
을 보기로 하겠다.

우수도
경칩도
머언 날씨에
그렇게 차가운 계절인데도
봄은 우리 고운 핏줄을 타고 오기에
호흡은 가빠도 이토록 뜨거운가?

손에 손을 쥐고
볼에 볼을 문지르고
의지한 채 체온을 길이 간직하고픈 것은
꽃 피는 봄을 기다리는 탓이리라.

산은
산대로 첩첩 쌓이고
물은
물대로 모여 가듯이

나무는 나무끼리
짐승은 짐승끼리
우리도 우리끼리
봄을 기다리며 살아가는 것이다.

―「待春賦」 전문

위의 시는 석정 시를 현실 참여 쪽으로 몰고 가려는 사람들에게 더러
인용되기도 하는 작품이다. 그러나 필자가 보기에는 「待春賦」라고 하는
옛날 한시에서나 볼 수 있는 제목이 그렇고, 앞에서 말한 것처럼 "명"과
"암"이 극명하게 나타난다는 점에서도 단조로운 느낌만은 어쩔 수가 없
는 것 같다. 말하자면 "차가운 계절"과 이에 대립되는 "꽃 피는 봄", "산"
과 이에 대립되는 "물", "나무"와 이에 대립되는 "짐승", 이런 시어들이

다소 생소한 개념으로 다가온다는 점은 어쩔 수 없는 것이다. 그리고 현실을 "고고학적 노력" 없이 단정해버리고 있다는 점에서도 '참여시' 운운하는 것은 걸맞지 않은 일인 것 같다.

그러나 한편으론 시인의 시선이 이제는 무위자연이나 노장이나 도연명이 아니라, 시대와 사회 그리고 그 사회 속의 인간들을 투시하고 있다는 점에서는 평가해야 될 시기의 작품인 것만은 분명하다.

이 시는 실로 유별난 체험을 겪은, 이 시인의 개인사(신석상, 『죽음보다 외로운 가슴을 위하여』, 동천사, 1984, 25~31쪽 참고)를 이해하고, 또 서로 교류하고 지냈던 정지용이나 김기림 등이 친일지 『국민문학』에 작품을 게재하고 있을 때, 유독 지조를 지키고 있었던 석정 시인을 이해하고, 해방 후 좌·우익의 갈등을 빚고 있었던 한국문단 상황 등을 이해한다면 다소 작품배경 이해에 도움을 받을 수 있으리라 생각된다.

말하자면 "나무는/나무끼리/짐승은/짐승끼리/우리도 우리끼리"에서 보이는 정서는 그런 의미에서 시사하는 바가 크다고 하겠다. 그러나 역시 그 "명"과 "암"의 시적 단조로움만은 어쩔 수 없이 지적하지 않을 수 없다.

그럼 여기서 이른바 '참여문학'에 대한 이해를 돕기 위해 1960년대에 있었던 "참여문학 논쟁"의 핵심을 간략히 더듬어보기로 한다. 이러한 일은 본 논의의 확실한 근거를 갖게 해주는 작업이 될 것이기 때문이다.

이른바 앙가제 문학은 제2차 세계대전 때 프랑스 레지스탕스 운동시대에 성장한 문학의 한 운동이다. 정치 참가 및 사회 참가의 문학이란 뜻을 지닌 것으로서 정치나 사회에 대하여 서약적·봉사적 성격을 가진 문학이라 규정해놓고 있다. 말하자면 제2차 세계대전 때 독일군 점령하의 프랑스에서 일어난 일종의 항독(抗獨)운동이며 정치적·문학적 지하 저항운동이었다.

특히 사르트르를 중심으로 한 실존주의 문학이 이 땅에 흘러 들어오면서부터 우리나라에서도 1960년대 신예비평가들에 의하여 문학의 현실 참여론이 전개되기 시작했고, 그에 관한 논쟁도 심심찮게 있어 왔다. 그 '논쟁'의 핵심만을 간추려보면 다음과 같다.

김붕구는 1967년 10월 세계문화자유회의 세미나에서 「작가와 사회」라는 주제발표를 했는데, 작가의 사회 참여에 대한 부정적 측면에서 말한 바 있다. 즉, 그는 작가가 사회적 자아를 주장한다고 해서 그것이 작품으로 성립될 수는 없다고 말하면서, 사회적 자아가 사회를 강렬하게 투시 또는 대결하는 그 강도가 창조적 자아를 거쳐 작품 속에 침투되어야 한다는 것이 그의 견해였다. 이러한 그의 견해의 핵심은 이론화된 앙가즈망은 결국 이데올로기로 귀착될 뿐 창조적 자아를 자승자박한다는 데에 있었던 것 같다.

김붕구의 이러한 견해에 정면으로 맞선 사람은 임중빈이다. 그는 사회를 의식하지 않은 창작은 "허상의 창조"라고 말하면서, 작가의식의 본연은 역사의식과 합류되어야 한다는 것, 그러므로 시대정신과의 함수관계를 떠난 작가의식은 필경 "오락의 밀사"가 아니면 "순간을 위한 레알리테"로 공전할 우려가 있다고 말했다. 그의 이러한 견해는 참여문학에 대한 긍정적 측면에서의 발언이라고 말할 수 있다.

이러한 임중빈의 참여론에 대하여 다시 부정적으로 나선 사람이 김현이다.

그는 「참여와 문학의 고고학」(『동아일보』 1967. 11. 1)이란 글에서 참여란 공허한 개념으로밖에 생각되지 않는다면서 그것보다 오히려 우리 시대 이 혼란된 양상의 근본적 구조를 밝히는 고고학적 노력 및 우리의 발상법과 서구의 그것과의 연관성의 해명, 그것만이 모든 것을 해결하는 첩경이 된다고 말했다.

또 다른 하나의 참여론은 김수영의 견해이다.

그는 문화의 독선주의를 증오하고 삶을 정면으로부터 회피하는 인간의 비인화(非人化)를 배격하는 입장에서 현실과 상황에 대한 작가의식을 고취했다. 그리고 그 같은 김수영의 견해와 그의 일련의 참여시를 옹호하는 입장에서 백낙청도 "그는 좁은 의미의 참여시를 위해 싸웠다기보다 정직하고 책임 있는 문학의 자세를 옹호하고, 양심과 이성을 지닌 지식인으로서의 사명을 다하고자 했었다"고 김수영을 옹호했다.

그러나 그러한 백낙청의 견해에 대하여 이철범은 다시 김수영을 비난하는 의견을 내놓았다. 즉, 김수영이 한국에서 자유가 억압되고 나치문화와 같은 획일성이 자행되고 있다고 염려했지만, 그의 시가 관의 구속 때문에 발표되지 않은 일이 없다고 말했다.

한편, 1968년 4월 26일 흥사단 주최의 금요강좌에서 정명환이 「문학과 현실 참여」를 발표했는데 여기서 그는 참여의 개념을 '집단에 대한 의식과 자아의식의 결합관계'라고 한정하며, 집단에 대한 의식으로 집단의 고민을 드러내고 그것으로 비롯되는 위험을 각오하는 문학이 바로 참여문학이 된다고 규정하였다.

이러한 정명환의 견해는 필자가 보기에도 가장 주목할 만한 것으로 보이며, 그의 그러한 견해를 그대로 받아들일 경우 일제하를 산 시인이 일제하의 현실과 정면으로 맞서는, 그리하여 자신에게 닥치는 위험을 각오할 만큼의 참여시를 쓰지 않았다면 해방 후에 그가 쓰는 참여시는 일종의 넌센스라는 논리도 적용될 수 있지 않을까 싶다. 말하자면 무당이 멍석을 깔아주면 굿을 하고 멍석이 깔리지 않으면 굿을 못하는, 그러한 무당이 있다면 그건 무당이 아니거나 사이비 무당일 수밖에 없다.

이상 간추려본 외에도 많은 평자들의 견해가 있으나, 대체로 탁견이 없이 이복형제 격이어서 생략하고 마지막 정명환의 견해에 본고는 보다 큰

신뢰를 걸면서 석정의 시 한 편을 다시 검토하기로 한다.

퇴색한 세월의 가쁜 숨소리 낡은 커튼에 흐느끼고 바람도 흐르다간 앙상
한 나무에 석상처럼 정지하는 날.

인젠 山도 통곡에 지쳐 동결된 침묵 속에 號泣도 망각하고,

문주란·풍란·석곡·선인장·만년청·재라니움들이 외로운 가족처럼
모여서, 더러는 얼굴을 맞대고, 더러는 볼에 볼을 문지르고, 더러는 여윈 손
을 높이 들고,

이 외로운 가족들이 겨울을 거부하며 살아가야 하는 나의 작은 방에서 이
들의 의지를 배워야 하고,

이 가족들 사이에 끼어 함부로 떨어진 뭇 종자들이 어두운 지층에서 발아
를 음모하는 밀어를 나는 믿어야 하고,

때론 窓 너머로 기린처럼 길게 목을 내밀고, 시계탑 언저리에 쏟아지는 태
양의 분수를 횡단했을 비둘기의 빨간 발목에 묻어오는 어린 봄을 나는 맞이
해야 하고,

일체를 부정하라!
이런 엄숙한 자세로 이 가난한 창변에서
새로운 봄에 대비할 예의를 나는 궁리해야 한다.
—「봄이 올 때까지」 전문

위의 시 「봄이 올 때까지」는 앞에서 검토한 작품들과 마찬가지로 "봄"과
"겨울"의 이분법적 시대인식을 볼 수 있게 해준다. 이러한 시대인식은 시
집 『氷河』 무렵 「待春賦」 등 여러 작품에서 보여준 기법이지만, 시집 『山의
序曲』에 이르면 그 표현 빈도가 더욱 많아진다. 그러니까 석정 시에서의

현실은 대체로 "겨울"(혹은 밤, 어둠)로 표현되고 있으며, 그가 기대하는 미래지향적 세계는 "봄"(혹은 하늘, 새벽)으로 표현되고 있다. 앞에서 말한 대로 "명"과 "암"이 극명하게 대비되는 표현을 하고 있는 것이다.

사실 석정 시의 단순구조가 바로 여기에서 비롯된다고 볼 수 있다. 좀 더 예를 들어본다면 '지옥', '멍든 세월', '소란한 세상', '어둠', '시시한 세상', '퇴색한 세월', '시끄러운 세상' 등등의 현실 인식도 그런 단순구조를 부채질하는 요인이 되고 있다고 보여진다. 좀 더 현실사회에 대한 미시적 접근이나 내시적 접근, 혹은 김현의 표현대로 "고고학적 노력"이 있었더라면 하는 아쉬움이 남는 것이다.

한편, 이러한 현실 투시의 작품(시집 『山의 序曲』, 『氷河』 무렵)의 구조들이 대체로 전반부에서는 서정적 톤으로, 혹은 정관적(靜觀的)·관조적(觀照的) 흐름으로 이루어지다가, 갑자기 시의 말미에서 "일체를 부정하라"는 식으로 한번 부르르 흥분(?)하거나 일도양단의 언어로 직핍하는, 그런 구조들이 많이 보이는 것도 석정 시의 특이한 점이다. 혹자는 석정 시의 이런 부분을 참여시 운운하며 거론하기도 하지만, 그것은 석정 시의 본질을 잘 파악하지 못한 편견일 뿐임을 이해해야 된다. 말하자면 석정 시의 이러한 면모는, 그의 선비적 개결성이 마땅찮은 현실에 대하여 단순논리로 흥분(?)하고 비판한 언어일 따름인 것이다. 앞에서 말한 "명"과 "암"이 극명하게 대비되어 나타나는 석정 시의 시적 언어, 바로 그걸 말함이다.

그러나 이 무렵의 작품들이 석정의 초기 시(시집 『촛불』, 『슬픈 牧歌』 무렵)와는 달리 시인의 시선이 현실을 투시하고 있다는 점만은 분명하다. 특히 위의 작품 「봄이 올 때까지」는 한 작품으로서의 긍정적인 면과 부정적인 면을 함께 아우르고 있는 작품인 것 같다.

따라서 그 긍정적인 면과 부정적인 면을 항목별로 검토해봄으로써 독자들의 작품 이해에 다소나마 도움이 되었으면 한다.

  신석정 평전—그 먼나라를 알으십니까

(1) "봄 · 새벽(태양)", "겨울 · 어둠" 등의 표현 문제

① 긍정적인 면 : 시대 현실에 대한 인식을 "봄"과 "겨울"로 단순화함으로써, 독자들로 하여금 빠르게 그 메시지를 전달받을 수 있게 하는 것 같다. 특히 이 작품을 쓴 시점이 4 · 19 직전(1960년 1월)이었음을 참고로 해보면 시인이 표현한 그 "겨울"은 이승만 독재(?)정권 치하로 보이기 때문이다.

② 부정적인 면 : 이렇듯 "명"과 "암"이 극명한 양극적인 표현은 시적 세계를 단순화시켜버릴 위험성이 있다. 시대인식에 대한 "고고학적 노력"(김현의 표현, 『동아일보』 1967. 11. 9)도 없이 "겨울"로 규정지어버리면 시의 단순 구조를 부채질할 위험성이 있다. 특히 독자들의 상상력에 기여해야 하는 시의 본질을 생각하면 더욱 경계해야 할 시적 표현이라고 하겠다.

(2) 「봄이 올 때까지」 등 현실 투시작품의 시인의식 문제

① 긍정적인 면 : 현실을 투시하고 관조하고 비판할 수도 있는 문학(시)적 특성으로 볼 때, 우선은 긍정적으로 평가할 수 있는 면이 있다. 특히 이 시인이 초기 시집(『촛불』, 『슬픈 牧歌』) 무렵, 노장사상과 도연명의 세계에 많이 침잠했고, 무위자연의 이상향을 추구한 나머지, 시대 현실을 도외시했다는 점에서 볼 때 더욱 그러하다.

② 부정적인 면 : 초기 시집에서 '제물론', '양생주' 등 노장사상을 보임으로써 독자들의 정서 순화에 크게 기여한 바 있다. 그러나 그의 중기 시집(『氷河』, 『山의 序曲』)에서는 "참여시를 사갈시"해서는 안된다며 무리하게 문학의 현실 참여에 집착함으로써(문학의 현실 참여에 대한 다소간의 오해에서 비롯된 듯) 오히려 비문학적 작품을 생산해내지 않았나 하는 생각을 하게 만든다.

(3) 「봄이 올 때까지」 등 현실 투시작품의 시적 구조의 문제

① 긍정적인 면 : 석정 시 「봄이 올 때까지」는 그의 시적 구조의 한 전형을 보여주는 작품이다. 이 작품의 구조는 1연에서 6연까지는 일종의 도입부이다. 그러니까 이 시인이 독자를 향하여 말하고자 하는 진술(메시지)은 당연히 7연(결구)이다. 이런 구조는 석정 시에서 흔히 보는 일이다. 물론 1연에서 6연까지는 "겨울"을 이겨내는 가족(식물 이름)들을 열거함으로써 간접적으

로 화자의 시대의식을 엿보게 해주는 효과를 거두고 있다.

　② 부정적인 면 : 이러한 시적 구조는 우선 시의 유기체적 구조에 흠결을 보이는 일이다. 시적 완성도의 면에서도 흠을 보이는 일임은 더 말할 나위도 없다. 특히 암시적·은유적 효과를 거두고 있는 1연~6연의 경우, 무리한 식물 이름 나열 등이 다소 거슬리기는 하지만, 그런 대로 시대의식을 보여주는 묘미를 거두고 있다. 그러나 "일체를 부정하라"는 식의 직설적 결구는 아무래도 거슬린다고 아니 할 수 없다. 어찌 보면 "선비적 직언"을 과시하는 듯한 이런 구절이 시적 의미망에서는 문제가 된다고 하겠다.

「"참여시인" 호칭에 대한 담론」을 이쯤에서 마무리하고자 한다. 결론 삼아 다시 말하지만, 석정은 "참여시인"이 아니다. 참여시다운 참여시가 없을 뿐만 아니라, 참여시 운운하며 거론하는 작품들마저도 그의 선비적 개결성에서 나온 언어라는 점을 유의해야 한다. 그의 선비적 개결성이 "명"과 "암"이 분명한 시각을 만들고, "천지를 바라봐야 몸담을 곳"이 없는 시각을 만들었던 것이다. 말하자면 그가 파악한 현실은 "몹쓸 지구"와 같은 지극히 단순개념으로 파악된 현실이기 때문에 "좋다" "나쁘다"가 너무나 명백하게 나타나버린 것이다.

현대시의 이론에는 '명료성'도 있어야 하지만 '모호성'도 있어야 한다는 이론이 있다. 그리고 그 '모호성'은 독자들의 상상력에 기여할 수 있다는 논리이다. 석정 시의 그 "명"과 "암"이 확실한 표현은, 독자들의 상상력을 저해하는 요인이 되고 있는 것도 사실이다. 석정의 시가 지양했어야 할 무엇이 있었다면 바로 그 점이 아니었나 싶다. 특히 그의 현실 투시적인 시가 많이 보이는 시집 『氷河』와 『山의 序曲』에서, 그 점이 더욱 두드러지게 나타난다고 하겠다.

두말할 필요도 없이 시는 독자의 상상력에 기여하는 문학이다. 독자의 상상력에 기여함으로써 우선 독자들의 정서 순화, 그리하여 "구원"을 주고 "카타르시스"를 주는 그런 부분이, 시가 담당해야 될 영역이다. '교훈성'과 '쾌락성'이라는 고전적 문학관이 있지만 시의 효용성은 오히려 '쾌락성'이 더욱 요구되는 문학이 아닐까 싶다. 말하자면 "독자를 가르치려 드느냐?" 아니면 "독자에게 위안을 주려 드느냐?"고 할 때, 시는 오히려 "위안"을 주는 쪽이 아닐까 싶은 것이다. 말하자면 시의 가장 중요한 미덕은 치유의 기능이라는 말이다. 그리고 시가 "진술된 시여야 하느냐?" "의사진술이어야 하느냐?" 할 때에도 당연히 후자여야 하리라고 믿는다.

솔직히 말해서 석정의 시는(특히 현실 투시의 시에 보이는 현상) "진술(陳述)"인 경우가 많다. 예컨대 "나무는/나무끼리/짐승은/짐승끼리/우리도 우리끼리/봄을 기다리며"(「待春賦」) 살아가야 한다는 "진술"은, 그러한 예의 하나이다. 그래서 시적 표현의 중요한 덕목은 "의사진술(疑似陳述)"이라고 하지 않던가?

따라서 직설적 논설조의 언어나 신문의 가십과도 같은 언어는 시적 언어로서는 금기의 영역이다. 물론 앞에서도 지적했지만 "일체를 부정하라"는 식의 구호조의 언어는 더 말할 나위도 없다. 그러므로 시의 언어는 상징과 비유의 언어를 그 미덕으로 삼는 것이다. 마치 동양화의 여백처럼 독자들의 상상력에 기여해야 하는 문학이 바로 시인 것이다. 다시 말하자면, 석정의 현실 투시적인 시, 즉 "진술"의 시가 극복했어야 할 무엇이 있었다면, 바로 그 동양화의 여백을 만들지 않았다는 데에 있는 것이다.

제4장
만약 "전원시인"이라 호칭한다면

이 경우 무엇보다도 아무런 걸림새가 없다는 사실이다. 석정 시는 크게 세 갈래의 시세계가 있는데, 세 갈래의 시세계와 모두 충돌되지 않고 걸림새가 없다. 초기 시를 쓸 무렵, '목가시인'(?)이라 불렸던 작품들과도 우선 걸림새가 없으며, 앞에서 '목가시인' 호칭은 부당하다고 했기 때문에, 노장사상이나 도연명의 영향을 받은 시세계와도 아무런 걸림새가 없다. 중기 시를 쓸 무렵, 앞에서 이 시기의 작품들이 현실 투시의 작품들이 많다고 했는데, 현실 투시의 작품들과도 걸림새가 없다. "전원(田園)"에 살면서 얼마든지 현실 투시의 작품을 쓸 수 있기 때문이다. 후기 시를 쓸 무렵 그가 유유자적하며 은일사상을 보였던 시기와는 더욱더 아무런 걸림새가 없다. 동양적 선비적 자세로 '은일(隱逸)'한 사상을 보일 수 있기 때문이다.

마지막으로 "고향을 떠날 수 없었던 시인"이라고 앞에서 말했는데, 이와는 더더구나 잘 어울린다. "전원"생활을 하며 유유자적하게 살 수 있고 "소요유"를 즐길 수도 있으며, 중장통(仲長統)의 「낙지론(樂志論)」처럼 "어찌 제왕의 문에 듦을 부러워" 하지 않을 정도의 초연한 생활을 즐기는 시인으로 살 수 있기 때문이다.

그러면 여기서 초기 시와 중기 시, 그리고 후기 시에서 전원적 특색을 지닌 시 한 편씩을 감상해보기로 한다. 이는 "전원시인" 호칭의 당위성을 확인하는 작업이 될 것이기 때문이다.

저 재를 넘어가는 저녁해의 엷은 광선들이 섭섭해합니다
어머니 아직 촛불을 켜지 말으서요
그리고 나의 작은 명상의 새새끼들이
지금도 저 푸른 하늘에서 날고 있지 않습니까?
이윽고 하늘이 능금처럼 붉어질 때
그 새새끼들은 어둠과 함께 돌아온다 합니다
언덕에서는 우리의 어린 양들이 낡은 녹색 침대에 누워서
남은 햇볕을 즐기느라고 돌아오지 않고
조용한 호수 위에는 인제야 저녁안개가 자욱이 내려오기 시작하였습니다
그러나 어머니 아직 촛불을 켤 때가 아닙니다
늙은 산의 고요히 명상하는 얼굴이 멀어가지 않고
머언 숲에서는 밤이 끌고 오는 그 검은 치맛자락이
발길에 스치는 발자욱 소리도 들려오지 않습니다
멀리 있는 기인 뚝을 거쳐서 들려오던 물결소리도 차츰차츰 멀어갑니다
그것은 늦은 가을부터 우리 전원을 방문하는 가마귀들이
바람을 데리고 멀리 가버린 까닭이겠습니다
시방 어머니의 등에서는 어머니의 콧노래 섞인
자장가를 듣고 싶어 하는 애기의 잠덧이 있습니다
어머니 아직 촛불을 켜지 말으서요
인제야 저 숲 너머 하늘에 작은 별이 하나 나오지 않았습니까?
　　　　　　　　　　　　　　　—「아직 촛불을 켤 때가 아닙니다」 전문

위의 시는 석정의 초기 시집 『촛불』에 담겨 있는 작품이다. 두말할 필요도 없이 이 작품은 노장사상의 그 무위자연에서 영향을 받아 쓰여진 작

품이다. 이렇듯 '자연' 그대로를 노래한 작품을 두고, 일제시대의 작품이라 하여 시대의식과 관련을 지으려는 논자도 있는 것 같다.

시의 해설에 있어 궤변은 금물이다. 해설자는 우선 인간(독자)의 보편적인 정서에 기여해야 하고, 시인이 창조한 세계를 보편타당성이 있고 객관성이 있게 해설해야 한다. 이 시를 시대의식과 억지로 결부시켜 해설하려는 시도는 바로 그 궤변에 해당된다. 그리고 그 궤변에 대해서는 더 이상 말하고 싶지도 않다.

이 작품도 「그 먼나라를 알으십니까」처럼 기본적으로 노장(老莊)과 관련을 맺고 있는 작품이다. 아니, 오히려 「그 먼나라를 알으십니까」보다 한 발 더 노장에 근접되어 있는 작품이라 할 수 있다. 「그 먼나라를 알으십니까」가 노장의 영향을 받은 시인 도연명의 '무릉도원'과 관련을 맺고 있다면, 이 시는 바로 그 노장의 '무위자연'에 바짝 다가서 있는 작품이라 할 수 있다.

따라서 이 시에 보이는 "재를 넘어가는 저녁해"나 "푸른 하늘"을 날고 있는 "새새끼들", "능금처럼" 붉어지는 하늘이나, "녹색 침대"에 누워 있는 "어린 양", 그리고 "저녁안개"가 자욱이 내려오는 "호수"나 "검은 치맛자락"처럼 보이는 "머언 숲", 혹은 "전원을 방문하는 가마귀들"이나 "저 숲 너머" 하늘의 "작은 별" 등등의 회화적 이미지들은 바로 그 '무위자연' 현상에 다름 아니다.

그리고 이러한 "자연"을 파괴할 수 있는 사물은 다름 아닌 "촛불"이다. 이 "촛불"이야말로 "자연"을 파괴하고 밀어내려는 유일한 사물인 것이다. 그러므로 "자연" 그대로의 모습을 파괴하는 "촛불"은 켜지 말아야 하고, 또 "켤 때"가 아닌 것이다. 그리고 이렇게 이해하는 것이 물 흐르듯 자연스런 이 시의 시적 논리요, 시적 상황인 것이다.

다시 바꿔 말하면 이 시의 화자는 물아일체, 물아양망의 '소요유'의 경지(장자의 제물론)에 있고 싶고 살고 싶은 것이다. 이 '소요유'의 경지를 침해하려는, 침해할까 두려운 사물은 당연히 '촛불'이다. 그러므로 '소요유'의 상황을 파괴하는 '촛불'은 제거돼야 하고 켜지 말아야 된다고 하겠다.

한편, 이 시에 보이는 청각적 이미지들, 가령 "발길에 스치는 발자욱 소리"라든가, 혹은 "기인 뚝을 거쳐서 들려오던 물결소리" 그리고 "어머니의 콧노래 섞인/자장가" 등도 또한 물아일체의 관념 속에 있는 바로 그 "자연"이라는 것을 이해해야 된다.

말하자면 '청산'도 자연이고, '청산' 속에 있는 '나'도 자연이다. '내'가 '청산' 속에 있고, '청산'이 '내' 속에 있다.

'나'는 '청산'에 살고 싶고 '청산'을 파괴하는 그 어떤 인위적 사물도 '나'는 용납하고 싶지 않은 것이다.

첫 시집 『촛불』 무렵 이 시인이 강력하게 영향 받은 것은 노장사상과 관련된 어록이 가장 많다. 시집 『촛불』 무렵 이 시인의 정서 속에는 바로 이러한 물아일체의 정서가 작용하고 있었다고 할 수 있다. 그의 자연적 연치(年齒)에 비해 때이른 초연(超然)이었다고 할까? 그리고 그 초연한 정서는 장자(莊子)의 제물론에 심취해 있었기 때문이었다고나 할까.

가령 이 무렵 석정의 다른 작품 "내 몸이 가벼이 흰 구름이 되는 날은/강 너머 저 푸른 산 이마를 어루만지리"(「靑山白雲圖」)와 같은 시구에서도 볼 수 있는 바와 같이, 이 무렵 그의 시는 제물론 등의 관념에 상당히 많이 경도되어 있었던 것이다.

다음으로 살펴보고자 하는 작품은 제3시집 『氷河』에 담겨 있는 작품 「빙하」라는 표제시이다. 앞에서 줄곧 이야기해왔던 것처럼, 이 무렵의 작품부터는 이른바 그 현실 투시의 작품이 많은 편이다.

시집 『氷河』가 세상에 그 얼굴을 보인 것은 1956년으로 이 시기는 두 가지 고난의 역사가 휩쓸고 간 뒤이다. 그 하나는 "6·25 전쟁"이라는 동족상잔(同族相殘)의 피비린 역사이고, 또 다른 하나는 몇 년 동안 계속된 흉년으로 인하여 조국 강산이 온통 가난으로 찌들은 것이다. 따라서 이 시집에 수록된 작품들은 또 크게 두 갈래로 나뉜다. 그 하나는 6·25 전쟁으로 인한 상처투성이의 작품들이고, 두 번째는 가난한 농촌의 춥고 배고프고 쓰라린 현실을 직시하고 있는 작품들이다.

더구나 이 시인의 개인사적 정황으로 보면, 정말 생과 사의 갈림길을 짭짤하게 체험한 뒤의 해라고 할 수 있다. 그리고 바로 그때, 시집 『氷河』가 세상에 얼굴을 보였고, 이 시집의 표제시 「氷河」가 쓰여진 것이다.

솔직히 말해서 이 시는 시집의 표제시임에도 불구하고, 시의 유기체적 구조의 면에서나 시적 완성도 면에서 성공작으로 생각되는 작품은 아니다. 하지만 이 시의 정서는 우선 뜨겁다. 첫 시집 『촛불』 무렵이나 두 번째 시집 『슬픈 牧歌』 무렵 노장의 제물론이나 양생주사상, 그리고 몽환적 이상세계를 유영하던 시인이 어쩌면 이렇듯 '철철철' 피가 흐르는 시를 쓸 수 있는지, 극과 극의 변화를 보일 수 있는 것인지, 의문스러울 정도로 이 시는 뜨겁다. 마치 벼랑을 기어오르다가 긁히고 긁혀서 상처투성이가 된 핏빛 생채기를 보는 것과도 같은 그런 시인 것 같다.

우선 이 시의 상징물로 등장하고 있는 것은 핏빛으로 물들어 있는 '동백꽃'이다. 바로 그 '동백꽃'이 화자의 의식 속에서 떨어지고 있다. 어쩌면 처절하리만큼 아픈 모습이다. 이 시인이 생과 사의 갈림길을 짭짤하게 체험했던 일(신석상, 『신석정 평전』(「죽음보다 외로운 가슴을 위하여」, 동천사, 1984))을 참고해보면 '동백꽃' 떨어지는 모습은 예사로운 시적 언어만이 아니다. 더구나 '한 가닥 남은 청춘마저' '동백꽃 지듯 소리없이' 떨어지는 모습은 어쩌면 처절한 아름다움 그 자체일 것 같다.

　그리고 더더욱 처절한 아름다움은 그 핏빛 '동백꽃'이 '빙하'되어 '한 천년' 흐른다는 표현이다. '철철철' 얼음 속에서 흐른다는 것이다. 말하자면 6·25 전쟁으로 인한 동족상잔의 피묻은 역사, 그리고 생과 사의 갈림길을 겪은 시인 자신의 피묻은 역사가 '한 천 년' '철철철' 흐르리라는 것이고, 피묻은 역사의 증언처럼 그렇게 '흘리고 싶다'는 것이다.

　이 시는 이와 같이 엄혹한 현실을 겪은 자기 자신과 그 당시의 현실을 투시하며 쓰여진 시이다. '흘리고'는 '흐르고'의 오식(誤植)인 듯하나, 너무 자신의 심정적 세계에 몰입하다 보니 그런 현상이 빚어진 것 같기도 하다.

　다음에서 다루고자 하는 작품은 석정의 제5시집 『대바람 소리』의 표제작 「대바람 소리」이다. 석정 시 「대바람 소리」에 나타나고 있는 시인의 정서는 이제 노년의 동양적 선비적인 자세로 안착하는 모습을 보여준다. 초년시절 아련한 꿈과도 같은 세계를 보여주었던 '그 먼나라'(도연명의 무릉도원의 영향을 받은 작품)로부터 출발하여, 노장사상이나 일제하 질곡의 어둠, 혹은 시대와 사회에 대한 투시와 관조의 시기를 우회하여, 드디어 도달한 세계가 바로 장자의 「낙지론」인 것이다. 노장사상에서 출발하여 결국 노장사상으로 귀환한 것이다.

　이 점은 석정 시에 있어 매우 중요한 의미를 지닌다. 무모한(?) 꿈의 세계를 펼쳐보였던 『촛불』무렵 작품에 대한 회의와 반성으로, 때로는 일제하의 어둠을 표현하기도 하고, 때로는 시대현실에 대한 비판이나 투시, 혹은 관조의 언어를 보이기도 하고, "참여시를 사갈시"해서는 안된다는 견해를 보이기도 하며 마치 자신이 참여시를 지향하고 있는 듯한 자세를 취한 적도 있지만, 결국 석정 시의 토양은 노장사상이었음을 그의 귀환을 통하여 보게 되는 것이다. 결국 그는 유유자적하는 동양적 선비일 수밖에 없었던 것이다.

대바람 소리
들리더니
소소한 대바람 소리
창을 흔들더니

小雪 지낸 하늘을
눈 머금은 구름이 가고 오는지
미닫이에 가끔
그늘이 진다.

국화 향기 흔들리는
좁은 서실을
무료히 거닐다
앉았다 누웠다
잠들다 깨어보면
그저 그런 날을

눈에 들어오는
병풍의 「樂志論」을
읽어도 보고 ……

그렇다!
아무리 쪼들리고
웅숭그릴지언정
— 〈어찌 帝王의 門에 듦을 부러워 하랴〉

대바람 타고
들려오는
머언 거문고 소리……

— 「대바람 소리」 전문

위의 시 「대바람 소리」 같은 작품을 대하면 "나물 먹고 물 마시고 팔을 베고 누웠으니, 대장부 살림살이 이만하면 족하도다." 하던 옛 안빈낙도(安貧樂道)의 선비들이 떠오른다. 이제 그의 시에서는 "꿈의 세계에서 미의 절정"을 찾아내려 하지도 않고, 시대 현실에 대한 비판이나 투시도 없으며, 체념의 정서나 은일사상의 정서를 보일 뿐인 것이다. 옛 유학자들에게서 보던 안빈낙도, 체념의 정서, 그리고 은일정신마저 보이고 있다 하겠다.

한편 이 작품에 나오는 "어찌 帝王의 門에 듦을 부러워하랴"는 구절은 벼슬을 사양한 채 은일생활을 즐긴 도가 중장통이 지은 글 「낙지론」에 들어 있는 구절이다. 여기서 「낙지론」 전문을 인용해보기로 한다.

거처하는 곳에 좋은 논밭과 넓은 집이 있고, 산을 등지고 냇물이 곁에 흐르고 도랑과 연못이 둘러 있으며 대나무와 수목이 둘러져 있고 타작마당과 채소밭이 집 앞에 있고 과수원이 집 뒤에 있다. 배와 수레가 걷거나 물을 건너가는 어려움을 대신하여 줄 수 있고, 심부름하는 이가 육체를 부리는 일에서 쉴 수 있게 한다. 부모를 봉양함에는 진미(珍味)를 곁들인 음식을 드리고 아내와 아이들은 몸을 괴롭히는 수고도 없다. 좋은 벗들이 머무르면 술과 안주는 차려서 즐기며, 기쁠 때 길한 날에는 염소와 돼지를 삶아 바친다. 밭이랑이나 동산을 거닐고 평평한 숲에서 노닐며, 맑은 물에 몸을 씻고 시원한 바람을 좇으며, 헤엄치는 잉어를 낚고 높이 나는 기러기를 주살로 잡는다. 기우제(祈雨祭)를 지내는 제단(祭壇) 아래에서 바람을 쐬며 놀다가 훌륭한 집으로 읊조리며 돌아온다. 안방에서 정신을 평안히 하고 노자(老子)의 현묘(玄妙)하고 허무한 도(道)를 생각하며, 조화된 정기를 호흡하며 지인(至人)과 같아지기를 구한다. 통달한 사람 몇 명과 도(道)를 논하고 책을 강론(講論)하며, 하늘과 땅을 올려다보고 내려다보며 고금(古今)의 인물들을 한데 종합하여 평(評)한다. 「남풍(南風)」의 전아한 가락을 연주하고 「청상곡(淸商曲)」의 미묘한 곡도 연주한다. 온 세상을 초월한 위에서 거닐며 놀고 하늘과 땅 사이를 곁눈질 하며, 당시(當時)의 책임을 맡지 않고 기약된 목숨을 길이 보존

한다. 이렇게 하면 하늘을 넘어서 우주 밖으로 나갈 수가 있을 것이니, 어찌
제왕의 문으로 들어가는 것을 부러워 하겠는가?

— 중장통, 「낙지론」 전문

물론 여기 보인 「낙지론」의 작자의 현실과 이 무렵 석정의 현실이 똑같
다는 얘기는 전혀 아니다. "어찌 제왕의 문에 듦을 부러워" 하지 않을 정
도로, 이제 체념의 정서를 간직하게도 되었다거나, 은일생활을 하고 있었
던 점이 서로 비슷하다면 비슷한 점이라고 할 수 있을 뿐이다. 그리고 위
의 「낙지론」에 보이는 "노자의 현묘(玄妙)하고 허무한 도(道)를 생각하며"
에 보이는 정서도 석정이 초기 시를 쓸 무렵 심취했던 노장의 허무주의적
사상과 맞물려 생각하게 하는 점이라고 할 수 있다.

아무튼 이 「대바람 소리」에 나타나고 있는 정서는 시의 화자가 이제 노
년의 유가적·선비적 자세로 안착해 있는 모습을 보여주고 있으며, "대
바람 소리"나 혹은 "거문고 소리"를 즐기며 은일한 생활 속에 있는 모습
을 보여주고 있다고 하겠다. 그러므로 "국화 향기 흔들리는" 서실(書室)에
서 "앉았다 누웠다/잠들다" 할 수도 있는 것이며, "병풍의 「낙지론」을 읽
어도 보"는 그런 유유자적한 생활을 즐길 수도 있었던 것이다.

여기서 다시 석정 시인을 "전원시인"이라 호칭하면 어떨까 하는 생각
을 제안한다. "전원시인"이라 호칭할 경우 우선 아무런 걸림새가 없다.
"꿈의 세계에서 미의 절정"을 찾아내려 했던 초기 시(『촛불』, 『슬픈 牧
歌』)와도 잘 어울리고, 시대 현실에 대한 비판이나 투시의 시세계를 보였
던 중기 시(『氷河』, 山의 序曲』)와도 걸림새가 없다. 그리고 "고향을 떠날
수 없었던 시인"이라는 점에서도 잘 어울리고, 그의 말년의 작품 「대바람
소리」와도 잘 어울린다.

전원(田園)생활을 하며 '그 먼나라'를 그리워할 수도 있고, 현실을 투시할 수도 있으며, 유유자적하게 소요유를 즐기며 도연명처럼 살 수도 있다.

그리고 또 한편으로는 그렇게 사는 것이 시인 신석정의 풍모와도 잘 어울린다. 그것이 바로 석정 시인의 시인적 "트루 페이스"라고 말할 수 있는 것이다.

제3부

석정의 문학적 삶

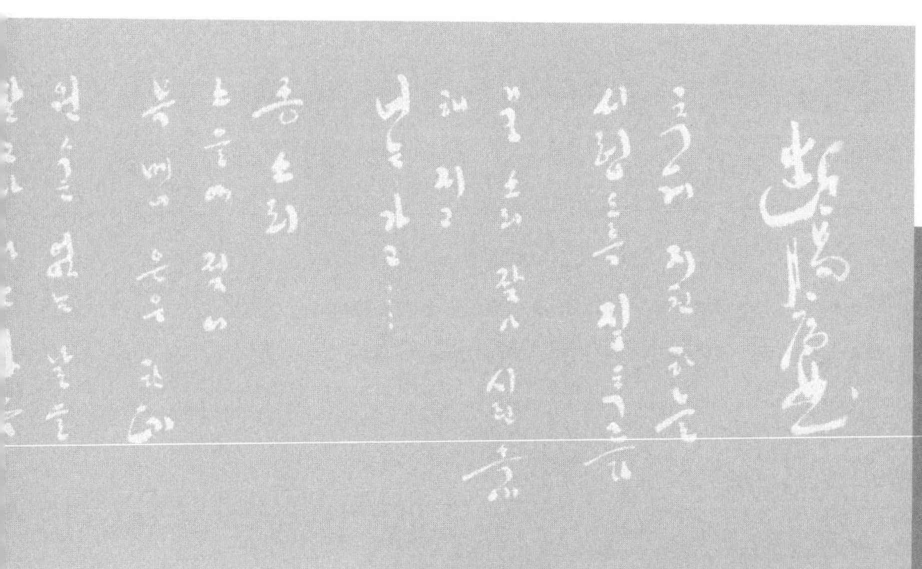

제1장
석정의 출생과 습작시절

　시인 신석정을 회고해보면 그는 천부적 시인이라고 말할 수 있다. 천부적 시인일 뿐만 아니라 천혜(天惠)의 고장에서 태어났다. 그의 고향의 지근(至近)거리에 있는 변산해수욕장은 일찍부터 국립공원으로 지정된 곳이고, 그곳으로부터 격포해수욕장까지 이어지는 해변도로의 풍광은 정말 절경이라 아니할 수 없다. 그리고 "夕汀"이라는 아호의 배경이 된 듯한 서해 해변의 저녁놀은 이 지상의 아름다움을 만끽하게 만드는 곳이기도 하다. 뿐만 아니라 「그 먼나라를 알으십니까」의 실제 배경이 된 듯한 내변산, 그리고 특히 그곳 봄날의 꽃잔치는 도연명의 무릉도원 배경을 무색케 한다.

　"생거부안(生居扶安)" "사거순창(死去淳昌)"이라는 말이 있다. 이 말이 언제 어느 때부터 비롯된 말인지는 모르나, 아무튼 필자가 어렸을 적부터 듣던 말이다. 이 말의 본 뜻은, 살았을 때에는 부안이 제일 살기가 좋고, 죽어서는 명당이 제일 많은 순창에 묻혀야 한다는 말로 알고 있다. 물론 뚜렷한 근거가 있는 말은 아닐 테지만 아닌 게 아니라 풍수이론가들은 순창을 많이 찾았던 게 사실이고, 또한 부안은 살기 좋은 고장으로 이름이 높다.

부안이 살기 좋다는 것은 유통 구조가 부실했을 때, 지근거리에서 해산물이 나오고, 농본주의 시대에 농토 또한 광활하고, 앞에서도 말했지만 무엇보다 변산반도의 풍광이 예로부터 이름 난 고장이기 때문이다. 농산물과 해산물, 그리고 풍광까지 아름다우니 "생거부안"이라는 말이 나오지 않을 수 없었을 것이다.

천혜의 고장 부안, 석정은 이곳 부안읍 동중리에서 한의(韓醫) 신기온(辛基溫)의 둘째아들로 태어났다. 그의 형제자매로는 위로 두 누님과 형 석갑(錫鉀), 아우 석우(錫雨)가 있다.

그의 본명은 항렬에 따라 석정(錫正)이고, 그의 아호는 본명의 음을 그대로 따서 석정(夕汀)이다. 앞에서도 말했지만, 변산반도 해변의 저녁놀과 잘 어울리는 아호이다. 널리 알려진 그의 아호 "夕汀" 외에도 석정(釋靜), 석지영(石志永), 호성(胡星), 소적(蘇笛), 서촌(曙村) 등을 습작시절 필명으로 사용한 적도 있다. 특히 "釋靜"이라 쓴 그의 필명은 불교전문강원을 다닐 때 붙인 필명이 아닌가 싶고, "蘇笛"이라 쓴 그의 필명은 중국의 소동파(蘇東坡)를 연상시키는 필명이다. 엉뚱한 얘기일지 모르지만 이 고장 변산반도에 있는 "내소사(來蘇寺)"라는 절의 이름은, 중국의 "소정방(蘇定方)"이 왔다간 절이라 하여 "내소사"라고 했다는 일설도 있다. 아무튼 이 모든 그의 필명들은 매우 동양적인 정서 속에서 얻어진 아호들이라는 생각을 갖게 만든다.

그의 부친 신기온은 당시 성리학의 대가인 간재(艮齋) 전우(田愚)의 문하생이다. 흔히 삼천 명의 제자를 뒀다고 하는 간재 선생은 동학난과 청일전쟁 무렵 이 고장 계화도로 은거하여 간재학풍을 만든 분이다. 그의 부친이 간재 선생의 문하에서 유학의 법도를 익힌 분이니, 그런 부친이 이룩한 유학적 가정 분위기는 불문가지(不問可知)라 하겠다. 그의 부친은 농사를 짓는 일방 한약방을 했기 때문에 그런 유학적 분위기와 부친의 영향으로 유년시절의 그는 한문을 읽으며 성장했다. 1919년 3·1운동이 일어나기 한 해 전 열두 살의 나이로 부안공립보통학교에 입학했으나 7년만에 마치고(6학년 때 무기징역을 당한 일이 있어 졸업이 늦어졌는데, 이 때문에 '7학년 졸업생'이라는 별명이 붙었다 함), 석정 자신이 회고한 대로 '한동안 노장철학을 섭렵하다가 끝내 청운의 뜻을 품고 석전 박한영 스님의 문을 두드리게 된 것이 24세 나던 봄'이었다.

그가 문학에 관심을 가지게 된 것은 당시 전주사범학교를 나온 이익상 (李益相)의 영향이 아니었는가 싶다. 이익상은 「흙의 세례」 「광란」 등의 소설을 발표하기도 한 소설가이다. 가령 이익상이 조선일보 기자였다거나, 매일신보 편집국장을 했다는 경력을 보면, 당시 젊은 청년이었던 석정에게 선망의 대상이었을 수 있다. 석정의 첫 작품 「기우는 해」가 『조선일보』에 1924년 4월 24일 발표되었는데, 그 당시 이익상은 조선일보 학예부 기자였다.

> 해는 기울고요.
> 울던 물새는 잠자코 있습니다.
> 탁탁 푹푹 흰 언덕에
> 가벼이 부딪치는
> 푸른 물결도 잔잔합니다.
> 해는 기울고요
> 끝없는 바닷가에
> 해는 기울어집니다.
> 오! 내가 미술가였다면
> 기우는 저 해를 어여쁘게 그릴 것을
> 해는 기울고요
> 밝힌 물새만을 남기고 갑니다.

다정한 친구끼리
이별하듯
말 없이 시름 없이
가버립니다.

— 석정의 첫 작품 「기우는 해」 전문

앞의 작품은 석정의 시적 공정(工程)이 느껴지는 작품이다. 뒷날 석정이 쓴 「나의 문학적 자서전」에 의하면 주요한의 시 「봄달잡이」에 나오는 "달은 물을 건너가고요"가 너무 느낌이 좋아 "해는 기울고요"라고 썼다는 고백을 하고 있다. 즉 주요한의 그런 기법을 '채용'했다는 시가 바로 「기우는 해」이다. 그리고 이 "해는 기울고요"라는 구절은 변산반도의 저녁놀 풍경을 연상시킬 뿐만 아니라, "夕汀"이라는 그의 아호를 생각나게도 한다. 뿐만 아니라 물새만을 바라보고 있는, 다소 쓸쓸했던 젊은 날의 석정을 상상하게 되는 그런 작품이라고 말할 수 있다.

제2장
석정의 '靑丘園' 시절

석정은 17세가 되던 해(1923년) 그의 아내 박소정(朴小汀)과 결혼을 하였다. 그리고 몇 년 뒤 이른바 '제금'을 나게 되었는데 그 '제금' 난 집 이름을 '청구원'이라 했다. '제금'이란 말은 전라도 방언인데 말하자면 대가족사회이던 당시, 성혼이 되면 논 몇 마지기와 집 한 채를 마련하여 '분가'시키던 관습을 말한다. 결혼을 하면 '따로' 살게 하던 관습 때문에 그가 처음 '제금'을 났던 '오막살이'에서의 생활을 거쳐, 드디어 '청구원'이라는 집을 마련하게 된 것이다.

시골로 돌아가 물려받은 가난과 싸우면서도 좀더 인생을 건실히 살아야겠다는 나의 결의는 그대로 실천에 옮기고 말았다. 돌아오던 길로 소작 전답을 얻어 들이고, 저 도연명이나 카펜더처럼 일생을 조촐한 속에서 살아갈 것을 다짐했다. 삼년을 걸려서 소작농에서 얻은 벼로 집을 하나 마련해서, 그동안 우거했던 오막살이를 면하고 청구원(靑丘園)이라고 격에 맞지 않은 멋진 이름을 붙이고 앞뜰에는 은행나무, 벽오동나무, 자귀대나무, 모란을 심어 가꾸고, 동쪽에는 감나무, 서쪽에는 시누대를 심어놓고 측백나무로 울을 두른 뒤 제법 조촐한 집으로 꾸몄다.

— 수상집 『난초 잎에 어둠이 내리면』, 276쪽

극히 내성적이고 염세적인 소년은 문학에서 구원의 손길을 찾아오다가 열일곱 나던 봄에 「기우는 해」라는 짧은 시가 『조선일보』에 발표된 이래 문학이라는 고질을 앓게 되었던 것이다. 한동안 노장철학(老莊哲學)을 섭렵하다가 끝내 청운의 뜻을 품고 석전(石顚) 박한영(朴漢永) 스님의 문을 두드리게 된 것이 스물 네 살 나던 봄. 아내와 어린 것은 그대로 소작논 몇 마지기에 매달아 둔 채 훌쩍 '중앙불교전문' 강원생이 되었다.

— 수상집 『난초잎에 어둠이 내리면』, 272쪽

위 인용문의 순서를 서로 바꿔 배치시켰다. 시기적으로 볼 때 중앙불교전문강원이 먼저이고, '청구원'으로의 '제금'은 그 다음 진행된 일이지만 "사내는 결혼을 해야만 철이 난다"는 속설대로 그의 결혼과 청구원으로의 정착을 우선시하려는 본고의 의도에서 그리한 것이다.

앞의 인용문 첫 구절에 "시골로 돌아"간다고 말하고 있는 것은, 한동안의 서울생활을 청산한 뒤를 말함이다. 그는 '청운의 뜻을 품고' 중앙불교전문강원에 들어갔지만, 사실 그는 "저는 불교를 학문(철학)으로 배운 것이지, 종교로 배운 것이 아닙니다."(석정이 박한영 스님에게 한 말)라는 말을 참고로 하면, 그의 "청운의 뜻"은 결국 불교적 지향은 아니었던 셈이다.

그리고 그가 '중앙불교전문'을 다니던 무렵, 문인들과의 교류가 많았던 것을 보면, 오히려 그의 뜻은 문학적 지향이었다고 볼 수 있다. 이때 전문강원 원생들의 문예작품 회람지 『원선(圓線)』의 편집을 맡아보는 한편, 다음 해에는 『시문학』(제3호)에 시 「선물」을 발표하기도 했고, 그것이 계기가 되어 『시문학』 동인이 되기도 한다. 이때 박용철을 비롯하여 정지용, 이하윤, 한용운, 이광수, 주요한, 김억, 이병기, 조운, 김기림 등과의 교류가 시작된 것으로 보인다. 그러나 문인들과의 그런 교류 내용은 그의 '自傳'이나 그 외 문인들이 전한 일화 등에 의한 것일 뿐, 그 교류의 깊이나 넓이에 관해선 단정하기는 어렵다.

다만 위의 인용문에서 두드러지게 집히는 구절은, "저 도연명이나 카펜더처럼"이라는 구절과 "한동안 노장철학을 섭렵하다가" 등의 구절이다. 그가 영향관계를 말할 때, 흔히 카펜더, 투르게네프, 하이네, 톨스토이 등 서양 문인들을 거론하지만, 사실 여러 정황상 그 영향은 미미한 것일 수밖에 없다. 위의 인용문에서도 카펜더를 빼고 나면, 도연명과 노장철학만 남는다. 말하자면 그는 어쩔 수 없이 동양적 · 한국적 시인이기 때문이다.

> 그러는 동안 나는 섣불리 들어선 문학의 길을 단념할 것을 맹세하고 일삼아 써오던 일기, 잡문, 시 나부랭이를 고스란히 불사른 적도 한두 번이 아니었다. 그러면서도 그 나이에 찾아오는 풀 길 없는 인생의 고독과 낭만은 역시 문학밖엔 없었던지, 다시 책을 모아들이고 사전을 찾아가면서 톨스토이와 투르게네프를 탐독하게 되었고, 아내의 결혼반지를 팔아다가 시집을 사들이곤 하였다. 한문 공부를 하는 한편 노장철학을 섭렵해보려고 무진 애도 써보고, 도연명의 소박한 시를 애독하는가 하면, 타고르의 세계에 파묻히던 때도 바로 그때였다.
>
> ─「나의 문학적 자서전」 부분

잘 알려진 바와 같이 도연명은 "한자음(閑自飲) 독자작(獨自酌)"을 즐기던 중국 진(晉)나라 때 시인이다. 흔히 「귀거래사(歸去來辭)」를 쓴 시인으로 많이 알려져 있고, 농사를 지으며 자연미를 노래한 시가 많이 있으며, 중국의 서경시(敍景詩)는 도연명으로부터 발달하기 시작했다고 해도 과언이 아니다.

특히 도연명은 오두미(五斗米)에 허리 굽힐 수가 없다며, 평택의 현령(縣令)을 내던지고, 그 무서운 가난에 쪼들리면서도 「귀거래사」로 마음을 달래야 했고, '採菊東籬下, 悠然見南山'(동쪽 울밑의 국화 꺾어들고, 침착하고

도 의연하게 남산을 바라보네)이라는 그 유명한 시구를 남긴 시인이다.

이 도연명의 시구에 있는 '南山'은 진나라의 서울 낙양(洛陽)을 이르는 말이다. 오두미에 허리를 굽힐 수가 없어 벼슬을 내던지고 그는 '유연'하게 그 서울을 바라보았다는 것이다.

석정이 도연명을 특히 좋아했던 것은 바로 '오두미에 허리를 굽힐 수가' 없었던 그의 개결한 선비적 기질을 좋아한 것이 아닌가 생각된다. 물론 「귀거래사」를 쓰고 농사를 지었던 도연명과, 석정이 '청운의 뜻'을 품고 상경했으나, 그 뜻을 다 이루지 못하고 귀향하여 농사를 지은 그런 처지도 유사하다고 여겼을 것이다. 한때 십여 마지기의 농사를 지으며 자신의 그런 처지를 비관한 때가 있었기 때문에 심정적으로는 비슷하게 여겼을 것이라는 말이다.

석정의 어록을 뒤적여보면 도연명에 관한 말이 가장 많이 나온다. 석정과 도연명과의 상관관계를 언급할 수밖에 없는 이유이다. 따라서 석정은 그가 첫 번째 마련한 집 이름을, 도연명의 '무릉도원'의 '원'과 그 음(音)이 같은 '청구원'이라 했던 것 아닌가 하는 생각도 든다.

제3장

첫 시집 『촛불』(1939)을 내던 시절

앞에서도 말했지만 "저는 불교를 학문(철학)으로 배운 것이지, 종교로 배운 것이 아닙니다."라는 말은 석정이 박한영 스님께 드린 말이었다. 박한영 스님이 "신군도 이젠 기신론을 끝냈으니 신심이 나는가?" 하고 물었을 때, 스님의 질문에 대한 대답이었다.

일 년여의 '중앙불교전문강원' 생활을 마칠 무렵 박한영 스님과의 대화는 여러 가지의 시사를 받게 만든다. 그중 가장 중요한 것은 "불교를 학문(철학)으로" 받아들였다는 점과, 이후 "도연명이나 카펜더처럼" 일생을 조촐한 속에서 살려는 생각을 가지고 고향인 부안의 청구원으로 되돌아왔다는 사실이다.

태연하게 하시는 말씀인데도 그렇게 명랑한 얼굴은 아니었다. 학문에 신념을 갖는 것과 신심을 갖는 것과는 확실히 거리가 있는 문제일 것이라고는 생각했지만, 불쑥 하고 난 대답으로 스승의 마음을 흐리게 한 것만은 오늘에 이르도록 죄스러웁기 짝이 없다. 금강산으로 입산 수도의 길을 떠나자는 동료들의 간곡한 청을 물리치고 나는 귀향의 길을 서둘렀다. 몇 마지기 안되는 전답이지만 그 악랄한 지주의 착취 대상으로 젊은 아내를 그대로 맡겨두기

가 너무 가슴 아팠을 뿐 아니라, 서울생활을 더 지탱해낼 도리가 없었던 데
도 그 원인이 컸다.
— 신석정, 「학문으로 배운 信心」 부분

그가 '중앙불교전문'을 다닐 무렵 "불교를 학문(철학)으로" 받아들였다
는 외에도, 그의 관심은 문학과 학문적인 관심이었다는 사실을 알 수 있
다. 노자와 장자의 사상에 대한 섭렵도 이 무렵에 더욱 깊게 이루어졌던
것으로 보인다.

나는 매일 총독부 도서관(지금의 국립도서관)에 나가서 루소와 타고르의
작품을 찾아 탐독하고, 일찍이 섭렵해오던 노장철학을 다시 굽어보기 시작
했다. 『도덕경(道德經)』은 하상공(河上公) 주(注)와 왕필(王弼) 주(注)를 구해
놓고, 다께우찌요시오의 『노자연구(老子研究)』를 샅샅이 읽어내리고, 『장자
(莊子)』의 남화경(南華經)을 굽어보면서 그 해 여름을 보냈다.
— 신석정, 「학문으로 배운 信心」 부분

석정의 어록에 계속 따라다니는 메뉴는 불교와 노자와 장자이다. 이 무
렵은 시대적으로 보면 일제의 탄압이 심화되던 때이다. 그리고 문단적으
로 보면 '시문학파'와 '모더니즘' 계열의 시인들이 주류를 이루고 있던
때이다. 그 당시 정지용의 어느 술자리에서의 지적대로 "석정은 프로시
를 쓰지 않고 왜 이런 시를 쓰는 거야"라는 말처럼 '프로문학파'와 '순수
문학파'가 양립되어 있던 때이기도 하다. 그런데 이 무렵의 '미발표작'을
들이대면서, 일제에 저항이라도 한 것처럼 얘기하는 석정 시 연구 논자들
을 보면 실로 어처구니없는 일이라고 말하지 않을 수 없다.

더구나, 1939년 그가 첫 시집 『촛불』을 내던 때는, 일제의 탄압이 정말
극에 달할 때였다. 이때는 만주와 소련의 접경지대 로몬항 부근에서 일본
군 18,000명이 전사한 해이다. 따라서 이러한 전쟁 분위기에 일제는 전시

체제를 강화했고 창씨개명에 이어 징병제까지 실시하는 등 이른바 국민 총동원령을 내린 상태였다. 문단도 예외일 수는 없었다. 일제가 한국어 말살정책의 일환으로 『문장』 등 문학지들을 모두 폐간했고, 친일파였던 최재서가 주관하는 『국민문학』만이 살아남은 때였다. 그해 10월 29일 문 인들은 이러한 극한 상황 속에서 살아남기 위해, 이른바 '내선일체(內鮮一 體)'를 외치며 '조선문인협회'를 결성하기에 이른다. 회장에는 물론 이광 수(李光洙)(창씨개명 이름 香山光郎:가야마 미쓰로)가 선출되었다. 그는 취임사에서 "우리는 새로운 국민문학의 건설과 내선일체의 구현에 있 다…"고 강조한 바 있으며, 심지어는 "천황폐하 만세"까지 외치는 상황에 이르고 만 것이다.

이런 상황에서 그의 첫 시집 『촛불』이 나왔고, 이른바 "牧神이 조으는 듯한 세계"(김기림의 표현)를 표현한 시들이 바로 이 시집에 담긴 것이다. 일제가 정말 최후의 발악을 하던 시기에 나온 이 첫 시집에 담긴 작품들 을 우리는 어떻게 이해해야 할까?

> 처녀시집 『촛불』에 나오는 은행나무와 대숲과 푸른 하늘은 모두 청구원에 서 얻은 것들이다. 모두 꿈과 낭만이 넘치는 나의 초기를 대표하는 것으로 岸曙의 칭찬도 컸지만, 그때 片石村은 나를 목가시인(牧歌詩人)이라 불렀던 것이다.
> 이 무렵에 멀리 황해도에서 찾아온 문학 소년이 바로 중학을 갓 나온 張萬 榮이요, 중학 2년을 다니던 徐廷柱도 이때에 처음 만난 문학 소년이었다. 거 의 매년 찾아주다시피 하던 萬榮과 廷柱는 청구원 시절의 가장 반가운 손님 이었으니, 그것이 인연이 되어 萬榮은 나의 동서가 되었던 것이다.
> — 신석정, 「靑丘園 牧歌詩人」 부분

석정을 맨 처음 "목가시인"이라 호칭한 사람은 안서 김억인데, 위의 인 용문에 편석촌(片石村)이라 한 것은 집필과정의 한 착오인 것 같다. 앞에서 애기한 대로 김기림은 "牧神이 조으는 듯한 세계"라고 했을 뿐 "목가시인"이라 호칭한 기록은 없는 것이다.

아무튼 이 무렵의 시를 석정 자신은 "모두 꿈과 낭만이 넘치는 나의 초기를 대표하는 것"이라 했고, "생활을 승화시킨 꿈의 세계에서 미의 절정을 찾아내려 하였을 때"(「나의 문학적 자서전」)라고 말하기도 했다.

저 재를 넘어가는 저녁해의 엷은 광선들이 섭섭해합니다
어머니 아직 촛불을 켜지 말으셔요
그리고 나의 작은 명상의 새새끼들이
지금도 저 푸른 하늘에서 날고 있지 않습니까?
이윽고 하늘이 능금처럼 붉어질 때
그 새새끼들은 어둠과 함께 돌아온다 합니다
언덕에서는 우리의 어린 양들이 낡은 녹색 침대에 누워서
남은 햇볕을 즐기느라고 돌아오지 않고
조용한 호수 위에는 인제야 저녁안개가 자욱이 내려오기 시작하였습니다
그러나 어머니 아직 촛불을 켤 때가 아닙니다.
늙은 산의 고요히 명상하는 얼굴이 멀어가지 않고
머언 숲에서는 밤이 끌고 오는 그 검은 치맛자락이
발길에 스치는 발자욱 소리도 들려오지 않습니다.
멀리 있는 기인 뚝을 거쳐서 들려오던 물결소리도 차츰차츰 멀어갑니다
그것은 늦은 가을부터 우리 전원을 방문하는 가마귀들이
바람을 데리고 멀리 가버린 까닭이겠습니다
시방 어머니의 등에서는 어머니의 콧노래 섞인
자장가를 듣고 싶어 하는 애기의 잠덧이 있습니다.
어머니 아직 촛불을 켜지 말으셔요
인제야 저 숲 너머 하늘에 작은 별이 하나 나오지 않았습니까?
— 「아직 촛불을 켤 때가 아닙니다」 전문

위의 작품은 「그 먼나라를 알으십니까」와 함께 노장사상과 관련을 맺

고 있는 작품이다. 아니 오히려 한 발 더 '노장사상'에 바짝 가까이 다가 서 있는 작품이라 할 수 있다. 「그 먼나라를 알으십니까」가 도연명의 '무릉도원'과 관련을 맺고 있는 작품이라면, 이 작품은 노장의 '무위자연'에 바짝 가까이 다가서 있는 작품인 것이다.

이 작품의 "재를 넘어가는 저녁해"라는 표현이나, "푸른 하늘"을 날고 있는 "새새끼들", "능금처럼" 붉어지는 하늘, "녹색 침대"에 누워 있는 "어린 양", 그리고 "저녁안개"가 자욱히 내려오는 "호수", "검은 치맛자락"처럼 보이는 "머언 숲", 혹은 "전원을 방문하는 가마귀들", "저 숲 너머" 하늘의 "작은 별" 등등의 회화적 이미지들은 바로 그 무위자연현상에 다름 아니다.

그리고 이렇듯 묘사된 "자연"을 파괴하는 사물은 "촛불"이다. 이 "촛불"이야말로 "자연"의 상태를 파괴하는 문명적(?) 사물인 것이다. 그러므로 "자연"을 파괴하는 "촛불"은 켜지 말아야 되고, 또 '켤 때'가 아닌 것이다. "저 숲 너머" 밤하늘의 "작은 별"의 아름다움의 극치를 완상하기 위해서는, 석정의 표현대로 '미의 절정'의 상태를 "자연" 그대로 놓아둬야 하는 것이다.

다시 바꿔 말하면, 이 시의 화자는 물아일체, 물아양망의 소요유의 경지에 살고 싶은 것이다. 시의 화자에게 있어 이 "소요유"의 경지를 침해하려는, 혹은 침해할까 두려운 사물은 당연히 "촛불"이다. 그러므로 그 "소요유"의 경지를 파괴하는 "촛불"은 제거돼야 하고 켜지 말아야 된다. 이것이 석정 시 「아직 촛불을 켤 때가 아닙니다」의 사상과 정서의 개략이다.

한편, 이 시에 보이는 청각적 이미지들, 가령 발길에 스치는 "발자욱소리"라든가, 혹은 "기인 뚝을 거쳐서 들려오던 물결소리" 그리고 "어머니의 콧노래 섞인/자장가" 등등의 표현도 또한 물아일체의 관념 속에 있는 그 무위자연 현상에 다름 아니다.

말하자면 "靑山"도 자연이고, 그 "靑山" 속에 있는 "나"도 자연이다. "내"가 "靑山" 속에 있고 "靑山"이 "내" 속에 있다. "나"는 "청산"에 살고 싶고, 그 "청산"을 파괴하는 그 어떤 인위적 사물도 "나"는 용납하고싶지 않은 것이다.

시집 『촛불』 무렵, 노장사상에 심취해 있던 시인의 정서 속에는 바로 이 소요유의 정서, 장자의 제물론의 정서가 강하게 자리잡고 있었다고 볼 수 있다. 그의 자연적 연치에 비하며 때 이른 초연(超然)이었다고나 할까? 그리고 그 초연은 장자의 제물론에 심취해 있었기 때문이었다고나 할까?

다시 말하면 그가 아무리 시의 영향관계를 말할 때, 타고르와 한용운 등을 이야기한다 할지라도 그의 시적 토양은 역시 어린 날 공부한 유학이 었고, 노장사상의 영향이었다는 것은 너무 자연스런 일인 것이다. 그리고 석정의 첫 시집에 담긴 다른 작품들도 그런 반열에 넣어 이해해야 될 작 품들이라고 말할 수 있다.

제4장
두 번째 시집 『슬픈 牧歌』(1947)를 내던 시절

앞의 「석정의 시, 올바른 이해를 위한 담론」에서 제2시집 『슬픈 牧歌』의 제목에 대해 거론한 부분이 있었다. 즉 이 시집에 담긴 「슬픈 構圖」는 유일하게 현실 투시의 작품이지만, 아직도 시집에 많이 남아 있는 목가적(?) 작품 때문에, '슬픈'과 '牧歌'가 합성되어 『슬픈 牧歌』가 되었다는 내용이었다. 석정과 동서지간이기도 했던 장만영 시인도 "『촛불』에서 보여준 바와 같은 목가적인 자연을 잃어버리고, 그 잃어버린 자연을 그리워하는 애닲은 엘레지"라고 말한 바도 있다.

그러나 석정 자신은 이 시집에 대해 "목가적인 전원의 낭만적 신비로운 세계에서 그대로 안주하기에는 일제의 발악이 너무나 서슬이 퍼렇게" 진행되는 상황이었기 때문에, 제2시집 『슬픈 牧歌』에 담은 시편은 "모두 암담한 절망 속에서 발버둥친 나의 몸부림"이라고 말하고 있다. 「상처 입은 작은 역정의 회고」라는 글에 담겨 있는 내용이다.

문학작품이 일단 발표되면 그것은 독자들의 것이 된다. 시인 자신의 강변에도 불구하고 그것을 향수(享受)하는 독자들이 과연 어떻게 받아들이느냐가 문제다.

다음에 인용하는 작품은 시인 자신이 '미쳐서 날뛰는 일제를 되도록 멀리하고 싶었던 고달픈 작자의 심정'에서 썼다는 작품이다.

> 난이와 내가
> 푸른 바다를 향하고 구름이 자꾸만 놓아가는
> 붉은 산호와 흰 대리석 층층계를 거닐며
> 물오리처럼 떠다니는 청자기빛 섬을 어루만질 때
> 떨리는 심장같이 자지러지게 흩날리는 느티나무 잎새가
> 난이의 머리칼에 매달리는 것을 나는 보았다.
>
> 난이와 나는
> 역시 느티나무 아래 말없이 앉아서
> 바다를 바라보는 순하디순한 작은 짐승이었다.
>
> ―「작은 짐승」 부분

위의 작품에 대하여 서정 자신은 두 갈래의 견해를 보이고 있다. 어찌 보면 이율배반적인 견해인 것 같기도 하다.

그 하나는 노장의 '무위자연설'로 미루어 볼 때, '인간 역시 한 마리의 짐승으로 보아 무방'하리라는 견해이고, 다른 하나는 '망국의 백성으로 짓밟힐 대로 짓밟힌 그 당시의 우리는 차라리 한 마리 짐승으로 태어나지 못한 것을 한탄' 했다는 견해이다. 글쎄, 이러한 시인 자신의 '자평(自評)'을 과연 독자들은 어떻게 '향수' 해야 할지?

이 '향수(享受)'라는 말은 국어사전에서 찾아보면 "예술상의 미감(美感) 등을 음미(吟味)하고 즐김"이라고 적혀 있다. 위의 시에 대한 독자들이 향수하는 것은 과연 전자일지 후자일지 자못 궁금하다. 다만 필자는 이 작품을 '물아일체의 망아의 경지, 혹은 자연친화나 자연과의 합일의 정서를 보게 해주는 그런 작품'이라고 생각한 바 있다. 자세한 해설은 이 책의

뒤에 담겨 있는 「석정의 대표작품 해설」을 참고하기 바란다.

한편 이 『슬픈 牧歌』가 발간된 해는 1947년이다. 조국이 해방된 지 2
년만의 발간이다. 그렇다면 이 시집에 담긴 대부분의 작품들은, 1939년
에 발간된 첫 시집 이후의 작품들을 모은 시집으로 보아야 한다. 그런데
여기 담긴 시들을 일별해보면, 「슬픈 構圖」 등 한두 작품을 제외하면 거
의 대부분의 작품들이 첫 시집의 '무위자연적' 반열에서 별로 벗어나지
않고 있다. 그리고 이때는 시인 자신이 '목가적인 전원의 낭만적' 세계
에 '안주'할 수 없었다던 시기이다. 더구나 그 자신이 '망국의 민족'으로
서 이른바 친일문인들을 비판하기도 했던 시기의 작품이며 시집이다.

그런데 이 시집에서는 세간에서 흔히 거론되는 그 친일문인 중 한 사람
인 서정주에게 띄우는 작품이 일종의 '화답시'처럼 수록되어 있다. 말하
자면 '비판'의 대상이었던 미당에게 매우 정감어린 표현으로 화답한 것
이다. 서정주의 시집 『화사집』(1941)에 수록된 「문둥이」라는 작품에 대한
화답인데, 이 또한 이율배반적인 현상이 아닐 수 없다. 즉, "原罪의 형벌"
(조연현의 표현)을 극복하려는 강렬한 삶을 전적으로 공감하고, 석정 자
신도 그와 같이 강렬하게 살고 싶다는 의지를 정감 있게 표현한 화답시였
던 것이다.

그러나 문제는 이 시집에 담긴 작품들이 무위자연적 작품이 많다거나,
서정주의 「문둥이」라는 시에 대한 화답이 아니라, 1940년대 일제 탄압이
가장 극심하던 시기의 작품을 모은 시집이라는 사실이다. 그러나 시인 자
신은 『촛불』의 목가적 세계에서 탈피했다는 논리를 펴고 있다. 말하자면
인고와 저항의 『슬픈 牧歌』 시절로 옮겨왔다는 논리를 펴고 있는 것이다.
이 점도 어쩐지 앞뒤가 맞지 않는 표현인 것 같다. 시집 『슬픈 牧歌』에는
아직도 노장의 무위자연적 작품이 너무나 많이 보이기 때문이다.

또 한편으로 생각해보면, 1947년 무렵은 한국문단의 좌·우 갈등이 심각하게 벌어지던 때이다. 해방은 되었지만 국내에 번지고 있었던 이른바 '신탁통치 반대'의 물결, 그리고 조선문학가동맹과 청년문학가협회와의 첨예한 대립, 이런 현상들이 벌어지던 때였다.

사실 이런 문인 갈등의 근원은 1920년대 이른바 '신경향파문학운동'에서부터 비롯된 것이었다. 1924년 무렵 김팔봉과 박영희가 주도한 신경향파문학운동은 본래의 목적과는 달리 결국 이념 갈등으로 변질됐던 것이다. "얻은 것은 이데올로기요, 잃은 것은 예술이다"라는 그 유명한 구절은 신경향파를 주도했던 박영희가 설파한 명언이었다. 결국 이 무렵의 작품들은 지주와 소작인들의 갈등, 즉 좌·우의 갈등을 나타내기에 분주했던 것이다. 그러다가 이른바 조선프로레타리아예술가동맹은 1936년 무렵 완전 해체되고 말았다. 흔히 '프로문학'이라 거론하던 문학 양태가 바로 그것이었다.

그런데 이러한 양태가 다시 해방 후에 불거진 것이다. 이때 다시 불거진 '동맹'이라는 명칭과 '협회'라는 명칭을 다시 생각해보면 짐작이 갈 것이다. '협회'는 '자유' 이념을 표방한 단체였고, 한국문인협회의 전신이라고 보면 된다. 그런데 '동맹'이란 명칭은 '공산' 이념을 생각나게 하는 명칭이었다. 공산이념을 노골적으로 표방한 건 아니지만, 그들의 작품은 1980년대 후반의 그 '노동시'를 방불케 하는 시들이었고, 임화가 그 대표였다. 그리고 이러한 남남갈등 속에 1948년 대한민국 정부는 탄생하게 된다.

이런 환경 속에서 탄생한 시집이 『슬픈 牧歌』이다. 여기 수록된 작품을 일일이 해명할 수는 없지만, 앞에서 거론한 「黑石고개로 보내는 詩」와 이 무렵의 대표적 현실 투시의 작품 「슬픈 構圖」 등 2편만 다음에서 감상해보기로 한다.

흑석고개는 어느 두메산골인가
서울서도 한강
한강 건너 산을 넘어가야 한다드고

좀착한 키에
얼굴이 까므잡잡하여
유달리 희게 드러나는 네 이빨이
오늘은 선연히 뵈이는구나

눈 오는 겨울밤
피비린내 나는 네 시를 읽으며
꽃처럼 붉은 울음을 밤새 울었다는 청년
그 청년이 바로 우리 고을에 있다

정주여
나 또한 흰 복사꽃 지듯 곱게 죽어갈 수도 없거늘
이 어둔 하늘 무릅쓴 채
너와 같이 살으리라
나 또한 징글징글하게 살아보리라
—「黑石고개로 보내는 詩-廷柱에게」 전문

이 시를 이해하기 위해서는 신석정, 서정주 두 시인의 선후배관계를 우선 정리해볼 필요가 있겠다. 물론 신석정이 선배인 줄은 알지만, 이 기회에 확실하게 정리해보기 위해서이다.

신석정 시인이 첫 얼굴을 지면에 보인 작품은 「기우는 해」로서(당시 18세) 『조선일보』 지면이었고, 이후 이어서 조선, 동아일보 등에 시작품을 발표하기도 한다.

그러나 그가 1930년 중앙불교전문강원에 들어가 박한영 스님 밑에서 불전 등을 공부하며 원생들의 회람지 『원선』을 편집한 바 있고, 이후 본격적으로 시작품을 발표하기 시작한 것은 1931년 6월(당시 25세) 『시문학』 제3호에 시 「선물」을 발표하면서부터라고 할 수 있다. 따라서 그의 문단 데뷔 연도는 1931년으로 보는 것이 타당할 것 같고, 그 전의 것들은 습작과정의 '독자투고' 정도로 판단해야 옳은 것 같다. 왜냐하면 1931년 이전의 작품들은 첫 시집 『촛불』에 모두 들어 있지 않은 걸 보더라도 그렇고, 또 흔히 "목가시인"이라 불리던 시점이 바로 그 무렵이기 때문이다.

서정주 시인이 지면에 첫 얼굴을 보인 시작품은 「그 어머니의 부탁」(『동아일보』, 1933)이고, 이후 「가을」, 「비 내리는 밤」 등 8, 9편의 작품을 『동아일보』에 발표하기도 하지만, 이는 모두 습작과정의 독자투고작품들이고, 이 시인도 석정과 마찬가지로 중앙불교전문강원에 들어가 (석정보다 3년 늦은 1933년), 교장인 박한영 스님의 문하에 입문하게 된다.

그러나 그가 본격적으로 문단에 데뷔하게 된 계기는 『동아일보』 신춘문예에 시 「壁」(1936)이 당선되면서부터이고, 그해 11월 동인지 『시인부락』의 편집인 겸 발행인으로 활약하면서부터는 이른바 그 "생명파"(인생파)라는 이름을 얻게 된다.

그러므로 이들 두 시인의 선·후배관계는 자명하게 드러난다고 하겠다.

이 「黑石고개로 보내는 시」는 부제를 '廷柱에게'라고 붙인 것처럼 고향의 후배 시인 서정주에게 보낸 시이다. 여기 보이고 있는 "黑石고개"는 당시 서정주가 살던 흑석동을 그렇게 표현한 것이고, 3연의 "꽃처럼 붉은 울음을 밤새 울었다"는 서정주의 시 「문둥이」에서 인용한 구절이다.

한편 이 시의 구조를 살펴보면 4연으로 된 기승전결 구조를 이루고 있는 것처럼 보인다. 제1연은 서정주가 살고 있는 장소(흑석동)를 상기시켜

주고 있고, 제2연은 서정주의 외모에 대한 인상을 묘사해 보이고 있으며, 제3연은 서정주의 시 「문둥이」를 떠올리고 있다고 하겠다.

그러나 정작 이 시인이 서정주에게 보내는 정감어린 메시지는 바로 4연이다. 그러니까 4연을 말하기 위하여 1~3연까지의 도입과정이 필요했다고 볼 수 있다. 그리고 4연에서 "너와 같이" "징글징글하게 살아보리라"는 표현은 서정주의 시 「문둥이」에 대한 일종의 화답이라고 볼 수 있다.

말하자면 서정주가 「문둥이」에서 "原罪의 형벌"(조연현의 표현) 극복의 강렬한 삶을 보인 것을 이 시인도 공감하고 시인 자신도 그와 같이 강렬하게 살고 싶다는 의지를 표현한 화답의 결구라고 볼 수 있는 것이다.

그럼 다음에서 석정의 현실 투시의 작품 「슬픈 構圖」를 살펴보기로 한다.

　　　나와
　　　하늘과
　　　하늘 아래 푸른산뿐이로다.

　　　꽃 한 송이 피워낼 지구도 없고
　　　새 한 마리 울어줄 지구도 없고
　　　노루새끼 한 마리 뛰어다닐 지구도 없다.

　　　나와
　　　밤과
　　　무수한 별뿐이로다.

　　　밀리고 흐르는 게 밤뿐이요,
　　　흘러도 흘러도 검은 밤뿐이로다.
　　　내 마음 둘 곳은 어느 밤 하늘 별이드뇨

—「슬픈 構圖」 전문

위의 작품은 우선 일제의 현실에 밀착되어 나타나고 있다. 노장사상과 도연명의 시경(詩境)을 기웃거리고, 신화적 이상향이었던 '그 먼나라'를 기웃거리던 그가 어느덧 현실세계에 귀환하여 시선을 멈춘 곳은 "흘러도 흘러도 검은 밤뿐"인 그러한 곳이었다. 『촛불』 무렵 그가 즐겨 부르던 '어머니'도 이제 그 자취를 감추고, 안개처럼 아련하게 깔렸던 수식어마저 이제는 감추어버린 채로, 암울한 현실만이 그의 앞에 펼쳐지고 있었던 것이다.

이 작품은 우선 전반부 두 연과 후반부 두 연을 분리시켜 생각해볼 필요가 있다. 먼저 전반부를 보면 "푸른 산뿐"이라는 표현이 보인다. 지상의 "푸른 산"을 표현한 것인다. 그런데 그 다음 2연에는, "꽃 한 송이" "새 한 마리" "노루새끼 한 마리" 뛰어다닐 지구도 없다는 것이다. 1연에 대해 2연은 우선 역설적이다.

이 시의 후반부도 상황은 비슷하게 나타난다. 먼저 후반부 3연을 보면 "무수한 별뿐"이라는 표현이 보인다. 천상의 "무수한 별뿐"이라고 표현한 것이다. 그런데 그 다음 4연에는 "내 마음 둘 곳은 어느 밤하늘 별이드뇨"라고 물음으로써 "별"이 없는 "밤뿐"이라는 것이다. 3연에 대해 4연 또한 역설적이다.

그러므로 이러한 역설이 왜 가능한가가 이 시를 이해하는 초점이 된다. 아니 그 역설을 이해하는 것이야말로 이 시를 이해하는 지름길이 된다고 하겠다.

우선 1연의 "푸른 산"(地上)이 우리들 인간(민족)의 안식처나 귀의처로서, 혹은 이상향으로서의 푸른 산이 되기만 한다면, 역설은 불필요하다. 그러나 화자의 의식 속에 있는 "푸른 산"은 이미 안식처나 귀의처, 혹은 이상향이 아니다. 이미 그곳은 '몸담을 곳'이 못되는 장소이다.

후반부의 경우도 마찬가지이다. 우선 3연에 보이고 있는 "무수한 별"이 우리들 인간(민족)의 삭막한 갈증을 풀어줄 수 있는 존재물이 되기만 한다면, 역설은 불필요하다. 그러나 화자의 의식 속에 있는 "무수한 별"은 이미 삭막한 갈증을 풀어줄 수 있는 별이 아니다. 이미 그 별은 기대하는 별이 못되는 것이다. 따라서 이 시는 지상의 자연과 천상의 자연을 빌어서 역설이 가능했던 것이다. 시인의 표현대로라면, 당시 일제하의 현실은 '몹쓸 지구'였던 것이다.

다음과 같은 시인의 「자작시 해설」은 좋은 참고자료가 되리라 믿는다. "천지를 바라봐야 몸담을 곳이 없고, 꽃 한 송이 새 한 마리 나를 달랠 수 있는 것도 아니었다. 다만 어둔 밤이 나를 에워쌀 따름이었다. 어제도 흐르던 검은 밤이 오늘도 흐르고, 다만 그 무서운 밤이 밀리고 흐를 뿐이었으니, 어쩌지 못하는 마음은 어느 밤하늘 별에 두어야 할 것이었던가?"

한편, 이 작품은 앞에서 논의했던 『촛불』 무렵의 일련의 작품들이 노장의 자연에 밀착되어 있었던 데 비하여, 그 '자연'으로부터 빠져나왔다는 점에서 그 의미를 찾을 수 있을 것 같다. 말하자면 현실을 도외시하던 시인이, 이제 이 작품에서는 표변하여 현실에 눈을 돌린 작품이라 할 수 있는 것이다.

이것은 이 시인에게 있어 중요한 변화이다. 그리고 그 변화는 외부로부터 온 것이 아니라, 시인 자신의 내부로부터 온 것이라고 볼 수 있다. 즉, 이상적 자아와 현실적 자아 사이에 갈등을 빚게 된 데서 온 것이라고 할 수 있는 것이다. 당시의 일제 현실은 그의 표현대로 "밀리고 흐르는 게 밤뿐이요/흘러도 흘러도 검은 밤뿐"인 그런 암울한 상황이었는데 무위자연적 세계에 안주할 수만은 없었던 것이다.

그러나 한편으로 생각해보면, 이 작품에는 시인의 예언적 기능이 발휘되고 있지 않다는 점이다. 성서에 "아침이 온들 무엇하랴, 밤이 또 오는데"라는 말이 보이지만, 문학작품에도 그 '아침'이 밝음과 희망을 보여주는 언어로, '밤'이 어둠과 절망을 보여주는 언어로 더러 쓰이고 있는 게 사실이다.

이 작품에는 '밤'이 '밤'으로만 끝나고, 어두운 현실이 "꽃 한 송이 피워낼 지구도" 없는 어두운 현실로만 끝나고 있다. 이 작품이 쓰인 시기는 조국 해방의 기운이 싹트고 있었던 시점인지, 지구촌의 기운이 어떻게 변화되고 있는 시점인지, 좀더 "고고학적 노력"을 통한 예언적 기능이 전혀 없어 보인다는 점을 지적하지 않을 수 없다.

물론 당시 암울했던 시대 현실만을 반영한 것이라고 할 수 있지만, 시인은 모름지기 "고고학적 노력"을 통한 시대적 통찰력이 아쉬운 작품이라는 얘기다. 가령 민족시인 이육사의 「청포도」라는 작품은 얼핏 보기에는 서정시인 것 같지만, 상징적이며 우의적(寓意的)인 기다림이 시의 내면에 흐르고 있는 것을 볼 수 있다. '어둠' 속에 있는 민족에게 미래의지를 심어주는 시인의식이 작용하고 있는 것이다. 즉 "내가 바라는 손님은 고달픈 몸으로/청포를 입고 찾아온다고 했으니"라는 구절을 두고 하는 말이다.

여기서 '청포(靑袍)'를 입은 손님이란 무엇인가? 두말할 필요도 없이 '은자(隱者)'를 말함이다. 그 자신의 신분을 숨기기 위해 마치 중의 옷처럼 '청포'를 입은 손님이라 했을 것이다. 그것이 '무형한 꿈'일지라도, 신산스런 독립운동의 고독 속에서도 그는 민족에게 '무형한 동경'을 노래하고 예언하고 싶었을 것이다. 말하자면 '청포'를 입은 어떤 민족지도자라도 홀연히 나타나서 민족을 일제의 질곡 속에서 구출해내는 꿈을 꾸고 있었을지도 모른다.

한편, 석정 시의 이런 '밤'과 '어둠', '봄'과 '겨울' 등의 단순논리는 그의 선비적 개결성과 급한 성정(性情)에서 비롯된 것으로 보아야 한다. 그의 선비적 개결성이 "도 아니면 모"식으로 현실을 예단(豫斷)해버리는 것이다. 앞에서도 이 점에 대해서 말한 바 있기 때문에 긴 말은 줄이겠지만, 그는 현실을 진단하는 데 있어 너무 쉽게 예단해버렸던 것이다. 바로 그렇기 때문에 현실을 진단하는 치열성이 부족하고 지극히 추상적인 표현으로 일관되고 있다고 하겠다. 석정의 시가 극복했어야 할 무엇이 있었다면 바로 이런 단순논리와 표현들이 아니었는가 싶다. 현실을 '밤'과 '어둠'으로만 예단해버리는 평면적 단순논리는 또 다른 우(愚)를 범할 수 있기 때문이다.

제5장
6·25 전쟁과 제3시집 『氷河』(1956)를 내던 시절

　해방이 된 뒤 한국에는 남남갈등이 있었다는 것을 앞에서 얘기한 바 있다. 1948년 대한민국 정부 수립을 전후하여, 국가적으로도 그랬고 문단적으로도 그랬다. 이 무렵 북한의 김일성은, 전쟁 준비에 몰두하고 있었던데 비하여 남한의 이승만 정권은 숱한 갈등 속에 휘말려 있었던 것이다. 그리고 그 와중에 드디어 6·25 전쟁이 일어나게 된 것이다. 북한군으로서는 준비된 전쟁이었고, 남한군은 느닷없이 파죽지세로 밀려오는 북한군에게, 대책 없이 후퇴만을 거듭했다. 겨우 대구시 일원에 최후 방어선이 만들어졌으나, 남한 전역은 거의 북한군에 함락되고 말았다.

　이때 북한군 점령하에 들어간 남한지역은 이른바 인민공화국 정부 통치하에 들어갈 수밖에 없었다. 공산주의 통치이념에 따라 모든 기관은, 공산주의를 추종하는 사람들이 장악하게 되었다. 그리고 이때 석정도 그 와중에 잠시 휘말리게 된다.

　사실 이 부분에 대한 이야기는 민감한 사안이기도 하거니와 자칫하면 석정의 남은 가족에게 누가 될 수도 있다는 생각이 들기도 하여, 신석상(소설가)의 견해를 잠깐 인용해보기로 한다. 신석상은 부안 출생이고, 신씨 일가의 내력을 비교적 자상하게 알고 있을 뿐만 아니라, 1984년 『신석정 평전』을 출간하기도 한 소설가이다.

> 분단시대에 살고 있는 오늘의 한민족이 처한 가장 비극적인 상황이었던 한국전쟁이 발발했을 때, 석정은 고향에서 부안중학교의 국어강사였다. 그 당시 그 자신의 의식 속에 어떤 사상이 깃들어 있었는지는 모르겠으나, 어쨌든 잠시 동안이나마 중책을 맡고 있었다. 즉 그것은 정치에 관여했고 부안중학교 교장으로 부상했으니 이른바 부역이었다. 구체적으로 어떻게 해서 그가 그런 일을 잠시(10여 일 동안이라 한다.)나마 맡아서 일했는지는 설명할 수 없으나 객관적으로 나타난 그의 글이나 행동의 패턴, 그리고 성격으로 봐서 격동의 급류에 휩쓸린 것이 틀림없는 것 같았다. 그러니까 타의에 의한 추대였는데, 엉겁결에 세상이 뒤바뀌니까 심사숙고할 겨를도 없이 부화뇌동한 것이었다.
>
> 그래서 어떤 사람은 그를 공산주의자라고 말한다. 또 다른 사람은 그를 사회주의자라고 했다. 그의 행방불명된 둘째아들이나 촌수가 그리 멀지 않는 조카의 월북 등과 관련시켜 그렇게 생각하는 사람들도 있었다. 사실 6·25 당시 석정과 아주 가까운 일가친척들이 공산당에 동조 가세했기 때문에 그렇게 보는 것도 무리는 아니었다.
>
> 그렇지만 석정은 진정 공산주의자가 아니었다. 인민군이 몰려올 때는 어떤 기대를 걸고 도망치지 않고 있다가, 저들에게 중용되었지만, 골수 공산당에 의해 석정의 일제 때의 공직생활이 문제가 되어 이내 그 자리에서 물러나지 않을 수가 없었던 것 같다. 식민지 시대에 면서기와 식량연단 직원으로 있었던 그를 언제까지나 중용하기가 곤란했던 것 같다.
>
> — 신석상, 「석정의 사상적 배경」 부분, 『辛夕汀 評傳』

위의 신석상의 견해는 본고의 의도와 완벽하게 일치하는 건 아니라 할지라도, "진정 공산주의자가 아니"라는 대목에는 전적으로 공감한다. 석정은 정말 공산주의자는 아니다. 필자가 아는 석정은 시인적 순수성을 지니고 있는 분이었다. 순수하기 때문에 선비적 개결성이 있었고, "유난히 비리를 보면 참지 못하고 바른말” 하기를 좋아한 시인이었다. “그분은 가난했어도 옛 선비처럼 안분수기(安分修己)의 초연한 정신적 여유를 즐겼고, 권세에 아유하는 속물근성을 죽도록 미워”(소설가 홍석영의 증언) 하기도 했던 천성적인 시인이며 교육자였다.

이른바 “부역”(인민공화국 시절)했다던 그의 전력에 대해서도 “당시 석정 시인 자신의 의사와는 관계없이 상부에서 후임이 정해질 때까지 잠시 서리로 임명”된 것(시인 김민성의 증언)이었고, 그 기간도 18일간이었다고 한다. 이러한 김민성의 증언은 앞에 인용된 신석상의 견해와도 일치한다.

각설하고, 6·25라는 동족상잔의 비극은 정말 황폐한 조국강토를 만들고 말았다. 전쟁의 비극이 이토록 끔찍한 것인가를 실감하게 하는 것이었고, 전쟁 이후 연이은 흉년마저 들게 되어, 도시와 농촌을 가릴 것 없이 폐허가 되어 있었다.

이 무렵 나온 석정의 제3시집 『氷河』(1956)는 이때의 실상을 잘 증언해 주고 있다.

동백꽃이 떨어진다
빗속에 동백꽃이
시나브로 떨어진다.

수
평
선
너머로 꿈 많은 내 소년을 몰아가던
파도소리
파도소리 부서지는 해안에
동백꽃이 떨어진다.

억만 년 지구와 주고받던

회화에도 태양은 지쳐
엷은 구름의 면사포를 썼는데
떠나자는 머언 뱃고동 소리와
뚝뚝 지는 동백꽃에도
뜨거운 눈물 지우던 나의 벅찬 청춘을
귀 대어 몇 번이고 소근거려도
가고 오는 빛날 역사란
모두 다 우리 상처입은 옷자락을
갈갈이 스쳐갈 바람결이여

생활이 주고 간 화상쯤이야
아예 서럽진 않아도
치밀어 오는 뜨거운 가슴도 식고

한 가닥 남은 청춘마저 떠난다면
동백꽃 지듯 소리없이 떠난다면
차라리 심장도 빙하되어
남은 피 한 천 년 녹아
철 철 철 흘리고 싶다.

—「氷河」 전문

시집 『氷河』가 세상에 그 얼굴을 보인 것은 1956년, 이 시기는 두 가지의 고난의 역사가 휩쓸고 간 뒤의 해이다. 그 하나는 6·25 전쟁이라는 동족상잔의 피비린 역사가 휩쓸고 간 뒤이고, 또다른 하나는 몇 년 동안 계속된 흉년으로 인하여 조국강산이 온통 가난으로 찌들은 때이다. 더구나 이 시인의 개인사적 정황으로 보면, 정말 생과 사의 갈림길을 짭짤하게 체험한 뒤라고 할 수 있다. 그리고 바로 그때, 시집 『氷河』가 세상에 그 얼굴을 보였고, 이 시집의 표제시 「氷河」가 쓰여진 것이다.

솔직히 말해서 이 시는 시집의 표제시임에도 불구하고, 시의 유기체적 구조 면에서나 시적 완성도 면에서 성공작으로 생각되는 작품은 아니다. 하지만 이 시의 정서는 우선 뜨겁다. 『촛불』 무렵이나 『슬픈 牧歌』 무렵, 노장의 제물론이나 양생주사상, 그리고 그 몽환적 세계, 혹은 꿈 같은 이상향을 유영하던 시인이 어쩌면 이렇듯 "철철철" 피가 흐르는 시를 쓸 수가 있는지, 극과 극의 변화를 보일 수 있는지, 의문스러울 정도로 이 시는 뜨겁다. 마치 벼랑을 기어오르다가 긁히고 긁혀 상처투성이가 된 핏빛 생채기를 보는 것과도 같은 그런 시로 읽힌다.

우선 이 시의 상징물로 등장하고 있는 것은 핏빛으로 물들어 있는 "동백꽃"이다. 그 "동백꽃"이 화자의 의식 속에서 떨어지고 있다. 어쩌면 처절하리만큼 아픈 모습이다.

이 시인이 생과 사의 갈림길을 짭짤하게 체험했던 6 · 25 때의 기억을 되살리면, 동백꽃이 떨어지는 모습은 예사롭지가 않다. 더구나 "한 가닥 남은 청춘마저" "동백꽃 지듯 소리없이" 떨어진다는 표현은 어쩌면 처절한 아름다움일지도 모른다. 그리고 더더욱 처절한 아름다움은 그 핏빛 동백꽃이 "빙하"되어 "한 천 년" 흐르리라는 것이다. "철철철" 얼음 속에서 흐르리라는 것이다.

말하자면 6 · 25 전쟁으로 인한 동족상잔의 피묻은 역사, 그리고 생과 사의 갈림길을 겪은 시인 자신의 피묻은 역사가 "한 천 년" "철철철" 흐르리라는 것이고, 역사의 증언처럼 그렇게 "흘리고" 싶다는 것이다.

위의 작품이 시인의 개인사와 관련을 맺고 있는 작품이라 한다면, 다음에 인용하는 작품은 1947년을 전후한 좌 · 우익의 갈등과 관련을 맺고 있는 작품인 것 같다. 그만큼 이 시인은 그때부터 시대 현실을 투시하는 작품을 많이 쓰고 있었던 것이다.

우수도

경칩도

머언 날씨에

그렇게 차가운 계절인데도

봄은 우리 고운 핏줄을 타고 오기에

호흡은 가빠도 이토록 뜨거운가?

손에 손을 쥐고

볼에 볼을 문지르고

의지한 채 체온을 깊이 간직하고픈 것은

꽃 피는 봄을 기다리는 탓이리다.

산은

산대로 첩첩 쌓이고

물은

물대로 모여 가듯이

나무는 나무끼리

짐승은 짐승끼리

우리도 우리끼리

봄을 기다리며 살아가는 것이다.

―「待春賦」 전문

이 시는 「待春賦」라는 제목처럼 봄을 기다리는 노래이다. 이 무렵부터 석정의 작품에는 '봄'과 '겨울'이 많이 등장하고, '어둠'과 '개벽'이라는 단어들이 등장한다. 현실을 진단하는 데 있어 이와 같이 '봄'과 '겨울'이라는 계절적 언어들이 많이 표현되고 있는 것이다. 그렇기 때문에 석정시가 지닌 현실 투시 언어의 한계성을 앞에서 지적한 바도 있다. 그리고 '賦'라는 한자로 표현된 제목도 옛 한시에서나 볼 수 있는 제목이기 때문에 현대시에서는 약간의 문제로 지적될 수도 있을 것 같다. 즉, '賦' 자는

'읊을 부', '시를 지을 부' 자이기 때문에 음풍농월(吟風弄月) 하던 옛 한시에나 적용시킬 수 있는 제목이다. 석정이 젊었을 때 당시(唐詩)를 번역 출간한 적이 있기 때문에 그런 옛시의 영향이 있지 않았나 싶다. 굳이 지적해 말한다면 현대시는 '읊는' 것이 아니다. 현대시는 '노래하는 시', '읊는 시' 시가 아니라 '생각하는 시'의 속성을 띄고 있기 때문에 '賦' 자를 쓴 것은 현대시와 어울리지 않는 제목인 듯 싶기도 한 것이다.

그러나 위의 시는 이 시인의 시선이 이제 자연이나 혹은 물아일체의 '소요유'의 경지가 아니라, 시대와 사회, 그리고 그 사회 속의 인간들을 투시하고 있다는 점에서 평가해야 될 작품이라 할 수 있다. 말하자면 이 무렵부터 현실 투시의 작품세계가 펼쳐지고 있었던 것이다.

이 시는 실로 유별난 시절을 겪은 시인의 개인사를 이해하고 또 서로 교류하고 지냈던 정지용이나 김기림 등 변절했던 문인(친일 문예지 『국민문학』에 작품게제 등)의 내용들을 이해하고, 그리고 바로 그때 유독 지조를 지키고 있었던 석정을 이해하고, 해방 후 좌·우익의 갈등 속에 있었던 한국 문단 상황 등을 이해한다면, 다소 작품배경 이해에 도움을 받을 수 있으리라 생각된다.

즉, 이 작품의 끝연에 보이는 "나무는 나무끼리/짐승은 짐승끼리/우리도 우리끼리"라는 시구를 눈여겨볼 필요가 있고, 바로 이 구절을 이해하는 것이 이 작품을 이해하는 지름길이 되고 있는 것 같다.

아무튼 이 무렵 시의 화자는 또 다른 '봄'을 기다리고 있는 건 사실이다. 그 '봄'의 의미가 과연 무엇인지 확실하게 단정할 수는 없지만 그가 『촛불』 무렵에 지향했던 "그 먼나라"(도연명의 '무릉도원'과 같은 이상향)는 아닐 것이며, 노장의 허무의 세계나 소요유의 경지, 혹은 진군의 경지는 더더구나 아닐 것이다.

분명한 것은 이 무렵 이후 그의 시에 많이 등장하는 그 '봄'은 현실에

대한 인식을 '겨울'이라고 판단한 데서 비롯된 그 어떤 세계인 것만은 분
명하다고 하겠다. 말하자면 현실을 '겨울'이라고 할 때, 현실보다는 좀
더 나은, 더 밝은 미래지향 개념으로서의 '봄'인 것만은 분명한 것이다.

그리고 이러한 '봄'과 '겨울'이라는 이분법적 시대인식은 석정 시의 단
순구조를 부채질하고 있기 때문에, 일종의 취약성으로 지적한 바도 있다.

제6장
제4시집 『山의 序曲』(1967)을 내던 시절

6·25 전쟁으로 인한 상처는 실로 폐허를 방불케 했고, 또 그로 인한 간난과 신고는 이루 말할 수가 없었다. 다행히 유엔군의 참전으로 9·28 수복이 되긴 했지만, 1·4 후퇴라는 비극을 다시 치뤄내야만 했다. 이때 국민들이 겪은 것은 전쟁과 가난이라는 이중고(二重苦)였고, 석정도 예외는 아니었다. 그때 '참담한 가난'을 겪으며 펴낸 시집이 『氷河』였다면, 4·19와 5·16이라는 또 다른 격변을 겪으며 쓰여진 작품들이 제4시집 『山의 序曲』에 수록되어 있다.

잘 알려진 격변이지만 4·19는 학생들의 민주항쟁이 결국 국민적 호응을 얻어 이룩한 혁명이 되었고, 5·16은 군사쿠데타로 출발했지만, 참여한 군인들의 좌표 설정이 잘됨으로써, 결국은 산업화를 이루는 초석이 되었다.

석정의 제4시집 『山의 序曲』은 이 시기를 전후하여 쓰여진 작품들이다. 석정의 개인사적으로 보면, 이 시기는 이제 시인적 기반이 탄탄하게 다져진 때라고 말할 수도 있다. 우선 전북대학교에서 시론 강의를 맡게 되었고, 한편으론 당시 문예지 『자유문학』의 추천위원이 되기도 했으므로, 가정적 안정을 찾은 때라고 할 수 있다. 그리고 그때 전주시 노송동에 아담한 집 비사벌초사(比斯伐艸舍)를 마련하고, 시나대, 태산목 등 각종 화초를 가득히 가꾸기도 했다. 말하자면 초년시절 마련하여 살던 부안읍의 청구원(靑丘園) 이후 그의 생애에 있어 가장 안정된 가정을 이루었던 시기라고 볼 수 있다.

> 詩와 더불어 耳順이 넘었다. 그동안 역사의 흙탕물 줄기가 무참하게도 내 精神世界를 여러 번 짓밟고 달아났다. 그러나 아직까지 허튼 俗情에 踟躕하거나 한 눈 팔기에 나를 크게 消耗한 적이 없음을 自慰한다. 詩가 잘 되고 못됨은 工程에 앞서 오로지 先天的 天分에 맡길 일이요, 나대로 저 巨嶽의 毅然한 모습으로 詩에 臨하는 姿勢는 예나 다름없다. (…중략…) 허잘 것 없는 내 人生의 序曲으로 여기고, 格에 벗어나지 않는 餘生을 그대로 詩에 매달려 보내고 싶다.
>
> — 제4시집 『山의 序曲』 「발문」 부분

위 인용문에서 특히 눈에 띄는 구절은 "허튼 속성에 국척" 하지 않았다거나 "저 거악의 의연한 모습"으로 살아왔다는 구절이다. 그중에서도 특히 "저 거악의 의연한 모습"이라는 표현은 어쩐지 석정 자신을 상징하는 구절 같기도 하다.

앞에서도 잠깐 말한 바 있지만 그는 특히 산을 좋아한 시인이다. "침묵은 산의 얼굴이니라. 숭고는 산의 마음이리라. 나 또한 산을 닮아보리라."는 구절이 그의 집 비사벌초사의 서가(書架)에 붙여져 있었다. 그만큼 그는 산을 닮고 싶어 한 시인이었다.

미국 작가 나다니엘 호돈의 「큰 바위 얼굴」이라는 단편이 있다. 이 단편은, 마을 앞의 큰 바위 같은 인물의 탄생을 기대한 주인공이, 기다리고 기다린 끝에 그 자신이 드디어 그런 인물이 됐다는 내용의 소설이다. 마찬가지로 거악의 의연한 모습을 동경한 석정도 그래서 큰 산과도 같은 시인이 된 것이 아닌가 하는 생각도 든다.

그러나 이 무렵에도 그는 "참여시를 사갈시"해서는 안된다며, 예의 그 현실 투시의 작품을 보이고 있다. 하지만 거듭 말하거니와 그의 시는 참여시가 아니다. 참여시를 지향하는 듯한 그의 표현은 참여시에 대한 약간의 오해에서 비롯된 것이 아닌가 생각된다. 그의 시는 현실 정치나 사회에 대하여 적극적으로 개입한 적이 없다. 또 5·16 이후 저간의 그 자신의 현실이 그럴 만한 입장도 못되었다. 석정의 언어는 어디까지나 선비적 개결성에서 비롯된 투시의 언어일 뿐이고, 저항의 언어는 아니다. 이 점에 대하여는 앞에서도 여러 차례 강조한 바 있다. 그리고 현실을 관조하고 투시하는 건 시인의 책무나 다름없기 때문에 하는 말이다.

다음 인용문을 참고해보기로 한다.

현실을 범람하는 불신과 부조리와 빈곤 속에서 인간의 정신세계를 침식하고 덤비는 불의와 부정을 모른 체 수수방관하고 앉아서 고고할 수는 없는 게 아니냐. 그것들을 몰아내는 데 정치와 경제의 힘도 크지만 문학 또한 마땅히 그 일익을 담당해야 한다. 한 편의 시는 불행한 겨레의 멍든 마음을 되찾아주는 따뜻한 손길이 되어줘야 하고, 같이 울어줄 수 있는 데까지 시인은 찾아가야 할 인고(忍苦)와 용기가 있어야 할 것이다. 부조리한 현실에 대한 인간의 성실한 저항이 누구에게보다도 시인에게 요구되는 것을 잊어서는 안될 것이다.

—「석정의 시관」 부분

석정의 제4시집 『山의 序曲』의 서문에 조지훈은 그를 "지조 있는 한 선비"라고 쓴 바 있다. 그것은 당연히 맞는 말이고, 본고의 의도와도 잘 합치되는 말이다.

그런데 위의 인용문에는 유독 "성실한 저항"이란 말이 눈에 띈다. 시대 현실은 '겨울'인데, '수수방관하고 앉아서 고고할 수는 없기 때문에, 성실한 저항'을 해야 된다는 게 그의 논리다.

하지만 석정은 그 논리처럼 '저항'한 적이 없다. 시대의 추이(推移)를 정말 '고고학적 노력'으로 분석하고 판단하여 저항한 적이 없다. 오히려 자신의 성정에 어긋나는 현실에 대하여 '겨울'이라 단정하고, '봄'을 지향하는 언어를 표현한 것뿐이다. 그렇다면 그가 지향한 '봄'은 과연 어느 하늘 아래 있는 '봄'인가? 그리고 그가 단정한 '겨울'은 어떤 겨울인가? 바로 여기에 석정 시의 무모성이나 함정이 있는 것 같다. 석정의 시가 극복했어야 할 무엇이 있었다면 바로 이 점이 아니었을까 하고 생각해본다. 혹자는 이런 석정 시를 두고 '참여'니 뭐니 하는 것 같은 데 천만의 말씀이다. 그냥 그것은 '마땅찮은' 현실에 대하여 선비적 개결성으로 비판한 언어일 뿐인 것이다.

「석정의 시, 올바른 이해를 위한 담론」에서 '한국의 선비정신'을 말한 바 있는데, 그 '선비정신'에는 다음과 같은 말이 있다. 즉 "선비는 지성인이고 교양인이면서 비판적 정신을 소유"하고 있다. 그리고 그 비판적 정신은 선비정신의 기본 덕목에 해당된다는 것을 알아야 된다. 다음과 같은 작품은 석정의 그런 비판적 정신을 가장 전형적으로 보이고 있는 작품이라 할 수 있다.

퇴색한 세월의 가쁜 숨소리 낡은 커튼에 흐느끼고, 바람도 흐르다간 앙상한 나무에 석상처럼 정지하는 날,

인젠 山도 통곡에 지쳐 동결된 침묵 속에 호읍도 망각하고,

문주란 · 풍란 · 석곡 · 선인장 · 만년청 · 제라니움들이 외로운 가족처럼 모여서, 더러는 얼굴을 맞대고, 더러는 볼에 볼을 문지르고, 더러는 여윈 손을 높이 들고,

　이 외로운 가족들이 겨울을 거부하며 살아가야 하는 나의 작은 방에서 이
들의 의지를 배워야 하고,

　이 가족들 사이에 끼어 함부로 떨어진 뭇 종자들이 어두운 지층에서 발아
를 음모하는 밀어를 나는 믿어야 하고,

　때론 窓한 너머로 기린처럼 길게 목을 내밀고, 시계탑 언저리에 쏟아지는
태양의 분수를 횡단했을 비둘기의 빨간 발목에 묻어오는 아린 봄을 나는 맞
이해야 하고,

일체를 부정하라!
이런 엄숙한 자세로 이 가난한 창변에서
새로운 봄에 대비할 예의를 나는 궁리해야 한다.

—「봄이 올 때까지」 전문

　위의 시 「봄이 올 때까지」는 우선 '봄'과 '겨울'의 그 분법적 시대인식
을 볼 수 있게 해준다. 이러한 시대인식의 표현은 이미 시집 『氷河』 무렵
「待春賦」 등의 작품에서 보여준 기법이지만, 시집 『山의 序曲』에 이르면
그 표현 빈도가 더욱 많아진다. 그러니까 석정 시에서의 시대 현실은 대
체로 '겨울'(혹은 밤, 어둠)이며, 그가 기대하는 미래지향적 세계는 '봄'
(혹은 하늘, 새벽)으로 표현된다.

　앞에서도 잠깐 얘기했지만 석정 시의 단순구조가 바로 여기에서 비롯
된다고도 볼 수 있다. 그리고 그 외에도 '지옥' '멍든 세월' '소란한 세
상' '어둠' '시시한 세상' '퇴색한 세월' '시끄러운 세상' 등의 현실인식
도 그런 단순구조를 부채질하는 요인이 되고 있다고 보여진다. 좀 더 현
실에 대한 미시적 접근이나 내시적 접근, 혹은 김현의 표현대로 '고고학
적 노력'이 있었더라면 하는 아쉬움이 남는 것이다.

그리고 한편으로 이 작품은 석정 시의 중기 시(현실 투시의 시)다운 작품이라고 말할 수도 있다. 석정의 중기 시의 구조들이 대체로 전반부에서는 서정적 톤으로, 혹은 정관적·관조적 톤으로 흐르다가, 갑자기 시의 말미에서 '일체를 부정하라'는 식으로 한번 부르르 흥분(?)하거나 일도양단의 언어로 직핍하는, 그런 구조를 많이 보이고 있는 것이다. 혹자는 이러한 석정 시의 세계를 '참여' 운운하며 거론하기도 하는 대목이다. 하지만 그것은 석정 시의 본질을 잘 파악하지 못한 데서 온 편견일 뿐임을 이해해야 된다.

아무튼, 이 작품도 석정의 초기 시 『촛불』 무렵과는 달리 시인의 시선이 현실을 직시하고 있다는 건 사실이다. 특히 위의 시 「봄이 올 때까지」는 시작품으로서의 긍정적인 면과 부정적인 면을 이만큼 아울러 보유하고 있기도 드물 것 같은 그런 작품이기도 하다. 따라서 그 긍정적인 면과 부정적인 면을 항목별로 검토해봄으로써 독자들의 작품 이해에 다소나마 기여해볼까 한다.

    (1) '봄' '새벽' '겨울' '어둠' 등의 표현 문제

     ① 궁정적인 면 : 시대상황 인식을 '봄'과 '겨울'로 단순화함으로써 독자들로 하여금 빠르게 그 메시지를 전달받을 수 있도록 해주는 것 같다. 특히 이 작품을 쓴 시점이 4·19 직전(1960년 1월)이었음을 참고로 해보면, 시인이 생각한 그 '겨울'은 이승만 정권으로 판단되기 때문이다.

     ② 부정적인 면 : 이러한 양극적인 표현은 시의 내용을 단순화시켜 버릴 위험성이 있다. 시대인식에 대한 "고고학적 노력"(김현의 표현, 『동아일보』, 1967. 11. 9)도 없이 '겨울'로 규정지어버리면, 시의 단순구조를 부채질할 위험성이 있다. 특히 독자들의 상상력에 기여해야 하는 시의 본질을 생각하면, 더욱 경계해야 될 요소라고 생각된다.

(2) 「봄이 올 때까지」 등 현실 투시 작품의 시인의식 문제
　① 긍정적인 면 : 현실을 투시하고 비판할 수도 있는 문학(시)의 특성으
　　로 볼 때 우선 긍정적으로 평가받아 마땅하다. 특히 그가 시집 『촛불』
　　과 『슬픈 牧歌』 무렵, 노장적 세계에 많이 침잠했고, 현실(일제시대)
　　을 도외시했다고 볼 수 있는 초기 시를 생각해볼 때 더욱 그러하다.
　② 부정적인 면 : 초기 시에 제물론, 양생주 등 노장사상을 보임으로써
　　독자의 정서순화에 크게 기여한 바 있다. 중기 시(『氷河』, 『山의 序
　　曲』 무렵의 시)에서는 문학의 현실 참여 문제에 무리하게 집착함으
　　로써(*문학의 현실 참여에 대한 다소간의 오해에서 비롯된 듯) 오히
　　려 비문학적 작품을 자초하는 결과를 낳지 않았나 싶다.

(3) 「봄이 올 때까지」 등 현실 투시 작품의 시적 구조 문제
　① 긍정적인 면 : 「봄이 올 때까지」는 이 무렵 석정 시 구조의 한 전형을
　　보여주는 작품이다. 이 작품의 구조는 1연~6연까지는 일종의 도입부
　　이다. 그러니까 시인이 독자를 향하여 말하고자 하는 진술(메시지)은
　　당연히 7연(結句)이다. 이런 구조는 흔히 보이는 일이다. 물론 이 「봄이
　　올 때까지」는 1연~6연까지 은유법이나 암시법을 사용함으로써, 간접
　　적으로 화자의 시대의식을 보여주는 효과를 거두고 있는 것 같다.
　② 부정적인 면 : 이러한 시적 구조는 우선 시의 유기체적 구조에 흠을
　　보이는 일이다. 시의 완성도 면에서 흠을 자초하는 일임은 더 말할
　　나위도 없다. 특히 은유적으로 진술된 1연~6연의 경우, 무리하게 식
　　물 이름을 나열함으로써 거슬리기는 하지만, 그런대로 시대의식을
　　간접적으로 보여주는 묘미를 주고는 있다. 그러나 "일체를 부정하
　　라"는 식의 구호조의 직설적 결구는 아무래도 거슬린다고 아니할 수
　　없다. 어찌 보면 선비적 '직언(直言)'을 과시하는 듯한 이런 구절이
　　시적으로는 오히려 비문학적 요소가 된다고도 하겠다.

　두말할 필요도 없이, 시는 독자들의 상상력에 기여해야 되는 문학이다.
따라서 직설적 논설투의 언어나 신문의 가십(gossip)과도 같은 언어는 금

물이다. 구호조의 언어는 더더욱 지양해야 할 일이다. 시의 언어는 상징적 표현과 비유적 표현이 바람직하게 이루어졌을 때, 독자의 상상력에 기여할 수 있으리라고 믿는다.

그래야만 시대와 사회, 그리고 시적 자아를 '포괄'해서 표현하고, '내포'해서 표현할 수 있을 것이며, '응축'된 시의 세계를 독자들로 하여금 맛볼 수 있도록 할 수 있으리라 믿는 것이다.

만약 석정 시 중에서 초기의 시(『촛불』『슬픈 牧歌』무렵의 시)에 비하여 중기의 시(『氷河』『山의 序曲』무렵의 시)가 시의 완성도 면에서 다소 떨어진다고 한다면, 바로 그런 이유에서가 아니겠는가 하는 생각이다. 물론 초기 시가 비유와 상징의 면에서 바람직스럽게 이루어졌다는 말은 아니라는 것을 덧붙이며, 제4시집 『山의 序曲』무렵의 시에 대한 견해를 이만 줄이기로 한다.

제7장
제5시집 『대바람 소리』(1970)를 내던 시절

이 무렵 석정은 자연적 연치로 따지면 노년에 이르렀다. 이 노경(老境)에 서 있는 석정, 한때(중기 시 무렵) "참여시를 사갈시"해서는 안된다며 현실 참여의 의욕을 보였던 점을 다시금 생각하게 된다. 사실 그것은 석정의 희망사항이었을 뿐, 그의 문학(시)이 참여의 문학은 아니었다. 『촛불』이나 『슬픈 牧歌』 무렵의 시에 대한 반성으로 '참여'의 의욕을 보였으나 진정한 의미의 참여시는 아니었다. 그리고 그것은 참여시에 대한 약간의 오해에서 비롯된 것이었다.

그런 점에서 볼 때, 조동일의 「순수문학의 한계와 참여」라는 논문은 석정 시의 '참여'를 말하는 논자에게 좋은 참고자료가 될 것이다. 다음에 그 일부를 인용해본다.

문학의 현실 참여는 작가가 어떤 위치에 서야 할 것인가에 대한 반성에서 시작된다. 정신적 귀족으로 자처하는 한 참여를 아무리 주장하더라도 그건 하나의 구호에 그치고 만다. 작가는 민족적 현실 위에 서는 지휘자라는 생각 말이다. (…중략…) 순수문학이 이 이상 지탱할 수 없음을 깨달았다는 점에서 의의가 있으나, 작가는 어디에 자리 잡고 있는가를 반문하지 않을 수 없다. 참여할 만한 기반이 다 마련된 후의 참여는 차라리 성진(性眞)의 출장입상(出將入相)이다. 작가가 민중의 한 사람이라고 시인하는 데서 참여는 시작된다. 작가가 자기 생활의 괴로움도 비탄도, 환희도 감추어야 할 무엇이 아니라 드러내고 파고들어야 할 리얼리티의 터전으로 자부하는 데 출발점이 있다. 자기의 현실을 외면하고 민족적 현실에 접근할 수 없으며 자기의 것으로 받아들이지 않고서는 민족적 수난에 참여할 수 없다. 이런 과정을 거치지 않고, 역사적 사건을 신문기사식으로 나열하거나 시대순으로 읊어 내려오는 작품은 대개 구경꾼의 허튼소리에 불과하다.

— 조동일, 「순수문학의 한계와 참여」 부분

위의 인용문에서 특히 눈에 띄는 구절은 "정신적 귀족"이라는 말과 "성진(性眞)의 출장입상(出將入相)"이라는 말이다. 특히 "성진의 출장입상"이라는 말은, 두 가지를 다 겸전(兼全)할 수 없다는 말인데, 석정의 초기 시와 중기 시의 세계는 그 점에서도 무리였다는 생각이다. 즉, 순수시와 참여시가 겸전할 수 없다는 논리 말이다.

그리고 뒤에서 검토하게 될 「대바람 소리」의 「낙지론」 등을 참고로 할 때 석정은 오히려 '정신적 귀족'의 취향도 있었지 않았나 하는 생각도 든다. 그가 초년에 살던 집 이름을 '청구원'이라 이름했다든가 전주시 노송동의 집 이름을 '비사벌초사'라 이름짓고, 파이프 담배를 즐기고 한복을 즐겨 입었었다는 점, 그리고 방 안에 「낙지론」이 쓰인 병풍을 둘러놓고 사셨다는 점들은, 그런 '정신적 귀족'의 면모를 생각나게 하는 대목이다. 조동일의 표현, "성진의 출장입상"이란 말은 그래서 유효한 말이 아닌가 생각되는 것이다.

그리고 그의 "참여시를 사갈시" 해서는 안된다는 표현도 희망적 이론이었을 뿐이지, 그의 체질이나 실제 생활의 리얼리티는 아니었다는 점이다. 다시 말하자면 앞의 조동일의 말대로 "민족적 현실 위에 서는 지휘자"였다고 말할 수도 없었을 뿐만 아니라, "고난을 민중과 함께 발견하고 민중의 문제를 자기의 것"으로 받아들이지도 않았다고 보여지기 때문에 그의 참여논리는 공소하게 들린다고 하겠다.

아무튼, 이제 그는 노경에 이르러 「대바람 소리」 속에 안주하게 되었다.

대바람 소리
들리더니
소소한 대바람 소리
창을 흔들더니

소설(小雪) 지낸 하늘을
눈 머금은 구름이 가고 오는지
미닫이에 가끔
그늘이 진다.

국화 향기 흔들리는
좁은 서실을
무료히 거닐다
앉았다 누웠다
잠들다 깨어보면
그저 그런 날을

눈에 들어오는
병풍의 「樂志論」을
읽어도 보고

그렇다!
아무리 쪼들리고
웅숭그릴지언정
— 〈어찌 帝王의 門에 딞을 부러워 하랴〉

대바람 타고

들려오는

머언 거문고 소리……

— 「대바람 소리」 전문

위의 작품 「대바람 소리」는 석정의 다섯 번째 시집 『대바람 소리』의 표제시이다. 석정 시 「대바람 소리」에 나타나고 있는 정서는, 이제 노년의 선비적인 자세로 안착하는 모습을 보여준다. 초년시절 아련한 꿈의 세계를 보여준 "그 먼나라"로부터 출발하여, 노장사상이나 일제하의 어둠, 혹은 시대와 사회에 대한 투시와 관조의 시기를 우회하여 드디어 도달한 세계가 바로 장자의 「낙지론」인 것이다. 노장사상에서 출발하여 결국 노장사상으로 귀환한 것이다.

이 점은 매우 중요한 일이다. 무모한(?) 꿈의 세계를 펼쳐보였던 『촛불』 무렵 작품에 대한 회의와 반성으로, 때로는 일제하의 '어둠'을 표현하기도 하고, 때로는 시대 현실에 대한 비판이나 투시, 혹은 관조의 언어를 보이기도 하고, "참여시를 사갈시"해서는 안된다는 견해를 보이며 마치 자신이 참여시를 지향하는 듯한 자세를 취한 적도 있지만, 결국 석정 시의 토양은 노장사상이었음을 그의 귀환을 통하여 보게 되는 것이다.

그는 결국 동양적 선비일 수밖에 없었다. 그리고 이 「대바람 소리」 같은 작품을 대하면 "나물 먹고 물 마시고 팔을 베고 누웠으니, 대장부 살림살이 이만하면 족하도다." 하던 옛 유학자들의 모습이 떠오를 정도로 체념의 정서나 은일사상의 정서를 발견하게 된다. 체념의 정서, 은일의 정서는 바로 동양, 특히 옛 한국인의 정서로 뿌리박혀 있기 때문이다.

한편, 이 시에 나오는 「낙지론」은 벼슬을 사양한 채 은일생활을 즐긴 도가 중장통의 글로써, 위의 석정 시의 5연에 보이고 있는 "어찌 帝王의 門에 듦을 부러워 하랴"는 구절은 바로 이 「낙지론」에 담겨 있는 구절이다. 「낙지론」 전문을 인용해보면 다음과 같다.

> 거처하는 곳에 좋은 논밭과 넓은 집이 있고, 산을 등지고 냇물이 곁에 흐
> 르고 도랑과 연못이 둘러 있으며 대나무와 수목이 둘려져 있고 타작마당과
> 채소밭이 집 앞에 있고 과수원이 집 뒤에 있다. 배와 수레가 걷거나 물을 건
> 너가는 어려움을 대신하여 줄 수 있고, 심부름하는 이가 육체를 부리는 일에
> 서 쉴 수 있게 한다. 부모를 봉양함에는 진미(珍味)를 곁들인 음식을 드리고
> 아내와 아이들은 몸을 괴롭히는 수고도 없다. 좋은 벗들이 머무르면 술과 안
> 주는 차려서 즐기며, 기쁠 때 길한 날에는 염소와 돼지를 삶아 바친다. 밭이
> 랑이나 동산을 거닐고 평평한 숲에서 노닐며, 맑은 물에 몸을 씻고 시원한
> 바람을 좇으며, 헤엄치는 잉어를 낚고 높이 나는 기러기를 주살로 잡는다.
> 기우제(祈雨祭)를 지내는 제단(祭壇) 아래에서 바람을 쐬며 놀다가 훌륭한
> 집으로 읊조리며 돌아온다. 안방에서 정신을 평안히 하고 노자(老子)의 현묘
> (玄妙)하고 허무한 도(道)를 생각하며, 조화된 정기를 호흡하며 지인(至人)과
> 같아지기를 구한다. 통달한 사람 몇 명과 도(道)를 논하고 책을 강론(講論)하
> 며, 하늘과 땅을 올려다보고 내려다보며 고금(古今)의 인물들을 한데 종합하
> 여 평(評)한다. 「남풍」(南風)의 전아한 가락을 연주하고 「청상곡」(淸商曲)의
> 미묘한 곡도 연주한다. 온 세상을 초월한 위에서 거닐며 놀고 하늘과 땅 사
> 이를 곁눈질 하며, 당시(當時)의 책임을 맡지 않고 기약된 목숨을 길이 보존
> 한다. 이렇게 하면 하늘을 넘어서 우주 밖으로 나갈 수가 있을 것이니, 어찌
> 제왕의 문으로 들어가는 것을 부러워 하겠는가?

— 중장통 「낙지론」(樂志論) 전문

위에 보인 「낙지론」의 작가의 현실과 이 무렵 석정의 현실이 똑같다는
얘기는 전혀 아니다. "어찌 제왕의 문에 듦을 부러워" 하지 않을 정도로,
이제 '체념'의 정서를 가지게 되었다거나, '은일' 생활을 하고 있었던 점
이 서로 비슷하다고 할 수 있을 뿐이다. 그리고 위의 「낙지론」에 보이는
'노자의 현묘(玄妙) 하고 허무한 도(道)를 생각하며'에서도 석정이 초기 시
무렵 심취했던 노장사상과 맞물려 생각하는 점이라고 할 수 있다. 그리고

이 「낙지론」에 보이는 작자 중장통의 생활 패턴은 한 마디로 귀족적 생활 모습에 다름 아니다. 그런데 석정이 노년에 그런 '귀족적' 취향의 「낙지론」 병풍을 즐겼다는 것은, 앞에서 말한 그의 '정신적 귀족'의 면모를 다시금 생각하게 하는 대목이기도 하다.

아무튼, 이 「대바람 소리」에 나타나고 있는 정서는, 시의 화자가 노년의 유가적 선비의 자세로 안착하고 있는 모습을 보여주고 있으며, "대바람 소리"나 "거문고 소리"를 즐기며 안일(安逸)한 생활 속에 있는 모습을 보여주고 있다고 하겠다. 그러므로 "국화향기 흔들이는" 서실에서 "앉았다 누웠다/잠들다"할 수도 있는 것이며, "병풍의 「낙지론」을 읽어도" 볼 수 있었던 것이다.

말하자면, 이 무렵 그의 시는 『촛불』이나 『슬픈 牧歌』 무렵의 이상향을 유영하던 꿈의 빛깔은 아니었다. 노장적 허무나 일제하의 상처 입은 '슬픈' 얼굴도 이미 아니었다. 6·25라는 동족상잔의 탁류가 휩쓸고 간 뒤의 쓰라린 생활들을 반영했던 『氷河』 무렵의 시적 기조도 아니었다. 현실을 투영하고 비판하려 했던 『山의 序曲』 무렵의 시적 기조도 물론 아니었다. 이제 그는 청구원의 꽃동산으로부터 비사벌초사의 '대바람 소리' 속에 돌아온 것이다. 꽃구름처럼 피어오르던 아득하고 몽환적인 분위기로부터, '허무'를 극복하고, 엄동의 '겨울'을 극복한 후 드디어 마음의 고향으로 귀환한 것이다. 다음과 같은 작품은 그 은일생활의 모습을 좀 더 심화시켜 보여준다.

梧桐에
비낀 달
가을은 치워라

古梅

성근 가지
영창에 걸리었고,

철새 나는
하늘을
무서리 나려

풀벌레 사운대는
밤은
정작 고요도 한저이고

어디서
대피리 소리
마디마디 가삼이 시리다.

시나대 숲에
바람이 머물러
촛불도 눈물 짓는 기인 긴
이 밤

나는
唐詩를 펴들고
아득한 아득한 잠을 부른다.

—「秋夜長 古調」 전문

　이 작품에서도 앞의 「대바람 소리」에서처럼 화자는 이제 노년의 유가적 · 선비적 자세로 안착해 있는 모습을 보여준다. 예의 「낙지론」에서 볼 수 있었던 은일생활의 모습을 보이고 있는 것이다.

　그리고 그의 은일생활의 벗은 "唐詩"나 "대피리 소리", 혹은 "梧桐에 비낀 달"이나 "철새 나는/하늘" 같은 것들이다. 말하자면 이 시의 화자는

'秋夜長' 깊은 밤에 그 은일생활의 고요를 다스리기 위해서, "唐詩"를 읽기도 하고 "梧桐에 비낀 달"을 완상하기도 하는 것이다.

한편, 이 시는 제목 그대로 길고 긴 가을밤에 옛 가락[古調]으로 노래한 작품이다. 그런 만큼 시의 분위기도 옛 한시의 서경적 분위기를 연상시킨다. 이러한 시를 대하면 "시 속에 그림이 있고, 그림 속에 시가 있다."고 했던 옛 동양의 시관(詩觀)을 생각하게 만든다. 그리고 실제로도 이 시의 1연에서 5연까지는 그러한 그림[敍景]을 보게 해준다. 그러므로 이 시에서 시적 자아가 확연하게 드러나고 있는 연(聯)은 마지막 6연뿐이다. 즉 "唐詩"를 펴들고 "아득한 아득한 잠"을 부르는 화자, 바로 그 은일생활의 주인공을 만나게 된다.

다시 말하면 시집 『촛불』 무렵의 노장사상으로부터 몇 단계 우회의 과정을 거쳐서, 이제 장자의 「낙지론」이나 은일생활 속에 안착해 있는 한 사람의 동양적 선비를 발견하게 된다는 말이다.

그리고 이 작품과 같이 석정 시에 있어 중국 고전의 영향은 매우 큰 비중을 차지한다. 이러한 일은 그가 초년에 유가적 가풍 속에서 자랐다는 점, 그리고 그 시대에는 당시(唐詩)나 혹은 두보와 『고문진보』 등을 읽는 것은 보편화된 일반적 학문이었다는 점들이 바로 석정 시의 유가적 토양이 된 것이다. 이 작품 외에도 「好鳥一聲」, 「山房日記」 등의 시에서도 이와 유사한 정적(靜的)·운둔적인 정서가 드러나는 것을 보게 된다.

그리고 한편으로 생각해보면 석정의 개인사적 수난(6·25 무렵)이나 은일생활로의 귀환 등은, 묘한 합일점을 만나게 해주고 있으며, 따라서 이 무렵의 석정 시의 노장적 귀환은 그런 점에서 의미를 찾아야 되리라고 믿는다.

제4부
석정 문학에 나타난 사상

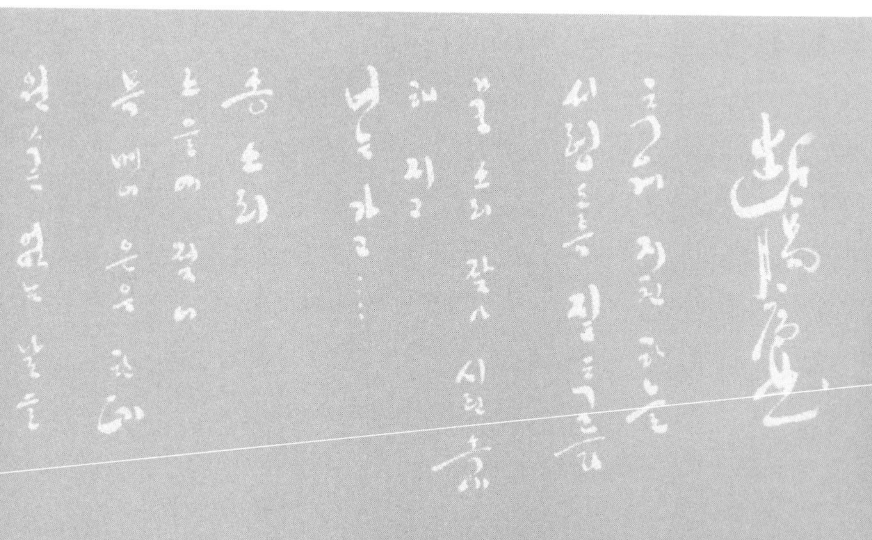

제1장
석정 시 사상의 근원
― 『촛불』『슬픈 牧歌』『대바람 소리』를 중심으로

　석정 시 사상의 근간은 당연히 노장사상이다. 그가 남긴 다섯 권의 시집 중, 『촛불』(제1시집), 『슬픈 牧歌』(제2시집), 『대바람 소리』(제5시집) 세 권의 시집에 담긴 대부분의 작품들은, 노장사상이 그 사상의 뿌리를 이루고 있다. 다만, 『氷河』(제3시집), 『山의 序曲』(제4시집) 두 권의 시집만은 이 노장사상의 반열에서 약간 일탈되어 있는 게 사실이다. 그리고 그 일탈의 이유는 젊은 시절 노장적 허무주의에 빠졌던 그 자신에 대한 회의, 혹은 시인의식이나 시대의식의 변화 등을 예로 들어 설명할 수 있겠지만, 여기서는 노장사상에만 포커스를 맞추기 위하여, 두 권의 시집에 대해서는 그 해명을 줄이기로 한다. 두 권의 시집은 논외로 한다는 말이다.

　석정의 시에 나타나는 노장사상에 대해서는 『夕汀詩 다시읽기』(이회문화사, 2001)라는 책을 통하여 비교적 소상하게 밝힌 바 있다. 석정 시 사상의 뿌리를 다룬 것이기 때문에 설사 그 논의나 천착이 다소 미흡했다 할지라도, 석정 시 연구자들은 당연히 석정 시 사상의 근간에 대해서만은 진지한 논의가 있어야 함에도 불구하고, 아직 이에 대한 논의는 미흡한 실정인 것 같다.

석정 시와 노장사상과의 관련성은 인정하면서도 문제의 핵심인 노장사상에 대한 이해가 부족한 탓인지 아니면 이 문제에 대하여 회피하거나 도외시해버리는 것인지 알 길이 묘연하다.

분명한 것은 노장사상을 배제한 자리에서 석정 시에 대해 운운한다는 것은 앞뒤가 맞지 않는 일이라고 단언한다. 석정 시를 연구한다면서 석정 시의 근간을 이루는 사상을 도외시한다는 것은 있을 수도 없는 일이요, 그리고 그런 연구물은 모두 허구라고 볼 수밖에 없다. 참여시의 본질을 외면하면서 '참여' 운운한다는 것도 있을 수 없는 일이요, 목가시의 본질을 외면하면서 '목가' 운운한다는 것도 있을 수 없는 일인 것처럼, 마찬가지로 석정 시 사상의 근간을 외면하면서 석정 시 운운한다는 것도 있을 수 없는 일이라 하겠다.

문제의 핵심인 노장사상에 대하여 여기서부터 다시 이야기해보기로 한다.

노장사상이라는 말을 떠올릴 때, 가장 먼저 생각되는 말은 '무위자연(無爲自然)'이라는 말이다. 이 '무위자연'이라는 말은 사람의 힘을 들이지 않은 그대로의 자연을 말함이다. 흔히 석정을 일컬어 '목가시인'이라고 잘못 포장되는 이유는 바로 이 무위자연 사상이 스며 있는 작품들을 잘못 이해해왔기 때문이다. 가령, 잘 알려진 「그 먼나라를 알으십니까」 같은 작품이나, 「아직 촛불을 켤 때가 아닙니다」 같은 일련의 작품들은 바로 이 무위자연 사상이나 시인 도연명의 영향을 받은 작품들이다. 다시 말하자면, 노장사상을 구현시킨 도연명의 '무릉도원'(이상향)에서 영향을 받은 작품이 「그 먼나라를 알으십니까」이고, 무위자연의 상태를 침해하는 '촛불'은 켜지 말아야 된다는 것이 「아직 촛불을 켤 때가 아닙니다」라는 작품이다. 전자, 「그 먼나라를 알으십니까」는 노자의 이론을 근거로 한

「도화원기(桃花源記)」에서 영향을 받아 쓴 작품이고, 후자(「아직 촛불을 켤 때가 아닙니다」)도 이 무위자연 상태를 파괴하는 유일한 사물이 바로 '촛불'이기 때문에, 그 '촛불'을 켜지 말아야 된다는 것이 이 작품의 시적 논리인 것이다. 「아직 촛불을 켤 때가 아닙니다」 같은 작품을 일제시대와 무슨 관련성이 있는 것처럼 인식하는 것은 그것은 정말 실소를 금치 못하게 만드는 넌센스요, 그런 시적 몰이해는 정말 있어서도 안될 일이다. 항간에 더러 쓰이는 "소가 웃을 일이다"라는 말은, 바로 그런 시적 몰이해를 두고 하는 말이어도 무방할 것 같다.

그럼 여기서 첫 시집부터 이야기해가기로 한다. 다시 말하지만, 석정의 초기 시를 관류하고 있는 사상은 노장사상이다. 그의 초기 시 「그 먼나라를 알으십니까」, 「아직 촛불을 켤 때가 아닙니다」, 「임께서 부르시면」, 「푸른 침실」, 「化石이 되고 싶어」, 「나의 꿈을 엿보시겠습니까」, 「三行詩」 등등 일일이 매거할 수도 없이 노장사상이 그 근간을 이루고 있다.

다음과 같은 작품은 장자의 제물론과 깊이 관련을 맺고 있다.

가을날 노랗게 물들인 은행잎이
바람에 흔들려 휘날리듯이
그렇게 가오리다
임께서 부르시면……

호수에 안개 끼어 자욱한 밤에
말없이 재 넘는 초승달처럼
그렇게 가오리다
임께서 부르시면……

포곤히 풀린 봄 하늘 아래
굽이굽이 하늘 가에 흐르는 물처럼
그렇게 가오리다

임께서 부르시면……

파아란 하늘에 백로가 노래하고
이른 봄 잔디밭에 스며드는 햇볕처럼
그렇게 가오리다
임께서 부르시면……

—「임께서 부르시면」 전문

위의 작품은 노장사상의 영향권에서 쓰여진 작품임을 바로 느끼게 할
뿐만 아니라, 작품의 완성도 면에서도 「그 먼나라를 알으십니까」, 「아직
촛불을 켤 때가 아닙니다」 등의 작품에 결코 뒤지지 않는 수준작이라 할
수 있다. 아니, 오히려 비유법(직유법)이나 도치법, 혹은 4연으로 된 짜임
새 있는 구성 등 그 시적 세련미에 있어서는 한 발 더 앞서 있는 작품으로
보인다. 따라서 앞의 두 작품과 함께 시집 『촛불』 무렵 작품 가운데 백미
로 꼽을 수 있는 작품이라 할 수 있겠다.

이 작품 역시 그 사상의 흐름은 노장사상이라 할 수 있고, 그 가운데서
도 동양적 허무주의라 할 수 있는 장자의 제물론과 관련을 맺고 있는 작
품이다.

그러나 한편으로 다시 생각해보면, 장자의 양생주사상과 관련이 있는
것 같기도 하고. 또 어찌 보면 불교의 영생관이나 혹은 윤회사상과도 관
련을 맺고 있는 듯한 작품 같기도 하다. 또 어찌 보면 이 모든 동양적 정
서들이나 사상들이 혼용되어 쓰여진 작품으로 보이는 것도 사실이다. 그
리고 바로 그러한 면은 이 시인이 유학 가문에서 태어났고 초년에 노장사
상에 심취해 있었으며, 박한영 스님 밑에서 공부했던 사실들을 생각해보
면 바로 이해가 되리라 믿는다.

한편 이 작품의 '임'이 과연 누구를 지칭하는가에 따라 이 작품의 해석

은 사뭇 달라질 수도 있는 그런 작품이다. 하지만 『촛불』 무렵의 석정 시가 노장의 영향권에 있었다는 것을 생각하면 그 '임'은 '진군(眞君, 천지의 주재자)'임에 틀림없다고 하겠다. 즉, 그의 '임'은 한용운의 '님'과도 다른 임이요, 김소월의 '임'과도 전혀 다른 임이다. 말하자면 '만물은 일체'이며 '무차별 평등[天均]의 상태'이며, '생사도 하나'이며 '꿈과 현실의 구별도 없는 망아의 경지', 즉 인간 수양의 극치를 말한 장자의 제물론과 그 맥을 같이하고 있는 '임'이라 할 수 있는 것이다.

그리고 바로 그렇기 때문에 '임'께서 부르신다면 시의 화자는 "가을날 노랗게 물들인 은행잎이/바람에 흔들려 휘날리듯이/그렇게" 사라질 수도 있는 것이며, "이른 봄 잔디밭에 스며드는 햇볕처럼/그렇게" 자연과 순치하고 동화될 수도 있고, 혹은 자연과 합일될 수도 있으며 '망아의 경지'에 도달할 수도 있었던 것이다.

다시 말하자면 천지의 주재자인 '임'께서 부르신다면 "흐르는 물처럼", "스며드는 햇볕처럼" 사라질 수밖에 없으며, 시의 화자가 어찌 자연의 순리나 이법을 거스를 수 있다고 하겠는가? 그리고 바로 이러한 사상은 장자의 제물론에서 영향 받은 사상이라고 할 수 있다는 말이다.

한편 이 작품이 1931년 『동광』 8월호에 발표된 작품이고 시인의 나이 24세 때의 작품이라는 걸 참고로 하더라도, 이 작품이 제물론의 영향을 받은 작품임을 바로 알 수 있다. 즉, 이 작품에 보이고 있는 정서는 인간의 자연적 연치로 따지면 60대 무렵에나 보일 수 있는 정서라 할 수 있다. 그럼에도 불구하고 시인이 20대에 이런 정서를 보이고 있다는 것은 제물론의 영향이 아니고는 이해되기 어렵다고 하겠다. 20대의 그에게 있어 장자의 제물론은 그만큼 강렬하게 작용했다고 말할 수 있는 것이다.

다음과 같은 작품은 제물론의 내용이 좀 더 직접적으로 표현되고 있다.

푸른 하늘에 씨워진 세줄기 포푸라우
단조로운 삼행시를 읽기에도
괴로운 날

5月,
비낀 햇볕에
녹색 잉크는 유난히도 찬란하다
황혼이 밀려오고 가고
새벽과 대낮이 드나들어도
무거운 마음을 던져볼 강물도 없고나!

오리지 "삶"과 "죽엄"이란 다만 한 순간에 있거니
가을처럼 쇄락한 마음으로
저 삼행시를 다시 읊어보고 싶도다.

—「三行詩」 전문

　위의 작품에 보이고 있는 관념이나 정서를 결론부터 말해본다면, 장자의 제물론이나 양생주사상이 밑받침되어 쓰여진 작품으로 보인다.

　이미 잘 알려진 바와 같이 석정은 박한영 선사의 문하에서 불전을 공부하였고, 또 한편으로는 시골(전북 부안군 부안읍 선은리)에 내려와 농사를 지으면서 노장사상과 도연명에 심취했기 때문에, 노장의 소요유와 제생사의 고차원적 사상을 쉽게 이해했을 것으로 믿는다. 그렇기 때문에 이 무렵 석정이 쓴 시들에는 장자의 제물론이나 양생주사상 등 그들의 정신적 경지를 많이 기웃거린 흔적이 보이는 것이다.

　우선 좀 더 이해를 돕기 위하여 제물론이나 양생주사상에 대한 다음의 인용을 참고해 보기로 한다.

　"齊物論":『莊子』의 內篇 7편 중 제2편, 세상 모든 종류의 眞僞是非를 가리는 논쟁을 모두 상대적인 것으로 보고, 雜論을 한결같이 하나로 귀속시킴을 말하며 이를 통해 장자사상의 전모를 엿볼 수 있다. 그에 따르면 現象은 모두 연관성을 지닌 하나의 全體이며, 인간의 喜怒哀樂도 眞君(天地의 主宰者)의 작용에 의한 것이라 하였다. 따라서 만물은 一體이며, 그 무차별 평등의 상태를 天均이라 하는데, 이러한 입장에서 보면 生死도 하나이며 꿈과 현실의 구별도 없다. 이와 같은 忘我의 경지에 도달하는 것이야말로 수양의 극치라 하였다.

"養生主":낮과 밤이 서로 번갈아 간다 함은, 살았다가 죽고 죽었다가 삶은 마치 끝이 없는 고리와 같다. 비록 지혜로운 사람일지라도 그 처음이 되는 비롯은 추구해 볼 수 없다.
삶과 죽음, 생존과 멸망, 곤궁과 영달, 가난과 부, 어짐과 불초함, 훼담과 영예, 굶주림과 목마름, 추위와 더위, 이 모든 것은 사물의 변화요 命(하늘)의 운행이다. 낮과 밤이 서로 나의 앞에서 번갈아 간다.

위의 인용문에서 "天均"이라 표현한 말은 석정의 초기 시를 이해하는 데 좋은 참고가 될 것 같다. 이 말은 노장사상과 불교적 영향을 함께 아우르는 석정 시의 사상적 근거로 보이기 때문이다. 말하자면 위에 보인 양생주사상뿐 아니라 불교적 영향(불교의 영생관)도 이 무렵 석정의 시에는 많이 보이는 것이다.

석정의 이 무렵 작품을 대하게 되면, 이미 이승과 저승의 거리는 압축되어 나타난다. 삶이 단절되는 것이 아니라, 이승과 저승의 삶은 연속선상에 있는 것이며, 이승에서의 삶은 또 다른 삶의 세계인 저승의 삶으로 옮겨놓을 뿐인 것이다. 초기 시를 쓸 무렵의 정서 속에는 ""삶"과 "죽엄"이란 다만 한 순간"일 뿐이며, '때와 때의 바꿈' 일 뿐이라는 정신세계, 즉 순간적 삶에 얽매일 필요도, 집착할 필요도 없다고 하는 장자의 사상에 상당히 많이 감염되어 있었다고 할 수 있다. 그러므로 시인은 계절의 순환을 바라보듯, 낮과 밤의 끝없는 변화를 지켜보듯, 영원한 시간의 윤회를 지켜보면 되는 것이다. 그리고 바로 그렇기 때문에 '순간' 속에서 영원을 지켜볼 수 있는 시의 세계, 즉 "가을처럼 쇄락한 마음으로/저 삼행시를 다시 읊어보고"도 싶은 것이다.

다시 말하자면, ""삶"과 "죽엄"이란 다만 한 순간"(「三行詩」)이라는 표현이나, 석정의 다른 시 '삶과 죽음은/때와 때의 바뀜인가?'라는 표현들은 삶과 죽음을 마치 낮과 밤의 끝없는 순환처럼 인식하고 있는 양생주사상에 그 터전을 두고 있다고 하겠다.

솔직히 말해서 이 시는 작품의 완성도나 시의 유기체적 구조미에서 그렇게 수준이 높은 작품은 아닌 것 같다. 이 작품이 『시학』(1939.10)에 발표된 작품임에도, 같은 해 12월에 발간된 첫 시집 『촛불』에 넣지 않은 것을 보면 이 시인도 그걸 인정했던 것 같다.

그럼에도 불구하고 여기서 해설하게 된 것은 앞에서 검토했던 장자의 사상(제물론, 양생주사상)들이 이 작품처럼 확연하게 진술된 경우도 드물기 때문이다. 바로 그 ""삶"과 "죽엄"이란 다만 한 순간"이라는 표현 말이다. 그리고 1연의 "삼행시를 읽기에도/괴로운 날"이라고 한 표현은, 바로 3연의 "무거운 마음"으로 이어지는 정서로 보인다. 그것은 비록 시인이, 동양적 허무주의라 할 수 있는 양생주 등의 사상에 매료되어 있다 할지라도, 덧없이 흐르는 세월 속에서만은 "무거운 마음"이었을 것이기 때문이다. 즉, "황혼이 밀려오고 가고/새벽과 대낮이 드나들어도"에서 볼 수 있는 세월의 흐름 속에서는 "무거운 마음"일 수밖에 없다고 하겠다.

다른 한편으로 생각해보면 바로 그 "무거운 마음"이나 "괴로운 날"의 심정적 갈등을 잘 극복함으로써 ""삶"과 "죽엄"이란 다만 한 순간"이라는 양생주사상도 잘 터득될 수 있었다고 볼 수도 있다. 따라서 "가을처럼 쇄락한 마음으로", "삼행시를 다시 읊어도 보고" 싶었다고 할 수 있는 것이다.

앞의 두 작품에서 설명된 바와 같이 석정의 첫 시집 『촛불』 무렵의 시들은 노장의 무위자연이나 제물론, 양생주사상, 혹은 도연명의 영향권에서 쓰여진 시들이 그 주류를 이루고 있다. 부분적으로는 타고르 취향의 문맥이 감지된다거나 한시의 서경적 분위기를 연상시키는 작품이 있는 것도 사실이지만 그것은 어디까지나 부분적인 인상일 뿐, 그 주류는 노장의 자연이 점유하고 있다는 것을 이해하게 된다. 흔히 "목가시인"이라고 지칭되던 이 시기의 작품에 대한 그러한 이해는 "목가"라는 이름으로 잘못 포장된 것을 바로잡는 계기가 될 것이며, 석정 문학을 좀 더 미시적이고도 본질적으로 접근하는 지름길이 될 것이다.

이것은 매우 중요한 일이다. 그동안 우리는 표피적인 인상만으로 석정의 초기 시(『촛불』 무렵의 시)를 평가하고 이해해왔던 것이 사실이다. 그가 초년에 유가적 가풍 속에서 성장했다거나 한학적 교양을 온축하여 성장한 점, 그리고 특히 객관적 학력으로 박한영 스님 밑에서 수학했다는 사실들을 석정 시 이해의 토양으로 삼지 않고, 외래적인 냄새를 풍기는 "목가" 운운하는 것으로 일관해왔던 평가는 뭔가 앞뒤가 맞지 않는다는 말이다.

물론 "목가"라는 말을 범박하게 생각하여 자연 속에서 살고자 하는 시 정도로 이해하고 또 그것이 초기 시의 일부로 인정한다면 굳이 배제할 필요는 없는 것이지만, 그것이 마치 초기 시의 전부를 대변해주는 표현이라면 그것은 전혀 수용할 수 없는 것이 된다.

다시 말하자면, 노장사상이나 도연명 시의 영향을 외면한 자리에서 "목가" 운운한다는 것은 석정 시(『촛불』 무렵의 시)의 다면성이나 다양성과도 합치되지 않는다는 말이다. 첫 시집 『촛불』 무렵의 석정 시는 노장의 "무위자연"이나 혹은 도연명의 "무릉도원"과 같은 아련한 꿈의 세계를 중핵적으로 보여주고 있거나, 아니면 그것이 시정신의 토양을 이루고 있다. 그리고 그러한 노장사상이나 도연명의 시정신을 핵심적으로 보여주고 있는 작품이 「그 먼나라를 알으십니까」, 「임께서 부르시면」, 「아직 촛불을 켤 때가 아닙니다」 등등이다.

가령, 「나의 꿈을 엿보시겠습니까?」, 「아, 그 꿈에서 살고싶어라」, 「그 꿈을 깨우면 어떻게 할까요」, 「촐촐한 밤」, 「봄의 유혹」, 「봄이여, 당신은 나의 침대를 지킬 수가 있습니까」, 「푸른 寢室」, 「山으로 가는 마음」 등의 시들은 그 완성도 면에서 한 단계 떨어지는 것도 사실이지만, 그 시들이 자란 토양 역시 예의 그 "자연"일 수밖에 없으며 그 아류들로 필자에겐 보이는 것이다.

흔히 "목가"라고 잘못 포장됐던 이 무렵의 시들을 그 포장지를 걷어내고 미시적으로 들여다보면 노장이나 도연명의 영향들이 확연이 드러나며, 그러한 영향관계는 다음 시집 『슬픈 牧歌』로 이어지기도 한다.

석정의 두 번째 시집 『슬픈 牧歌』 무렵의 시들은 첫 시집 『촛불』 무렵의 기본 정서를 이루고 있던 노장사상과 그 맥을 같이 하는 작품들이 보일 뿐만 아니라, 서서히 일제하에서의 "어둠"이 밀려들고 있는 징후를 또한 보게 된다. 그것은 다름이 아니라 이미 석정이 "그 먼나라"(이상향)나 노장의 허무주의에 안주할 수만은 없는 현실을 직시하고 있었기 때문이라 할 수 있으며, 서서히 시인의식이 자리 잡혀가고 있기 때문이라고도 볼 수 있다. 말하자면 아련한 꿈의 세계나 허무주의에만 묻혀 있기에는 일제 현실은 그에게 너무나 어둡고 "슬픈" 것이었다.

그러나 일제하에서의 "어둠"이 짙게 깔려 있는 시인의 의식세계는 극히 제한된 작품에서 만날 수 있다. 시인 자신이 "다만 어둔 밤이 나를 에워쌀 따름이었다. 어제도 흐르던 검은 밤이 오늘도 흐를 뿐이니 어쩌지 못하는 마음은 어느 밤하늘 별에다 두어야 할 것인가"라고 말하고는 있지만, 역시 그의 주 무대는 노장의 자연일 수밖에 없다.

　제2시집의 다음과 같은 작품도 예의 그 제물론과 관련되어 있는 작품
이다.

　　　　이 투박한 대지에 발을 붙였어도
　　　　흰 구름 이는 머리는 항상 하늘을 향하고 사는 산

　　　　언제나 숭고할 수 있는 푸른 산이
　　　　그 푸른 산이 오늘은 무척 부러워

　　　　하늘과 땅이 비롯하던 날 그 아득한 날 밤부터
　　　　저 산맥 위로는 푸른 별이 넘나들었고

　　　　골짝에는 양떼처럼 흰 구름이 몰려오고 가고
　　　　때로는 늙은 산 수려한 이마를 쓰다듬거니

　　　　고산 식물들을 품에 안고 길러낸다는 너그러운 산
　　　　청초한 꽃그늘에 자고 또 이는 구름과 구름

　　　　내 몸이 가벼이 흰 구름이 되는 날은
　　　　강 너머 저 푸른 산 이마를 어루만지리…….

　　　　　　　　　　　　　　　　　　　　—「靑山白雲圖」 전문

　앞에서 누누이 말했지만 이 무렵 그가 천착한 노장의 세계는 동양적 허
무주의라 할 수 있는 제물론의 관념, 즉 소요유나 제생사의 관념, 혹은 물
아일체, 물아양망의 관념, 만물은 일체(一體)이며 무차별 평등의 상태라고
일컫고 있는 "천균(天均)"의 관념, 삶과 죽음은 때와 때의 바뀜일 뿐이며
이승과 저승의 삶은 연속선상에 있는 것으로 인식되는 정서, 그리고 그것
은 바로 불교의 영생관을 연상시키는 양생주사상으로 그의 시에 나타나

기도 한다.

　말하자면 석정 시 "내 몸이 가벼이 흰 구름이 되는 날은/강 너머 저 푸른 산 이마를 어루만지리……"와 같은 시구에서 볼 수 있는 바와 같이, 이 무렵 그의 시는 제물론 등의 관념에 상당히 많이 경도되어 있었던 것이다.

　이 작품은 언뜻 보면 옛 한시를 번역해놓은 것 같은 서경시로서, 그야말로 한 폭의 그림(동양화)을 연상시키는 작품이다. 그러나 기본적으로는 석정 시의 본류에서 벗어나지 않는 작품이라 할 수 있다. 첫 시집 『촛불』 무렵의 기본 정서를 이루고 있던 노장사상과 그 맥을 같이 하고 있을 뿐만 아니라, 마지막 시집 『대바람 소리』의 기본 정서와도 맥을 같이 하고 있기 때문이다. 동양 정서에서 출발하여 동양 정서로 끝을 맺은 그 정서 말이다.

　그러므로 "내 몸이 가벼이 흰구름이 되는 날은/강 건너 저 푸른 산 이마를 어루만지리……"와 같은 물아일체의 정서, 혹은 '천균' 등의 관념을 그의 시에서 볼 수 있게 되는 것이다.

　물론 이와 같은 정서는 석정 시에 한정되어 나타나는 것만은 아니다. 당시(唐詩)나 혹은 그 영향을 받은 한시(漢詩), 그리고 우리 현대시인 가운데서도 특히 영생관과 조화를 이루는 서정주의 일련의 시들이 제물론이나 양생주사상과 만나고 있다. 가령,

　　내가
　　돌이 되면

　　돌은
　　연꽃이 되고

　　연꽃은

호수가 되고

내가
호수가 되면

호수는
연꽃이 되고

연꽃은
돌이 되고

— 서정주, 「내가 돌이 되면」 전문

서정주의 이와 같은 정신주의가 반영된 시들은 그것이 양생주사상과 관련을 맺고 있거나, 불교의 영생관 혹은 윤회사상과 관련을 맺고 있거나 간에 그의 시에 많이 나타나고 있는 건 사실이다. 그것을 꼭 짚어 양생주 관념에서 영향 받은 것이라거나, 영생관에서 영향 받은 것이라고 단정 짓기는 어려울지 몰라도 그러한 동양의 관념이나 정서들이 혼용되어 나타나고 있는 것이다.

마찬가지로 석정의 이 작품도 그러한 관점에서 이해해야 한다. 그래야만 "흰 구름"이 "푸른 산"을 쓰다듬는다는 표현이 가능할 수 있고, 내 몸이 흰 구름이 되어 "푸른 산" 이마를 어루만진다는 표현도 가능할 수 있게 된다고 하겠다. 즉 "내"가 곧 "흰 구름"이요, 그리고 그 "흰 구름"이 "푸른 산"을 쓰다듬고 어루만진다. 말하자면 물아일체, 물아양망의 상태에 젖어 있다고나 해야될지, 아무튼 석정의 이러한 시들은 동양적 정서나 관념 속에 상당히 많이 경도된 상태에서 쓰여진 것은 분명하다고 하겠다. 다음과 같은 작품도 이 「靑山白雲圖」와 같은 반열에서 읽힐 수 있는 작품이다.

山水圖

— 山水는 오롯이 한 폭의 그림이냐

숲길 짙어 이끼 푸르고
나무 사이사이 강물이 희어……

햇볕 어린 가지 끝에 산새 쉬고
흰 구름 한가히 하늘을 거닌다

산가마귀 소리 골짝에 잦은데
등 너머 바람이 넘어 닥쳐와……

굽어 든 숲길을 돌아서 돌아서
시냇물 여음이 옥인 듯 맑아라

푸른 산 푸른 산이 천 년만 가리
강물이 흘러 흘러 만 년만 가리

이 시도 언뜻 보면 옛 한시를 번역해놓은 것 같은 서경시로서 시의 부제로 되어 있는 "山水는 오롯이 한 폭의 그림이냐"처럼 그야말로 한 폭의 그림(동양화)을 연상시키고 있는 작품이다. 그리고 이 같은 한시풍의 시 세계는 동양의 시관인 "시 가운데 그림이 있고, 그림 가운데 시가 있다(詩中有畫, 畫中有詩)"는 말에 그 기반을 두고 있다고 하겠다. 동양의 한시들이 서경시가 그 주류를 이루고 있는 것은 바로 동양의 옛 시인들이 이러한 동양 시관에 의존하고 있었기 때문이라고 이해해야 한다.

말하자면 이 시인의 "山水圖"라는 그림(서경)은 공간개념으로서의 그림만이 아니라 시간개념으로서의 "영원"을 보여주는 그림이라는 사실인 것이다. 그리고 우리의 생각이 여기에 도달하면, 그것은 바로 장자의 양생주사상이나 불교의 영생관으로 이어지는 작자의 시정신이 어른거리기 마련이다. 즉, 우주 만물의 순환변전의 역사, 특히 '山水[자연]'의 순환변전의 역사를 이 시에서는 보여주고 있다는 말이다. 그리고 또 한편으로는 이 작품도 역시 노장의 '자연'을 그대로 이어받고 있는 작품이라는 것도 두말할 나위도 없다고 하겠다.

다섯 번째 시집 『대바람 소리』 무렵의 석정 시는, 이제 노년의 선비적인 자세로 안착하는 모습을 보여준다. 초년시절 아련한 꿈의 세계를 보여준 「그 먼나라를 알으십니까」로부터 출발하여, 장자의 제물론이나 일제하의 '어둠'(시집 『슬픈 牧歌』 무렵의 일부 작품), 혹은 시대와 사회에 대한 '투시'와 '관조'의 시기(시집 『氷河』, 『山의 序曲』 무렵)를 우회하여, 드디어 도달한 세계가 바로 노장의 「낙지론」인 것이다. 노장사상에서 출발하여 결국 노장사상으로 귀환한 것이다.

이 점은 매우 중요한 일이다. 무모한 꿈의 세계를 펼쳐보였던 『촛불』 무렵 작품에 대한 회의와 반성으로 때로는 일제하의 "어둠"을 표현하기도 하고, 때로는 시대 현실에 대한 "비판"이나 "투시", 혹은 "관조"의 언어를 보이기도 하고, "참여시를 사갈시"해서는 안된다는 견해를 보이며 마치 자신이 참여시를 지향하고 있는 듯한 자세를 취한 적도 있지만, 결국 석정 시의 토양은 노장사상이었음을 그의 "귀환"을 통하여 보게 되는 것이다.

그는 결국 동양적 시인이요 선비일 수밖에 없었던 것이다.

대바람 소리
들리더니

소소한 대바람 소리
창을 흔들리더니

小雪 지낸 하늘은
눈 머금은 구름이 가고 오는지
미닫이에 가끔
그늘이 진다

국화 향기 흔들리는
좁은 서실을
무료히 거닐다
앉았다 누웠다
잠들다 깨어 보면
그저 그런 날을

눈에 들어오는
병풍의 『樂志論』을
읽어도 보고……

그렇다!
아무리 쪼들리고
웅숭그릴지언정
― 〈어찌 帝王의 門에 듦을 부러워 하랴〉

대바람 타고
들려오는
머언 거문고 소리……

―「대바람 소리」 전문

위의 시작품 「대바람 소리」는 석정의 다섯 번째 시집 『대바람 소리』의
표제시이다. 시 「대바람 소리」에 나타나고 있는 시인의 정서는 이제 노년

의 선비적인 자세로 안착하는 모습을 보여준다.

그는 결국 동양적 시인일 수밖에 없었고 선비일 수밖에 없었던 것이다. 그리고 이「대바람 소리」같은 작품을 대하면 "나물 먹고 물 마시고 팔을 베고 누웠으니, 대장부 살림살이 이만하면 족하도다"하던 옛 유학자들의 모습이 떠오를 정도로 체념의 정서나 은둔사상의 정서를 발견하게 된다. 체념의 정서나 은둔의 정서는 바로 동양의 정서로 뿌리 박혀 있기 때문이다.

한편, 이 시에 나오는「낙지론」은 벼슬을 사양한 채 은일생활을 즐긴 도가 중장통이 지은 글이다. 석정 시의 5연에 보이고 있는 "어찌 帝王의 門에 듦을 부러워 하랴"는 구절은 바로 그「낙지론」에 담겨 있는 구절이다. 여기에「낙지론」전문을 인용해보겠다.

거처하는 곳에 좋은 논밭과 넓은 집이 있고 산을 등지고 냇물이 곁에 흐르고 도랑과 연못이 둘러 있으며 대나무와 수목이 둘러져 있고 타작마당과 채소밭이 집 앞에 있고 과수원이 집 뒤에 있다. 배와 수레가 걷거나 물을 건너가는 어려움을 대신하여 줄 수 있고, 심부름하는 이가 육체를 부리는 일에서 쉴 수 있게 한다. 부모를 봉양함에는 진미(珍味)를 곁들인 음식을 드리고 아내와 아이들은 몸을 괴롭히는 수고도 없다. 좋은 벗들이 머무르면 술과 안주는 차려서 즐기며, 기쁠 때 길한 날에는 염소와 돼지를 삶아 바친다. 밭이랑이나 동산을 거닐고 평평한 숲에서 노닐며, 맑은 물에 몸을 씻고 시원한 바람을 좇으며, 헤엄치는 잉어를 낚고 높이 나는 기러기를 주살로 잡는다. 기우제(祈雨祭)를 지내는 제단(祭壇) 아래에서 바람을 쐬며 놀다가 훌륭한 집으로 읊조리며 돌아온다. 안방에서 정신을 평안히 하고 노자(老子)의 현묘(玄妙)하고 허무한 도(道)를 생각하며, 조화된 정기를 호흡하여 지인(至人)과 같아지기를 구한다. 통달한 사람 몇 명과 도(道)를 논하고 책을 강론(講論)하며, 하늘과 땅을 올려다 보고 내려다 보며 고금(古今)의 인물들을 한테 종합하여 평(評)한다.「남풍(南風)」의 전아한 가락을 연주하고「청상곡(清商曲)」의 미묘한 곡도 연주한다. 온 세상을 초월한 위에서 거닐며 놀고 하늘과 땅 사이를 곁눈질하며, 당시(當時)의 책임을 맡지 않고 기약된 목숨을 길이 보존한다. 이렇게 하면 하늘을 넘어서 우주 밖으로 나갈 수가 있을 것이니, 어찌 제왕(帝王)의 문으로 들어가는 것을 부러워하겠는가?

—「낙지론」 전문

물론 여기 보인 「낙지론」 작자의 현실과 이 무렵 석정의 현실이 똑같다는 얘기는 전혀 아니다.

"어찌 帝王의 門에 듦을 부러워"하지 않을 정도로 이제 체념의 정서를 간직하게 되었다거나 은일생활을 하고 있었던 점이 서로 비슷한 점이라고 할 수 있을 뿐이다. 그리고 위의 「낙지론」에 보이는 "노자의 현묘(玄妙)하고 허무한 도(道)를 생각하며"에 보이는 정서도 석정이 초기 시 무렵에 심취했던 노장의 허무주의적 사상과 맞물려 생각하게 하는 점이라고 할 수 있다.

아무튼 이 「대바람 소리」에 나타나고 있는 정서는 시의 화자가 이제 노년의 유가적 선비의 자세로 안착해 있는 모습을 보여주고 있으며 "대바람 소리"나 "거문고 소리"를 즐기며 안일한 생활 속에 있는 모습을 보여주고 있다고 하겠다. 그러므로 "국화 향기 흔들리는/좁은 서실을/무료히 거닐다/앉았다 누웠다/잠들다" 할 수도 있는 것이며, 병풍의 「낙지론」을 읽어도 볼 수 있었던 것이다.

또 다음의 시를 보기로 하자.

梧桐에
비낀 달
가을은 치워라.

古梅
성근 가지
영창에 걸리었고

철새 나는
하늘을
무서리 나려

풀벌레 사운대는
밤은
정작 고요도 한저이고

어디서
대피리 소리
마디마디 가심이 시리다.

시나대 숲에
바람이 머물러
촛불도 눈물 짓는 기인 긴
이 밤

나는
唐詩를 펴 들고
아득한 아득한 잠을 부른다

—「秋夜長 古調」 전문

　이 작품에서도 앞의 「대바람 소리」에서처럼 화자는 이제 노년의 유가
적 선비의 자세로 안착해 있는 모습을 보여준다. 예의 그 동양적 체념의
정서와 은둔의 정서, 혹은 앞의 「낙지론」에서 볼 수 있었던 은일생활의
모습을 보이고 있다고 하겠다. 그리고 그의 은일생활의 벗은 "唐詩"나
"대피리 소리" 혹은 "梧桐에/비낀 달"이나 "철새 나는 하늘" 같은 것들이
다. 말하자면 이 시의 화자는 '秋夜長' 깊은 밤에 그 은일생활의 고요를
다스리기 위해서 "唐詩"를 읽기도 하고 "梧桐에/비낀 달"을 완상하기도

하는 것이다.

한편 이 시는 제목 그대로 길고 긴 가을밤에 옛 가락[古調]으로 노래한 작품이다. 그런 만큼 시의 분위기도 옛 한시의 서경적 분위기를 연상시킨다. 이러한 시를 대하면 "시 속에 그림이 있고, 그림 속에 시가 있다"고 했던 옛 동양의 시관을 다시 생각하게 만든다. 그리고 실제로도 이 시의 1연에서 5연까지는 그러한 그림[敍景]을 보게 해준다. 그러므로 이 시에서 시적 자아가 확연하게 드러나고 있는 연(聯)은 마지막 6연뿐이다. 즉 "唐詩"를 펴들고 "아득한 아득한 잠"을 부르는 화자, 바로 그 은일생활의 주인공을 만나게 된다.

다시 말하자면 시집 『촛불』 무렵의 노장사상으로부터 몇 단계의 우회의 과정을 거쳐서 이제 장자의 제물론이나 도가 중장통의 「낙지론」, 혹은 당시(唐詩)나 도연명 등의 영향관계 속에 안착해 있는 한사람의 동양적 선비를 발견하게 된다는 말이다.

그리고 이 작품과 같이 석정 시에 있어 중국 고전의 영향은 매우 큰 비중을 차지한다. 이러한 것은 그가 초년에 유가적 가풍 속에서 자랐다는 점, 그리고 그 시대에는 당시(唐詩)나 혹은 두보와 『고문진보』 등을 읽는 것은 보편화된 일반적 학문이었다는 점들이 석정 시의 유가적 토양이 된 것이다. 이 작품 외에도 「好鳥一聲」, 「山房日記」 등의 시에서도 이와 유사한 정적(靜的)·은일적인 화자의 정서가 드러나는 것을 보게 된다.

그리고 한편으로 생각해보면, 석정의 개인사적 수난이나 은일생활로의 귀환 등은 일맥상통하는 바가 있으며, 따라서 이 무렵의 석정 시의 노장적 귀환은 그런 점에서 의미를 찾아야 되리라고 믿는다.

이상으로 첫 번째 시집 『촛불』, 두 번째 시집 『슬픈 牧歌』, 다섯 번째 시집 『대바람 소리』 등 세 권의 시집에 나타나는 석정 시 사상의 근간에

대하여 살펴보았다. 그의 다섯 권의 시집 가운데 세 권의 시집에 나타나
는 사상의 근원을 해명한 것이다. 여기서 해명하지 않은 세 번째 시집
『氷河』와 네 번째 시집 『山의 序曲』에 대해서는 논외로 했는데, 기회가
닿는다면 다시 이야기해보기로 하겠다. 그리고 여기서 해명한 세 권의 시
집에 대하여는 이제 더 이상 해명을 접으려 한다. 왜냐하면, 이 소론(小論)
으로 석정 시 사상의 근간에 대하여 독자들이 어느 정도 짐작했으리라고
믿기 때문이다.

제2장
석정 시 사상의 전이 양상

1.

　석정의 첫 시집 『촛불』 무렵의 시들은 노장의 무위자연이나 도연명의 영향권에서 쓰여진 시들이 그 주류를 이루고 있다. 부분적으로는 타고르 취향의 문맥이 감지된다거나 한시의 서경적 분위기를 연상시키는 작품이 있는 것도 사실이지만, 그것은 어디까지나 부분적인 인상일 뿐 그 주류는 노장의 자연이 점유하고 있다는 것을 이해하게 된다. 흔히 "목가시인"이라고 지칭되던 이 시기의 작품에 대한 그러한 이해는 "목가"라는 이름으로 잘못 포장된 것을 바로잡는 계기가 될 것이며, 석정 문학을 좀 더 미시적이고도 본질적으로 접근하는 지름길이 될 것이다.

　이것은 매우 중요한 일이다. 그동안 우리는 표피적인 인상만으로 석정의 초기 시(『촛불』 무렵의 시)를 평가하고 이해해왔던 것이 사실이다. 그가 초년에 유가적 가풍 속에서 성장했다거나 한학적 교양을 온축하며 성장한 점, 그리고 특히 객관적 학력으로 박한영 스님 밑에서 수학했다는 사실들을 석정 시 이해의 토양으로 삼지 않고, 전혀 외래적인 냄새를 풍기는 "목가" 운운하는 것으로 일관해왔던 평가는 뭔가 앞뒤가 맞지 않는 다는 말이다.

물론 "목가"라는 말을 범박하게 자연 속에서 살고자 하는 시 정도로 이 해하고 또 그것이 초기 시의 일부로 인정한다면 굳이 배제할 필요는 없는 것이지만, 그것이 마치 초기 시의 전부를 대변해주는 표현이라면 그것은 전혀 수용할 수 없는 것이 된다.

다시 말하자면, 노장사상이나 도연명 시의 영향을 외면한 자리에서 "목가" 운운한다는 것은 석정 시(『촛불』 무렵의 시)의 현실과 너무 동떨어 진 견해이기도 하거니와, 석정 시(『촛불』 무렵의 시)의 다면성이나 다양 성과도 합치되지 않는다는 말이다.

석정의 두 번째 시집 『슬픈 牧歌』 무렵의 시들은 첫 시집 『촛불』 무렵 의 기본 정서를 이루고 있던 노장사상과 그 맥을 같이 하는 작품들이 보 일 뿐만 아니라, 서서히 일제하에서의 "어둠"이 밀려들고 있는 징후를 또 한 보게 된다. 그것은 다름이 아니라 이미 석정이 "그 먼나라"(이상향)나 노장의 허무주의에 안주할 수만은 없는 현실을 직시하고 있기 때문이라 할 수 있으며, 서서히 시인의식이 자리 잡혀가고 있는 징후라고도 볼 수 있다. 말하자면 아련한 꿈의 세계나 허무주의에만 묻혀 있기에는 일제 현 실은 그에게 너무 어둡고 "슬픈" 것이었다.

그러나 일제하에서의 "어둠"이 짙게 깔려 있는 시인의 의식세계는 극 히 제한된 작품에서 만날 수 있다. 시인 자신이 "다만 어둔 밤이 나를 에 워쌀 따름이었다. 어제도 흐르던 검은 밤이 오늘도 흐를 뿐이니 어쩌지 못하는 마음은 어느 밤하늘 별에다 두어야 할 것인가?"라고 말하고는 있 지만, 역시 그의 주 무대는 노장의 자연일 수밖에 없다.

이 무렵 그가 천착한 노장의 세계는 동양적 허무주의라 할 수 있는 제 물론의 관념, 즉 소요유나 제생사의 관념, 혹은 물아일체, 물아양망의 관념, 만물은 일체(一體)이며 무차별 평등의 상태라고 일컫고 있는 "천균(天均)"의 관념, 삶과 죽음은 때와 때의 바뀜일 뿐이며 이승과 저승의 삶은 연속선상에 있는 것으로 인식되는 정서, 그리고 그것은 바로 불교의 영생관을 연상시키는 양생주사상으로 그의 시에 나타나기도 한다.

말하자면 석정 시 "내 몸이 가벼이 흰 구름이 되는 날은/강 너머 저 푸른 산 이마를 어루만지리……"와 같은 시구에서 볼 수 있는 바와 같이 이 무렵 그의 시는 "제물론" 등의 관념에 상당히 많이 경도되어 있었던 것이다.

석정의 세 번째 시집 『氷河』 무렵의 시들은 6·25라는 동족상잔의 탁류가 휩쓸고 간 뒤의 쓰라린 생활들을 반영하려는 것이었다. 이제 그의 시는 이상주의에서 현실주의로 이행하는 첫 조짐을 이 시집에서부터 보이기 시작한다.

그것은 제2시집 『슬픈 牧歌』에 담겨 있는 「슬픈 構圖」 등의 현실인식을 이어받는 일방, 좀 더 리얼하게 역사와 현실을 투시하기도 하며, 6·25 후의 가난한 농촌의 현실을 마치 현장보고서와도 같이 리얼하게 보이기 시작한 것이다.

이것은 석정 시에 있어 엄청난 변화이다.

우선 이 무렵부터 그의 시는 제1시집 『촛불』 무렵의 노장적 "自然"이 가장 현저하게 자취를 감추고 있고 제2시집의 「山水圖」, 「地圖」 등에서 보여주던 동시적(童詩的) 몽환(夢幻)이나 환상성과의 조우도 이제는 그 자취를 감추고 있으며, 무엇보다 노장의 허무주의나 이른바 그 제물론의 관념, 혹은 양생주사상들의 제3시집 『氷河』에는 말끔히 사라지고 없는 것이다.

석정 시의 이러한 변화는 무모하리만큼 이상주의적 지향을 했던 점에 대한 회의에서 비롯된 것이라고 할 수 있으며, 앞에서도 말했지만 이제 그의 시인의식이 확대되어가거나 아니면 자리 잡혀가고 있는 징후라고도 볼 수 있다.

그러나 여기서 한 가지 짚고 넘어가야 할 점은, 석정의 시가 현실을 투시하거나 반영하고 있다는 것을 기화로, 현실 참여를 시도하고 있다는 식의 논의는 삼가야 된다는 점이다. 현실을 투시하고 반영하는 일은 시인의 당연한 의무 가운데의 하나이고, 어찌 보면 그것은 시인의 존재이유의 하나라고 볼 수도 있다. 당연한 것을 당연하게 받아들여야지 확대 해석하는 것은 경계해야 한다는 점을 짚고 넘어가려는 것이다.

석정의 제4시집 『山의 序曲』 무렵의 시들은 대체로 세 갈래의 경향을 보여주고 있다. 그 첫 번째의 경향은 산의 원시적 질서를 보여주고 있는 작품들이고, 그 두 번째의 경향은 순수 서정시적 분위기를 유지하고 있는 작품들이며, 그 세 번째의 경향은 시대와 사회를 투시하고 있는 작품들을 보여주고 있다. 이 세 갈래 중에서 첫 번째 경향은 자칫하면 첫 시집 『촛불』 무렵 노장의 "자연"과도 혼동할 수도 있으나, 그것은 전혀 이상화한 자연이 아니라 사실적 자연의 질서를 그대로 보여주고 있는 것이며, 오히려 정지용의 「백록담」을 연상하리만큼 산의 원시적 질서를 보게 해준다. 두 번째의 경향인 서정시 갈래의 시들은 한국 전통적 서정시와 맥을 같이 하는 작품들이고 문제는 이 세 번째의 경향, 즉 시대와 사회를 투시하고 있는 작품들인데 석정 시의 이러한 유형의 작품들을 오독하고 있는 독자가 있는 것이 문제이다. 즉 이러한 시들을 가리켜 "참여시"라거나 "참여"를 시도하고 있는 작품이라는 것이다. 가령 「餞迓詞」, 「三月이 오면」, 「봄이 올 때까지」, 「푸른 門밖에 서서」 같은 작품들이 그것인데 이 점에 대하여는 필자의 논문 「석정 시의 참여론에 대한 재고」와 「석정론의 두 가지 문제 접근」 등에 밝혀놓은 바 있으며, 이 글의 본론에서도 잠시 짚고 넘어가려 한다.

석정의 제5시집 『대바람 소리』 무렵의 시들은 얼핏 보기에는 『촛불』이나 『슬픈 牧歌』 무렵 초기 시의 기조로 되돌아가는 듯한 인상을 받게 하고 또 그러한 노장적 여진(餘塵)이 몇 편 남아 있는 것도 사실이지만, 이제

그것은 안빈낙도를 즐기던 옛 선비들의 풍도를 느끼게 하는 세계를 보여
준다. 오히려 여기서는 한시풍의 기조를 보여주거나, 혹은 옛 선비들의
유유자적하던 은둔적 자세를 보게 해주는 것이다.

이러한 석정 시의 전이현상은 그의 연치가 이미 노년에 이르렀다는 증
거이기도 하며, 이제 홀가분한 자유인의 관조의 자세이거나 혹은 한거(閑
居)의 자세 속에 도달해 있다는 것을 이해해야 되리라고 본다.

말하자면 이 무렵 그의 시는 『촛불』이나 『슬픈 牧歌』 무렵의 이상향을 유
영하던 꿈의 빛깔은 이미 아니다. 노장적 허무주의나 일제하의 상처입은
'슬픈' 얼굴도 이미 아니다. 6·25라는 동족상잔의 탁류가 휩쓸고 간 뒤의
쓰라린 생활들을 반영하던 『氷河』 무렵의 시적 기조는 더더구나 아니다. 현
실을 투영하려 했던 『山의 序曲』 무렵의 시적 기조도 물론 아니다.

이제 그는 젊은 날 '청구원'의 푸르던 꽃동산으로부터 '비사벌초사'의
대바람 소리 속에 돌아온 것이다. 꽃구름처럼 피어오르던 아득하고 몽환
적인 분위기로부터 허무를 극복하고, 어둠을 극복하고, 엄동의 겨울을 극
복한 후 드디어 마음의 고향으로 귀환한 것이다.

이상으로 석정 시 전이과정의 개요와 줄기를 더듬어 보았다. 다음에서
는 이 같은 전이과정을 핵심적으로 보여주는 작품, 즉 첫 시집 『촛불』 무
렵부터 마지막 시집 『대바람 소리』까지 그때그때마다의 사상이나 정서를
중핵적으로 보여주는 작품들을 예시를 통해 검토해갈 것이다. 이 같은 작
업을 통해서만이 석정 시의 전이과정을 미시적이고도 명시적으로 보여줄
수 있다고 믿기 때문이다.

2.

첫 시집 『촛불』 무렵의 석정 시는 노장의 무위자연이나 혹은 도연명의

무릉도원과 같은 아련한 꿈의 세계를 중핵적으로 보여주고 있거나, 아니면 그것이 시정신의 토양을 이루고 있다. 그리고 그러한 노장사상이나 도연명의 시정신을 핵심적으로 보여주고 있는 작품이 「그 먼나라를 알으십니까」, 「임께서 부르시면」, 「아직 촛불을 켤 때가 아닙니다」 등이다. 이 작품들은 노장이나 도연명의 영향관계를 느끼게 할 뿐만 아니라, 작품의 완성도 면에서도 『촛불』 무렵 시 가운데 백미로 꼽을 수 있는 작품들이다.

가령, 「나의 꿈을 엿보시겠습니까?」, 「아, 그 꿈에서 살고싶어라」, 「그 꿈을 깨우면 어떻게 할까요」, 「촐촐한 밤」, 「봄의 유혹」, 「봄이여, 당신은 나의 침대를 지킬수가 있습니까」, 「푸른 寢室」, 「山으로 가는 마음」 등의 시들은 그 완성도 면에서 한 단계 떨어지는 것도 사실이지만, 그 시들이 자란 토양 역시 예의 그 "자연"일 수밖에 없으며, 그 아류들로 필자에겐 보이는 것이다.

흔히 "목가"라고 잘못 포장됐던 이 무렵의 시들을 그 포장지를 걷어내고 미시적으로 들여다보면, 노장이나 도연명의 영향들이 확연히 드러나며 그러한 영향관계는 다음 시집 『슬픈 牧歌』로 이어지기도 한다.

부분적으로 타고르 취향의 문맥이 감지된다거나 한시풍의 서경적 분위기와 시적 기조를 느끼게 하는 것은 어디까지나 지엽적인 문제일 뿐이다.

시집 『촛불』 무렵 시 가운데 백미인 다음 작품을 보기로 한다.

가을날 노랗게 물들인 은행잎이
바람에 흔들려 휘날리듯이
그렇게 가오리다
임께서 부르시면……

호수에 안개 끼어 자욱한 밤에
말없이 재 넘는 초승달처럼

그렇게 가오리다
임께서 부르시면……

포곤히 풀린 봄 하늘 아래
굽이굽이 하늘 가에 흐르는 물처럼
그렇게 가오리다
임께서 부르시면……

파아란 하늘에 백로가 노래하고
이른봄 잔디밭에 스며드는 햇볕처럼
그렇게 가오리다
임께서 부르시면……

─「임께서 부르시면」 전문

이 작품의 정서의 흐름을 보면 바로 노장사상과 맞닿고 있음을 알 수 있다. 이 무렵 석정이 영향을 받은 세계는 동양적 허무주의라 할 수 있는 장자의 제물론이었기 때문이다. 어찌 보면 그것이 장자의 양생주사상 같기도 하고, 어찌 보면 불교의 영생관이나 윤회사상과도 관련을 맺고 있는 듯한 이 시는 어쩌면 이 모든 동양적 정서들이나 사상들이 혼용되어 나타나 있는 것 같기도 하다.

물론 이 작품의 "임"이 과연 누구를 자칭하는가에 따라 시의 해석은 사뭇 달라질 수도 있겠지만, 『촛불』 무렵의 석정 시가 노장의 영향권에 있었다는 것을 생각하면 그 "임"은 "진군(眞君)"임에 틀림없다고 하겠다. 말하자면 '만물은 일체이며', '무차별 평등[天均]'의 상태이며 '生死도 하나'이며 '꿈과 현실의 구별도' 없는 '망아(忘我)의 경지', 즉 인간의 '수양의 극치'를 말한 장자의 제물론과 그 맥을 같이 하고 있는 작품인 것이다. 그리고 바로 그렇기 때문에 시의 화자는 "가을날 노랗게 물들인 은행잎이/바

람에 흔들려 휘날리듯이/그렇게" 사라질 수도 있는 것이며 "이른봄 잔디
밭에 스며드는 햇볕처럼/그렇게" 자연과 순치하고 동화될 수도, 혹은 자
연과 하나 될 수도 있는, '망아의 경지'에 도달할 수도 있었던 것이다.

그러면 이번에는 도연명과 관련된 작품 「그 먼나라를 알으십니까」를 검
토해보기로 한다. 이 작품은 석정 자신이 『촛불』 속에서 마음에 드는 작품
이라고 회고한 시이며, 인구에 많이 회자되는 대표작품 가운데 하나이다.

> 어머니
> 당신은 그 먼나라를 알으십니까?
>
> 깊은 산림대를 끼고 돌면
> 고요한 호수에 흰 물새 날고
> 좁은 들길에 들장미 열매 붉어
> 멀리 노루새끼 마음놓고 뛰어 다니는
> 아무도 살지 않는 그 먼나라를 알으십니까?
>
> (…중략…)
>
> 서리가마귀 높아 날아 산국화 더욱 곱고
> 노란 은행잎이 한들한들 푸른 하늘에 날리는
> 가을이면 어머니! 그 나라에서
>
> 양지밭 과수원에 꿀벌이 잉잉거릴 때
> 나와 함께 그 새빨간 능금을 또옥똑 따지 않으렵니까?
> ――「그 먼나라를 알으십니까」 부분

이 작품은 도연명의 「도화원기」에 나오는 '무릉도원'과 너무 많은 유사
성을 보이고 있다.

석정 자신은 이 「그 먼나라를 알으십니까」를 "내가 닦은 학문의 철학적

근거가 그 기층에 깔려 있는" 작품이라고도 했고, 또 기회 있을 때마다 노장철학과 도연명에 대하여 말한 바 있으며, 특히 위에 인용한 「그 먼나라를 알으십니까」에 대하여서는 도연명의 「도화원기」와의 영향관계를 시사한 적도 있다.

다음 도표를 참고로 해보자.

	「도화원기」의 내용		「그 먼나라를 알으십니까」의 내용
①	무릉도원이라는 이상향의 구체화	①	전원적 유토피아의 구상화
②	'숲이 다하는 곳' 골짜기 '시냇물의 水源	②	'깊은 산림지대'에 있는 '고요한 호수'
③	물가에 우거진 '복숭아 꽃나무 숲'	③	'양지밭 과수원'에 있는 '새빨간 능금'
④	닭과 개 우는 소리 들리는 곳	④	'꿩소리도 유난히 한가롭게' 들리는 곳
⑤	'개울물을 따라' 가다가 '길을 잃어버리게' 된 곳	⑤	아무도 살지 않는 그 먼나라 '깊은 산림지대'
⑥	'老人과 아이들이 다같이' '즐기고' 있는 곳	⑥	'어머니'와 함께 단란하게 살고 싶은 곳

이 도표는 필자의 논문 「『촛불』 무렵 석정 시와 노장사상」에서도 비교하여 보인 바가 있는 내용이다. 여기에 다시 그 내용을 인용한 것은 석정이 얼마나 도연명에 깊이 경도되어 있었던가를 다시 증명해 보이기 위해서이다.

이러한 엄연한 내용을 두고도 그 표피적인 인상만으로 '목가시인' 운운한다거나, 또 식민지시대 시인이라 하여 그가 지향한 '그 먼나라'를 왜곡 해석하는 일이 있어서는 안 될 것이며, 특히 국정교과서에 실린 그의 시 「그 먼나라를 알으십니까」를 '참여시' 운운하는 것은 일종의 넌센스라는 것을 알아야 한다.

지면 관계상 다음 시집에 대한 논의로 넘어가기로 한다

3.

두 번째 시집 『슬픈 牧歌』 무렵의 석정 시는 첫 시집 『촛불』 무렵의 시적 기조에서 벗어나지 않는 작품이 많을 뿐만 아니라, 특히 장자의 제물론 등의 영향하에서 쓰여진 작품들이 많이 보이는 특색을 지닌다. 그리고 그러한 영향을 핵심적으로 보여주고 있는 작품이 「靑山白雲圖」와 같은 작품이라 할 수 있다.

이 투박한 대지에 발을 붙였어도
흰구름 이는 머리는 항상 하늘을 향하고 있는 산

(…중략…)

고산식물들을 품에 안고 길러낸다는 너그러운 산
청초한 꽃그늘에 자고 또 이는 구름과 구름

내 몸이 가벼이 흰 구름이 되는 날은
강 너머 저 푸른 산 이마를 어루만지리……

—「靑山白雲圖」 부분

이 시의 구조를 눈여겨보면 1연에서 5연까지의 연들은 제6연을 말하기 위한 도입부에 불과한 것으로 보인다.

그러니까 화자의 정신세계가 가장 잘 나타나 있는 곳은 바로 6연의 "내 몸이 가벼이 흰 구름이 되는 날은/강 너머 저 푸른 산 이마를 어루만지리……"라고 볼 수 있다. 따라서 바로 여기에서 우리는 장자의 제물론이나 양생주사상을 볼 수 있게 되는 것이다.

말하자면 "생사도 하나이며 꿈과 현실의 구별도 없는 망아의 경지"를 말해준 제물론의 관념이나 "살았다가 죽고 죽었다가 삶은 마치 끝이 없는 고리와 같다"고 말한 양생주사상 등을 위의 시구에서는 생각하게 하는 것이다.

이러한 작품 외에도 가령 「山水圖」, 「登高」, 「地圖」, 「抒情歌」, 「작은짐승」, 「대숲에 서서」, 「들길에 서서」, 「少年을 위한 牧歌」, 「五月이 돌아오면」, 「어느 支流에 서서」 등의 작품에서도 바로 그러한 제물론의 정서를 보게 된다. 어떤 것은 "天均"의 관념, 즉 물아일체, 물아양망의 관념을 보이기도 하고, 어떤 것은 동시적 몽환적 환상성과 조우하게도 만들고, 어떤 것은 동양적 허무주의라 할 수 있는 제생사의 관념에 젖어들게도 하지만, 그 토양을 이루고 있는 것은 아무래도 노장의 "자연"일 수밖에 없다. 그러나 그의 시집 『슬픈 牧歌』에는 서서히 '슬픈' 그림자가 어른거리기 시작하고 그리고 그것이 드디어 "어둠"이 되고 "밤"이 되어 나타난다.

가령 「슬픈 牧歌」 같은 작품은 시대적 "어둠"이 가장 핵심적으로 반영된 작품이라 할 수 있다.

나와
하늘과
하늘 아래 푸른 산뿐이로다.

꽃 한 송이 피워낼 지구도 없고
새 한 마리 울어줄 지구도 없고
노루새끼 한 마리 뛰어다닐 지구도 없다.

나와
밤과

무수한 별뿐이로다.

밀리고 흐르는 게 밤뿐이요,
흘러도 흘러도 검은 밤뿐이로다.
내 마음 둘 곳은 어느 밤하늘 별이드뇨.

—「슬픈 構圖」 전문

위의 작품은 시집 『슬픈 牧歌』 무렵 시들 중에서 시적 변화를 보여주는 가장 대표적인 작품이다. 우선 노장적 "자연"이 가장 현저하게 자취를 감추고 있고, 앞에서 말한 제물론, 양생주 등의 정서를 볼 수 없으며 「山水圖」, 「地圖」 등에서 보여주던 동시적인 몽환이나 환상성과의 조우도 자취를 감추고 있다. 그야말로 일제하 현실의 "어둠"만이 화자의 의식세계를 지배하고 있는 작품인 것이다. 그리고 이렇듯 현실의 "어둠"을 느끼게 하는 현실 투시의 작품으로 「밤을 지니고」, 「고운 심장」, 「차라리 한그루 푸른 대로」, 「작은 짐승이 되어」 등 작품을 들 수 있다.

석정 시의 이러한 전이양상은 매우 중요한 의미를 갖는다.

석정은 이 무렵부터 "그 먼나라"(이상향)나 노장의 허무주의 등에 안주할 수만은 없다는 걸 자각하기 시작했다고 볼 수 있으며, 시인의식이 자리잡혀 가고 있었던 징후라고 불 수 있는 것이다. 말하자면 이 무렵부터 그는 현실 투시 양상의 작품들을 보이기 시작한 것이다.

4.

세 번째 시집 『氷河』 무렵의 석정 시는 『슬픈 牧歌』(제2시집)와 같은 현실 투시의 시적 기조를 유지하고 있는 작품이 많을 뿐만 아니라, 한결 더 역사의식이 투철한 작품을 많이 보여주고 있다. 그리고 6 · 25 이후 처절하게 가

난했던 "고향"의 현실을 관조하거나 투시하고 있는 점도 눈여겨볼 만한 대
목이다. 특히 "고향"을 소재로 한 시들은 일제시대(1930년대) 백석(白石)의
이야기시(설화시, narrative poetry)를 연상시키는 점도 특기할 만한 일이다.
잘 알려진 바와 같이 백석 시(白石詩, 시집 『사슴』)는 이른바 '모국어정신'으
로 고향을 소재로 한 설화시를 보여줌으로써 일제에 길항했던 시인이다.
그런데 묘하게도 석정의 「이야기」 등의 시에서 백석 시의 잔상을 발견하게
된다. 이러한 작품은 좀 더 눈여겨볼 만한 작품으로 보인다.
   다만 여기서는 역사의식과 현실 투시의 시적 기조를 유지하고 있는 다
음 작품을 보기로 한다.

　　　　벼슬을 잃으신 할아버지는
　　　　벼슬과 나라를 고스란히 단념하면서
　　　　술과 친구와 글에 묻히어
　　　　말썽 많은 세월을 잊은 듯이 보내시더니……

　　　　나라를 잃으신 아버지는
　　　　육친도 벗도 고향도 단념하면서
　　　　어무찬 설움에 큰뜻을 세우시고
　　　　밤길로 밤길로 국경을 넘어가시더니……

　　　　에미도 애비도 잃어버린 자식은
　　　　한때 제 몸까지도 단념하면서
　　　　갈라진 하늘을 목메이게 호흡하더니
　　　　모조리 단념하기를 서로 맹세도 하였더니라.

　　　　　　　　　　　　　　　　　　　　—「三代」 전문

   이 작품은 역사적·시대적 현실을 리얼하게 그리고 있는데, 노장사상
등에 매료되어 있던 석정으로서는 대단한 변화라 아니할 수 없다. 1945년,

조국이 해방되던 해에 쓴 것으로 보이는 이 작품은 이조 말과 식민시대, 그리고 분단된 조국의 현실을 한 가족 '삼대(三代)'를 통하여 투시하도록 해준다. 즉 이조 말 과거시험으로 '벼슬길'에 오르려던 할아버지는 "나라"도 "벼슬"도 "단념"하고 "술과 친구와 글에 묻히어" 세월을 보내야 했고, 일제에 조국을 잃어버린 아버지는 "육친도 벗도 고향도 단념"하고 국경을 넘어야 했으며, 해방이 되었으나 남북이 "갈라진" 분단 현실 속에서는 "에미도 애비도", "제 몸까지도" 단념해야 했던 자식의 세대에 이르기까지 삼대에 걸친 민족수난사를 투시하고 있는 작품인 것이다. 말하자면, 이 작품은 굴절 많은 우리의 근·현대사를 압축하고 있으며 시대와 역사를 투시하고 있다는 점에서 석정 시의 새로운 전이 양상을 보게 해준다.

그리고 이 작품보다 더욱 치열하게 시대인식을 하고 있는 작품으로 「待春賦」 같은 시를 들 수 있으며 같은 반열의 작품으로 「氷河」, 「꽃덤불」, 「發音」, 「대화」 등을 들 수 있다.

다음과 같은 작품은 6·25 후 가난한 농촌의 현실을 좀 더 리얼하게 표출하고 있다.

1

껌도 양과자도 쌀밥도 모르고 살아가는 마을 아이들은 날만 새면 띠뿌리와 칡뿌리를 직씬직씬 깨물어서 이빨이 사뭇 누렇고 몸에 젖은 띠뿌리랑 칡뿌리 냄새를 물씬 풍기면서 쏘다니는 것이 퍽은 귀엽고도 안쓰러워 죽겠읍데다.

(…중략…)

5

장에 가면 흔전만전한 생선이 듬뿍 쌓여 있고 쌀가게에는 옥과 같이 하얀 쌀이 모대기 모대기 있는데도 어찌 어머니와 할머니들은 쌀겨와 쑤시겨전을 찌웃찌웃 굽어보며 개미같이 옹개옹개 모여 서야 하는 것입니까?
　　쌀겨에는 쑥을 넣는 게 제일 좋다고 수군수군 주고 받는 이야기가 목놓고
우는 소리보다 더 가엾게 들리드구만요.
—「歸鄕詩抄」 부분

6 · 25 전쟁 뒤 가난한 농촌의 현장보고서와도 같은 이 작품은 춥고 배
고프던 시절의 참담한 현실을 실로 처연하게 그려내고 있다. 그리고 이와
같이 생활이 어려웠던 때를 회고하고 있는 「望鄕의 노래」, 「노스탈쟈」,
또 앞에서 말한대로 백석의 「가즈랑집」(시집 『사슴』 소재)의 분위기와 비
슷한 「이야기」 등은 모두 고향을 관조하거나 투시하고 있는 시들이라 할
수 있다. 그 외에도 석정 특유의 서정시들이 있으나 논의할 만한 작품은
아닌 것 같다.

5.

네 번째 시집 『山의 序曲』 무렵 석정 시는 『氷河』 무렵의 현실 투시를
이어받는 일방, 석정 시 특유의 시적 구조를 보여주기 시작한다. 즉 시의
전반부에서는 서정적 톤으로, 자연친화적 톤으로 혹은 관조적 톤으로 흐
르다가, 시의 후반부에 이르면 "一切를 否定하라" 등의 일도양단식 언어
로 직핍함으로써, 독자들에게 선비적 "直言"을 과시한다. 혹자는 이러한
"서정+투시"의 석정 시를 일러 '친자연의 시를 쓰면서도' "참여"를 시도
하고 있다고 보는 대목이다. 이 점에 대하여는 필자의 논문 「석정론의 두
가지 문제 접근」, 「신석정의 참여론에 대한 재고」 등에 소상하게 밝혔으
므로 여기서는 줄이기로 한다. 다만 그의 시에는 '일신상의 위험을 각오'
할 만큼의 저항도 없거니와, 현실을 진단하는 데 있어 '고고학적 노력'도
없이 '시시한 세상' 정도의 언어로 표현되고 있기 때문에 참여시로 분류

할 수 없다는 점을 다시 분명히 해둔다.

　이 무렵 석정 시의 전형적 구조(서정+현실 투시의 언어)를 보여주는 다음 작품을 보기로 하자.

　　　퇴색한 세월의 가쁜 숨소리 낡은 커튼에 흐느끼고, 바람도 흐르다간 앙상한 나무에 석상처럼 정지하는 날,

　　　인젠 산도 통곡에 지쳐 동결된 침묵 속에 호읍도 망각하고,

　　　문주란·풍란·석곡·선인장·만년청·제라니움들이 외로운 가족처럼 모여서, 더러는 얼굴을 맞대고, 더러는 볼에 볼을 문지르고, 더러는 여윈 손을 높이 들고,

　　　(…중략…)

　　　일체를 否定하라!
　　　이런 엄숙한 자세로 이 가난한 창변에서
　　　새로운 봄에 대비할 예의를 나는 궁리해야 한다.

　　　　　　　　　　　　　　　　　　　　　　　　　—「봄이 올 때까지」 부분

　위의 시 「봄이 올 때까지」는, 우선 '봄'과 '겨울'의 이분법적 시대인식을 볼 수 있게 해준다. 이러한 시대인식은 이미 시집 『氷河』 무렵 「待春賦」 등의 시에서 보여준 기법이지만, 시집 『山의 序曲』에 이르면 그 표현 빈도가 더욱 많아진다. 그러니까 석정 시에서의 현실은 대체로 '겨울'(혹은 밤, 어둠)이며 그가 기대하는 미래지향적 세계는 '봄'(혹은 하늘, 새벽)으로 표현된다.

　사실 석정 시의 단순구조가 바로 여기에서 비롯된다고도 볼 수 있다. 그리고 그 외에도 '지옥', '멍든세월', '소란한 세상', '어둠', '시시한 세

상’, ‘퇴색한 세월’, ‘시끄러운 세상’ 등의 현실인식도 그런 단순구조를 부채질하는 요인이 되고 있다고 보여진다. 좀 더 현실에 대한 미시적 접근이나 내시적 접근, 혹은 김현의 표현대로 ‘고고학적 노력’이 있었더라면 하는 아쉬움이 남는 것이다.

한편 이 「봄이 올 때까지」와 같은 현실인식의 토대 위에서 쓰여진 작품으로 「餞迓詞」, 「紅梅 지는 속에」, 「三月이 오면」, 「푸른 門 밖에 서서」 등을 들 수 있지만 이러한 작품들도 선비적 개결성이나 관조의 눈, 혹은 선비적 비판의식에서 비롯된 것임을 이해해야 된다.

다음으로 산의 원시적 질서를 보여주고 있는 작품을 보기로 한다.

1

六月에 꽃이 한창이었다는 〈진달래〉〈石楠〉 떼지어 사는 골짝. 그 간드러운 가지 바람에 구길 때마다 새포롬한 물결 사운대는 숲바람 헤쳐 나오면, 〈물푸레〉〈가래〉〈전나무〉 아름드리 벅차도록 밋밋한 능선에 담상담상 서있는 〈자작나무〉 그 하이얀 〈자작나무〉 초록빛 그늘에, 〈射干〉〈나리〉 모두들 철그른 꽃을 달고 갸웃 고갤 들었다.

(…중략…)

7

불 피워 닦은 자리 아랫목보담 정겨운 山頂. 텐트 자락 살포시 젖히고 고갤 내밀면, 부딪칠 듯 떨어지는 잦은 流星도 골짝을 찾아 묻히는 밤.
어서 보내야 할 얼룩진 오늘과 탄생하는 내일의 生命을 구가할 꿈을 의논하는 꽃보라처럼 난만한 露宿. 벌써 쌔근쌔근 산새처럼 잠이 든 벗도 있다.

— 「智異山」 부분

이 시에서 보여주고 있는 “자연”은 시집 『촛불』 무렵 노장사상의 “자연”이 아니라, 사실적 자연의 질서를 그대로 보여주고 있는 것이며, 오히려 정지용의 「백록담」을 연상하리만큼 산의 원시적 질서를 보게 해준다. 그리고 이러한 작품에 대한 평가는 사뭇 엇갈릴 수도 있는 성질의 것이지만, 대체로 전통적·동양적 '체념'의 정서 속에서 산출된 시로 볼 수도 있고, 산의 영원한 침묵이나 명상하는 자세, 혹은 '은둔'의 자세와도 한 맥락으로 통하는 그런 자세 속에서 산출된 시로 읽을 수도 있다.

이 무렵 석정의 개인사적 정황들이 그러한 '체념'이나 '침묵', 혹은 '은둔'을 연상케 하기 때문이다. 그리고 이와 유사한 정서 속에서 산출된 작품으로 「내 가슴속에는」, 「山房日記」, 「山나비랑 앉아서」, 「山은」, 「山은 알고 있다」 등을 들 수 있다.

6.

다섯 번째 시집 『대바람 소리』 무렵의 석정 시는, 이제 노년의 선비적인 자세로 안착하는 모습을 보여준다. 초년시절 아련한 꿈의 세계를 보여준 「그 먼나라를 알으십니까」로부터 출발하여, 장자의 제물론이나 일제하의 '어둠', 혹은 시대와 사회에 대한 '투시'와 '관조'의 시기를 우회하여, 드디어 도달한 세계가 바로 노장의 「낙지론」인 것이다. 노장사상에서 출발하여 결국 노장사상으로 귀환한 것이다.

이 점은 매우 중요한 일이다. 무모한 꿈의 세계를 펼쳐보였던 『촛불』 무렵 작품에 대한 회의와 반성으로, 때로는 일제하의 '어둠'을 표현하기도 하고, 때로는 시대현실에 대한 '비판'이나 '투시', 혹은 '관조'의 언어를 보이기도 하고, "참여시를 사갈시"해서는 안된다는 견해를 보이며 마치 자신이 참여시를 지향하고 있는 듯한 자세를 취한 적도 있지만 결국 석정 시의 토양은 노장사상이었음을 그의 "귀환"을 통하여 보게 되는 것이다.

그는 결국 동양적 선비일 수밖에 없었던 것이다.

국화 향기 흔들리는
좁은 書室을
무료히 거닐다
앉았다 누웠다
잠들다 깨어보면
그저 그런 날을

눈에 들어오는
屛風의 〈樂志論〉을
읽어도 보고

그렇다!
아무리 쪼들리고
웅숭그릴지언정
―〈어찌 帝王의 문에 듦을 부러워 하랴〉

대바람 타고
들려오는
머언 거문고소리……

―「대바람 소리」 부분

이러한 그의 시를 대하면 '나물 먹고 물 마시고 팔을 베고 누웠으니, 대장부 살림살이 이만하면 족하도다'라고 하던 옛 유학자들의 모습이 떠오를 정도로 체념의 정서나 은둔사상의 정서를 발견하게 된다. 그리고 이 시에 나오는 「낙지론」을 쓴 사람은 벼슬을 사양한 채 은일생활을 즐긴 도가(道家)에 해당되는 사람이며 "어찌 帝王의 문에 듦을 부러워 하랴"는 구절은 바로 그 「낙지론」에 담겨 있는 구절이다. 여기에 「낙지론」 전문을 인용해보겠다.

거처하는 곳에 좋은 논밭과 넓은 집이 있고 산을 등지고 냇물이 곁에 흐르고 도랑과 연못이 둘러 있으며 대나무와 수목이 둘려져 있고 타작마당과 채소밭이 집앞에 있고 과수원이 집 뒤에 있다. 배와 수레가 걷거나 물을 건너가는 어려움을 대신하여 줄 수 있고, 심부름하는 이가 육체를 부리는 일에서 쉴 수 있게 한다. 부모를 봉양함에는 진미(珍味)를 곁들인 음식을 드리고 아내와 아이들은 몸을 괴롭히는 수고도 없다. 좋은 벗들이 머무르면 술과 안주는 차려서 즐기며, 기쁠 때 길한 날에는 염소와 돼지를 삶아 바친다. 밭이랑이나 동산을 거닐고 평평한 숲에서 노닐며, 맑은 물에 몸을 씻고 시원한 바람을 좇으며, 헤엄치는 잉어를 낚고 높이 나는 기러기를 주살로 잡는다. 기우제(祈雨祭)를 지내는 제단(祭壇) 아래에서 바람을 쐬며 놀다가 훌륭한 집으로 읊조리며 돌아온다. 안방에서 정신을 평안히 하고 노자(老子)의 현묘(玄妙)하고 허무한 도(道)를 생각하며, 조화된 정기를 호흡하여 지인(至人)과 같아지기를 구한다. 통달한 사람 몇 명과 도(道)를 논하고 책을 강론(講論)하며, 하늘과 땅을 올려다 보고 내려다보며 고금(古今)의 인물들을 한데 종합하여 평(評)한다. 「남풍(南風)」의 전아한 가락을 연주하고 「청상곡(淸商曲)」의 미묘한 곡도 연주한다. 온 세상을 초월한 위에서 거닐며 놀고 하늘과 땅 사이를 곁눈질하며, 당시(當時)의 책임을 맡지않고 기약된 목숨을 길이 보존한다. 이렇게 하면 하늘을 넘어서 우주 밖으로 나갈 수가 있을 것이니, 어찌 제왕(帝王)의 문으로 들어가는 것을 부러워 하겠는가?

— 중장통, 「낙지론」

물론 여기 보인 「낙지론」 작자의 현실과 이 무렵 석정의 현실이 똑같다는 이야기는 아니다. "어찌 帝王의 문에 듦을 부러워" 하지 않을 정도로 은일생활을 하고 있었던 점이 서로 비슷한 점이라고 할 수 있을 뿐이다. 그리고 「낙지론」의 "노자의 현묘하고 허무한 도를 생각하며"에 보이는 정서도 석정이 초기 시 무렵에 심취했던 노장의 허무주의적 사상과 맞물려 생각하게 하는 점이다. 또 다음 시를 보자.

시나대 숲에
바람이 머물어
촛불도 눈물짓는 기인긴
이 밤

나는
唐詩를 펴들고
아득한 아득한 잠을 부른다.

—「秋夜長 古調」 부분

이 작품과 같이 석정 시에 있어 중국 고전의 영향은 매우 큰 비중을 차지한다. 이러한 것은 그가 초년에 유가적 가풍 속에서 자랐다는 점, 그리고 그 시대에는 두보와 『고문진보』 등을 읽는 것은 보편화된 일반적 학문이었다는 점들이, 석정 시의 유가적 토양의 요인이 된 것이다. 그 외에도 「好鳥一聲」, 「山房日記」 등의 시에서도 이와 유사한 정적·은둔적인 화자의 정서가 잘 드러나는 것을 보게 된다. 말하자면 노장철학의 발전이 난세의 철학으로 존재했던 것이고, 또 도연명이 "자연"에 묻혀 지내며 은둔사상으로 발전했던 점을 상기해볼 때, 석정의 개인사적 수난이나 은일생활(「낙지론」 등의 정서)로의 귀환 등은 일맥상통하는 바가 있으며, 따라서 이 무렵 석정 시의 노장적 귀의는 그런 점에서 찾아야 되리라고 믿는다.

7.

이상과 같이 첫 시집 『촛불』에서부터 다섯 번째 시집 『대바람 소리』에 이르기까지 석정 시에 나타난 사상의 전이 양상을 더듬어 보았다. 지면관계상 좀 더 밀도 있는 접근을 꾀하지 못한 것은 아쉬움으로 남으나, 석정 시의 근간을 이루고 있는 사상의 전이양상은 대체로 검토되었다고 생각된다. 논의의 요체들을 여기 정리해보기로 한다.

첫 시집 『촛불』 무렵의 시들은 노장사상, 즉 장자의 제물론이나 도연명의 '무릉도원' 등의 영향을 받으며 쓰여졌음을 확인하였다. 부분적으로 타고르 취향의 문맥이 감지된다거나, 한시의 서경적 분위기를 연상시키는 작품을 보게 되지만, 그 주류는 역시 노장의 '자연'이 점유하고 있다는 걸 다시 확인한 것이다.

흔히 "목가"라고 잘못 논의됐던 이 무렵의 시들을 미시적으로 들여다보면, 노장이나 도연명의 영향들이 확연하게 드러나며, 그러한 영향관계는 다음 시집 『슬픈 牧歌』로 이어지기도 한다.

두 번째 시집 『슬픈 牧歌』 무렵의 시들은 첫 시집 『촛불』 무렵의 정서(장자의 제물론)를 이어받는 한편, 일제하에서의 현실인식, 즉 '어둠'의 정서가 나타나기도 한다. 그 '어둠'은 가령 「슬픈 牧歌」 같은 작품에 시대적 어둠이 핵심적으로 나타난다. 그러나 주류는 어디까지나 노장사상, 즉 어떤 것은 "천균(天均)"의 물아일체, 물아양망의 관념, 어떤 것은 몽환적 환상성, 어떤 것은 "제생사"의 관념 속에 젖어 있음을 확인하였다.

세 번째 시집 『氷河』 무렵의 시들은 제2시집 『슬픈 牧歌』와 같은 시적 기조를 유지하고 있는 작품이 많을 뿐만 아니라, 한결 더 역사의식이 투철해진 시기임을 확인하였다. 그리고 6·25 이후 처절하게 가난했던 고향의 현실을 투시하는 작품들을 보여주기도 한다. 특히 '고향'을 소재로 한 작품 가운데는 모국어정신으로 일제에 길항했던 재북시인 백석(白石)의 시를 연상시키는 작품을 확인한 것도 한 수확이라 할 수 있다.

네 번째 시집 『山의 序曲』 무렵의 시들은 제3시집 『氷河』 무렵 현실 투시의 시적 기조를 이어받는 일방, 석정 시 특유의 시적 구조를 보이기 시작한다. 즉 시의 전반부에서는 서정적·자연친화적·관조적 톤으로 흐르다가, 시의 말미에서는 현실 투시의 선비적 직언을 과시하는 그런 구조

말이다. 그리고 한편으로는 정지용의 「백록담」을 연상시키는 산의 원시
적 질서를 보게도 해준다. 이러한 작품은 "체념"이나 "침묵", 혹은 "은둔"
의 자세를 읽게 해주는 것으로써 6·25 이후의 석정의 개인사적 정황과
도 맞물려 탄생한 작품임을 확인하게 된다.

　다섯 번째 시집 『대바람 소리』 무렵의 시들은 이제 노년의 동양적·선
비적인 자세로 안착하는 모습을 보여준다. 초년시절 보여준 "그 먼나라"
(도연명의 '무릉도원')로부터 그때그때 마다의 필연적 과정을 우회하여,
드디어 도달한 세계가 바로 노장의 「낙지론」의 세계인 것이다. 노장사상
에서 출발하여 결국 노장사상으로 귀환한 것이다. 노장철학이 난세의 철
학이었고, 도연명의 "자연"이 은둔사상으로 발전한 점을 생각해볼 때, 석
정의 개인사적 수난이나 은일생활로의 귀환 등은 시사해 주는 바가 매우
크다고 하겠다.

　석정 시집 다섯 권의 근간을 이루고 있는 사상의 전이 양상을 검토하고
난 뒤의 느낌은 굴곡 많은 한 사람의 인생 드라마를 본 듯한 그런 느낌이
다. 그리고 난세에 어떻게 살아야 되는지를 보여준 난세의 "스승"의 얼굴
을 본 듯한 그런 느낌도 지울 수가 없다.

제5부

석정의 대표작품 해설

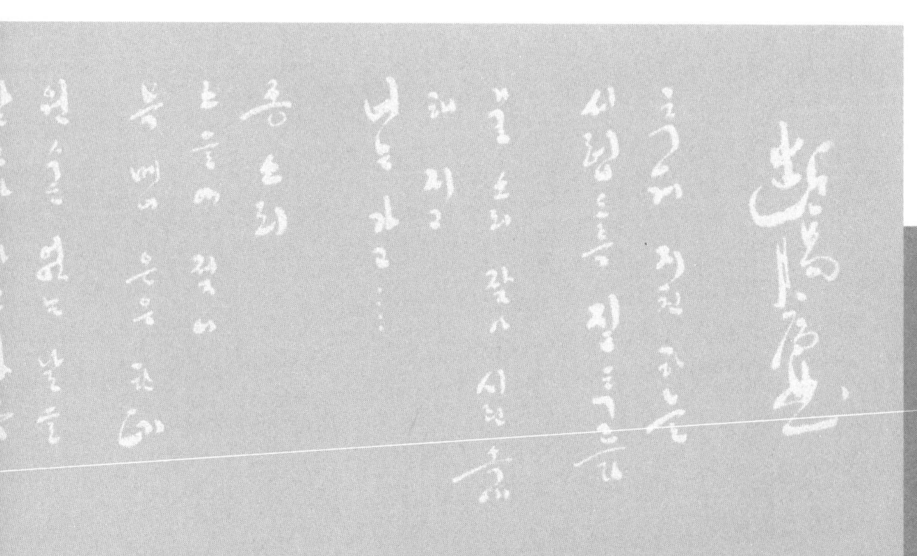

제1시집

『촛불』 무렵 대표작품 해설

그 먼나라를 알으십니까

어머니
당신은 그 먼나라를 알으십니까?

깊은 삼림 지대를 끼고 돌면
고요한 호수에 흰 물새 날고
좁은 들길에 야장미 열매 붉어
멀리 노루 새끼 마음 놓고 뛰어다니는
아무도 살지 않는 그 먼나라를 알으십니까?

그 나라에 가실 때에는 부디 잊지 마서요
나와 같이 그 나라에 가서 비둘기를 키웁시다

어머니
당신은 그 먼나라를 알으십니까?

산비탈 넌지시 타고 내려오면
양지밭에 흰 염소 한가히 풀 뜯고
길 솟는 옥수수 밭에 해는 저물어 저물어
먼 바다 물소리 구슬피 들려오는
아무도 살지 않는 그 먼나라를 알으십니까?

어머니 부디 잊지 마서요
그때 우리는 어린 양을 몰고 돌아옵시다.

어머니
당신은 그 먼나라를 알으십니까?

오월 하늘에 비둘기 멀리 날고
오늘처럼 촐촐히 비가 내리면
꿩소리도 유난히 한가롭게 들리리다
서리가마귀 높이 날아 산국화 더욱 곱고
노란 은행잎이 한들한들 푸른 하늘에 날리는
가을이면 어머니! 그 나라에서

양지밭 과수원에 꿀벌이 잉잉거릴 때
나와 함께 고 새빨간 능금을 또옥똑 따지 않으렵니까?

　이 작품에 대하여 석정은 "이것은 대표작이라느니보다 내가 닦은 학문의 철학적 근거가 그 기층에 깔려 있는 작업으로 『촛불』 속에서 마음에 드는 작품이요 힘들인 것이어서 골라보았다"고 말한 바 있다. 그리고 시인 자신이 그와 같이 술회할 정도로 이 시는 그의 초기작품 중에서 중요한 작품이라 할 수 있다.

　또한 이 작품이 이상향으로서의 자연동경을 그 주제로 하고 있는 점이나, 1930년대 당시 모더니즘 시가 도시적 취향에 젖어 있었던 데 비해 전원적이고 명상적이라는 점, 그리고 '새로운 유토피아를 꿈꾸는' 작품이라는 점들에는 별로 이의를 제기할 사람이 없으리라 믿는다. 또 그 당시 김기림의 표현대로 "현대문명에 대한 간접적인 비평"이라고 한 평가도 우리는 그대로 수용할 수 있다.

　그러나, 여기서 우리는 "내가 닦은 학문의 철학적 근거가 그 기층에 깔려" 있다는 석정의 표현을 좀 더 음미해볼 필요가 있을 것 같다.

　여기서 '철학적 근거'라는 것은 무엇을 말함인가? 그것은 두말할 필요도 없이 노장철학과 도연명의 시정신일 수밖에 없다. 석정은 기회 있을 때마다 노장철학과 도연명의 영향에 대하여 말한 바 있고, 특히 이 작품에 대해서는 도연명의 「도화원기」와의 영향관계를 시사한 적도 있다.

　한편 도연명은 그의 유명한 「도화원기」에서 노자의 이론을 근거로 하여 '무릉도원'이라는 이상향을 구체화시키고 있음을 보게 되는데, 그걸 여기 인용해보면 다음과 같다.

그는 진(晉)나라 태원년간(太元年間, 376~396)에 무릉 사람으로서 어부(漁夫)를 업(業)으로 하고 있었다. 하루는 개울물을 따라 올라가다가 그만 길을 잃어버리게 되었다. 그때, 갑자기 수백보(數百步)의 양편(兩便) 물가에 우거진 복숭아 꽃나무숲이 나타났고 그 숲에는 향기로운 풀이 깔린 아름다운 땅바닥에 떨어진 꽃잎이 흩어져 있었다. 어부는 그것을 매우 이상하게 생각하고 다시 전진하여 복숭아 숲이 어디서 다하는가를 찾아보려 하였다. 숲이 다하는 곳에 골짜기 시냇물의 수원(水源)을 이루는 물이 흘러나오는 산이 앞에 나타났다. 산에는 조그만 동구(洞口)가 있어 들어가보니 거기에는 평평하게 넓은 땅이 있었고, 민가들이 가지런히 자리 잡고 그 사이사이에 기름진 밭과 아름다운 연못과 뽕나무, 대나무 숲이 있고, 밭두렁은 곧고 닭과 개 우는 소리가 들리고, 남녀의 옷이 외계인 같고 노인과 아이들이 다같이 스스로 즐기고 있었다.

— 도연명, 「도화원기」 부분

위의 「도화원기」를 읽어가노라면, 이상하리만큼 석정 시 「그 먼나라를 알으십니까」와 그 내용이 닮았다는 것을 느끼게 된다. 따라서 그 유사성을 확연하게 이해하기 위하여 「도화원기」와 「그 먼나라를 알으십니까」를 다음에 도표화해보기로 한다.

	「도화원기」의 내용		「그 먼나라를 알으십니까」의 내용
①	무릉도원이라는 이상향의 구체화	①	전원적 유토피아의 구상화
②	'숲이 다하는 곳' 골짜기 '시냇물의 水源'	②	'깊은 산림지대'에 있는 '고요한 호수'
③	물가에 우거진 '복숭아 꽃나무 숲'	③	'양지밭 과수원'에 있는 '새빨간 능금'
④	닭과 개 우는 소리 들리는 곳	④	'꿩소리도 유난히 한가롭게' 들리는 곳
⑤	'개울물을 따라' 가다가 '길을 잃어버리게' 된 곳	⑤	아무도 살지 않는 그 먼나라 '깊은 산림지대'

⑥	'老人과 아이들이 다같이' '즐기고' 있는 곳	⑥	'어머니'와 함께 단란하게 살고 싶은 곳

위의 비교표를 살펴본 독자들은 희한한 미소를 머금게 될 것이다. ①~⑥항에 보이는 바와 같이, 각각 그 표현은 약간씩 다르다고 할 수 있지만, 그것들이 주는 이미지는 매우 비슷하다는 것을 어느 누구라도 인정할 것이기 때문이다.

바로 그 점('도화원기'와의 관련성)에 대하여 좀 더 솔직하게 밝혔어도 무방했으리라고 생각되지만, 석정은 구체적으로 언급한 적이 없고 "노장사상을 바닥으로 하고 도연명과 타고르와 졸로에게서 받은 영향이 적지 않았다"고 그의 「문학적 자서전」에서 술회하고 있는 정도이다.

한편, 필자가 다시 관심을 가지게 되는 것은, 위의 도표에 나타난 사항만이 아니라, 초기 시를 쓸 무렵의 석정의 여러 정황들이 도연명의 어떤 정황들과 유사하게 나타난다는 점을 인식하게 된 것이다. 다시 다음을 참고해보기로 한다.

	도연명		신석정
①	도연명이 어린 날의 '맹지(猛志)'에 따라서 이름을 떨치려 한 일	①	석정이 스물네 살 되던 봄 청운의 뜻을 품고 박한영 스님의 문을 두드린 일
②	도연명이 '막히면 할 수 없이' 물러나 운명수순(運命隨順)의 논리에 따라 농사를 지으며 노장철학에 심취한 일	②	석정이 어머니의 부음을 받고 어쩔 수 없이 귀향하여 농사를 짓고 노장사상과 도연명의 「귀거래사」, 「도화원기」 등에 심취한 일
③	도연명의 「도화원기」, '도화원' 의 발음 '원', '무릉도원' 의 '원'	③	석정이 귀향하여 부안읍에 마련한 집 이름 '청구원' 의 '원'

이러한 일련의 내용을 참고하고 나면 우선 우리는 세 가지 면에서 시사를 받게 된다. 그 첫째는, 이 시인이 도연명의 정신세계에서 많은 영향을 받았다는 점이고, 그 두 번째는 이러한 석정의 초기 시를 일컬어 '목가시인' 운운할 수 있겠는가 하는 점이며, 그 세 번째는 그가 식민지시대 시인(『촛불』 무렵)이라 하여 그가 지향한 "그 먼나라"를 왜곡 해석해서는 절대로 안 되겠다는 사실이다.

아무튼 이 「그 먼나라를 알으십니까」는 도연명의 「도화원기」에 나타나는 '무릉도원'의 내용과 그 유사성이 많은 작품이라는 점만은 틀림이 없다. 그만큼 이 시인은 시집 『촛불』을 쓸 무렵 노장사상이나 도연명의 영향을 많이 받았다고 할 수 있다.

이것은 매우 중요한 일이다.

그동안 우리는 표피적인 인상만으로 석정의 초기 시(『촛불』 무렵)를 평가하고 이해해왔던 것이 사실이다. 그가 초년에 유가적 가풍 속에서 성장했다거나 한학적 교양을 온축하며 성장한 점, 그리고 특히 객관적 학력으로 박한영 스님 문하에서 수학(중앙불교전문강원)했다는 사실들을 석정시 이해의 토양으로 삼지 않고, 외래적인 냄새를 풍기는 '목가' 운운하는 평가는 뭔가 앞뒤가 맞지 않는 것이다.

물론 '목가'라는 말을 범박하게 '자연 속에서 살고자 하는 시' 정도로 이해하고 초기 시의 특정작품을 결부시킨다면 굳이 배제할 필요는 없다고 하겠지만, 노장사상이나 도연명과의 영향관계가 확연한 작품들을 두고 '목가' 운운하는 것은 삼가야 되겠다는 말이다.

한편, 이 시에 쓰인 '어머니'라는 호칭에 대하여 잠깐 이야기하기로 한다. 이 '어머니'라는 호칭은, 형식상의 리듬을 위한 배치이지, 시의 내용과는 특별한 관련성이 없는 배치라는 점을 이해해야 한다. 말하자면 이 작품에서 '어머니'를 빼버려도 시의 의미망에 결정적인 손상을 입히지는 않는다.

　다시 말하자면 한용운의 「님의 침묵」의 ‘님’은 상징적·내포적 의미의 ‘님’이며, 그 내용상 없어서는 안될 ‘님’이지만, 이 시의 ‘어머니’는 실생활에서 부르는 ‘어머니’ 그대로의 외연적 의미의 이름이며, 시의 의미망에 필요불가결한 ‘어머니’는 아니라는 말이다. 그것은 마치 김소월의 시 「엄마야 누나야」에서 한 가족이 단란하게 살고 싶음을 보여주고 있는 것처럼, 이 시에서도 ‘어머니’와 함께 “그 먼나라”(이상향)에서 단란하게 살고자 하는 것이다.

　그리고 이러한 이상향은 인간이면 누구나 한번쯤 동경해볼 수 있는 세계이고, 그 동경의 세계를 ‘무릉도원’에서 영향 받아 시화한 것이지, 굳이 그 시대(일제시대)와 결부시킬 필요는 없다고 하겠다.

아직 촛불을 켤 때가 아닙니다

저 재를 넘어가는 저녁해의 엷은 광선들이 섭섭해합니다

어머니 아직 촛불을 켜지 말으셔요

그리고 나의 작은 명상의 새새끼들이

지금도 저 푸른 하늘에서 날고 있지 않습니까?

이윽고 하늘이 능금처럼 붉어질 때

그 새새끼들은 어둠과 함께 돌아온다 합니다

언덕에서는 우리의 어린 양들이 낡은 녹색 침대에 누워서

남은 햇빛을 즐기느라고 돌아오지 않고

조용한 호수 위에는 인제야 저녁 안개가 자욱이 내려오기 시작하였
습니다

그러나 어머니 아직 촛불을 켤 때가 아닙니다

늙은 산의 고요히 명상하는 얼굴이 멀어가지 않고

머언 숲에서는 밤이 끌고 오는 그 검은 치맛자락이

발길에 스치는 발자욱 소리도 들려오지 않습니다

멀리 있는 기인 둑을 거쳐서 들려오던 물결소리도 차츰차츰 멀어져
갑니다

그것은 늦은 가을부터 우리 전원을 방문하는 가마귀들이

바람을 데리고 멀리 가버린 까닭이겠습니다

시방 어머니의 등에서는 어머니의 콧노래 섞인

자장가를 듣고 싶어 하는 애기의 잠덧이 있습니다

어머니 아직 촛불을 켜지 말으셔요
인제야 저 숲 너머 하늘에 작은 별이 하나 나오지 않았습니까?

시의 해설에 있어 궤변은 금물이다. 해설자는 우선 인간(독자)의 보편적인 정서에 기여해야 하고, 시인이 창조한 세계를 보편타당성이 있고 객관성 있게 해설해야 한다.

이 시를 시대의식(일제시대 의식)과 억지로 결부시켜 해설하려는 시도는 바로 그 궤변에 해당된다. 그리고 그 궤변에 대해서는 더이상 말하고 싶지도 않다.

이 작품도 「그 먼나라를 알으십니까」처럼 기본적으로 노장과 관련을 맺고 있는 작품이다. 아니 오히려 「그 먼나라를 알으십니까」보다 한 발 더 노장에 근접되어 있는 작품이라 할 수 있다. 「그 먼나라를 알으십니까」가 노장의 영향을 받은 시인 도연명의 '무릉도원'과 관련을 맺고 있다면 이 시는 바로 그 노장의 '자연'에 바짝 다가서 있는 작품이라 할 수 있다.

따라서 이 시에 보이는 "재를 넘어가는 저녁해"나 "푸른 하늘"을 날고 있는 "새새끼들", "능금처럼" 붉어지는 하늘이나 "녹색 침대"에 누워 있는 "어린 양", 그리고 "저녁안개"가 자욱이 내려오는 "호수"나 "검은 치맛자락"처럼 보이는 "머언 숲", 혹은 "전원을 방문하는 까마귀들"이나 "저 숲 너머" 하늘의 "작은 별" 등등의 회화적 이미지들은 바로 그 "무위자연" 현상에 다름 아니다.

그리고 이러한 "자연"을 파괴할 수 있는 인위적 사물은 다름 아닌 '촛불'이다. 이 '촛불'이야말로 "자연"을 파괴하고 밀어내려는 유일한 사물인 것이다. 그러므로 "자연"을 파괴하는 '촛불'은 켜지 말아야 되고, 또 '켤 때'가 아닌 것이다. 그리고 이것이 물 흐르듯 자연스런 이 시의 시적 논리요 시적 상황인 것이다.

다시 바꿔 말하면, 이 시의 화자는 물아일체, 물아양망의 소요유의 경지(장자의 제물론)에 있고 싶고, 살고 싶은 것이다. 이 소요유의 경지를 침해하려는, 침해할까 두려운 사물은 당연히 '촛불'이다. 그러므로 그 소요유의 상황을 파괴하는 '촛불'은 제거돼야 하고 켜지 말아야 된다고 하겠다.

한편, 이 시에 보이는 청각적 이미지들, 가령 "발길에 스치는 발자욱 소리" 라든가, 혹은 "기인 둑을 거쳐서 들려오던 물결소리", 그리고 "어머니의 콧노래 섞인/자장가" 등도 또한 물아일체의 관념 속에 있는 바로 그 '자연' 이라는 것을 이해해야 된다.

말하자면 "청산(자연)"도 자연이고, 그 "청산" 속에 있는 "나(인간)"도 자연이다. "내"가 "청산" 속에 있고, "청산"이 "내" 속에 있다. "나"는 "청산"에 살고 싶고, "청산"을 파괴하는 그 어떤 인위적 사물도 "나"는 용납하고 싶지 않은 것이다.

『촛불』 무렵 이 시인의 정서 속에는 바로 이러한 물아일체의 정서가 많이 작용되고 있었다고 할 수 있다. 그의 자연적 연치에 비해서 때 이른 초연이었다고나 할까. 그리고 그 초연은 장자의 제물론에 심취해 있었기 때문이었다고나 할까.

가령, 이 무렵 석정의 다른 시 "내 몸이 가벼워 흰구름이 되는 날은/강 건너 저 푸른산 이마를 어루만지리……"(「靑山白雲圖」)와 같은 시구에서 볼 수 있는 바와 같이, 이 무렵 그의 시는 제물론 등의 관념에 상당히 많이 경도되어 있었던 것이다.

임께서 부르시면

가을날 노랗게 물들인 은행잎이
바람에 흔들려 휘날리듯이
그렇게 가오리다
임께서 부르시면……

호수에 안개 끼어 자욱한 밤에
말없이 재 넘는 초승달처럼
그렇게 가오리다
임께서 부르시면……

포곤히 풀린 봄 하늘 아래
굽이굽이 하늘가에 흐르는 물처럼
그렇게 가오리다
임께서 부르시면……

파아란 하늘에 백로가 노래하고
이른 봄 잔디밭에 스머드는 햇볕처럼
그렇게 가오리다
임께서 부르시면……

　이 작품도 노장사상의 영향권에서 쓰여진 작품임을 바로 느끼게 할 뿐만 아니라, 작품의 완성도 면에서도 「그 먼나라를 알으십니까」, 「아직 촛불을 켤 때가 아닙니다」 등의 작품에 결코 뒤지지 않는 수준작이라 할 수 있다. 아니 오히려 비유법(직유법)이나 도치법, 혹은 4연으로 된 짜임새 있는 구성 등 그 시적 세련미에 있어서는 한 발 더 앞서 있는 작품으로 보인다. 따라서 앞의 두 작품과 함께 시집 『촛불』 무렵 작품 가운데 백미로 꼽을 수 있는 작품이라 할 수 있겠다.

　이 작품도 역시 그 정서의 흐름은 노장사상이라 할 수 있고, 그 가운데서도 동양적 허무주의라 할 수 있는 장자의 제물론과 관련을 맺고 있는 작품이다.

　그러나 한편으로 다시 생각해보면, 장자의 양생주사상과 관련이 있는 것 같기도 하고, 또 어찌 보면 불교의 영생관이나 윤회사상과도 관련을 맺고 있는 듯한 작품 같기도 하다. 또 어찌 보면 이 모든 동양적 정서들이나 사상들이 혼융되어 쓰여진 작품으로 보이는 것도 사실이다.

　그리고 바로 그러한 면은 이 시인이 유학 가문에서 태어났고 초년에 노장사상에 심취해 있었으며, 박한영 스님 밑에서 한때 공부했던 사실들을 생각해보면 바로 이해가 되리라 믿는다.

　한편, 이 작품의 '임'이 과연 누구를 지칭하는가에 따라 이 작품의 해석은 사뭇 달라질 수도 있는 그런 작품이다.

　하지만 『촛불』 무렵의 석정 시가 노장의 영향권에 있었다는 것을 생각하면, 그 '임'은 진군(眞君, 천지의 주재자)임에 틀림없다고 하겠다. 말하자면 '만물은 일체'이며 '무차별 평등(平等)'의 상태이며, '생사도 하나'이며 '꿈과 현실의 구별도' 없는 '망아의 경지' 즉, 인간의 수양의 극치를 말한 장자의 제물론과 그 맥을 같이 하고 있는 작품이라 할 수 있는 것이다.

그리고 바로 그렇기 때문에 '임'께서 부르신다면 시의 화자는 "가을날 노랗게 물들인 은행잎이/바람에 흔들려 휘날리듯이/그렇게" 사라질 수도 있는 것이며, "이른봄 잔디밭에 스며드는 햇볕처럼/그렇게" 자연과 순치하고 동화될 수도 있고, 혹은 자연과 합일될 수도 있으며 '망아의 경지'에 도달할 수도 있었던 것이다.

다시 말하자면 천지의 주재자인 '임'께서 부르신다면 "흐르는 물처럼" "스며드는 햇볕처럼" 갈 수밖에 없으며, 시의 화자가 어찌 자연의 순리나 이법을 거스를 수 있다고 하겠는가? 그리고 바로 이러한 정서는 장자의 제물론에서 영향 받은 정서라고 할 수 있다는 말이다.

한편, 이 작품이 1931년 『동광』 8월호에 발표된 작품이고 시인의 나이 24세 때의 작품이라는 걸 참고로 하더라도, 이 작품이 제물론의 영향을 받은 작품임을 바로 알 수 있다. 즉, 이 작품에 보이고 있는 정서는 인간의 자연적 연치로 따지면 60대 무렵에나 보일 수 있는 정서라 할 수 있다. 그럼에도 불구하고 시인이 20대에 이런 정서를 보이고 있다는 것은 제물론의 영향이 아니고는 이해되기 어렵다고 하겠다. 20대의 그에게 있어 장자의 제물론은 그만큼 강렬하게 작용했다고 말할 수 있는 것이다.

푸른 寢室

일림아
촛불을 꺼라
소박한 정원에 강물처럼 흐르는 푸른 달빛을 어서 우리 침실로 맞아
와야지……

유리창 하나도 없는 단조한 나의 방……
침실아 —
그러나 푸른 달빛이 풍요히 흘러오면
너는 갑자기 바다가 될 수도 있겠지……

일림아
어서 촛불을 끄렴
고양이 새끼처럼 삽짝삽짝 저 산을 넘어온
달빛은 오죽이나 우리 침실이 그리웠겠늬?

작은 시계의 작은 바늘이 좁은 영토를 순례하는
오직 안타까운 나의 침실이여
푸른 달빛이 해안처럼 흘러 넘치면
너는 작은 배가 되어야 한다.

일림아

문을 열어제치고 들창도 추켜올려라
너와 내가 턱을 고이고 은행나무를 바라보는 동안
너와 내가 사랑하는 난초는 푸른 달빛을 조용히 호흡하겠지……

여봐
침실의 부두에는 푸른 달빛이 물결치며
빛나는 여행담을 소근거리지 않늬?

일림아
너와 나는 푸른 침실의 작은 배를 잡아타고
또
어디로 출발을 약속하여야겠느냐?

　이 작품도 예외 없이 그 노장의 '자연'에 바짝 다가서 있는 작품이다. 앞에서 해설한 「아직 촛불을 켤 때가 아닙니다」라는 작품과 그 궤를 같이 하고 있다. 따라서, 이 시의 해설도 앞의 「아직은 촛불을켤 때가 아닙니다」처럼 일제시대의 의식과 연결시키려는 그 어떤 시도(궤변)도 있어서는 안 되는, 그 어떤 시도도 용납될 수 없는 작품이라 하겠다.

　이 시에 보이고 있는 "촛불"도 '자연'을 파괴하는 인위적인 사물일 뿐이다. 그러므로 그 인위적 사물인 "촛불"보다는, 자연 그대로의 "달빛"만이 "단조한 나의 방"에 "강물처럼" 넘쳐 흘러야 된다. 그래서 시의 화자는 "일림"(一林, 시인의 장녀)이에게 그 "촛불"을 끄라는 것이다. 이 "촛불"이야말로 푸른 "달빛"을 맞아들이는 데 있어 장애물이기 때문이다.

　또한 그 "촛불"을 끈 다음에는 "푸른 달빛이 풍요히 흘러" 들어올 것이고, "달빛"이 흘러넘치면 "단조한" 화자의 방은 자연스레 "바다"가 될 것이다. "바다"가 될 뿐만이 아니라 화자의 "단조한" 방은 어느덧 푸른 달빛이 "강물처럼" 흘러넘치는 바다 위의 "작은 배"가 되기 때문에, 그리고 "작은 배"를 타고 "빛나는 여행담"을 소곤거리며 일림이와 함께 "어디로 출발을" 해야 하기 때문에, 그 장애물이 될 수밖에 없는 "촛불"은 당연히 제거해야만 되는 것이다.

　다시 말하자면 이 시의 화자 뜻대로 "촛불"을 제거하기만 한다면, 이미 그의 "유리창 하나도 없는 단조한" 방은 갑자기 "바다"(자연)가 되며, 그 "바다"야 말로 화자가 소요유를 즐길 수 있는 장소가 되기 때문에, 당연히 소요유에 장애가 되는 "촛불"은 제거돼야 한다는 말이다.

“단조한 나의 방”이 갑자기 “바다”가 될 수도 있고, 그리고 그 “바다”에서 “작은 배”를 타고 “빛나는 여행담”을 즐기며 항해를 할 수도 있는데, 그 “단조한” 방에 갇혀 있을 이유가 어디 있겠는가.

다만, 이 시의 마지막에 보이는 대로 화자가 “어디로 출발을” 하고자 그 꿈을 키우고 있는 것인지, 그것은 아무도 모른다고 말할 수밖에 없다. 이 시를 쓸 무렵의 작자는 아직 젊은 나이이고, 미래지향적 의지로 가득해 있을 나이이기 때문에 그런 측면에서 이해하면 그만이다.

한 번 더 이야기해 두지만, 장자의 소요유를 이해하지 못하고 이 시를 해설하려는 무리수(일제시대 의식과 관련시키려는 해설)를 범하지는 말아야 한다. 그렇듯 억지를 부리는 일은 스스로 무지를 폭로하는 일이 될 것이기 때문이다.

化石이 되고 싶어

하늘이 저렇게 옥같이 푸른 날엔
멀리 흰 비둘기 그림자 찾고 싶다

느린 구름 무엇을 노려보듯 가지 않고
먼 강물은 소리없이 혼자 가네

뽑아 올린 듯 밋밋한 산봉우리 곡선이 또렷하고
명랑한 날이라 낮달이 더욱 희고나

석양에 빛나는 가마귀 날개같이 검은 바우에
이런 날엔 먼 강을 바라보고 앉은 대로 화석이 되고 싶어……

이 작품도 언뜻 보기에는 과거 한시에 많이 보이는 서경적 분위기를 느끼게 해준다. 특히 1연에서 3연까지는 마치 동양화의 한 폭을 보는 듯도 하고, 동양화에 어울려놓은 한 편의 한시를 번역해놓은 것 같은 분위기이기도 하다.

그런데 문제는 4연의 결구이다. 이 결구도 보기에 따라서는 한 폭의 동양화 같은 풍광 속에 그 풍광을 완상하며 앉아 있는 주인공을 보는 듯한 분위기이다. 말하자면 선경과도 같은 동양화 속에 흔히 속세를 등진 신선을 배치시켜 놓는 그런 그림의 분위기 말이다.

그러나 좀 더 이 결구를 눈여겨 살펴보면, 그런 그림의 분위기를 뛰어넘는 화자의 정신세계를 발견하게 한다. 그것은 바로 장자의 소요유나 「대종사」에서 볼 수 있는 그런 세계이다.

즉, 석정의 다른 시 "내 몸이 가벼이 흰 구름이 되는 날은/강 너머 저 푸른 산 이마를 어루만지리……"(「靑山白雲圖」)에서 보여주듯, 평범한 인간의 생활이 아닌 도인의 기상을 읽을 수 있게 해주는 그런 세계 말이다.

그리고 이 같은 삶의 초탈한 면모는, 세간의 영리와 자질구레한 인간사를 초월하여 자연과 하나가 되는 것, 즉 구름이 되기도 하고 바람이 되기도 하고, 혹은 "화석"이 되기도 하는 그런 것이다.

장자는 「소요유」에서 "바람을 타고 시원스레 잘도 노닐다가 15일 후에 돌아오니, 그는 인간들이 생각하는 복들을 생각하지 않은 자이다."라고 열자(列子)에 대한 묘사를 하고 있다.

뿐만 아니라 나의 생을 자연에 맡겨두는 삶의 자세는 「대종사」에서도 구체적으로 예시하고 있다. 즉, "나의 엉덩이가 변하여 수레바퀴가 되고 나의 정신이 변하여 말이 되면 나는 이를 타고서 떠나갈 것이니, 어찌 굳이 수레가 있어야 할까?…… 주어진 때에 안주하여 순리대로 사노라면 슬픔도 즐거움도 나의 마음에 들어오지 못하리……"와 같은 자세이다.

장자의 「소요유」나 「대종사」는 이와 같은 초일(超逸)한 삶을 보여준다.

그러므로 석정의 시 「青山白雲圖」나 「化石이 되고 싶어」는 바로 그러한 장자의 정신세계에서 영향 받은 작품임을 알 수 있다.

나의 꿈을 엿보시겠읍니까

햇볕이 유달리 맑은 하늘의 푸른 길을 밟고
아스라한 산 너머 그 나라에 나를 담쑥 안고 가시겠읍니까?
어머니가 만일 구름이 된다면……

바람 잔 밤하늘의 고요한 은하수를 저어서 저어서
별나라를 속속드리 구경시켜 주실 수가 있읍니까?
어머니가 만일 초승달이 된다면……

내가 만일 산새가 되어 보금자리에 잠이 든다면
어머니는 별이 되어 달도 없는 고요한 밤에
그 푸른 눈동자로 나의 꿈을 엿보시겠읍니까?

　두말할 필요도 없이 이 작품도 장자의 영향권에서 쓰여진 작품이다. 이 작품도 석정의 다른 시 「임께서 부르시면」이나 「化石이 되고 싶어」와 같이 세간의 영리와 자질구레한 인간사를 초월하여 자연과 하나가 되는 초탈한 면모를 보이고 있는 작품인 것이다.

　그것은 바로 장자의 「소요유」나 「대종사」에서 보여주고 있는 정신세계이다.

　따라서 장자의 「소요유」나 「대종사」의 정신세계를 다소라도 이해하지 못하고 이 작품을 해설하거나 이해하려 드는 것은, 억지이거나 무리수를 범하는 일일 수밖에 없다.

　이 시에서 우선 자연과 하나가 되는 면모는 "어머니가 만일 구름이" 될 수도 있고, "어머니가 만일 초승달이" 될 수도 있으며, 혹은 '내가 만일 산새가' 될 수도 있음을 보여주는 대목이다. 이러한 구절들을 대하면 이루지 못할 망연한 꿈을 꾸고 있는 듯한 몽환적 분위기를 연출시켜준다. 그리고 바로 이 몽환적 분위기를 연출시켜주는 것 같은 대목이 이른바 장자의 "소요유"이다.

　그러므로 석정의 이 같은 작품을 세속적 논리로 해명하려는 것은 무리수를 두는 일이 아니고 무엇이겠는가.

三行詩

푸른 하늘에 씨워진 세줄기 포푸라우
단조로운 삼행시를 읽기에도
괴로운 날.

5月.
비낀 해볕에
녹색 잉크는 유난히도 찬란하다.

황혼이 밀려오고 가고
새벽과 대낮이 드나들어도
무거운 마음을 던져볼 강물도 없고나!

오로지 「삶」과 「죽엄」이란 다만 한 순간에 있거니
가을처럼 쇄락한 마음으로
저 삼행시를 다시 읊어보고 싶도다.

이 작품에 보이고 있는 관념이나 정서를 결론부터 말해본다면 장자의 제물론이나 양생주사상이 밑받침되어 쓰여진 작품으로 보인다.

이미 잘 알려진 바와 같이 석정은 박한영 선사의 문하에서 불전을 공부하였고, 또 한편으로는 시골(전북 부안군 부안읍 선은리)에 내려와 농사를 지으면서 노장사상과 도연명에 심취했기 때문에, 노장의 소요유와 제생사의 고차원적 사상을 쉽게 이해했을 것으로 믿는다. 그렇기 때문에 이 무렵 석정이 쓴 시들에는 장자의 제물론이나 양생주의 정신적 경지를 많이 기웃거린 흔적이 보이는 것이다.

우선 좀 더 이해를 돕기 위하여 제물론이나 양생주사상에 대한 다음의 인용을 참고해보기로 한다.

> "齊物論":"莊子"의 內篇 7편 중 제2편, 세상 모든 종류의 眞僞是非를 가리는 논쟁을 모두 상대적인 것으로 보고, 雜論을 한결같이 하나로 귀속시킴을 말하며, 이를 통해 장자사상의 전모를 엿볼 수 있다. 그에 따르면 現象은 모두 연관성을 지닌 하나의 全體이며, 인간의 喜怒哀樂도 진군(眞君, 天地의 主宰者)의 작용에 의한 것이라 하였다. 따라서 만물은 一體이며, 그 무차별 평등의 상태를 天均이라 하는데, 이러한 입장에서 보면 生死도 하나이며 꿈과 현실의 구별도 없다. 이와 같은 忘我의 경지에 도달하는 것이야말로 수양의 극치라 하였다.

> "養生主":낮과 밤이 서로 번갈아 간다 함은, 살았다가 죽고 죽었다가 삶은 마치 끝이 없는 고리와 같다. 비록 지혜로운 사람일지라도 그 처음이 되는 비롯은 추구해볼 수 없다.(日夜相代乎前, 方生方死, 方死方生, 如環無端, 雖

者知者, 不能規乎, 其始而己)

"養生主":삶과 죽음, 생존과 멸망, 곤궁과 영달, 가난과 부, 어짐과 불초함, 훼담과 영예, 굶주림과 목마름, 추위와 더위, 이 모든 것은 사물의 변화요 命(하늘)의 운행이다. 낮과 밤이 서로 나의 앞에서 번갈아 간다.

위의 인용문에서 "천균(天均)"이라 표현한 말은 석정의 초기 시를 이해하는데 좋은 참고가 될 것 같다. 이 말은 노장사상과 불교적 영향을 함께 아우르는 석정 시의 사상적 근거로 보이기 때문이다.

말하자면 위에 보인 양생주사상뿐 아니라 불교적 영향(불교의 영생관)도 이 무렵 석정의 시에는 많이 보이는 것이다.

석정의 이 무렵 작품을 대하노라면 이미 이승과 저승의 거리는 압축되어 나타난다. 삶이 단절되는 것이 아니라 이승과 저승의 삶은 연속선상에 있는 것이며, 이승에서의 삶은 또 다른 삶의 세계인 저승의 삶으로 옮겨놓을 뿐인 것이다. 초기 시를 쓸 무렵의 정서 속에는 ""삶"과 "죽엄"이란 다만 한 순간"일 뿐이며, "때와 때의 바뀜"일 뿐이라는 정신세계, 즉 순간적 삶에 얽매일 필요도 집착할 필요도 없다고 하는 장자의 사상에 상당히 많이 감염되어 있었다고 할 수 있다. 그러므로 시인은 계절의 순환을 바라보듯, 낮과 밤의 끝없는 변화를 지켜보듯, 영원한 시간의 윤회를 지켜보면 되는 것이다. 그리고 바로 그렇기 때문에 '순간' 속에서 영원을 지켜볼 수 있는 시의 세계, 즉 '가을처럼 쇄락한 마음으로/저 삼행시를 다시 읊어보고'도 싶은 것이다.

다시 말하자면, ""삶"과 "죽엄"이란 다만 한 순간"(「三行詩」)이라는 표현이나, 석정의 다른 시 "삶과 죽음은/때와 때의 바뀜인가?"라는 표현들은 삶과 죽음을 마치 낮과 밤의 끝없는 순환처럼 인식하고 있는 양생주사상에 그 터전을 두고 있다고 하겠다.

솔직히 말해서 이 시는 작품의 완성도나 시의 유기체적 구조미에서 그렇게 수준이 높은 작품은 아닌 것 같다.

따라서 "대표작품 해설" 반열에 올려놓고 이야기할 수 있는 작품이 아니라는 말이다. 이 작품이 『시학』(1939. 10)에 발표된 작품임에도, 같은 해 12월에 발간된 첫 시집 『촛불』에 넣지 않은 것을 보면, 이 시인도 그걸 인정했던 것 같다.

그럼에도 불구하고 여기서 해설하게 된 것은 앞에서 검토했던 장자의 사상(제물론, 양생주사상)들이 이 작품처럼 확연하게 진술된 경우도 드물기 때문이다. 바로 그 ""삶"과 "죽엄"이란 다만 한 순간"이라는 표현 말이다.

그리고 1연의 "삼행시를 읽기에도/괴로운 날"이라고 한 표현은 바로 3연의 "무거운 마음"으로 이어지는 정서로 보인다.

그것은 비록 시인이 동양적 허무주의라 할 수 있는 양생주 등의 사상에 매료되어 있다 할지라도, 덧없이 흐르는 세월 속에서만은 "무거운 마음"이었을 것이기 때문이다.

즉, "황혼이 밀려오고 가고/새벽과 대낮이 드나들어도"에서 볼 수 있는 세월의 흐름 속에서는 "무거운 마음"일 수밖에 없다고 하겠다.

다른 한편으로 생각해보면 바로 그 "무거운 마음"이나 "괴로운 날"의 심정적 갈등을 잘 극복함으로써 ""삶"과 "죽엄"이란 다만 한 순간"이라는 양생주사상도 잘 터득될 수 있었다고 볼 수도 있다.

따라서 "가을처럼 쇄락한 마음으로" "삼행시를 다시 읊어도" 보고 싶었다고 할 수 있는 것이다.

제2시집
『슬픈 牧歌』 무렵 대표작품 해설

靑山白雲圖

이 투박한 대지에 발을 붙였어도
흰 구름 이는 머리는 항상 하늘을 향하고 사는 산

언제나 숭고할 수 있는 푸른 산이
그 푸른 산이 오늘은 무척 부러워

하늘과 땅이 비롯하던 날 그 아득한 날 밤부터
저 산맥 위로는 푸른 별이 넘나들었고

골짝에는 양떼처럼 흰 구름이 몰려오고 가고
때로는 늙은 산 수려한 이마를 쓰다듬거니

고산 식물들을 품에 안고 길러낸다는 너그러운 산
청초한 꽃그늘에 자고 또 이는 구름과 구름

내 몸이 가벼이 흰 구름이 되는 날은
강 너머 저 푸른 산 이마를 어루만지리……

　이 작품은 언뜻 보면 옛 한시를 번역해놓은 것 같은 서경시로서 그야말로 한 폭의 그림(동양화)을 연상시키는 작품이다. 그러나 기본적으로는 석정 시의 본류에서 벗어나지 않는 작품이라 할 수 있다. 첫 시집 『촛불』 무렵의 기본 정서를 이루고 있던 노장사상과 그 맥을 같이 하고 있을 뿐만 아니라, 마지막 시집 『대바람 소리』의 기본 정서와도 맥을 같이하고 있기 때문이다. 동양 정서에서 출발하여 동양 정서로 끝을 맺은 그 정서 말이다.

　가령 동양적 허무주의라 할 수 있는 노장의 제물론의 관념, 즉 소요유나 제생사의 관념, 물아일체, 물아양망의 관념, 만물은 일체이며 무차별 평등의 상태라 일컫고 있는 '천균(天均)' 등의 관념을 기웃거린 흔적이 나타나는 정서, 혹은 삶과 죽음은 때와 때의 바뀜일 뿐이며 이승과 저승의 삶은 연속선상에 있는 것으로 인식되는, 말하자면 불교의 영생관과도 이어지는 양생주 관념이나 정서, 이러한 것들이 혼융되어 석정 시에는 나타나고 있다.

　그러므로 "내 몸이 가벼이 흰 구름이 되는 날은/강 너머 저 푸른 산 이마를 어루만지리……"와 같은 물아일체의 정서, 혹은 '천균(天均)' 등의 관념을 그의 시에서 볼 수 있게 되는 것이다.

　물론 이와 같은 정서는 석정 시에 한정되어 나타나는 것만은 아니다. 당시(唐詩)나 그 영향을 받은 한시(漢詩), 그리고 우리 현대시인 가운데서도 특히 영생관과 조화를 이루는 서정주의 일련의 시들이 제물론이나 양생주사상과 만나고 있다. 가령,

내가/돌이 되면//돌은/연꽃이 되고//연꽃은/호수가 되고//내가/호수가 되
면/호수는/연꽃이 되고//연꽃은 돌이 되고.

— 서정주, 「내가 돌이 되면」 전문

서정주의 이와 같은 정신주의가 반영된 시들은 그것이 양생주사상과
관련을 맺고 있거나, 불교의 영생관 혹은 윤회사상과 관련을 맺고 있거나
간에 그의 시에 많이 나타나고 있는 건 사실이다. 그것을 꼭 짚어 양생주
관념에서 영향 받은 것이라거나, 영생관에서 영향 받은 것이라고 단정 짓
기는 어려울지 몰라도, 그러한 동양의 관념이나 정서들이 혼용되어 나타
나고 있는 것이다.

마찬가지로 석정의 이 작품도 그러한 관점에서 이해해야 된다. 그래야
만 "흰 구름"이 "푸른 산"을 쓰다듬는다는 표현이 가능할 수 있고, "내
몸이" 흰 구름이 되어 "푸른 산" 이마를 어루만진다는 표현도 가능할 수
있게 된다고 하겠다. 즉 "내"가 곧 "흰 구름"이요, 그리고 그 "흰 구름"이
"푸른 산"을 쓰다듬고 어루만진다. 말하자면 물아일체, 물아양망의 상태
에 젖어 있다고나 해야 될지, 아무튼 석정의 이러한 시들은 동양적 정서
나 관념 속에 상당히 많이 경도된 상태에서 쓰여진 것은 분명하다고 하
겠다.

山水圖

 — 山水는 오롯이 한 폭의 그림이냐

숲길 짙어 이끼 푸르고
나무 사이사이 강물의 희어……

햇볕 어린 가지 끝에 산새 쉬고
흰 구름 한가히 하늘을 거닌다

산가마귀 소리 골짝에 잦은데
등 너머 바람이 넘어 닥쳐와……

굽어 든 숲길을 돌아서 돌아서
시냇물 여음이 옥인 듯 맑아라

푸른 산 푸른 산이 천 년만 가리
강물이 흘러 흘러 만 년만 가리

이 시도 언뜻 보면 옛 한시를 번역해놓은 것 같은 서경시로서 시의 부제로 되어 있는 "山水는 오롯이 한 폭의 그림이냐"처럼 그야말로 한 폭의 그림(동양화)을 연상시키고 있는 작품이다. 그리고 이 같은 한시풍의 시 세계는 동양의 시관인 "시 가운데 그림이 있고, 그림 가운데 시가 있다(詩中有畵, 畵中有詩)"는 말에 그 기반을 두고 있다고 하겠다. 동양의 한시들이 주로 서경시가 그 주류를 이루고 있는 것은, 바로 동양의 옛 시인들이 이러한 동양 시관에 의존하고 있었던 때문이라고 이해해야 된다.

그러나 석정의 이 시를 좀 더 눈여겨 살펴보면, 꼭 서경시만은 아니라는 것을 직감하게 될 것이다. 이 시의 첫 연에서 4연까지는 앞에서 말한 대로 우선 서경시적 분위기로 읽혀진다. 그러나 마지막 5연에 이르면 이야기는 사뭇 달라진다.

우선 이 5연의 말미에 "가리"라는 단어가 두 번이나 반복되어 있는데, 이 "가리"라는 단어가 무얼 의미하고 있는 것인지가 분명치가 않다. "천 년만" "만 년만"이라는 한정어 뒤에 붙인 말로 봐서는 '갈 것인가?'라는 뜻인 것 같기도 하고, 또 한편으론 "푸른 산"이나 "강물"이 "천 년"이나 혹은 "만 년"동안 흘러흘러 '가리라'는 영원성의 시간 개념으로 이 단어를 읽는다면, 이 "가리"는 '갈 것이다'는 말로 읽힐 수도 있다. 후자의 경우, "천 년" "만 년"은 숫자대로의 개념이 아니라 영원성의 개념임은 두말할 나위도 없다. 다만 이 경우 '—만'이라는 한정어미 처리가 잘못 쓰였다고 할 수 있다.

그러나 한편으로 생각해보면 전자나 후자 모두 "푸른 산"과 "강물"의

"영원"을 바라보고 있다고 할 수 있으며, 바로 그 점에서는 양자가 매한 가지라고 하겠다.

　바로 이 점이다. 우리가 이 시를 좀 더 눈여겨 살펴볼 때, 직감하게 되는 또 다른 세계는 시의 화자가 "영원"을 바라보고 있다는 점이다. 다시 말하자면, 이 시인의 '山水圖'라는 그림(서경시)은 공간 개념으로서의 그림만이 아니라, 시간개념으로서의 "영원"을 보여주는 그림이라는 사실인 것이다. 그리고 우리의 생각이 여기에 도달하면 그것은 바로 장자의 양생주사상이나 불교의 영생관으로 이어지는 작자의 시정신이 어른거리기 마련이다. 즉, 우주 만물의 순환변전의 역사, 특히 '山水(자연)'의 순환변전의 역사를 이 시에서는 보여주고 있다는 말이다. 그리고 또 한편으로는 이 작품도 역시 노장의 '자연'을 그대로 이어받고 있는 작품이라는 것도 두말할 나위도 없다고 하겠다.

작은 짐승

난이와 나는
산에서 바다를 바라보는 것이 좋았다
밤나무
소나무
참나무
느티나무
다문다문 선 사이사이로 바다는 하늘보다 푸르렀다

난이와 나는
작은 짐승처럼 앉아서 바다를 바라다보는 것이 좋았다
짐승같이 말없이 앉아서
바다같이 말없이 앉아서
바다를 바라다보는 것은 기쁜 일이었다

난이와 내가
푸른 바다를 향하고 구름이 자꾸만 놓아 가는
붉은 산호와 흰 대리석 층층계를 거닐며
물오리처럼 떠다니는 청자기빛 섬을 어루만질 때
떨리는 심장같이 자지러지게 흩날리는 느티나무 잎새가
난이의 머리칼에 매달리는 것을 나는 보았다

난이와 나는
역시 느티나무 아래 말없이 앉아서
바다를 바라다보는 순하디순한 작은 짐승이었다.

이 작품도 앞의 「작은 짐승이 되어」와 같은 반열에 올려놓고 이야기할 수 있는 작품이다. 작품의 구조 면에서도 비슷한 일면이 있거니와 그 정서 면에서도 물아일체의 망아의 경지, 혹은 자연친화나 자연과의 합일(合一)의 정서를 보게 해주는 그런 작품인 것이다.

이 시에 나오는 이름 '난이'는 시인의 다른 작품에 등장하는 '일림'이나 '에레나'와 함께 시인의 딸의 이름이다. 한용운의 「님의 침묵」에 나오는 '님'이 다양하게 해설될 수 있는 것과는 달리, 이 시의 '난이'는 딸의 이름 그대로 혈연으로서의 이름임을 이해해야 된다.

여기서 우선 '난이'와 화자는 "작은 짐승"으로 직유되어 있다. 그리고 "짐승같이 말없이 앉아서"나 "바다같이 말없이 앉아서"와 같은 시행에 눈을 박으면, '짐승'과 '바다' 혹은 '밤나무' '소나무', '참나무' '느티나무' 그리고 '붉은 산호'처럼 떠 있는 '구름'이나 '하늘' 등의 우주적 자연의 질서는 모두 합일화된다.

합일화·동일화될 뿐만 아니라, 어느 것이 주체이고 어느 것이 객체인지 모를 정도로 혼연일체가 되어 물아일체의 망아의 경지에 도달하는 것이다.

그러므로 "떨리는 심장같이"라는 직유법으로 "느티나무 잎새"가 떨어지는 것을 비유할 수도 있고, 사람과 잎새가 의인화되어 일체감 있게 표현될 수도 있다고 하겠다.

다시 말하자면 "난이의 머리칼"에 "느티나무 잎새"가 매달리는 것을 바

라보고 있던 화자는, 이미 거기서 동일성을 발견할 뿐만 아니라, '난이
(인간)'가 곧 '잎새(자연)'이고, '잎새'가 곧 '난이'인 것을 발견하는 정신
의 경지에 있었던 것이다.

작은 짐승이 되어

— K에게

한때 네 몸둥아리에서는
푸성귀 내음새도 안 나더니
산에서 몇 해나 살고 왔기에
왼통 산 내음새가 젖어 흠뻑 젖어
내 코를 찌르는 것이 즐거웁고나

도라지 더덕 칙넌출 얽힌 비탈길로
난초 맥문동 석곡 우거진 사잇길로
호랑이 여우 살가지 지나간 숲길로
노루 고랭이 토끼 뛰어다닌 길로
너도 거침없이 뛰어다녔더냐?

그 언제 나 또한 산으로 가서
진정 한 마리 작은 짐승이 되어
도라지랑 더덕이랑 맥문동 궁궁이랑 파뒤쓰며
거침없이 온 산을 쏘다니며
산이 무너지게 거센 소리로 한 번 울어 볼거나……

　이 작품은 동양적 정서가 유지되고 있으면서도, 그 후반부는 조금 다른 측면에서 읽어야 될 작품에 해당되는 경우이다. 말하자면 노장적 정서가 그대로 유지되고 있으면서도, 또 한편으로는 개인적 "어둠"이나 시대적 "어둠"의 정서가 그 후반부에 흐르고 있는 경우이다. 이러한 작품구조는 석정 시(특히 중기 시 중에서 현실을 투시하는 작품)의 기본구조라고도 할 수 있는 구조이며, 그러한 구조와 정서는 그의 중기 시집 『山의 序曲』, 후기 시집 『대바람 소리』 등에 나타나는 시적 구조의 한 전형을 이루고 있는 것이기도 하다. 다시 말하자면 시의 전반부는 노장적이거나 서정적인 분위기로 흐르다가, 시의 후반부(특히 끝부분)에 이르면 부르르 경련을 일으키듯 시대 현실 혹은 개인적 "어둠"과 관련된 언어를 들이대는 그런 구조 말이다.

　그의 작품 「작은 짐승이 되어」도 바로 그런 경우에 해당되는 시이다. 이 작품도 어찌 보면 노장의 '자연' 같기도 하지만, 또 어찌 보면 순연히 자연친화적인 서정적인 분위기로 읽혀지기도 한다. "K에게"라는 부제가 붙은 이 작품은 1연과 2연의 경우 더욱 자연친화적인 서정적 분위기로 읽힌다.

　그러나 자세히 관찰하여 보면, 1연과 2연은 3연을 말하기 위한 도입부에 불과하다. 정작 시의 화자가 말하고 싶은 부분은, 3연 중에서도 마지막 행, "거센 소리로 한 번 울어"보고 싶은 심정을 토로한 부분인 것이다.

　"산이 무너지게" "한 번 울어"보고 싶은 심정은 무엇 때문인가?

　그것은 개인적인 "어둠" 때문일 수도 있고, 시대적 "어둠" 때문일 수도 있다. 여기서도 일제시대 작품이라는 이유 때문에 선입견을 갖는 것은 금물이다. 이 시의 어디에도 그렇게 단정할 근거는 없다.

다만, 석정의 글 「상처 입은 작은 역정의 회고」에서 "망국의 백성으로서 짓밟힐 대로 짓밟힌 그 당시 우리는 차라리 한 마리 짐승으로 태어나지 못한 것을 한탄했던 것도 사실이다."라고 진술하고 있는 것을 참고로 한다면, 시대적 "어둠"일 개연성이 높다고 하겠다. 말하자면 식민지시대 망국의 백성으로서의 울분과 그 "어둠" 때문에, "한 번 울어"보고 싶었을 것이라는 말이다.

抒情歌

흰 복사꽃이 진다기로서니
빗낱같이 뚝뚝 진다기로서니
아예 눈물 짓지 마라 눈물 짓지 마라……

너와 나의 푸른 봄도
강물로 강물로 흘렀거니
그지없이 강물로 흘러갔거니,

흰 복사꽃이 날린다기로서니
낙엽처럼 휘날린다 하기로서니
서러울 리 없다 서러울 리 없어……

너와 나는 봄도 없는 흰 복사꽃이여
빗날같이 지다가 낙엽처럼 날려서
강물로 강물로 흘러가 버리는……

　이 작품도 역시 노장의 소요유나 제생사와 같은 동양적 허무주의의 맥을 잇고 있는 작품이라 할 수 있다. 앞 시의 해설에서도 여러 차례 관련시켜 말한 바 있지만, 석정은 박한영 선사의 문하에서 불전을 공부하였고, 그 뒤에 시골(전북 부안군 부안읍 선은리)로 내려와 농사를 지었다. 그때 그가 살던 집 이름을 '청구원(青丘園)'이라 이름 하였고, 바로 그때 장자의 제물론이나 소요유의 정신적 경지를 많이 기웃거린 흔적이 보이는데, 그러한 흔적이 이 작품에도 나타나고 있는 것이다. 말하자면 장자의 "천균(天均)"의 논리대로라면 '생사도 하나이며' '꿈과 현실의 구별'도 없으며 그야말로 망아의 경지에 있는 상태, 인간 수양의 극치 속에 있는 경지, 그러한 경지나 논리 속에 석정이 심취하고 있을 때, 위의 「抒情歌」와 같은 작품이 탄생됐으리라고 보는 것이다. 그리고 바로 그렇기 때문에 "흰 복사꽃"이 "낙엽처럼" 휘날린다 해서 "서러울 리" 없는 것이며, "낙엽처럼" 날려서 "강물로" 흘러가 버린다 해서 "서러울 리"도 없는 것이다. 그것은 모두 다 "순환원리"의 자연의 이법에 따른 것이며, 생과 사가 모두 하나인 '천균'의 논리에 따른 것이며, 물아일체의 망아의 경지 속에 있는 것이어서, '피고' '지는' 모두가 우주자연의 순리요 섭리인 것이다. 그르므로 시의 화자는 "서러울" 까닭이 없다 하겠으며, 우주자연의 섭리에 따르면 그만인 것이다. 그리고 이것이 이 시의 정서의 개략이다.

슬픈 構圖

나와
하늘과
하늘 아래 푸른 산뿐이로다.

꽃 한 송이 피워 낼 지구도 없고
새 한 마리 울어 줄 지구도 없고
노루 새끼 한 마리 뛰어다닐 지구도 없다.

나와
밤과
무수한 별뿐이로다.

밀리고 흐르는 게 밤뿐이요
흘러도 흘러도 검은 밤뿐이로다.
내 마음 둘 곳은 어느 밤 하늘 별이드뇨.

위의 작품은 우선 일제의 현실에 밀착되어 나타나고 있다. 노장사상과 도연명의 시경(詩境)을 기웃거리고, 신화적 이상향이었던 "그 먼나라"를 기웃거리던 그가 어느덧 현실세계로 귀환하여 시선을 멈춘 곳은 "흘러도 검은 밤뿐"인 그러한 곳이었다.

『촛불』 무렵 그가 즐겨 부르던 '어머니'도 그 자취를 감추고, 안개처럼 아련하게 깔렸던 수식어마저 이제는 감추어져 버린 채로, 암울한 현실만이 그의 앞에 펼쳐지고 있었던 것이다.

이 작품은 우선 전반부 두 연과 후반부 두 연을 분리시켜 생각해볼 필요가 있다.

먼저 전반부를 보면, 1연에 "푸른 산뿐"이라는 표현이 보인다. '지상'의 "푸른 산"을 표현한 것이다. 그런데 그 다음 2연에는 "꽃 한 송이" "새 한 마리" "노루 새끼 한 마리 뛰어다닐 지구"도 없다는 것이다. 1연에 대해 2연은 우선 역설적이다.

이 시의 후반부도 상황은 비슷하게 나타난다.

먼저 후반부 3연을 보면 "무수한 별뿐"이라는 표현이 보인다. '천상'의 "무수한 별"을 표현한 것이다. 그런데 그 다음 4연에는 "내 마음 둘 곳은 어느 밤 하늘 별"이냐고 물음으로써, "별"이 없는 "밤뿐"이라는 것이다. 3연에 대해 4연 또한 역설적이다.

그러므로 이러한 역설이 왜 가능한가가 이 시를 이해하는 초점이 된다. 아니 그 역설을 이해하는 것이야말로 이 시를 이해하는 지름길이 된다고 하겠다.

우선 1연의 "푸른 산"(地上)이 우리들 인간(민족)의 안식처나 귀의처로서 혹은 이상향으로서의 푸른 산이 되기만 한다면, 역설은 불필요하다. 그러나 화자의 의식 속에 있는 "푸른 산"은 이미 안식처나 귀의처 혹은 이상향이 아니다. 이미 그 곳은 '몸 담을 곳'이 못 되는 장소이다.

후반부의 경우도 마찬가지다.

우선 3연에 보이고 있는 "무수한 별"이, 우리들 인간(민족)의 삭막한 갈증을 풀어줄 수 있는 존재물이 되기만 한다면 역설은 불필요하다. 그러나 화자의 의식 속에 있는 "무수한 별"은 이미 삭막한 갈증을 풀어줄 수 있는 별이 아니다. 이미 그 별은 기대하는 별이 못 되는 것이다.

따라서 이 시는 '지상'의 자연과 '천상'의 자연을 빌어서 역설이 가능했던 것이다. 시인의 표현대로라면 당시 일제하의 현실은 "몹쓸 지구"였던 것이다.

다음과 같은 시인의 「자작시 해설」은 좋은 참고가 되리라 믿는다.

"천지를 바라봐야 몸 담을 곳이 없고, 꽃 한송이 새 한 마리 나를 달랠 수 있는 것도 아니었다. 다만 어둔 밤이 나를 에워쌀 따름이었다. 어제도 흐르던 검은 밤이 오늘도 흐르고, 다만 그 무서운 밤이 밀리고 흐를 뿐이었으니, 어쩌지 못하는 마음은 어느 밤하늘 별에다 두어야 할 것이었던가?"

한편, 이 작품은 앞에서 해설한 작품들, 즉 『촛불』 무렵 일련의 작품들이 노장의 자연에 밀착되어 있었던 데 비하여, 이 작품은 그 "자연"으로부터 빠져나왔다는 점에서 그 의의를 찾을 수 있다. 말하자면 현실을 도외시하던 시인이 이제 현실에 눈을 돌린 작품이라 할 수 있는 것이다.

이것은 이 시인에게 있어 매우 중요한 변화이다. 그리고 그 변화는 외부로부터 온 것이 아니라, 시인 자신의 내부로부터 온 것이라고 할 수 있다. 즉, 이상적 자아와 현실적 자아 사이에 갈등을 빚게 된 데서 온 것이라고 할 수 있는 것이다.

다시 말하지만 이것은 이 시인에게 있어 매우 중요한 변화이다. 그리고 그 변화는 외부로부터 온 것이 아니라, 시인 자신의 내부로부터 온 것이라고 할 수 있다. 즉, 이상적 자아와 현실적 자아 사이에 갈등을 빚게 된 데서 온 것이라고 할 수 있는 것이다.

당시의 일제 현실은 그의 표현대로 "밀리고 흐르는 게 밤뿐이요/흘러도 흘러도 검은 밤뿐"인 그런 암울한 상황이었는데 "그 먼나라"(이상향)만을 동경하고 있을 수는 없었던 것이다.

黑石고개로 보내는 詩

— 廷柱에게

흑석고개는 어느 두메산골인가

서울서도 한강

한강 건너 산을 넘어가야 한다드고

좀착한 키에

얼굴이 까므잡잡하여

유달리 희게 드러나는 네 이빨이

오늘은 선연히 뵈이는구나

눈 오는 겨울밤

피비린내 나는 네 시를 읽으며

꽃처럼 붉은 울음을 밤새 울었다는 청년

그 청년이 바로 우리 고을에 있다

정주여

나 또한 흰 복사꽃 지듯 곱게 죽어갈 수도 없거늘

이 어둔 하늘을 무릅쓴 채

너와 같이 살으리라

나 또한 징글징글하게 살아보리라

이 시를 이해하기 위하여 신석정, 서정주 두 시인의 선후배관계를 우선 정리해볼 필요가 있겠다. 물론 신석정이 선배인 것은 알고 있지만, 이 기회에 확실하게 정리해보기 위해서이다.

신석정 시인이 첫 얼굴을 지면에 보인 작품은 「기우는 해」로, 1924년(당시 18세) 『조선일보』 지면을 통해서였고, 이후 이어서 조선, 동아일보에 시작품을 발표하기도 한다.

그러나 그가 1930년 중앙불교전문강원에 들어가 박한영 스님 밑에서 불전 등을 공부하며 원생들의 회람지 『원선』을 편집한 바 있고, 이후 본격적으로 시작품을 발표하기 시작한 것은 1931년 6월(당시 25세) 『시문학』 제3호에 시 「선물」을 발표하면서부터라고 할 수 있다. 따라서 그의 문단 데뷔 연도는 1931년으로 보는 것이 타당할 것 같고, 그 이전의 것들은 습작과정의 '독자투고' 정도로 판단해야 옳을 것 같다. 왜냐하면, 1931년 이전의 작품들이 첫 시집 『촛불』에 모두 들어 있지 않은 걸 보더라도 그렇고, 또 흔히 '목가시인'이라 불려지던 시점이 바로 그 무렵이기 때문이기도 하다.

서정주 시인이 지면에 첫 얼굴을 보인 시작품은 「그 어머니의 부탁」(『동아일보』, 1933)이고, 이후 「가을」 「비내리는 밤」 등 8~9편을 『동아일보』 등에 발표하기도 하지만, 이는 모두 습작과정의 독자투고작품들이고, 이 시인도 석정과 마찬가지로 중앙불교전문강원에 들어가(석정보다 3년 늦은 1933년) 교장인 박한영 대종사의 문하에 입문하게 된다.

그러나 그가 본격적으로 문단에 데뷔하게 된 계기는 동아일보 신춘문예에 시 「壁」(1936)이 당선되면서부터이고, 그해 11월 동인지 『시인부락』의 편집인 겸 발행인으로 활약하면서부터는, 이른바 그 "생명파(인생파)"라는 이름을 얻게 된다.

그러므로 이들 두 시인의 선후배관계는 자명하게 드러난다고 하겠다.

이 「黑石고개로 보내는 詩」는 부제를 "廷柱에게"라고 붙인 것처럼 고향의 후배시인 서정주에게 보낸 시이다.

여기 보이고 있는 "黑石고개"는 당시 서정주가 살던 흑석동을 그렇게 표현한 것이고, 3연의 "꽃처럼 붉은 울음을 밤새 울었다"는 서정주의 시 「문둥이」(제1시집 『花蛇集』)에서 인용한 구절이다.

한편, 이 시의 구조를 살펴보면 4연으로 된 기승전결 구조를 이루고 있는 것처럼 보인다.

제1연은 서정주가 살고 있는 장소(흑석동)를 상기시켜주고 있고, 제2연은 서정주의 외모에 대한 인상을 묘사해 보이고 있으며, 제3연은 서정주의 시 「문둥이」를 떠올리고 있다고 하겠다.

그러나 정작 이 시인이 서정주에게 보내는 정감 어린 메시지는 바로 제4연이다. 그러니까 4연을 말하기 위하여 1연~3연까지의 도입과정이 필요했다고 할 수 있다.

그리고 4연에서 "너와 같이" "징글징글하게 살아보리라"는 표현은 서정주의 시 「문둥이」에 대한 일종의 화답이라고 볼 수 있다.

말하자면 서정주의 시 「문둥이」의 "原罪의 형벌"(조연현의 표현)을 극복하려는 강렬한 삶에 대하여 이 시인도 공감하고, 시인 자신도 그와 같이 강렬하게 살고 싶다는 의지를 정감 있게 표현한 화답의 결구라고 볼 수 있는 것이다.

제3시집
『氷河』무렵 대표작품 해설

三代

— 한때 우리는 斷念의 哲學을 배웠느니

벼슬을 잃으신 할아버지는

벼슬과 나라를 고스란히 단념하면서

술과 친구와 글에 묻히어

말썽 많은 세월을 잊은 듯이 보내시더니……

나라를 잃으신 아버지는

육친도 벗도 고향도 단념하면서

어무찬 설움에 큰뜻을 세우시고

밤길로 밤길로 국경을 넘어가시더니……

에미도 애비도 잃어버린 자식은

한때 제 몸까지도 단념하면서

갈라진 하늘을 목메이게 호흡하더니

모조리 단념하기를 서로 맹세도 하였더니라.

이 시는 시대적·역사적 현실을 리얼하게 그려내고 있는 작품이다. 「歸鄕詩抄」 같은 작품이 가난한 농촌의 현실을 처연하게 그려내고 있는 데 비해서, 이 시는 한 발 더 나아가 이조 말과 식민지시대, 그리고 분단 된 우리 민족의 현실을 절실하게 느끼게 해준다.

즉, 이조 말과 과거시험으로 "벼슬"길에 오르려던 할아버지는 "나라"도 "벼슬"도 "단념"하고, "술과 친구와 글에 묻히어" 세월을 보내야 했고, 일 제에 조국을 잃어버린 아버지는 "육친도 벗도 고향도 단념"하고 국경을 넘어야 했으며, 해방이 되었으나 남북이 "갈라진" 분단 현실 속에서는 "에미도 애비도" "제 몸까지도" 단념해야 하는 자식의 세대에 이르기까 지, '삼대(三代)'에 걸친 민족수난사를 투시하고 있는 작품인 것이다.

말하자면, 한 가정의 '삼대'를 통하여 우리 민족의 '삼대'를 투시하도 록 해주는 작품이며, 굴절 많은 우리의 근·현대사를 리얼하게 압축하고 있는 작품이라 할 수 있다.

그리고 이 작품은 시인의 시선이 이제는 자연이나 노장이 아니라, 시대 와 역사를 투시하고 있다는 점에서 평가하고 이해해야 할 시기에 이른 작 품이라고 볼 수 있다.

歸鄕詩抄

1

껌도 양과자도 쌀밥도 모르고 살아가는 마을 아이들은 날만 새면 띠뿌리와 칡뿌리를 직씬직씬 깨물어서 이빨이 사뭇 누렇고 몸에 젖은 띠뿌리랑 칡뿌리 냄새를 물씬 풍기면서 쏘다니는 것이 퍽은 귀엽고도 안쓰러워 죽겠읍데다.

2

머우 상치 쑥갓이 소담하게 놓인 식탁에는 파란 너물 죽을 놓고 둘러앉아서 별보다도 드물게 오다 가다 섞인 하얀 쌀알을 건지면서
〈언제나 난리가 끝나느냐?〉
고 자꾸만 묻습데다.

3

껍질을 베낄 소나무도 없는 매마른 고장이 되어서 마을에서는 할머니와 손주딸들이 들로 나와서 쑥을 뜯고 자운영순이며 독새기며 까치봉통이 너물을 마구 뜯으면서 보리 고개를 어떻게 넘겨야겠느냐고 산수유 꽃 같이 노란 얼굴들을 서로 바래보고 서서 겊어합데다.

4

술회사 앞에는 마을 아낙네들이 수대며 자배기를 들고 나와서 쇠자라기와 술찌겅이를 얻어가야 하기에 부세부세한 얼굴들을 서로 쳐다보

면서 차표 사듯 늘어서서 꼭 잠겨있는 술회사문이 열리기를 천당같이 기
두리고 있읍데다.

5

장에 가면 흔전만전한 생선이 듬뿍 쌓여 있고 쌀가게에는 옥과 같이
하얀 쌀이 모대기 모대기 있는데도 어찌 어머니와 할머니들은 쌀겨와 쑤
시겨전을 찌웃찌웃 굽어보며 개미같이 옹개옹개 모여 서야 하는 것입니
까?
쌀겨에는 쑥을 넣는 게 제일 좋다고 수군수군 주고 받는 이야기가 목
놓고 우는 소리보다 더 가엽게 들리드구만요.

이 작품도 고향의 가난한 현실에 그 시선이 밀착되어 나타나고 있다. 6·25 전쟁이라는 동족상잔의 비극이 휩쓸고 지나간 뒤, 우리 겨레들이 겪어야 했던 처절한 풍경들에 그 시선이 머문 것이다. "흘러도 흘러도 검은 밤뿐"이던 일제의 터널로부터 빠져 나왔지만, 다시 시인의 시야를 덮친 것은 '역사의 거센 탁류'가 휩쓸고 간 현장이었던 것이다. 시집 『氷河』에 실린 이러한 작품들은 당시 우리네 고향 마을의 눈물겨운 참상이 실로 안쓰럽게 펼쳐지고 있는 것이다.

이 작품은 시대의 "추위"와 고향의 "추위"를 아울러서 바라보게 해주는 작품이다. 즉 6·25 전쟁이라는 동족상잔의 비극을 겪던 때의 농촌의 춥고 배고프고 쓰라리던 현실을 이 시는 그려내고 있다.

"언제나 난리가 끝나느냐?"는 말에서 느낄 수 있는 바와 같이, 정말 지루하고 답답하기만 하던 6·25 전쟁, 그리고 그 당시 가난한 농촌의 '현장보고서'라고 할 수 있는 이 시는 정말 춥고 배고프던 시절의 참상을 처연하게 그려내고 있다.

시의 유기체적 구조미를 아예 염두에 둔 것 같지 않고, 그냥 소박하게 직설적으로 진술되고 있는 이 시는, 그럼에도 불구하고 당시의 현실을 절실하게 느끼도록 해준다. "띠뿌리와 칡뿌리" "자운영 순이며 독새기며 까지 봉통이 너물" "쇠자래기와 술찌겅이" 이런 것들을 먹고 "부세부세"하게 뜬 "산수유꽃같이 노란 얼굴들", 정말 그 당시 참상을 겪지 않은 사람은 실감이 나지 않을, 처참했던 농촌 현실을 리얼하게 그려내고 있는 것이다.

望鄕의 노래

한 이파리
또 한 이파리
시나브로 지는
지치도록 흰 복사꽃을

꽃잎마다
지는 꽃잎마다
곱다랗게 자꾸만
감기는 서러운 서러운 연륜을

늙으신 아버지의
기침소리랑
곤때 가신 지 오랜 아내랑
어리디어린 손주랑 사는 곳

버리고 온 〈生活〉이며
나의 벅차던 청춘이
아직도 되살아 있는
고향인 성만 싶어 밤을 새운다.

시집 『촛불』이나 『슬픈 牧歌』 무렵 그의 시에 보이던 노장적 자연이나 몽환적 세계는 이제 자취를 감추고, 시집 『氷河』 무렵 시들은 자아(화자)의 현실과 시대의 현실로 그 시선이 바뀌고 있다.

이 「望鄕의 노래」 같은 작품은 시적 자아(화자)의 현실이 강하게 표출되고 있는 작품이라 할 수 있다.

우선 이해를 돕기 위하여 이 작품의 구조를 살펴보면, 1연에서는 고향을 떠올리게 하는 공간적 배경(정경)을 회화적으로 그려내고 있고, 2연에서는 시간적 배경(정경)을 회화적으로 그려내고 있으며, 3연에서는 1연과 2연의 배경 저편, 시의 화자로 하여금 회한의 발걸음을 재촉하게 만드는 곳, 4연에서는 "버리고 온 〈生活〉이" "아직도" 살아 있는 고향 때문에 밤을 새우는 화자를 만나게 해준다.

말하자면 이 시의 주인공인 화자의 심정적 세계는 4연에서 보게 된다고 하겠다. 그러니까 1연에서 3연까지의 내용은 4연에서의 화자의 심정적 정황을 말하기 위한 정경이 되고 있다.

잘 알려진 바와 같이 석정의 고향은 전북 부안군 부안읍 선은리이다. 그가 젊은 시절 이곳 선은리 마을에 '청구원'이라 이름한 집에서 농사를 짓고 살았는데, 바로 그곳 청구원이 있는 고향으로 회한의 그리움을 보이고 있는 작품이라 할 수 있다. 화자가 잠 못 이루고 밤을 새우는 것은 가난했던 시절의 "생활"이나 가족들이 자꾸만 눈에 어른거리기 때문이라고 하겠다.

이야기

상나무가 둘러 있는 마을 샘에서는 〈숲안떡〉이랑 〈양년이〉네 언니랑 그 지긋지긋한 감저순과 봄내 먹어 내던 쑥을 헹기면서 〈돌쇠〉엄마가 가엾다고들 이야기하였다.

옥같은 서리쌀밥에 저리지를 감아 한 사발만 먹고프다던 〈돌쇠〉엄마는 해산한 뒤 여드랠 꼽박 감저순만 먹다가 그예 세상을 떠나고 말았다.

감저순은 속을 몹시 깎아낸다는 이야기, 그러기에 凶年 너무새론 쑥을 덮어먹을 게 없다는 이야기, 소같이 마냥 먹어 대던 쌀겨도곤 차라리 피를 훑어 죽을 끓여 먹는 게 낫다는 이야기……

샘을 둘러 서 있는 상나무에서도 감저순과 쑥 내음새가 구수하고 마을 아낙네의 새로운 생존철학 강의에서도 너무새 내음새가 자꾸만 풍겨온다.

하늘이여
피가 돌기에 마련이면
어찌 독새기를 먹어야 하는 가뭄과 농토를 앗어가고 쌀겨를 먹이는 물난리와 자맥을 먹는 벼이삭에 몹쓸 바람을 보내야 하는가.

가을도곤 오는 봄을 근심하는 마을 아낙네의 서글픈 이야기가 오늘도 내일도 퍼져 가는 한 지구는 영원히 아름다운 별일 수 없다.

　석정의 이 시를 읽으면 백석(白石)의 시집 『사슴』에 실려 있는 「가즈랑집」이라는 작품이 떠오르게 된다.

　왜냐하면 두 작품 모두 시인의 시선이 고향의 가난한 현실을 바라보고 있다는 점과, 고향의 토속어나 토속적 이름(호칭)들로 표현되어 있다는 점 때문일 것이다.

　참고로 하기 위하여 백석 시를 다음에 인용해보기로 한다.

　　예순이 넘은 아들 없는 가즈랑집 할머니는 중같이 정해서 할머니가 마을
　을 가면 긴 담뱃대에 독하다는 막써레기를 몇대라도 붙이라고 하며

　　간밤엔 섬돌 아래 승냥이가 왔었다는 이야기
　　어느메 山골에선가 곰이 아이를 본다는 이야기

　　나는 돌나물김치에 백설기를 먹으며
　　넷말의 구신집에 있는 듯이
　　가즈랑집 할머니
　　내가 날 때 죽은 누이도 날 때
　　무명필에 이름을 써서 백지 달어서 구신간 시렁의 당즈깨에 넣어
　　대감님께 수영을 들였다는 가즈랑집 할머니
　　　　　　　　　　　　　　　　　　　　　　　— 백석, 「가즈랑집」 부분

　석정 시 「이야기」는 6·25 이후 전라도 지역 고향마을의 가난한 현실을 반영하려는 작품이고, 백석 시 「가즈랑집」은 일제시대 함경도 지역 고향마을의 가난한 현실을 소재로 하고 있는 점이 우선 눈에 띄는 유사성이

라 할 수 있다.

이들 작품의 두 번째 유사성은 고향의 토속어나 토속적 이름(호칭)들에서 찾을 수 있다.

가령 석정 시에 쓰인 토속어 "감저순" "헹기면서" "저리지" "너무새" "독새기" 등을 들 수 있고, 백석 시에 쓰인 토속어 "막써레기" "멫대" "구신집" "구신간 시령" "당즈깨" 등을 들 수 있다. 그리고 토속적 이름(호칭)으로는 석정 시의 "숲안떡" "양년이" 등을 들 수 있고, 백석 시의 "가즈랑집 할머니" 등을 들 수 있다.

그러나 서로 다른 점이 있다면, 전자(석정 시)는 작자의 감정이 강하게 표출되고 있는 데 비해(특히 후반부 두 연) 후자(백석 시)는 작자의 감정 개입 없이 담담하게 회화적으로 서술되고 있다는 점이다.

한편, 두 작품 모두 불운한 시대와 가난한 고향을 배경으로 하고 있기 때문에, 시대의 "추위"와 고향의 "추위"를 아울러서 바라보게 해주고 있다는 점에서는 매한가지라 할 수 있을 것 같다. 다시 말하자면, 식민지시대나 6·25 전쟁 무렵의 시대상 혹은 그 시대 농촌의 춥고 배고프고 쓰라린 현실을 두 작품을 통하여 보게 된다고 하겠다.

氷河

동백꽃이 떨어진다
빗속에 동백꽃이
시나브로 떨어진다.

수
평
선
너머로 꿈 많은 내 소년을 몰아가던
파도소리
파도소리 부서지는 해안에
동백꽃이 떨어진다.

억만 년 지구와 주고받던
회화에도 태양은 지쳐
엷은 구름의 면사포를 썼는데
떠나자는 머언 뱃고동 소리와
뚝뚝 지는 동백꽃에도
뜨거운 눈물 지우던 나의 벅찬 청춘을
귀 대어 몇 번이고 소근거려도
가고 오는 빛날 역사란
모두 다 우리 상처입은 옷자락을

갈가리 스쳐갈 바람결이여
생활이 주고 간 화상쯤이야
아예 서럽진 않아도
치밀어 오는 뜨거운 가슴도 식고

한 가닥 남은 청춘마저 떠난다면
동백꽃 지듯 소리없이 떠난다면
차라리 심장도 빙하되어
남은 피 한 천 년 녹아
철 철 철 흘리고 싶다.

시집 『氷河』가 세상에 그 얼굴을 보인 것은 1956년, 이 시기는 두 가지 고난의 역사가 휩쓸고 간 뒤의 해이다. 그 하나는 6·25 전쟁이라는 동족 상잔의 피비린 역사가 휩쓸고 간 것이고, 또 다른 하나는 몇 년 동안 계속된 흉년으로 인하여 조국강산이 온통 가난으로 찌들은 것이다. 더구나 시인의 개인사적 정황으로 보면, 정말 생과 사의 갈림길을 짭짤하게 체험한 뒤의 해라고 할 수 있다. 그리고 바로 그때, 시집 『氷河』가 세상에 그 얼굴을 보였고, 이 시집의 표제시 「氷河」가 쓰여진 것이다.

솔직히 말해서 이 시는 시집의 표제시임에도 불구하고 시의 유기체적 구조의 면에서나 시의 완성도 면에서 성공작으로 생각되는 작품은 아니다. 하지만 이 시의 정서는 우선 뜨겁다. 『촛불』 무렵이나 『슬픈 牧歌』 무렵, 노장의 제물론이나 양생주사상 그리고 그 몽환적 세계, 혹은 꿈같은 이상향을 유영하던 시인이 어쩌면 이렇듯 "철 철 철" 피가 흐르는 시를 쓸 수 있는지, 극과 극의 변화를 보일 수 있는지 의문스러울 정도로 이 시는 뜨겁다. 마치 벼랑을 기어오르다가 긁히고 긁혀서 상처투성이가 된 핏빛 생채기를 보는 것과도 같은 그런 작품이다.

우선 이 시에 상징물로 등장하고 있는 것은 핏빛으로 물들어 있는 "동백꽃"이다. 그 "동백꽃"이 화자의 의식 속에서 떨어지고 있다. 어쩌면 처절하리만큼 아픈 모습이다.

이 시인이 생과 사의 갈림길을 짭짤하게 체험했던 일(신석상, 「죽음보다 외로운 가슴을 위하여」, 『신석정 평전』, 동천사, 1984 참조)을 참고로 해보면 "동백꽃" 떨어지는 모습은 예사롭지가 않다.

더구나 "한 가닥 남은 청춘마저" "동백꽃 지듯 소리 없이" 떨어지는 모습은 오히려 처절한 아름다움일지도 모른다.

그리고 더더욱 처절한 아름다움은 그 핏빛 "동백꽃"이 "氷河"되어 "한 천 년" 흐르는 일이다. "철 철 철" 얼음 속에서 흐르는 일이다.

말하자면 6 · 25 전쟁으로 인한 동족상잔의 피 묻은 역사, 그리고 생과 사의 갈림길을 겪은 시인 자신의 피 묻은 역사가 "한 천 년" "철 철 철" 흐르리라는 것이고, 역사의 증언처럼 그렇게 "흐르고 싶다"는 것이다. 이것이 이 시의 정서의 개략이다.(단, 5연의 끝 행 "흘리고"는 "흐르고"의 오식(誤植)인 듯)

待春賦

우수도
경칩도
머언 날씨에
그렇게 차가운 계절인데도
봄은 우리 고운 핏줄을 타고 오기에
호흡은 가빠도 이토록 뜨거운가?

손에 손을 쥐고
볼에 볼을 문지르고
의지한 채 체온을 길이 간직하고픈 것은
꽃 피는 봄을 기다리는 탓이리라.

산은
산대로 첩첩 쌓이고
물은
물대로 모여 가듯이

나무는 나무끼리
짐승은 짐승끼리
우리도 우리끼리
봄을 기다리며 살아가는 것이다

　이 작품도 시인의 시선이 이제는 자연이나 노장이 아니라 시대와 사회, 그리고 그 사회 속의 인간들을 투시하고 있다는 점에서 평가해야 될 시기의 작품이다.

　이 시는 실로 유별난 체험을 겪은 이 시인의 개인사(신석상의 「죽음보다 외로운 가슴을 위하여」, 『신석정 평전』, 동천사, 1984, 25~31쪽 참조)를 이해하고, 또 서로 교류하고 지냈던 정지용이나 김기림 등이 친일지 『국민문학』에 작품을 게재하고 있을 때, 유독 지조를 지키고 있었던 석정을 이해하고, 해방 후 좌·우익의 갈등을 빚고 있었던 한국 문단 상황 등을 이해한다면 다소 작품배경 이해에 도움을 받을 수 있으리라고 생각된다.

　말하자면 "나무는 나무끼리/짐승은 짐승끼리/우리도 우리끼리"에 보이는 정서는 그런 의미에서 시사해주는 바가 크다고 하겠다.

　아무튼 이 무렵 시의 화자는 또 다른 '봄'을 기다리고 있는 건 사실이다. 그 '봄'의 의미가 무엇인지 확실하게 단정할 수는 없지만 그가 『촛불』 무렵 지향했던 "그 먼나라"(도연명의 '무릉도원'과 같은 이상향)는 분명 아닐 것이며, 노장적 허무의 세계나 소요유의 경지 혹은 '진군'(천지의 주재자)의 경지는 더더구나 아닐 것이다.

　분명한 것은 이 무렵 이후 그의 시에 많이 등장하는 그 '봄'은 현실에 대한 인식을 겨울이라고 지칭한 데서 비롯된 그 어떤 세계인 것만은 분명하다고 하겠다.

　말하자면 현실을 '겨울'이라고 할 때, 현실보다는 더 나은 좀 더 밝은 미래지향 개념으로서의 "봄"인 것만은 분명한 것이다.

山山山

지구엔
돋아난
산이 아름다웁다.

산은 한사코
높아서 아름다웁다.

산에는
아무 죄 없는 짐승과
「에레나」보다 어여쁜 꽃들이
모여 살기에 더 아름다웁다.

언제나
나도 산이 되어 보나 하고
기린같이 목을 길게 느리고 서서
멀리 바라보는
山
山
山.

이 시인은 유독 산을 좋아한 시인이다. 그래서인지 그의 시집에는 '산'을 소재로 한 작품이 많다. 그리고 그의 시집 중에서 특히 제2시집 『슬픈 牧歌』와 제4시집 『山의 序曲』에는, '산'을 소재로 한 작품이 많은 것 같다.

그런데 『슬픈 牧歌』에 보이는 '산'은 시의 화자가 동화되는 산이요 합일(合一)되는 산, 즉 물아일체, 물아양망의 산인데 비해서, 『山의 序曲』에 보이는 '산'은 시의 화자가 거기서 명상하는 산이요 귀의하고 싶은 산, 즉 정적·은둔적인 산으로 표현되고 있다.

한편, 제3시집 『氷河』에 실려 있는 「山山山」은 이 시집에서 '산'을 제재로 한 유일한 작품이라 할 수 있는데, 이 「山山山」은 『슬픈 牧歌』나 『山의 序曲』에서 보여주는 "산"이 아닌 멀리서 관망하는 산이요, 관조하는 산이요, 동경하는 산이다.

시인이 작고하기 전 그의 서가에는 "침묵은 산의 얼굴이니라. 숭고는 산의 마음이니라. 나 또한 산을 닮아 보리라"는 구절을 써 붙여 놓았었다. 이 구절에는 그가 산처럼 의연하게 불의와 타협하지 않으며, 뜻이 높은 선비의 정신으로 살고 싶음을 거기 함축시키고 있었다고 볼 수 있다.

마찬가지로 이 작품에서도 시의 화자는 그 '山'을 닮고 싶어서 "기린 같이 목을 길게 느리고 서서" 동경하는 산으로 표현되고 있다. 그리고 그 '산'은 "아무 죄 없는 짐승"과 "「에레나」보다 어여쁜 꽃들이/모여서 살기에" 더욱더 그리운 곳이 되고 동경의 대상이 된다. "한사코/높아서"

동경의 대상이 되기도 한다. 여기서 "높아서"라는 표현은 실제의 산고(山高)만을 의미하는 표현이 아니라, 앞에서 보인 구절 "숭고(崇高)는 산의 마음이니라"의 그 "숭고"가 함축되어 있는 표현이라는 것도 잊지 말아야 한다.

제4시집
『山의 序曲』 무렵 대표작품 해설

봄이 올 때까지

퇴색한 세월의 가쁜 숨소리 낡은 커튼에 흐느끼고, 바람도 흐르다간 앙상한 나무에 석상처럼 정지하는 날.

인젠 山도 통곡에 지쳐 동결된 침묵속에 호읍도 망각하고,

문주란·풍란·석곡·선인장·만년청·제라니움들이 외로운 가족처럼 모여서, 더러는 얼굴을 맞대고, 더러는 볼에 볼을 문지르고, 더러는 여윈 손을 높이 들고,

이 외로운 가족들이 겨울을 거부하며 살아가야 하는, 나의 작은 방에서 이들의 의지를 배워야 하고,

이 가족들 사이에 끼어 함부로 떨어진 뭇 종자들이 어두운 지층에서 발아를 음모하는 밀어를 나는 믿어야 하고,

때론 窓 너머로 기린처럼 길게 목을 내밀고, 시계탑 언저리에 쏟아지는 태양의 분수를 횡단했을 비둘기의 빨간 발목에 묻어오는 어린 봄을 나는 맞이해야 하고,

일체를 부정하라!
이런 엄숙한 자세로 이 가난한 창변에서
새로운 봄에 대비할 예의를 나는 궁리해야 한다.

위의 시 「봄이 올 때까지」는 우선 '봄'과 '겨울'의 이분법적 시대인식을 볼 수 있게 해준다. 이러한 시대인식의 표현은 이미 시집 『氷河』 무렵 「待春賦」 등의 시작품에서 보여준 기법이지만, 시집 『山의 序曲』에 이르면 그 표현 빈도가 더욱 많아진다. 그러니까 석정 시에서의 현실은 대체로 '겨울'(혹은 밤, 어둠)이며 그가 기대하는 미래지향적 세계는 '봄'(혹은 하늘, 새벽)으로 표현된다.

사실 석정 시의 단순구조가 바로 여기에서 비롯된다고도 볼 수 있다. 그리고 그 외에도 '지옥' '멍든 세월' '소란한 세상' '어둠' '시시한 세상' '퇴색한 세월' '시끄러운 세상' 등의 현실인식도 그런 단순구조를 부채질하는 요인이 되고 있다고 보여진다. 좀 더 현실에 대한 미시적 접근이나 내시적 접근, 혹은 김현의 표현대로 "고고학적 노력"이 있었더라면 하는 아쉬움이 남는 것이다. 그리고 한편으로 이 작품은 석정의 가장 중기 시다운 작품이라고 말할 수도 있다.

석정의 중기 시 구조들이 대체로 전반부에서는 서정적 톤으로, 혹은 정관적·관조적 톤으로 흐르다가 갑자기 시의 말미에서 "일체를 부정하라"는 식으로 한 번 부르르 흥분(?)하거나 일도양단의 언어로 직핍하는, 그런 구조가 많이 보이기 때문이다. 혹자는 이러한 석정 시의 세계를 참여시 운운하며 거론하기도 하지만, 그것은 석정 시의 본질을 잘 파악하지 못한 데서 온 편견일 뿐임을 이해해야 된다. 말하자면 석정 시의 이러한 면모는, 그의 선비적 개결성이 마침내 마땅찮은 현실에 대하여 흥분(?)하고 비판한 언어일 따름인 것이다.

아무튼, 이 작품도 석정의 초기 시 『촛불』 무렵과는 달리, 시인의 시선이 현실을 투시하고 있음을 볼 수 있는 건 사실이다.

특히 이 「봄이 올 때까지」는 시작품으로서의 긍정적인 면과 부정적인 면을 이만큼 아울러 보유하고 있기도 드물 것 같은 그런 작품이다. 따라서 그 긍정적인 면과 부정적인 면을 항목별로 검토해봄으로써 독자들의 작품 이해에 다소나마 기여해볼까 한다.

(1) '봄, 새벽(태양)' '겨울, 어둠' 등의 표현 문제

① 긍정적인 면: 시대 상황인식을 '봄'과 '겨울'로 단순화함으로써, 독자들로 하여금 빠르게 그 메시지를 전달받을 수 있도록 해주는 것 같다. 특히 이 작품을 쓴 시점이 4·19직전(1960년 1월)이었음을 참고로 해보면, 시인이 생각한 그 '겨울'은 당연히 이승만 독재정권 치하로 보이기 때문이다.

② 부정적인 면: 이러한 양극적인 표현은 시의 내용을 단순화시켜버릴 위험성이 있다. 시대인식에 대한 "고고학적 노력"(김현의 표현, 『동아일보』, 1960. 11. 9)도 없이 '겨울'로 규정지어버리면 시의 단순구조를 부채질할 위험성이 있는 것이다. 특히 독자들의 상상력에 기여해야 하는 시의 본질을 생각하면 더욱 경계해야 할 요소라고 생각된다.

(2) 「봄이 올 때까지」 등 현실 투시 작품의 시인의식 문제

① 긍정적인 면: 현실을 투시하고 비판할 수도 있는 문학(시)적 특성으로 볼 때, 우선 긍정적으로 평가받아 마땅하다. 특히 그가 시집 『촛불』, 『슬픈 牧歌』 무렵 노장적 세계에 많이 침잠했고, 현실을 도외시했다고도 볼 수 있는 초기 시를 생각해볼 때 더욱 그러하다.

② 부정적인 면: 초기 시에서 제물론, 양생주, 대종사 등 노장사상을 보

임으로써 독자의 정서순화에 크게 기여한 바 있다. 중기 시(특히 시집 『氷河』와 『山의 序曲』 무렵의 시)에서는 문학의 현실 참여 문제에 무리하게 집착함으로써(문학의 현실 참여에 대한 다소간의 오해에서 비롯된 듯) 오히려 비문학적 작품을 자초하는 결과를 낳지 않았나 싶다.

(3) 「봄이 올 때까지」 등 현실 투시 작품의 시적 구조의 문제

① 긍정적인 면: 시 「봄이 올 때까지」는 석정 시 구조의 한 전형을 보여주는 작품이다. 이 시작품의 구조는 1연~6연까지는 일종의 도입부이다. 그러니까 시인이 독자를 향하여 말하고자 하는 진술(메시지)은 당연히 7연(결구)이다. 이런 구조는 석정 시에서 흔히 보는 일이다. 물론 이 「봄이 올 때까지」는 1연~6연까지 암시법을 사용함으로써, 간접적으로 화자의 시대의식을 보여주는 효과를 거두고 있다.

② 부정적인 면: 이러한 시적 구조는 우선 시의 유기체적 구조에 흠을 보이는 일이다. 시의 완성도 면에서도 흠을 보이는 일임은 더 말할 나위도 없다. 특히 암시법으로 진술된 1연~6연의 경우 무리한 식물 이름 나열 등이 거슬리기는 하지만, 그런대로 간접적으로 시대의식을 보여주는 묘미를 거두고 있다. 그러나 "일체를 부정하라"는 식의 구호조의 직설적 결구는 아무래도 거슬린다고 아니 할 수 없다. 어찌 보면 선비적 "직언"을 과시하는 것 같은 이런 구절이 시적으로는 문제가 된다고 할 수 있는 것이다.

앞에서도 말했지만 시는 독자의 상상력에 기여해야 한다. 따라서 직설적 논설투의 언어나 신문의 가십(gossip)과 같은 언어는 금물이다. 구호조의 언어는 더더욱 금물이다. 두말할 필요도 없이 시의 언어는 상징적 표현과 비유적(은유적) 표현이 바람직하게 이루어졌을 때 독자의 상상력에

기여할 수 있으리라고 믿는다.

그래야만 시대와 사회를 포괄해서 표현하고 내포해서 표현할 수 있을 것이며, 응축된 시의 세계를 독자로 하여금 맛볼 수 있도록 할 수 있으리라 믿는 것이다.

만약 석정 시 중에서 초기의 시(『촛불』, 『슬픈 牧歌』 무렵의 시)에 비하여 중기의 시(『氷河』, 『山의 序曲』 무렵의 시, 특히 현실 투시의 시)가 시의 완성도 면에서 다소 떨어진다고 한다면, 바로 그런 이유에서가 아니겠는가 하는 생각이다. 물론 초기의 시가 비유와 상징의 면에서 바람직스럽게 이루어졌다는 말은 아니라는 것을 덧붙여둔다.

3月이 오면

함박눈 내리고 우리 이야기 조용조용 함박눈 내리듯 주고 받는 사이 퍼얼펄 함박눈 내리고 우지 가지 달린 꽃망울 그 중에도 자잘모름하게 달린 생대나무

산수유나무 꽃망울 속에서 들려오는 3月의 이야기, 그 이야기에 묻어 오는 향내 머금은 바람소리 시방 들려오는 함박눈 퍼얼펄 내리는 속에 자주 들려오고……

푸르디 푸른 것, 모두 빨가장이 아셔가는 가을 푸른 하늘에 또롯이도 주렁주렁 달려 있는 산수유 구슬구슬 빨간 열매를

백장미같이 하얗고도 부드럽게 늙으신 아버지가 눈을 찔끔 감으시면서 씨 발라내던 그 죄없는 이야기 간직한 채

함박눈 퍼얼펄 내리는 속에 산수유는 서서 구례·산동 가시내들의 흥어리던 이야기도 노래도 부르고 우리 아버지도 부르고……

에라!

3月이 오면 꽃바람 속에 산수유 꽃바람 노오란 속에 오늘 같은 함박눈 내리던 이야기 주고 받으며 경칩에 뛰어나온 개구리처럼 그런 이야기 할까 보다. 그렇게 서러울 것도 그렇게 외로울 것도 없는 기인긴 겨울을 나던 이야기 개구리처럼 서로 할까 보다.

이 작품도 앞의 「봄이 올 때까지」와 비슷한 구조를 이루고 있다. 3연으로 된 이 시는 바로 그 3연을 진술하기 위하여 1연과 2연의 도입부가 필요했던 것이다. 그러니까 3연을 읽기 전에 1연과 2연만을 읽을 때에는 얼핏 보기에는 서정시를 읽어 내려가듯 읽기 마련이다.

그러나 3연의 "에라!"에서부터는 읽어 내려가던 분위기가 사뭇 달라진다. 말하자면 시대에 대한 인식, 즉 현실 투시의 내용이 거기 잠복해 있었던 것이며, 바로 거기 잠복해 있는 현실은 예의 그 "겨울"인 것이다.

그러므로 "경칩에 뛰어 나온 개구리처럼" "기인긴 겨울을 나던 이야기" 할 날을 대비하게 되는 것이다.

다시 말하자면, 화자에게 있어 아직은 "겨울"이기 때문에 '일체를 부정'(「봄이 올 때까지」)하는 자세로 그 "겨울" 속에 칩거하다가, 만약 기대해 마지않는 "3月"(봄)이 오기만 한다면 "경칩에 뛰어나온" "개구리처럼" 지난 "겨울"의 칩거하던 "이야기"를 하고자 하는 것이다.

智異山

숭고한 산의 Esprit는
모두 이 산정에 집약되어 있고
상징되어 있다.
─하여
신은 거기에 내려오고
사람은 거기에 오른다.

1

6月에 꽃이 한창이었다는 〈진달래〉〈석남〉 떼지어 사는 골짝. 그 간드라운 가지 바람에 구길 때마다 새포름한 물결 사운대는 숲바달 헤쳐나오면, 〈물푸레〉〈가래〉〈전나무〉 아름드리 벅차도록 밋밋한 능선에 담상담상 서 있는 〈자작나무〉 그 하이얀 〈자작나무〉 초록빛 그늘에, 〈射干〉〈나리〉 모두들 철그른 꽃을 달고 갸웃 고갤 들었다.

2

씩씩거리며 올라채는 가파른 단애, 다리가 휘청휘청 떨리도록 아슬한 산골에 산나비 나는 싸늘한 그늘 〈길경〉이 서럽도록 푸르고 선뜻 돌타고 굴러오는 돌돌 굴러오는 물소리 새소리 갓나온 매미소리 온 산을 덮어 우람한 바닷속에 잠긴 듯하여라.

3

〈더덕〉〈으름〉〈칡〉 서리고 얽힌 넌출 휘휘 감긴 바위서리, 그저 얼씬만 스쳐도 물씬 풍기는 향기, 키보담 높게 솟은 〈고사리〉〈고비〉〈관중〉

군락에 〈마타리〉 끼워 어깰 겨누는 덤불, 짐승들 쉬어 간 폭싹한 자릴 지날 때마다 무심코 나도 뒹굴고 싶은 산골엔 헐벗고 굶주린 자취가 없다.

4

발 아래 구름이 구름을 데불고 우뢸 몰고 간 골짝엔 어느덧 빗발이 선하게 누비는데, 〈전나무〉 앙상한 가지에 유난히도 눈자위가 하이얀 〈동박새〉 외롭게 우는 소릴 구름 위에 위치하고 듣는 사양도 향그러운 길섶, 늙어 쓰러진 나무를 나무가 한가히 베고 누워 산바람 속에 숨이 가쁘다.

5

길 넘는 〈억새〉 〈시나대〉 번질한 속을 짐승인 양 갈고 나가면 산정 가까이 〈들국화〉 산드랗게 트인 꽃 벌판 눈부신 언저리에, 〈산목련〉도 꽃진 자죽에 붉은 열맬 숱하게 달고, 〈층층나무〉랑 나란히 섰다.

예서부턴 짝달막한 나무들이 얼굴만 뾰주름 내밀고, 남쪽으로 다정한 손을 흔들며 산다.

6

해가 설핏하기 앞서 재빠른 귀또리, 산귀또리 서로 부르는 소란한 소리, 어느 골짜구니에선 벌써 자즈러지게 〈소쩍새〉 울어예고, 자주 구름이 쓰다듬고 가는 산정에 산을 베고 누으면, 하이얀 구름이 하이얀 커튼

사이사이 손에 잡힐 듯 촉촉 고갤 들고 솟아나는 별. 뻗어간 산맥의 검푸른 물결도 높아, 으시시 한여름 밤이 차라리 겨울다이 칩다.

7

불 피워 닦은 자리 아랫목보담 정겨운 산정. 텐트 자락 살포시 젖히고 고갤 내밀면, 부딪칠 듯 떨어지는 잦은 유성도 골짝을 찾아 묻히는 밤.

어서 보내야 할 얼룩진 오늘과, 탄생하는 내일의 생명을 구가할 꿈을 의논하는 꽃보라처럼 난만한 노숙. 벌써 쌔근쌔근 산새처럼 잠이 든 벗도 있다.

이 시는 "지리산(智異山)"의 장엄한 원시적 질서를 그대로 그려내려 하고 있는 작품이다. 그것은 마치 정지용이 「백록담」이라는 작품에서 한라산의 원시적 질서를 그려내고 있는 것과 비슷하다고 할 수 있다. 그러나 "智異山"은 한라산과는 또 다른 웅장하고 엄숙한 무엇을 간직하고 있는 산이다. 이 시인의 말대로 숭고한 산의 에스프리(Esprit)는 모두 이 산에 집약되어 있고 상징되어 있는 것이다.

신이 창조한 우주적 질서를 그대로 간직하고 있는 지리산, 그 신은 아직도 거기 내려오고 신이 차려놓은 자연의 잔치에 참예하고자 인간 또한 거기 오른다. 말하자면 신이 창조한 역사 속에 인간은 겁 없이 거기 뛰어드는 것이라고나 할까.

이 작품은 우선 번호 1번에서 7번까지 마치 일곱 편의 시처럼 나열되어 있지만, 그 내용으로 볼 때 7연으로 된 한 편의 작품으로 보아도 무방할 것 같다.

그리고 각 연들은 서로 주종관계 없이 대등한 자격으로 쓰여지고 있으나, 다만 그 순서는 산의 밑으로부터 산의 정상에 이르기까지 오르는 순서대로 묘사되고 있다. 즉, 산록대(山麓帶) → 교목대(喬木帶) → 잡목대(雜木帶) → 삼림대(森林帶) → 관목대(灌木帶) → 초목대(草木帶) → 산정(山頂)의 순으로 묘사되어 있고, 마지막 7연에서는 산정에서의 노숙 장면이 묘사되고 있다.

사실 이 "지리산"은 시인과는 특별한 인연이 있는 산이어서 그런지, 특별한 애정을 갖고 있는 산인 것 같다. 그래서인지 여기 묘사된 22종의 식물(진달래, 석남(石楠), …… 등등)들은 마치 가족구성원들처럼 단란하게 의인화되어 나타난다.

즉, "철그른 꽃을 달고 갸웃 고갤 들었다"라든지 "나무를 나무가 한가히 베고 누워" 같은 구절, 혹은 "짝달만한 나무들이 얼굴만 뾰주름 내밀고" "남쪽으로 다정한 손을 흔들며 산다" 같은 구절, 그리고 "산을 베고 누우면" 같은 구절들이 마치 단란한 가족처럼 의인화된 구절들이라 할 수 있다.

다만 마지막 7연만은 조금 다른 양상으로 나타나고 있다. 물론 이 7연은 산정에서의 노숙 장면을 묘사한 것이긴 하지만, 석정의 다른 작품에서도 볼 수 있는 시적 구조의 전형처럼 시인은 이 7연을 시의 결구로 의식한 것 같다. 말하자면 이 7연에 이 시인의 시적 자아가 가장 또렷하게 나타나 있는 것이다.

즉, "얼룩진 오늘"과 "탄생하는 내일"의 "생명을 구가할 꿈을 의논"한다는 진술이 바로 그것인데, 이러한 구절은 석정 시의 여느 결구에 나타나는 시적 자아의 의식과 비슷하게 나타난다고 하겠다.

다시 말하자면, 석정 시의 '오늘'의 현실은 "겨울"이거나 "어둠"(혹은 밤)이고, 미래지향적 내일의 세계는 또 "봄"이거나 "새벽"(혹은 태양)으로 나타나는 그런 시적 세계와 의식 말이다.

그러므로 화자의 오늘은 "얼룩진" 오늘이고, 화자의 내일은 "꿈을" 구가할 날로 표현되고 있다고 하겠다.

山나비랑 앉아서

― 〈老姑壇〉 가는 길에

山에는
신나무
신나무가 빨가장히 탄다.

물푸레나무
가무태나무
자작나무
층층나무
거제수나무
비자나무
전나무
잣나무
시루나무
나도밤나무
고르쇠나무들이
빽빽히 서 있는

山麓帶를 지내서
雜木帶를 지내서
森林帶를 지내서
灌木帶를 지내서

아직 草木帶가 나서기 전

골골이 타고 오는
바람소리
물소리
물소리 바람소리
잘잘 멋이 흐르는
거문고의 산조.

새가
날아간 뒤
다람쥐도 지나갔을 바위 언저리
산나비랑 나란히 앉아서
멀리 돌아가는 섬진강을
숲 새로 바라보다

문득
나는
두보의 〈春望〉을 외워본다.

이 작품도 앞의 「智異山」과 비슷한 구조를 보이고 있는 작품이다. 물론 「智異山」처럼 번호를 붙여 항을 달리하지 않은 점, 혹은 "신나무" "고르쇠나무" 등 나무들의 이름을 나열한 점, 그리고 "산록대"에서 "초목대"까지 나무들의 분포를 직접 명칭으로 기술한 점이 「智異山」과는 다르다고 할 수 있다.

그러나 우선 "산록대"에서 "초목대"까지 나무의 분포를 등고(登高)의 순서대로 배열한 점이 비슷하다고 할 수 있고, "문득/나는/두보의 〈春望〉을 외워본다"고 한 6연의 결구의 처리(석정 시 구조의 전형)가 또한 비슷하다고 할 수 있다.

한편, 이 시를 독자들이 처음 대하면 우선 서정시나 혹은 서경시로 읽힐 수 있다. 특히, 1연에서 5연까지가 더욱 그럴 것이다. 이 시의 제목 또한 서정시적 분위기를 느끼게 하는 제목이다. 그러나 6연을 예사롭게 보아 넘겨서는 안 된다.

얼핏 보면 6연도 서정적 분위기를 느끼게 하는 구절이고 또 두보의 시 「春望」도 그렇게 읽힐 수 있다. 그러나 화자의 의식세계는 전혀 다른 데 있다는 걸 알아차려야 된다. 즉, 그 「春望」은 화자의 의식세계가 반영된 예의 그 "봄"을 기대하고 바라는 것이다. 화자의 현실은 늘 "겨울"이기 때문이다. 그러니까 두보의 시 「春望」의 실제 내용과는 어쩌면 긴밀한 관련성이 없다고 해도 과언이 아니다.

다시 말하자면 "山나비랑 앉아서" 정말 운치 있게 두보의 시를 연상하는 것 같지만, 작자의 의도는 전혀 딴 데 있다는 것, 즉 그가 기대해 마지 않는 "봄"을 기다린다는 걸 이해해야 된다고 하겠다.

抒情小曲

3月보다 따스한
네 손을 달라.

백목련보다 하이얀
네 가슴을 달라.

불보다 불보다 뜨거운
네 심장을 달라.

시방 거리에는
음악 같은 실비 내리고,

실비 내리는 속에
동백꽃 뚜욱뚝 지는 소리 들려오고,

돌멩이의 체온도 그리운
죽음보다 외로운 오후.

음악같이 내리는 실비 속에
나는 산처럼 서서 널 생각한다.

　이 시는 시인의 제4시집 『山의 序曲』에 실려 있는 작품이다. 이 시집은 시인의 나이 61세 되던 1967년에 나온 시집이고, 따라서 그가 이순을 넘어선 때에 펴낸 시집이다. 그러니까 자연적 연치로 따지면 그가 이미 노년에 이른 때에 펴낸 시집인 것이다.

　따라서 그의 작품 「抒情小曲」은 이미 노년에 이른 시인의 심정적 자아가 잘 나타나 있는 작품이라 할 수 있다. 그리고 이 시에서 그런 심정적 자아가 가장 직접적으로 표출된 곳은 6연으로서, 바로 그 "죽음보다 외로운"에 잘 나타나 있다고 하겠다.

　그러면 그 "죽음보다 외로운" 심정은 어디에서 온 것인가? 그것은 두말할 필요도 없이 절대고독에서 온 것이다.

　이제 노년에 이른 그에게는 죽음의 그림자가 어른거릴 나이이고, 언뜻언뜻 귀신과도 만나는 나이이다. 따라서 시인은 고독한 것이고 그 고독은 절대고독이라 할 수 있다. 저승의 계단을 저벅저벅 내려가는 스스로의 뒷모습을 문득문득 바라보는 자만이 얻을 수 있는 고독, 바로 그런 절대고독의 상태에서 이 시가 쓰여졌다고 볼 수 있다.

　그러므로 생명이 움트는 계절 "3月보다 따스한/네 손"이 그립고, "백목련보다 하이얀/네 가슴"(순수하고 젊은 가슴)이 그립고 "불보다 뜨거운/네 심장"(젊은 심장)이 그리운 것이다. 젊은이의 손, 젊은이의 가슴, 젊은이의 심장은 모두 다 화자에게는 그 무엇보다도 그리운 대상이다. 싱싱한 젊음 그 자체가 화자에게는 부러운 대상이요 그리움의 대상인 것이다. 아니 어쩌면 그 대상이 비록 사람이 아니라 할지라도, 이 삼라만상 가운데 생명이 약동하고 있는 그 무엇이라도 생명력이 넘치는 것이면 모두 다 그리웠을지도 모른다.

이 시의 화자에게 있어서는 "동백꽃 뚜욱뚝 지는 소리"는 아름다운 낙화를 보게 해주는 순간이 아니다. 더구나 화자의 심정을 처연하게 자극하는 "음악같이 내리는 실비"는 더더욱 듣기 싫은 소리일 수 있다. 그리고 그런 처연한 심사를 자극하는 분위기(4~5연)이기 때문에 화자는 더욱 "죽음보다" 외로운 심정에 빠진다고 하겠다.

이 시는 이순을 넘어선 시인의 심정적 자아가 잘 표출된 시이다. 젊고 순수하고 뜨거운 "널" 그리워하는 시적 자아가 잘 나타나 있는 것이다.

네 눈망울에서는

네 눈망울에서는
초록빛 5월
하이얀 찔레꽃 내음새가 난다.

네 눈망울에는
초롱초롱한
별들의 이야기를 머금었다.

네 눈망울에는
새벽을 알리는
아득한 종소리가 들린다.

네 눈망울에서는
머언 먼 뒷날
만나야 할 뜨거운 손들이 보인다.

네 눈망울에는
손 잡고 이야기할
즐거운 나날이 오고 있다.

　이 작품은 전주 덕진공원에 세워져 있는 신석정 시비(詩碑)에 새겨진 시이다. 이 작품이 인구에 많이 회자되는 그의 대표작이 아님에도 불구하고 선정된 이유는 아마도 다음 두 가지 면에서일 것 같다.

　첫째로, 이 시에서 눈에 띄게 두드러지는 면은, 그 형식(작품 구조)이 잘 정비되어 있다는 점이다. 우선 그 표현기법이 간결하고 각 연의 첫 행을 반복해서 표현하는 형식미를 취하고 있다. 물론 석정 시의 이와 같은 형식미는 꼭 이 작품에서만 보이는 것은 아니다. 가령 시집 『山의 序曲』에서만 해도 「내 가슴속에는」 같은 작품이나 「나의 노래는」 같은 작품, 혹은 「窓」 같은 작품들이 바로 그러한 형식미를 보이고 있다.

　그리고 또 한편으로 생각해보면, 일반 독자들에게 많이 알려진 「그 먼 나라를 알으십니까」 같은 작품은 상대적으로 그 형식미에 있어 시비에 새기기에는 알맞지 않다고 생각된 것 같다. 우선 시의 길이가 길고 시행도 흔히 말하는 유장조로 되어 있어서, 시비에 새기기에는 다소 무리라고 여겨졌던 것 같다는 말이다.

　두 번째로는 아무래도 그 내용 면에서 선정이유를 생각해보지 않을 수 없다. 우선 이 시의 중심 소재는 '눈망울'이다. 그것도 늙고 힘없는 눈망울이 아니라, 소년 소녀에게서만 볼 수 있는 "초롱초롱한" 눈망울이다. "찔레꽃 내음새"가 나는 눈망울이요, "새벽을 알리는" 눈망울인 것이다. 그러므로 그런 눈망울을 소유한 소년 소녀들은 정말 미래를 걸 만한, 걸지 않으면 안 될 대상들이다. 그들이야말로 화자에게 있어서 미래지향적 대상이요 기대해 마지않는 후진들인 것이다.

따라서 이 시는 미래의 세대를 기리는 노시인의 메시지가 담긴 시라고 볼 수도 있다. 그리고 그 메시지는 "머언 먼 뒷날" "즐거운 나날"이 오고 있음을 예고하는 메시지이다. 그리고 바로 그런 교시성이 있는 작품이라는 점이 내용 면에서의 선정이유라고 볼 수 있다.

말하자면 이 작품은 그 형식 면에서 잘 짜여 있을 뿐만 아니라, 그 내용 면에서도 후대를 기리는 내용으로 되어 있기 때문에 시비에 새겨지는 작품으로 선정됐을 것이라는 말이다.

그리고 그 표현이 우선 난삽하지 않고 대중에게 잘 어필할 수 있는 평이한 표현이라는 점도 선정의 이유가 됐을 것 같다.

初雪

이팝나무 꽃이 뒤엎인
그 白雪 같은 숲길을
少年과 少女는 걸어가고 있었다.
한참을 걷다 보면
나는 바로 少女의 손을 이끌고
걸어가는 손이 뜨거운 少年이었다.

하늬바람이 간지럽도록
불고 있었다.
나지익한 하늘의
그토록 푸른 물결이 일렁이는 여름,
언덕을 넘어가면
자꾸만 나부끼는 麥浪속에
少女와 나는 묻혀 있었다.

창 밖
初雪에 덮인 山을 바라보다
문득
꿈을 생각하던 나는
義手같이 차가운 손으로
여윈 볼을 만져본다.

　이 시도 기본적으로는 앞의 「抒情小曲」과 비슷한 정서를 보이고 있다. 앞의 「抒情小曲」 해설에서 얘기했듯이 노년에 이른 시인의 정서에서 볼 수 있는, 무언가 쓸쓸하고 공허한 그런 정서 말이다. 즉 "돌멩이의 체온도 그리운/죽음보다 외로운 오후"(「抒情小曲」)에서 볼 수 있는 시인의 정서, 혹은 "義手같이 차가운 손으로/여윈 볼을 만져본다"(「初雪」)에서 볼 수 있는 정서가 바로 그런 정서라 할 수 있다.

　말하자면 이순을 넘긴 시인에게는 과거 젊었던 시절이 그립고, 젊음 그 자체가 그리운 것이다. 그러므로 "白木蓮보다 하이얀/네 가슴을"(「抒情小曲」) 그리워하는 것이고, '이팝나무 꽃이 뒤덮인/그 白雪 같은 숲길을'(「初雪」) 걷던 소년시절이 그립다고 하겠다.

　한편, 시작품 「初雪」은 몽환적 그리움이 가득히 넘치는 시이다. 특히 1연과 2연은 몽환적 과거에 대한 기억으로 가득하다. "나는 바로 少女의 손을 이끌고/걸어가는 손이 뜨거운 少年"이라든가 "자꾸만 나부끼는 麥浪속에/少女와 나는 묻혀" 있었다는 꿈결 같은 기억들이 바로 그것이다.

　그러나 시의 마지막 3연에 이르면 과거의 기억으로만 되감기하던 테이프가 돌연 현실로 돌아온다. 현실은 그런 꿈결 같은 과거와는 전혀 동떨어진 "여윈 볼"만이 만져질 뿐이다. 그리고 바로 그러한 현실이 화자의 비극이자 이 시의 모티브가 된 것이다.

　다시 말하자면, "여윈 볼"이 만져질 뿐인 노년의 화자이기 때문에, 과거의 꿈결 같은 "少年"시절이 그립고, 몽환적 과거에 사로잡힐 수밖에 없었다고 하겠다.

이 시는 그만큼 인간의 보편적 정서가 보이는 아름다운 서정시라고 볼
수 있다.

제5시집
『대바람 소리』 무렵 대표작품 해설

대바람 소리

대바람 소리
들리더니
소소한 대바람 소리
창을 흔들리더니

小雪 지낸 하늘을
눈 머금은 구름이 가고 오는지
미닫이에 가끔
그늘이 진다.

국화 향기 흔들리는
좁은 서실을
무료히 거닐다
앉았다 누웠다
잠들다 깨어보면
그저 그런 날을

눈에 들어오는
병풍의 「樂志論」을
읽어도 보고……

그렇다!
아무리 쪼들리고
웅숭그릴지언정
— 〈어찌 帝王의 門에 듦을 부러워 하랴〉

대바람 타고
들려오는
머언 거문고소리…….

　시작품 「대바람 소리」는 석정의 다섯 번째 시집 『대바람 소리』의 표제 시이다.

　시 「대바람 소리」에 나타나고 있는 시인의 정서는 이제 노년의 선비적인 자세로 안착하는 모습을 보여준다. 초년시절 아련한 꿈의 세계를 보여준 「그 먼나라를 알으십니까」(도연명 '무릉도원'의 영향)로부터 출발하여, 노장사상이나 일제하의 어둠 혹은 시대와 사회에 대한 투시와 관조의 시기를 우회하여, 드디어 도달한 세계가 바로 노장의 「낙지론」인 것이다. 노장사상에서 출발하여 결국 노장사상으로 귀환한 것이다.

　이 점은 매우 중요한 일이다. 무모한(?) 꿈의 세계를 펼쳐보였던 『촛불』 무렵 작품에 대한 회의와 반성으로, 때로는 일제하의 어둠을 표현하기도 하고, 때로는 시대 현실에 대한 비판이나 투시 혹은 관조의 언어를 보이기도 하고, "참여시를 사갈시"해서는 안 된다는 견해를 보이며 마치 자신이 참여시를 지향하고 있는 듯한 자세를 취한 적도 있지만, 결국 석정 시의 토양은 노장사상이었음을 그의 귀환을 통하여 보게 되는 것이다.

　그는 결국 동양적 선비일 수밖에 없었던 것이다. 그리고 이 「대바람 소리」 같은 작품을 대하면 "나물 먹고 물 마시고 팔을 베고 누웠으니, 대장부 살림살이 이만하면 족하도다" 하던, 옛 유학자들의 모습이 떠오를 정도로 체념의 정서나 은둔사상의 정서를 발견하게 된다. 체념의 정서나 은둔의 정서는 바로 동양의 정서로 뿌리 박혀 있기 때문이다.

　한편, 이 시에 나오는 「낙지론」은 벼슬을 사양한 채 은일생활을 즐긴 도가 중장통이 지은 글로써, 석정 시의 5연에 보이고 있는 "어찌 帝王의

門에 듦을 부러워 하랴"는 구절은, 바로 그 「낙지론」에 담겨 있는 구절이다. 여기에 「낙지론」 전문을 인용해보겠다.

> 거처하는 곳에 좋은 논밭과 넓은 집이 있고 산을 등지고 냇물이 곁에 흐르고 도랑과 연못이 둘러 있으며 대나무와 수목이 둘러져 있고 타작마당과 채소밭이 집앞에 있고 과수원이 집 뒤에 있다. 배와 수레가 걷거나 물을 건너가는 어려움을 대신하여 줄 수 있고, 심부름하는 이가 육체를 부리는 일에서 쉴 수 있게 한다. 부모를 보양함에는 진미(珍味)를 곁들인 음식을 드리고 아내와 아이들은 몸을 괴롭히는 수고도 없다. 좋은 벗들이 머무르면 술과 안주는 차려서 즐기며, 기쁠 때 길한 날에는 염소와 돼지를 삶아 바친다. 밭이랑이나 동산을 거닐고 평평한 숲에서 노닐며, 맑은 물에 몸을 씻고 시원한 바람을 좇으며, 헤엄치는 잉어를 낚고 높이 나는 기러기를 주살로 잡는다. 기우제(祈雨祭)를 지내는 제단(祭壇) 아래에서 바람을 쐬며 놀다가 훌륭한 집으로 읊조리며 돌아온다. 안방에서 정신을 평안히 하고 노자(老子)의 현묘(玄妙)하고 허무한 도(道)를 생각하며, 조화된 정기를 호흡하여 지인(至人)과 같아지기를 구한다. 통달한 사람 몇 명과 도(道)를 논하고 책을 강론(講論)하며, 하늘과 땅을 올려다보고 내려다보며 고금(古今)의 인물들을 한데 종합하여 평(評)한다. 「남풍」(南風)의 전아한 가락을 연주하고 「청산곡」(淸商曲)의 미묘한 곡도 연주한다. 온 세상을 초월한 위에서 거닐며 놀고 하늘과 땅 사이를 곁눈질하며, 당시(當時)의 책임을 맡지 않고 기약된 목숨을 길이 보존한다. 이렇게 하면 하늘을 넘어서 우주 밖으로 나갈 수가 있을 것이니, 어찌 제왕(帝王)의 문으로 들어가는 것을 부러워 하겠는가?
>
> ― 중장통, 「낙지론」 전문

물론 여기 보인 「낙지론」 작자의 현실과 이 무렵 석정의 현실이 똑같다는 얘기는 전혀 아니다. "어찌 帝王의 門에 듦을 부러워" 하지 않을 정도로 이제 체념의 정서를 간직하게도 되었다거나 은일생활을 하고 있었던 점이 서로 비슷한 점이라고 할 수 있을 뿐이다. 그리고 위의 「낙지론」에 보이는 "노자의 현묘(玄妙)하고 허무한 도(道)를 생각하며"에 보이는 정서도 석정이 초기 시 무렵에 심취했던 노장의 허무주의적 사상과 맞물려 생각하게 하는 점이라고 할 수 있다.

아무튼 이 「대바람 소리」에 나타나고 있는 정서는 시의 화자가 이제 노년의 유가적 선비의 자세로 안착해 있는 모습을 보여주고 있으며, "대바람 소리"나 "거문고 소리"를 즐기며 안일한 생활 속에 있는 모습을 보여주고 있다고 하겠다.

그러므로 "국화 향기 흔들리는" 서실을 "앉았다 누웠다/잠들다" 할 수도 있는 것이며, "병풍의 「낙지론」을 읽어도" 볼 수 있었던 것이다.

秋夜長 古調

梧桐에
비낀 달
가을은 치워라.

古梅
성근 가지
영창에 걸리었고
철새 나는
하늘을
무서리 나려

풀벌레 사운대는
밤은
정작 고요도 한저이고

어디서
대피리 소리
마디마디 가삼이 시리다.

시나대 숲에
바람이 머물어

촛불도 눈물 짓는 기인긴
이 밤

나는
唐詩를 펴 들고
아득한 아득한 잠을 부른다.

이 작품에서도 앞의 「대바람 소리」에서처럼 화자는 이제 노년의 유가적 선비의 자세로 안착(安着)해 있는 모습을 보여준다. 예의 그 동양적 체념의 정서와 은둔의 정서, 혹은 앞의 「낙지론」에서 볼 수 있었던 은일생활의 모습을 보이고 있다고 하겠다. 그리고 그의 은일생활의 벗은 "唐詩"나 "대피리 소리" 혹은 "梧桐에 비낀 달"이나 "철새 나는/하늘" 같은 것들이다. 말하자면 이 시의 화자는 "秋夜長" 깊은 밤에 그 은일생활의 고요를 다스리기 위해서, "唐詩"를 읽기도 하고 "梧桐에 비낀 달"을 완상하기도 하는 것이다.

한편, 이 시는 제목 그대로 길고 긴 가을밤에 옛 가락[古調]으로 노래한 작품이다. 그런 만큼 시의 분위기도 옛 한시의 서경적 분위기를 연상시킨다. 이러한 시를 대하면 "시 속에 그림이 있고, 그림 속에 시가 있다."고 했던 옛 동양의 시관을 생각하게 만든다. 그리고 실제로도 이 시의 1연에서 5연까지는 그러한 그림[敍景]을 보게 해준다. 그러므로 이 시에서 시적 자아가 확연하게 드러나고 있는 연은 마지막 6연뿐이다. 즉 "唐詩"를 펴들고 "아득한 아득한 잠"을 부르는 화자, 바로 그 은일생활의 주인공을 만나게 된다.

다시 말하면 시집 『촛불』 무렵의 노장사상으로부터 몇 단계 우회의 과정을 거쳐서 이제 장자의 「낙지론」이나 은일생활 속에 안착해 있는 한 사람의 동양적 선비를 발견하게 된다는 말이다.

그리고 이 작품과 같이 석정 시에 있어 중국 고전의 영향은 매우 큰 비중을 차지한다. 이러한 것은 그가 초년에 유가적 가풍 속에서 자랐다는 점, 그리고 그 시대에는 당시(唐詩)나 두보, 『고문진보』 등을 읽는 것은 보편화된 일반적 학문이었다는 점들이 석정 시의 유가적 토양이 된 것이다. 이 작품 외에 「好鳥一聲」, 「山房日記」 등의 시에서도 이와 유사한 정적(靜的)·은둔적인 화자의 정서가 드러나는 것을 보게 된다.

그리고 한편으로 생각해보면, 석정의 개인사적 수난이나 은일생활로의 귀환 등은 일맥상통하는 바가 있으며, 따라서 이 무렵 석정 시의 노장적 귀환은 그런 점에서 의미를 찾아야 되리라고 믿는다.

好鳥一聲

갓 핀
靑梅
성근 가지
일렁이는
향기에도
자칫
血壓이
오른다.

어디서
찾아 든
볼이 하이얀
멧새
그 목청
진정
서럽도록
고와라.

봄 오자
산자락

흔들리는
아지랭이

아지랭이 속에
靑梅에
멧새 오가듯
살고 싶어라.

　은둔생활이나 은일생활이란 그 무슨 동굴 속에라도 칩거하는 것을 말함이 아니다. "나물 먹고 물 마시고 팔을 베고 누웠으니 대장부 살림살이 이만하면 족하도다" 하던 옛 선비들의 안빈낙도의 자세, 즉 세상의 모든 영리와 오욕으로부터 벗어나 초연한 자세로 살아가는 생활을 말함이다. 거기에 노자의 현묘(玄妙)하고 허무한 도를 생각하며 사는 생활이면, 더욱 그 은일생활의 격에 맞는다고 하겠다.

　앞에서도 시 「대바람 소리」를 해석하며 이야기한 것이지만, 이 무렵 시의 화자는 바로 그런 초연한 자세 속에 있다고 하겠다. 가령 그가 『氷河』 무렵 보여주던 현실 투시의 작품, 혹은 『山의 序曲』 무렵 보여주던 일련의 현실 비판작품 같은 시들은, 시집 『대바람 소리』에서는 만나기가 어렵다. 그만큼 이 시인은 노장의 「낙지론」의 경지에 안착한 노년의 세계를 보여주고 있는 것이다.

　물론 이 「好鳥一聲」도 예외가 아니다.

　이 시의 중심 소재는 당연히 "靑梅"와 "멧새"이다. "靑梅"도 자연이고 "멧새"도 자연이다. 화자가 "靑梅에/멧새 오가듯/살고" 싶다는 것은 자연과 더불어 합일(合一)되어 살고 싶다는 말이다. 따라서 "靑梅"도 자연이고 "멧새"도 자연이고 그 "멧새"처럼 살고 싶은 시의 화자도 자연이다. 말하자면 물아일체, 물아양망의 소요유 경지 속에 이 시의 화자는 살고 싶은 것이다. 그러므로 "멧새/그 목청/진정/서럽도록" 곱게 들릴 수 있다고 하겠다. 이제 이 시에서는 그의 연치와 더불어 '자연인'이나 혹은 '자유인'의 경지를 보여주고 있다고도 하겠다.

山房日記

봉우리 넘어오는 구름
추녀를 스쳐 가고

골엔
괴꼬리 和찹하는 소리
山이 울린다.

방을 둘러 가는
山나비 지친 나래 소리……

그저 해만 설핏하면
소쩍새 울고,

山도 을씨년스러워
하늘만 바라보는데,

밤 들기 전
풀벌레 사운대는 속에
나긋나긋 잠이 온다.

이 시는 우선 '山房'에서의 낮의 정경과 저녁 무렵의 정경을 그려내고 있는 작품이다. 시의 1연에서 3연까지가 '山房'에서의 낮의 정경이고, 4연에서 6연까지가 저녁 무렵의 정경이다.

그리고 이 시도 앞의 「秋夜長 古調」처럼 한시의 서경적 분위기를 연상시키는 작품이다. 말하자면 이 시도 "시 속에 그림이 있고, 그림 속에 시가 있다"던 옛 동양의 시관을 생각나게 하는 작품인 것이다. 그리고 시인이 이러한 한시풍(漢詩風)의 작품을 보이고 있는 것은, 그가 유가적 가풍 속에서 성장했다는 점, 혹은 당시(唐詩) 등의 영향을 받았다는 점을 들 수 있을 것이다. 특히 그가 1954년에 『중국시집(中國詩集)』(正陽社)을 번역 출간했던 점을 상기한다면 그러한 정황들이 잘 이해되리라 믿는다.

그러나 여기서 우리가 주목해야 할 점은 그런 서경적 한시풍의 세계를 이야기하자는 데에 있는 것이 아니다. 그것은 바로 "풀벌레 사운대는 속에/나긋나긋 잠이"오는 화자를 바라보자는 데 있다. 거기 보이는 시적 자아의 심정적 세계가 바로 이 작품 이해의 요체라 할 수 있는 것이다.

다시 이 작품의 구조를 보면, 1연에서 6연까지 산속에서의 정경들은 시각적·청각적 이미지가 교차되어 나타난다. 즉, 1연—시각, 2연—청각, 3연—시각, 4연—청각, 5연—시각, 6연—청각의 순으로 표현되고 있다.

하지만 1연에서 5연까지는 그 어디에도 시적 자아가 보이지 않는다. 6연에서야 비로소 "나긋나긋" 잠이 오는 시적 자아를 발견하게 된다. 다시 말하자면 1연~5연까지는 자연(대상)만 있고, 자아(나)가 없다. 6연에서 비로소 "풀벌레 사운대는 속에"(자연 속) "나긋나긋 잠이"오는 화자(나)가 보이는 것이다.

그리고 6연에 보이는 이런 정황은 바로 그 물아일체의 경지, 자연과의 합일의 정서를 보이는 것이라고 하겠다. 이런 작품에서 보면 언제 이 시인이 현실 투시의 작품, 혹은 현실 비판의 작품을 보였었던가 싶을 정도로 초연한 모습을 보여준다.

한편, 이와 같은 작품은 앞에서 말한 노장사상과 한 맥락으로 이어지는 작품이라는 것 또한 이해해야 할 대목이다.

은방울꽃

나는
그때 외롭게
산길을 걷고 있었다.

그때
나무 가지를 옮아 앉으며
「동박새」가 울고 있었다.

어쩜
혼자 우는 「동박새」는
나도곤 더 외로웠는지 모른다.

숲길에선
은방울꽃 내음이 솔곳이
바람결에 풍겨 오고 있었다.

너희들의
그 맑은 눈망울을
은방울꽃 속에서 난 역력히 보았다.

그것은

나의 꿈이었는지도 모른다.

너희 가슴 속엔 핀 꽃이었는지도 모른다.

　이 시의 중심소재는 ‘동박새’와 ‘은방울꽃’이다. 동박새도 귀여운 모습의 새이고 은방울꽃도 귀여운 모습의 꽃이다.

　동박새는 눈의 가장자리에 은백색의 고리무늬가 있는 예쁜 새이고, 농조로 기르기도 하는 익조(益鳥)이며 백안작(白眼雀) 수안아(繡眼兒)라고도 부르는 새이다.

　은방울꽃은 사람들이 생화로 많이 애용하기도 하고 진중하게 다루어지는 꽃이며, 또 행복을 상징하는 꽃으로서 흔히 결혼식에 신부가 가지고 가기도 하는 꽃이다.

　작자는 이 예쁘고 귀여운 새와 꽃을 서로 대조시키며 시를 형상화시키고 있다.

　전반부 1연에서 3연까지는 그 귀엽고 예쁜 동박새의 모습을 떠올리게 한다. 떠올리게 할 뿐만 아니라 외로운 동박새로 표현하고 있는데 그것은 바로 화자 자신이 외롭기 때문이다. 그리고 이 화자의 외로움은 마치 은방울꽃과도 같은 소녀들을 생각해내는 계기가 된다. 말하자면 귀엽고 예쁜 동박새의 모습을 바라보던 화자는, 그 마음이 바로 전이되어 귀엽고 예쁜 은방울꽃과도 같은 소녀들을 상기하게 된 것이다.

　눈의 가장자리에 은백색의 고리무늬가 있는 예쁜 동박새는, 은방울꽃처럼 예쁘고 “맑은 눈망울”을 가진 소녀들을 환치시켜 생각하게 하는 계기가 되어주었던 것이다.

　이 시는 1968년 전주여고 교지 『거울』에 실린 작품이다. 시인은 그 전

주여고 학생들이 어린 손녀딸같이 느껴졌을 것이고, 귀엽고 예쁜 동박새
나 은방울꽃같이 생각되기도 했을 것이다.

　아니 어쩌면 그 은방울꽃과도 같은 소녀들의 아름다운 미래를 생각하
고 있었는지도 모를 일이다.

梧桐島엘 가서

오동도엘
갈거나

오동도엘
가서
숱하게 핀
동백꽃 웃음소릴
들을거나!

시나대 숲을
돌아가면
시나대보다 높은
바다가 일렁이고

일렁이는 바다로
노을 비낀 속에
동백꽃 떨어지는
소릴 들을거나!

오동도엘
가서

동백꽃보다
진하게 피 맺힌
가슴을 열어 볼거나!

　이 작품의 중심소재는 '오동도'와 '동백꽃'이다. 그중에서 '오동도'는 동백꽃이 많이 자생하는 섬으로 널리 알려져 있기 때문에, 어쩌면 당연히 끌어들일 수 있는 소재라고 할 수 있지만, '동백꽃'은 이 작품에서도 예사로운 소재로 보이지 않는다. 특히 이 시의 마지막 연 "동백꽃보다/진하게 피맺힌/가슴"이라는 표현에 눈을 박으면 더욱 그러하다.

　한편, 이 시인의 작품 속에 '동백꽃'이 소재로 등장하는 경우는 이 작품에서만이 아니다.

　가령 시인의 다른 작품 「氷河」에도 "동백꽃 지듯 소리 없이 떠난다면" 같은 구절이 보이고, 또 「抒情小曲」에도 "동백꽃 뚜욱뚝 지는 소리 들려오고" 같은 구절이 보인다.

　그런데 중요한 것은 이들 시에 보이는 '동백꽃'들이 아름다운 낙화를 보이는 꽃으로 등장하는 것이 아니라는 점이다. 그 꽃들은 예외 없이 "한 가닥 남은 청춘마저" 떠날 것을 예감하고 있을 때의 꽃이고, "죽음보다 외로운 午後"에 "뚜욱뚝 지는 소리"를 듣게 해주는 꽃이다. 말하자면 시의 화자가 처연한 심정에 젖어 있을 때, 떨어지는 모습을 보게 해준다.

　물론 「梧桐島엘 가서」에서도 예외가 아니다.

　이 시의 화자가 2연에서는 "동백꽃 웃음소릴" 들으려는 포즈를 취함으로써, 어쩌면 그 "웃음"이 자조적 웃음으로 보이기도 하지만, 마지막 연에 "피맺힌/가슴"을 보이는 대목에 이르면, 독자로 하여금 또 다른 심정적 세계를 감지하게 만든다.

　그것은 무엇일까? 화자에게 있어 그 "피맺힌" 사연은 과연 무엇일까?

　그러나 여기서 우리가 그 "피맺힌" 시인의 사연을 알려고 노력할 필요
는 없다. 그것이 시인의 굴곡 많은 인생역정으로 볼 때, 개인사적인 것일
수도 있고, 시대고(時代苦)에서 온 "피맺힌" 사연일 수도 있다. 그 두 가지
중 어느 것이어도 시를 이해하는 데는 지장이 없다.

　다만 분명한 것은 시의 화자가 처연한 심정에 젖어 있을 때, 오동도엘 갔
고, "피맺힌" 가슴을 열어보고 싶었다는 그런 심정만은 분명하다고 하겠
다.

눈맞춤

바람이 불고 있었다.

안개 같은 비가
비 같은 안개가
유리창에 밀려오고

머언 산 봉우리들이 안개 같은 빗속에
함초롬이 가고 있었다.

우
루
루
어디서 아주 먼 데서
우룃소리가 들려오고
우룃소리에 갓 핀 冬柏이 흔들리고.

유리창 너머 시나대 숲에서는
사르르사르르 사비약눈 나리듯
댓이파리들이 서로 볼을 문지르고 있었다.
바람은 연신 불고 있었다.

안개 같은 빗사이로
비 같은 안갯사이로
엷은 햇볕이 내다보는 동안

문득
떠난 지 오랜 〈생활〉을 찾던 나의 눈은
아내의 눈을 붙잡았다.
아내의 눈도 나의 눈을 붙잡고 있었다.

불현듯 마주친
아내와 나의 눈맞춤 속에
어쩜 그토록 긴 세월이 흘러갈 수 있을 것인가……

齒列한 모서리가 무너진 아내는
이내 遠雷처럼 조용히 웃고 있었다.
조용한 우리들의 눈맞춤 속에
우
루
루
루
遠雷가 아스라히 또 들려오고 있었다.

이 시는 본질적으로는 서정시이지만 서사성이 짙게 나타나는 작품이라 할 수 있다. 그리고 이 시의 서사적 주인공은 시의 화자('나')와 화자의 '아내'이다. 이 두 주인공의 '눈맞춤'을 위해서 그 무대배경을 매우 몽환적으로 깔아놓은, 서경적(회화적)이며 서사적인 작품이라 할 수 있는 것이다.

가령 이 시에서 "바람"이 불고 있다든가 "안개 같은 비가" 유리창에 밀려오고 있다는 표현, 혹은 "머언 산봉우리들이" 그 안개 같은 빗속에 함초롬이 가고 있었다든가, "아주 먼 데서/우릿소리가" 들려온다는 표현, 그리고 "댓이파리들이 서로 볼을 문지르고" 있다는 표현들에서 볼 수 있는 환상적 배경들은, 두 주인공이 어떤 깨달음의 '눈맞춤'을 하기에는 매우 안성맞춤인 꿈결 같은 배경이라고 하지 않을 수 없다. 그리고 그러한 환상적 배경들은 1연에서 6연까지 이어지며 깔리고 있다.

그런데 이 시의 7연에 이르면 드디어 그 주인공들이 등장한다. "문득/떠난 지 오랜 〈생활〉을 찾던" 화자의 눈은 "아내의 눈"을 붙잡고 "아내의 눈도" 화자의 눈을 붙잡고 있었다는 대목이다. 이 7연의 표현을 좀 더 잘 이해하기 위해서는 다음과 같은 시구를 참고로 해볼 필요가 있을 것 같다.

> 늙으신 아버지의
> 기침소리랑
> 곤때 가신 지 오랜 아내랑
> 어리디 어린 손주랑 사는 곳

버리고 온 〈生活〉이여
나의 벅차던 청춘이
아직도 되살아 있는
고향인 성만 싶어 밤을 새운다.

— 「望鄕의 노래」 부분

이 시인의 작품 「눈망울」과 위에 인용한 작품 「望鄕의 노래」에는 "떠난
지 오랜 〈生活〉"이라든가 "버리고 온 〈生活〉"이라는 표현들이 보인다.

이러한 두 구절의 시구에 나타나는 정황으로만 본다면 마치 탕아(蕩兒)
의 귀환과도 같은 느낌이 잠깐 스쳐가는 것도 사실이지만, 그것은 이 시
인의 개인사적 내용과는 전혀 무관한 표현이라는 점도 이해해야 될 것
같다.

말하자면, 7연에서 화자의 심정적 세계를 진단해보면, 정말 오랫동안
그냥 무심결에 지내왔던, 혹은 일생동안 곁에 있었어도 진정으로 '눈맞
춤'을 해본 적이 없는, 그러나 마치 포근한 고향처럼 거기 그렇게 늘 존재
하고 있었던 아내를 재발견하는 순간이었고, 뒤늦은 깨달음의 귀환을 하
는 순간이었다고 할 수 있을 것이다.

불현듯 마주친
아내와 나의 눈맞춤

바로 그 순간이야말로 정말 인생살이의 "긴 세월"이 스쳐지나가는 순
간이었을 것이다.

정말 인생살이의 "긴 세월"동안 동고동락 해왔고 만고 풍상을 함께 겪
어온 삶의 진정한 동반자, 그리고 그중에서도 일제하의 쓰라렸던 생활,
6·25 전쟁으로 인한 생과 사의 고빗길, 혹은 4·19나 5·16으로 인한 민

족수난의 역사 속을 정말 용케도 함께 걸어온 진정한 의미의 인생의 친구, 그 친구와의 파노라마처럼 스쳐 지나가는 진정한 깨달음의 '눈맞춤'이 이룩되는 순간,

> 齒列한 모서리가 무너진 아내는
> 이내 遠雷처럼 조용히 웃고 있었다.

그 '눈맞춤'의 순간에 바라본 그의 아내는 그 옛날 인생의 첫 출발점에서 보았던 아내, 바로 그 새댁의 얼굴은 이미 아니었던 것이다. "齒列한 모서리가 무너진", 이제는 늙고 생기 잃은 아내의 모습만이 거기 있었고, 그 아내와의 정말 "긴 세월"이 흐르는 극적인 '눈맞춤'이 이루어졌던 것이다.

그러나 이 작품에서 또 하나 생각해볼 만한 대목은 그 "원뢰(遠雷)"가 주는 이미지다.

이 시의 4연에 보이고 있는 "우뢋소리"는 단순히 그 환상적 배경만을 도와주는 "우뢋소리"라고 할 수 있지만, 이 시의 맨 끝연에 보이는 "원뢰"는 두 주인공의 극적인 '눈맞춤'을 결정적으로 도와주는 조명장치가 되고 있는 것 같다. "우루루루" "원뢰"가 아스라히 들려오는 순간이야말로 두 주인공의 인생살이의 "긴 세월"을 순간포착으로 보여주고 있는 조명장치의 구실을 하고 있다는 말이다.

다시 말하자면, 그 "원뢰"소리가 아스라히 들려오는 순간이야말로 시의 화자인 '나'와 '아내'와의 "一生"이 축약되어 나타나는 순간이었다고 할 수 있으며, '아내' 또한 그 순간을 함께 깨달으며 "遠雷처럼 조용히 웃고" 있었던 것이다.

그리고 그 '아내'가 웃고 있었던 모습은 또한 그들의 "一生"의 지나간 흔적들을 보이고 있는 웃음, 쓸쓸하고 공허하고 그러나 평화로운 그러한 웃음, 그런 어떤 웃음이 '조용히' 흐르고 있었던 것이다.

솔직히 말해서 이 시는 시의 완성도 면에서나 시의 유기체적 구조면에서 그 수준이 좀 떨어지는 작품이 아닌가 생각된다. 그럼에도 불구하고 여기 대표작품 해설 반열에 이 작품을 올려놓은 것은 작품내용의 희소성 때문이다.

말하자면 이 작품은 시인의 아내와 관련된 유일한 작품이라 할 수 있다. 가령 그의 작품 속엔 딸 이름 '一林'이 등장한다든가, '蘭이'라는 이름이 나온다든가, 그의 막내딸 '에레나' 등의 이름이 나오기는 하지만, '아내'가 시작품 전편의 중심인물로 등장하는 경우는 그의 다섯 권의 시집 가운데는 없었던 일이다.

그리고 바로 그 점은 우리에게 또 다른 생각을 갖도록 만들어준다.

말하자면 시인이 그의 인생살이 속에서 정말 인생고와 시대고, 그리고 사회생활에서의 고통들을 겪으며 지나오는 동안, 그리고 때로는 방황하고 절망하고 또 쓸쓸하고 허전한 인생의 터널을 지나오는 동안, 또 그리고 그러한 삶의 허기 속에서 시작품을 써오는 동안, 실로 무심결에 그냥 옆에 두고 지나쳐왔던 아내, 실로 그의 인생살이에서 그 어느 누구보다도 가장 소중한 존재였음에도 불구하고, 바로 그 소중함도 잊어버린 채로 그냥 그렇게 범연히 지내왔던 아내, 마치 안방을 지키고 있는 장롱처럼 늘 거기 그렇게 그 자리에 있었던 아내에 대한 미안함과 자괴감이 한꺼번에 어우러진 그 순간, 그 '눈맞춤'의 순간을 우리는 보게 된다는 말이다.

시인의 긴 인생살이의 여로에서 정말 오랫동안 잊고 있었던 고향을 향한 마음의 행로처럼, 그 순간이야말로 떠돌이의 귀환이 이루어지는 순간

이었다고나 할까. 그리고 그것은 마치 노장사상에서 출발하여 결국 노장
사상으로 귀환하고 있는 그의 시세계처럼, 아니면 전통적 유학 가문에서
탄생하여 결국 그도 유학자적·선비적 자세로 귀환하고 있는 그의 인생
처럼, 그는 그의 조강지처에게로의 귀환을 이룩했던 것이고, '문득' 그
인생의 반려자를 재발견하는 순간을 갖게 되었다고 할 수 있는 것이다.

그러므로 이 작품은 이 시인의 인생살이의 역사, 그 긴 인생 드라마를
축약하여 볼 수 있게 해주는, 또 다른 의미의 읽는 재미를 주는 작품이라
고도 할 수 있을 것이다.

석정의 시관

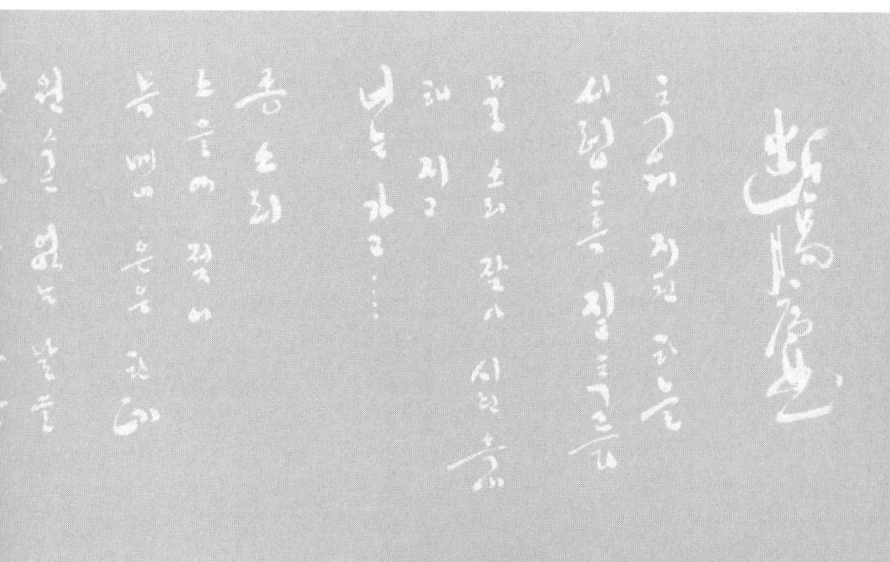

상처 입은 작은 역정(歷程)의 회고(回顧)

　　"대표작 자선 자평"이란 아무리 생각해도 작자에겐 어울리지 않는 작업이요, 한 시인이 스스로의 역정을 더듬어본다는 것은 괴로운 일임에 틀림없다. 더구나 그 역정이 생채기투성이고 보면 더욱 그렇다.

　　내가 『촛불』, 『슬픈 牧歌』, 『氷河』, 『山의 序曲』, 『대바람 소리』 등 다섯 권의 시집을 내는 동안 어언 고희를 눈앞에 바라보게 되었고, 그동안에 겪어온 역정이란 그대로 탁류의 와중을 허덕이면서 더욱이 일제강점기엔 절망과 암담과 퇴폐 속에서 겨우 여천을 이어오며 몸부림쳤던 것이다.

　　일제의 손아귀에 조국이 강점당하고 민족의 보전마저 위태로운 암흑 속에서 정치 경제의 풍요한 배양토에 뿌리박지 못한 예술의 개화란 아예 엄두도 낼 수 없는 일이었다. 이러한 일제의 야수적 탄압 밑에서 나의 문학수업은 시작되었던 것이니 어찌 생각하면 한낱 사치스러운 분외의 일이었는지도 모른다. 그러기에 어떤 분은 일제 강점 밑에서 이루어진 모든 문학운동은 노예문화에 불과하다고 말한 바 있지만, 일제의 탄압 속에서 비롯하고 가까스로 성장한 우리 신문학이 남긴 발자취는 그런대로 일본어족에 고스란히 빨려들지 않으려고 안간힘을 부리던 처절한 운명을 작으나마 궁지로 돌리는 데 인색할 필요는 없으리라 생각한다. 나의 첫 시집 『촛불』에 담은 시편들은 모두 이런 어두운 상황(1920년대) 속에서 얻어진 것들이다.

어머니
당신은 그 먼나라를 알으십니까?

깊은 산림지대를 끼고 돌면
고요한 호수에 흰 물새 날고
좁은 들길에 야장미 열매 붉어
멀리 노루새끼 마음 놓고 뛰어다니는
아무도 살지 않는 그 먼나라를 알으십니까?

그 나라에 가실 때에는 부디 잊지 마세요
나와 같이 그 나라에 가서 비둘기를 키웁시다.

산비탈 넌즈시 타고 내려오면
양지 밭에 흰 염소 한가히 풀 뜯고
길 솟는 옥수수 밭에 해는 저물어 저물어
먼 바다 물소리 구슬피 들려오는
아무도 살지 않는 그 먼나라를 알으십니까?

어머니 부디 잊지 마세요
그때 우리는 어린 양을 몰고 돌아옵시다.

어머니
당신은 그 먼나라를 알으십니까?

오월 하늘에 비둘기 멀리 날고
오늘처럼 촐촐히 비가 내리면
꿩소리도 유난히 한가롭게 들리리다.
서리가마귀 높이 날아 산국화 더욱 곱고
노란 은행잎이 한들한들 푸른 하늘에 날리는
가을이면 어머니! 그 나라에서

양지 밭 과수원에 꿀벌이 잉잉거릴 때
나와 함께 고 새빨간 능금을 또옥똑 따지 않으렵니까?
—「그 먼나라를 알으십니까」

이것은 대표작이라기보다 내가 닦은 학문의 철학적 근거가 그 기층에 깔려 있는 작품으로 『촛불』 속에서 마음에 드는 작품이요 힘들인 것이어서 골라보았다.

그 당시 나는 '중앙불전(中央佛傳)'에 적을 두고, 석전 박한영 스님 밑에서 불전을 배우는 한편 시문학사를 드나들던 때로 노장철학과 타고르를 탐독하면서 만해 한용운 스님을 자주 찾아다니던 무렵으로 이 작품에는 이 두 시인의 시적 기법과 정신이 크게 그 저변에 깔려 있을 뿐 아니라 한편 도연명의 「도화원기」에서 받은 영향도 크다 아니할 수 없다.

이 일련의 시가 발표되자 안서 사백의 눈에 머무르게 되어 나도 모르는 사이 목가시인이라는 레테르가 붙게 되었던 것이 바로 그 무렵의 일이었다. 뒤이어 편석촌도 "소음 난조에 찬 현대문명의 매올 모르는 '다비데'의 행복한 고향에 피폐한 현대인의 영혼을 위하여 한 개의 안식처를 준비하고 있는 그의 목가는 그 자체가 견지에 따라서는 훌륭하게 현대문명에 대한 간접적인 비판이기도 하다"고 그의 시론에서 말하고 있는 것을 보았을 때 부정보다 긍정이라는 편이어서 망국의 민족으로 태어났으되 쓰러지기에 앞서 『촛불』에 담은 작품정신을 내 영원한 인간 수업의 지주로 삼았던 것이다. 그러나 목가적인 전원의 낭만적 신비로운 세계에서 그대로 안주하기에는 일제의 발악이 너무나 서슬이 퍼렇게 속속들이 파고들었다.

그 무렵 일제는 만주를 집어삼키고 승승장구 중국 본토로 총부리를 돌리는가 하면 '일시동인(一視同仁)'이니 '동일동근(同視同根)'이니 하는 엉뚱한 굴레를 씌우기 시작하여 창씨개명을 강요하고 드디어는 우리네 젊은이들을 학병이다 지원병이다 하여 원수의 총알받이로 몰아세우고, 끝내는 우리 국어 말살정책으로 신문과 잡지를 깡그리 폐간시키고 말았으니 태양도 무색

하리만치 조국의 하늘은 어두워만 갔다.

나의 목가에도 어둡고 슬픈 빛이 젖어들었으니 제2시집 『슬픈 牧歌』에 담은 시편은 모두 암담한 절망 속에서 발버둥친 나의 몸부림이 태반이다.

> 푸른 산(山)이 흰 구름을 지니고 살듯
> 내 머리 우에는 항상 푸른 하늘이 있다.
>
> 하늘을 향하고 삼림처럼 두 팔을 드러낼 수 있는 것이 얼마나 숭고한 일이냐.
>
> 두 다리는 비록 연약하지만 젊은 산맥으로 삼고
> 부절히 움직인다는 둥근 지구를 밟았거니……
>
> 푸른 산처럼 튼튼하게 지구를 디디고
> 사는 것은 얼마나 기쁜 일이냐.
>
> 뼈에 저리도록 '생활(生活)' 은 슬퍼도 좋다.
> 저문 들길에 서서 푸른 별을 바라보자!
>
> 푸른 별을 바라보는 것은 하늘 아래
> 사는 거룩한 나의 일과이거니……
>
> —「들길에 서서」

어찌 생활이 슬퍼서 좋으랴? 천부당만부당한 말이다. 너무나 생활은 슬펐기에 슬퍼서는 안 되겠다는 반어요, 작은 대로 절규로 보아 좋으리라.

"죽어도 아니 눈물 흘리오리다"는 소월의 가락 속에서도 가슴속 깊이 흐르고 있는 눈물을 우리는 역력히 읽어야 할 것이다. 그러므로 죽림칠현(竹林七賢)은 거문고와 술 속에 묻혀 청담(淸談)에 탐닉했다고만 몰아세우는 우를 범하기 전에 당시의 정치적 압박에 대한 저항으로 보는 노신(魯迅)의 지적은 가장 타당한 견해임에 틀림없다. 그것이 비록 소극적이었다고는 할지언정……

난이와 내가
푸른 바다를 향하고 구름이 자꾸만 놓아 가는
붉은 산호와 흰 대리석 층층계를 거닐며

물오리처럼 떠다니는 청자기빛 섬을 어루만질 때
떨리는 심장같이 자지러지게 흩날리는 느티나무 잎새가
난이의 머리칼에 매달리는 것을 나는 보았다

난이와 나는
역시 느티나무 아래 말없이 앉아서
바다를 바라다보는 순하디순한 작은 짐승이었다

—「작은 짐승」

　　노장의 '무위자연설'로 미루어 볼 때, '상무욕이 관기묘(常無慾以 觀其妙,
사람이 항상 욕심이 없으면 묘문(妙文)을 오득(悟得)할 수 있다)'의 견지에서
본다면 인간 역시 한 마리의 짐승으로 보아 무방하리라는 도가적 사상근원
이 이 작품에 깔려 있지만, 한편 망국의 백성을 짓밟힐 대로 짓밟힌 그 당시
의 우리는 차라리 한 마리 짐승으로 태어나지 못한 것을 한탄했던 것도 사
실이다. 그러므로 우리도 역시 자연의 일부로 존재하면서 미쳐서 날뛰는 일
제를 되도록 멀리하고 싶었던 고달픈 작자의 심정을 읽어 주었다면 이 시가
지닌 정신에 접근한 독자라고 나는 생각한다. 뒤이어 절망과 암담은 가일층
박차를 가해왔으나 끝내 나는 「슬픈 構圖」 안에 묻히게 되었다.

　　나와
하늘과 하늘 아래 부른 산뿐 이로다

꽃 한 송이 피워 낼 지구도 없고
새 한 마리 울어 줄 지구도 없고
노루새끼 한 마리 뛰어다닐 지구도 없다.

나와
밤과
무수한 별 뿐이로다

밀리고 흐르는 게 밤뿐이요.
흘러도 흘러도 검은 밤뿐이로다.
내 마음 둘 곳은 어느 밤 하늘 별이드뇨.

—「슬픈 構圖」

『촛불』의 세계에서 부르던 '어머니'도 자취를 감추고 어찌 보면 안개처럼 소박하면서도 현란했던 수식어마저 털어버리고 다만 반복된 강조로 일제의 압박에서 가까스로 견디어내던 당시의 가슴 아픈 상황을 절규 속에 담아 보았으니, 마치 늙은 매화나무 등걸처럼 한두 송이 꽃으로 까칠하게 꾸몄으나 읽는 이의 가슴에 그런대로 어필되었었다면 다행한 일이었으리라.

그러나 암흑 속에서 발버둥치면서도 그대로 주저앉을 수 없는 속 깊이 간직한 저항의 양심은 끝내,

별도
하늘도
밤도 치웁다.

얼어붙은 심장 밑으로 흐르던
한 줄기 가는 어느 난류가 멈추고.

지치도록 고요한 하늘에 별도 얼어붙어 하늘이 무너지고
지구가 정지하고
푸른 별이 모조리 떨어질지라도
그대로 서러울 리 없다는 너는

오 너는 아직 고흔 심장을 지녔거니

밤이 이대로 억만년이야 갈리라구……

—「고흔 심장」

이렇게 노래하며 그 언젠가는 숨을 돌릴 수 있는 날을 가슴 깊이 간직하고
자위하기도 했다. 그 무렵 뜻 있는 문우들은 산으로 시골로 뿔뿔이 숨어버리
고 소위 일급 문인들과 더불어 몇몇 철딱서니 없는 젊은 문학도들이 조선문
인보국회라는 일제 앞잡이의 대열에 뛰어들어 조국을 패망의 구렁으로 몰고
가는 데 부채질하는 반역을 저질렀으니 가슴 아픈 회고가 아닐 수 없다.

"분수처럼 쏟아지는 태양을 안고 그 어느 언덕 꽃덤불에 안겨 보리라" 생
각했던 해방은 소란한 세월 속에 한동안 실의를 안겨주더니, 뒤이어 민족상
잔의 6·25 전쟁으로 역사의 거센 탁류가 이 땅을 다시 휩쓸고 지나갔다.
『빙하』는 전쟁이 지난 뒤 엮은 나의 제3시집이었다. 『촛불』의 목가적 세계
에서 다시 인고와 저항의 『슬픈 牧歌』를 거쳐 생활 속으로 깊숙이 파고들었
으니 그때 나는 쓰라린 생활과 부조리한 사회와 더불어 불행한 민족의 가슴
에 부딪치게 되었다.

한 이파리
또 한 이파리
시나브로 지는
지치도록 흰 복사꽃을

꽃잎마다
지는 꽃잎마다
곱다랗게 자꾸만
감기는 서러운 서러운 연륜을

늙으신 아버지의
기침 소리랑
곤때 가신지 오랜 아내랑
어리디 어린 손주랑 사는 곳

버리고 온 '생활(生活)'이며
나의 벅차던 청춘이
아직도 되살아 있는
고향인 성만 싶어 밤을 세운다.

─「망향의 노래」

껌도 양과자도 쌀밥도 모르고 살아가는 마을 아이들은 날만 새면 띠뿌리와 칡뿌리를 직씬 깨물어서 이빨이 사뭇 누렇고 몸에 젖은 띠뿌리랑 칡뿌리 냄새를 물씬 풍기면서 쏘다니는 것이 퍽은 귀엽고도 안쓰러워 죽겠읍데다.

─「歸鄕詩抄」1연

술회사 앞에는 마을 아낙네들이 수대며 자배기를 들고 나와서 쇠자라기와 술찌꺼기를 얻어가야 하기에 부세부세한 얼굴들을 서로 쳐다보면서 차표 사듯 늘어서서 꼭 잠겨있는 술회사문이 열리기를 천당같이 기다리고 있읍데다.

─「歸鄕詩抄」4연

6·25 전쟁 중에 혹은 전쟁 후 우리 주변에서 흔히 볼 수 있는 처절한 풍경들이요, 그 당시 우리 겨레들이 겪어야 했던 눈물겨운 참상이다. 『빙하』를 떠들어보면 지금도 그 당시 일이 선히 떠올라 눈시울이 뜨거워 오는 것을 견딜 수가 없다. 그러기에,

산(山)은
산대로 첩첩 쌓이고
물은 물대로 모여 가듯이
나무는 나무끼리
짐승은 짐승끼리
우리는 우리끼리
봄을 기다리며 살아가는 것이다.

─「待春賦」부분

고 피나는 기원을 했던 것이리라.

　드디어 『산의 序曲』(제4시집)과 『대바람 소리』(제5시집)에 정착하면서 잃어버린 청춘을 되찾아 의연한 자세로 거칠고 어지러운 현실을 응시하면서 시의 꾸준한 정도를 위하여 사물의 중심에 깊이 파고들어 그 실상을 바로 파악하고 나아가 파이척결로서 새로운 역사 창조에 저력이 될 수 있는 길을 모색하고 개척하자는 데는 예나 지금이나 추호도 다름이 없다.

　　　포옹할 꽃 한 송이 없는 세월을
　　　얼룩진 역사의 찢긴 자락에 매달려
　　　그대로 소스라쳐 통곡하기에는 머언
　　　언 가슴 아래 깊은 계단에
　　　도사린 나의 젊음이 스스로워 멈춰 선다.

　　　좌표없는 대낮이 밤보다 어둔 속을
　　　어디서 음악같은 가녀린 소리
　　　철그른 가을비가 스쳐가며 흐느끼는 소리
　　　조국의 아득한 햇무리를 타고 오는 소리
　　　또는 목마르게 그리운 너의 목소리
　　　그런 메아리 속에 나를 물어도 보지만,

　　　연이어 달려오는 인자한 얼굴이 있어
　　　너그럽고 부드러운 웃음을 머금고
　　　두 손 벌려 차거운 가슴을 어루만지다간
　　　핏발 선 그 한 눈망울로 하여
　　　다시 나를 질책함은
　　　아아 어언 지혜의 빛나심이뇨!

　　　당신의 거룩한 목소리가
　　　내 귓전에 있는 한
　　　귓전에서 파도처럼 멀리 부서지는 한

이웃할 별로 가고, 소리 없이 가고,
어둠이 황하처럼 범람할지라도 좋다.

얼룩진 역사에 만가를 보내고 참한
소리와 새벽을 잉태한 함성으로
다시 억만 별을 불러 Satan의 가슴에 창을 겨누리라.
새벽 종이 울 때까지 창을 겨누리라.

— 「餞迓詞」

올바른 참여의 방향 설정도 없이 허울 좋은 얄팍한 시의 껍질을 뒤집어쓰고, 퇴영과 안일과 무책임한 순응의 타협으로 전진하는 역사의 치차를 붙들고 늘어져 역행을 일삼기 전에는 이미 상실하면서 있는 순수를 찾고 수호하자면 이에 따르는 작업이 선행되어야 할 것이거늘 구두탄처럼 천만 번 순수를 외어도 순수는 기어들지 않을 것이다. 순수를 가로막는 얼룩진 역사에 하루 빨리 만가를 보내야 하고, 혹시 사탄이 있거들랑 그 가슴에 창을 겨누는 의지로써만 참으로 행복한 인류사회는 건설될 것이다. 일제의 강점에서 민주주의가 찾아낸 조국에 다시 부조리의 좀이 슬거나 말거나 어둠이 범람하거나 말거나 화조월석(花朝月夕)에 파묻혀 잠꼬대만 할 수는 없다. 건강한 시정신으로 속정에 국척하는 일 없이 꾸준히 전진을 꾀할 따름이다. 돌이켜 보건대 한평생을 헛되이 진망 속에서 허덕인 나의 역정은 그대로 피투성이의 자죽이 가실 날이 없었다. 그러나 내 초라한 그림자를 거두는 날까지 시에 종사한 것을 추호도 후회도 않거니와 차라리 나의 긍지로 삼고 서투른 대로 나라와 겨레를 위하는 길이라면 쉰 목청을 가다듬어 '남창(男唱)지름' 못지않게 높고 길게 뽑아볼 심산이다. 항상 심한경정(心閒鏡靜)의 맑은 눈으로 대상을 관조하여 시정신과 인간정신에 오차 없이 정비례 되기를 다짐하면서 자선자석(自選自釋)이나마 상처 입은 역정의 하잘것없는 회고로 끝맺는 것을 부끄럽게 생각한다.

나는 시(詩)를 이렇게 생각한다

'나는 이렇게 시를 쓴다'는 제시된 문제를 밝히기 전에 '나는 어찌하여 시를 쓰는가?' 하는 것이 바로 제시된 문제의 해답에 대체될 수 있으리라 생각하고 붓을 옮기기로 한다.

과연 우리는 어찌하여 시를 쓰는 것일까? 이것은 시에 종사하는 사람이면 누구나 한 번씩은 부딪치게 되는 의혹이 아닐 수 없을 것이다.

이것은 무엇 때문에 또는 누구를 위해서 시를 쓰는 것이냐는 문제와 동일한 과제로 일찍이 폴 발레리는 "내 자신을 위해서……"라고 대답했다고 한다. 먼저 시인은 자기 자신을 위해서 쓴다고 가정해도 좋다. 한 시인이 자기 자신을 위해서 시를 쓴다는 그 길은 참된 미를 포착하려는 끊임없는 노력과 제고된 정신 속에서만 이루어질 수 있는 것이다. 한 사람의 시인이 자기 자신을 통하여 얻은 미―진리―는 바로 인류 문화에 불멸의 공채를 던질 수 있는 것이기 때문이다.

그러면 발레리가 말한 "내 자신을 위해서……"란 결국 발레리와 같은 대상―독자를 가리켰다는 것을 우리는 쉽사리 이해할 수 있을 것이 아닌가?

모든 문학이 그렇듯이, 시―예술―도 인간생활의 요구에서 발생한 것은 이미 원시생활에서 밝혀진 바로 어떤 종교적 의식이나 노동의 여가에 무용, 음악과 더불어 시가 노래 불려졌다는 것은 한 유희로서보다도 어떤 일정한 실용성을 짊어지고, 사회적 기능으로 등장되었다는 것이 원시사회 연구에서 천명되고 있는 문제이다. 그렇다고 해서 오늘날 우리 생활에서 시가 생활필수품 목록에 그 자리를 차지하기에는 너무나 요원한 일이 아닐 수 없지만, 인간은 항상 '빵' 이외의 욕망을 탐구하기에 불행하고 또한 행복한 것이 아닐까 한다.

우리들의 천재 시인이 이상(李箱)은 일찍이 "인간의 비극은 돼지가 아닌 데서 출발했다"고 말했다. 인간생활이 동물적 본능에서 영위되었던들 아마 오늘 같은 인간의 비극은 없었을지도 모른다. 따라서 이 말을 하게 된 이상 자신도 본능 이외의 것을 절실히 탐구하였기 때문에 터뜨린 아이러니임에는 틀림없을 것이다.

시를 쓴다는 것은 생에 대한 불타오르는 시인의 창조적 정신에서 결실되는 것이니, 대상하는 인생을 보다 더 아름답게 영위하려고 의욕하고 그것을 추구 갈망하는 데서 제작된다면 그 시인의 한 분신이 아닐 수 없다.

이 분신이야말로 그 시인의 탐구한 미와 진실에서 이루어진 인간 정서의 순수한 표현이 아니면 안 될 것이다. 그렇다고 해서 이 분신의 고향인 '창조' 정신을 신성불가침의 지역이나 되는 듯이 여겨서 마치 시를 들에서 피어나오는 꽃이나 되는 것처럼 생각하고, 일부 선발된 몇몇 사람만이 가꿀 수 있는 특수한 재산으로 여기는 것은 귀족적 고답파들이 범한 과오가 아니면 이미 무덤이 된 지 오랜 귀족문학에서 볼 수 있는 가장 치사스러운 일이 아닐 수 없다.

그러므로 이 등속의 시인은 막연한 환상이나 동경에서 빚어나오는 가장 헐값의 정서를 시의 모태나 되는 것처럼 여길 뿐 아니라, 이 값싼 정서를 배설하는 것을 가장 자연스러운 "창조정신"의 생리인 듯 가장하는 것을 우리들의 주변에서 종종 볼 수 있다는 것은 불행한 일이 아닐 수 없다.

그들의 진부한 작품이 어찌 우리들의 이웃이나 우리들의 사회에 새로운 정신적 영역을 개척할 수 있는 작업이 될 수 있을 것인가? 오늘날 우리들이 호흡하고 있는 현실은 불안과 초조, 불합리한 만신창이의 왜곡된 쇠사슬에 얽매어 있는 것을 너무나 통렬히 느끼는 것이다. 암담하고 불안정한 왜곡의 와

중에서 어떻게 해야 좀 더 숨을 돌릴 수 있을 것인가 하는 문제는 몇몇 사람의 문제가 아니라 세계적인 문제인 것은 더 말할 필요도 없다.

갖고 싶어 하는 내일, 가져야 할 내일의 세계, 이것은 좀 더 양심 있는 인간과 더불어 우수한 오늘의 시인들의 과제인 것이며, 또한 향수인 것이다. 그러므로 시는 들에 피는 꽃의 세계에서 이미 타는 가슴과 뛰는 심장으로 그 배양토를 옮겨온 지 오래다. 이리하여 시의 감흥은 우연히 하늘에서 내려온 선녀도 아니요 항상 우리 뜨거운 가슴에서 살고 부단히 움직이는 역사와 더불어 성장하고 응결하여 탄생된다는 것을 잊어서는 안 될 것이다.

이런 역사성을 망각하고 시를 자연발생적인 것처럼 사유하기 때문에, 시의 목적의식을 부정한다느니보다는 두려워하고, 또 회피하는 것을 그들은 시에 대한 유일한 예의로 여기고 있다는 것은 얼마나 부질없는 잠꼬대이랴?

오늘도 우리들의 주위에서 생활과는 너무나 거리가 먼 지역에서 화조풍월(花鳥風月)을 읊조리는 시인이 있다는 것은 그렇게 반가운 일은 아니다. 필요 이상의 슬픈 표정도 거짓이거니와, 필요 이상의 기쁜 표정도 거짓임에는 틀림없다. 이렇게 값싼 연기의 주책없는 감상을 받아들이기에는 오늘의 독자들의 지성은 너무나 냉혹한 것을 알아야 한다.

이 암담한 탁류 속에서 불안을 불안대로 받아쓰기에도 시는 몸부림을 쳐야 할 지경이거늘, 이 불안을 초극하는 치열한 정신을 가진 시를 쓰기에는 그 얼마나 무서운 정신의 소유가 요구될 것인가 말이다.

허두에서 언급한 바와 같이 '어찌하여 시를 쓰는가?' 하는 문제는 서상(敍上)으로 애매하나마 해답이 되었을 것으로 생각하거니와, 오늘의 역사적 상황을 오늘의 시인은 그들이 가지고 있는 카메라의 앵글을 과연 어떻게 돌림으로써 새로운 가치를 발견할 것인가에 문제가 달려 있는 것이다.

그렇다. 시라는 거목(巨木)에는 무수한 새들이 와서 놀고 간다. 이 새들이 시인임에는 틀림없다. 그 새들 가운데는 꾀꼬리도 귀촉도도 있는가 하면, 부엉이나 까마귀도 있고 비비새와 앵무새도 있을 것이다. 그러나 누가 과연 꾀꼬리였더냐? 하는 문제는 역사가 한 바퀴 돌아간 뒤에 물어보기로 하자.

그러면 한 편의 시가 형상화되기까지에는 그 시인의 전 생명력을 기울이는 고된 작업이 아닐 수 없을 것이다. 곧 그 시인의 시론, 주제, 방법, 경험은 물론, 그 시인의 성격, 환경 내지 능력에 이르기까지 그 시인을 주도하는 내면생활의 모든 요소가 바로 참여됨으로써 요소를 성립시킬 수 있는 것이라 생각하지 않을 수 없다.

이것을 좀 알기 쉽게 설명하기 위하여 건축에 비한다면 처음 건축가의 머릿속에서 설계된 것을 도면으로 옮기고 그에 알맞은 재료의 선택과 빈틈없는 구성을 고려하여 비로소 작업에 들어가는 것과 다름이 없는 것이다. 그리하여 이루어진 것이 우리가 살 수 있는 주택이듯이 시 또한 그 시인의 이상과 정서를 언어라는 재료로써 구성한 건축에 불과한 것이다. 그러기에 주택의 품질은 사람이 살 수 있는 실질을 갖추는 것이 제일의적(第一義的)인 요소인 것을 망각해서는 안 될 것이니, 실컷 지은 집이 사람이 살 수 없는 집이라면, 그 주택은 주택으로서의 의의를 상실할 것이다. 그러므로 무엇보다도 그 주택에 요구되는 것은 좋은 설계와 알맞은 재료와 빈틈없는 구성일 것이니, 그것이 결여되었다면 그 주택은 버리거나 개축을 하지 않으면 안 될 것이 아닌가.

이것을 시로 바꾸어 말하자면 주제에 대한 빈틈없는 구상과 거기 알맞은 언어라는 재료의 선택과 이 선택된 재료로써 구상하는 형식과 기교가 잘 조화되어야 할 것이므로 건축 재료에 있어 벽돌과 시멘트와 목재와 철근이 제각기의 위치와 역할을 다하는 것과 다름이 없을 것이다.

여기서 한 가지 덧붙여 말하고 싶은 것은 주택이 인간이 살 수 있는 기구로서 그 사명을 다하듯이, 시 또한 언어라는 재료와 형식이라는 기교는 어디까지나 그 시인의 사상과 정서를 형상화하는 데서만 의의를 부여하는 것으로 형식은 어디까지나 내용을 위한 의상에 불과하다는 것을 강조하여 두고 싶다.

그러면 자작시인 「내 가슴속에는」의 창작 노트를 펼쳐 되도록 남의 시를 대하는 태도로 붓을 옮겨보기로 한다.

내 가슴속에는

1

내 가슴속에는
대숲에 드는 햇볕이 아른거린다.
햇볕의 푸른 분수가 찰찰 빛나고 있다.

내 가슴속에는
오동잎에 바스러지는 바람이 있다.
바람이 멀리 떠나는 발자취 소리가 있다.

내 가슴속에는 파초잎을 밟고 오는 빗소리가 있다.
빗소리에 이어오는 머언 우릇소리가 있다.

내 가슴속에는
'윤동주(尹東柱)'의 시를 잘두 외우는 소년이 있다.
오피리아가 저희 누이라는 그 아리잠직한 소년이 있다.

2

내 가슴속에는
바람에 사운대는 꽃잎파리가 있다.
꽃잎파리가 마련하는 머언 세월이 있다.

내 가슴속에는
오층탑을 넘어 석종을 스쳐간 하늘이 있다.
별들을 간직한 하늘의 착한 마음이 있다.

내 가슴속에는
벚꽃 흐드러진 속에 젖먹일 업고 산체를 캐는 '정상두' 아낙네가 있다.
그 아주머니의 싸늘한 젖꼭질 물고 땅을 허비던 어린 것의 뭉개진 손톱이 있다.

내 가슴속에는
바다같이 울던 금산사(金山寺)의 매미소리와 귀촉도가 있다.
항상 이방이라서 설리 우는 귀촉도의 더운 피가 있다.

3
내 가슴속에는
파르르 날아가는 나비가 있다.
나비의 그 가녀린 나랫소리가 있다.

내 가슴속에는
굽이굽이 흐르는 강물이 있다.
강물에 조약돌처럼 던져 버린 첫사랑이 있다.

내 가슴속에는
하늘로 발돋움한 짙푸른 산이 있다.
산에 사는 나무와 나무에서 지줄대는 산새가 있다.

내 가슴속에는
산같이! 산같이! 하던 '내'가 있다.
오늘도 산같이 산같이 늙어가는 '내'가 있다.

먼저 이 작품의 착상을 하게 된 동기, 즉 어떻게 하여 그 모티프를 붙잡게 되었는가를 이야기하자면, 어느 날 우연히도 뜰에 서 있는 벽오동 나무를 바라보다가 그 초록색 수피(樹皮)와 무뚝뚝하게 생긴 잎새가 손을 벌리듯 하고 서 있는 것을 볼 때, 불현듯 나는 고향에 있는 대숲과 대숲 옆에 서 있는 거의 아름드리 되는 은행나무와 또 길이 솟는 파초를 생각하게 되었다. 대숲에 아른거리는 햇빛과 오동잎을 스쳐가는 바람소리와 파초잎을 밟고 오는 빗소리와 이 모든 상념이 자꾸만 머릿속을 지나가는 것이었다.

그러나 그보다도 그 아름드리 은행나무에서 어쩌면 그렇게도 예쁘고 갸륵한 잎새가 돋아나오고 열매를 맺는 것일까? 하는 데에서 생각은 멈추었던 것이다.

착상의 열쇠는 오직 이 은행나무에 있으니, 그 늙은 은행나무의 어디에 그렇게도 예쁜 초록색 잎새와 연연한 엽록소와 또 깎아 만든 듯 아름다운 열매와 가을 하늘에 휘날리는 황금색으로 드는 단풍의 색소를 간직했을까 하는 데 상도하게 되자, 나는 문득 내 가슴속에도 이제까지 살아오는 동안 보아온, 그리고 느낀 바 이 수다한 것들에 대한 경험 또한 저 늙은 은행나무의 그것과 다를 것 없이 쌓여 있으리라 생각하였다. 내 가슴속에 누적된 그 삼라만상은 내 정신세계의 전 재산이요, 이 재산으로 하여금 나는 부절히 발전하고 사유하고, 욕망하고, 또 의욕하는 것이 분명하다.

결국 따지고 보면 모든 생물의 운동은 그들의 욕망을 표현하는 표현작업에 불과하고 항상 이것의 균형을 상실하지 않기 위하여 부절히 그 운동을 계속하리라는 결론을 얻을 수 있지 않을까 생각한다. 그러므로 의의 있는 운동을 위하여 생물은 치열한 투쟁을 하는 것이 아니겠는가?

일단 착상이 이런 순서와 과정을 거쳐서 성립되면 이의 구성은 건축가가 머릿속에서 설계하듯이 세밀한 설계 작업에 착수해야 된다. 이것이 불완전하면 도면에 손을 댈 수는 없는 것이다. 도면에 손을 옮길 때에는 이미 그 재료는 결정적으로 선택이 끝나야 된다. 이 재료를 시에 있어서는 '시어(詩語)'라고 부르는 것이니, 이 또한 알맞은 재료를 구해서 제자리에 놓기란 그리 용이한 것은 아니다. 건축 재료에도 그 종류가 무수하듯이 우리 언어 역시 얼마든지 있는 것이다. 시멘트와 철근을 쓸 곳에 흙과 목재를 쓸 수 없듯, 홍수같이 많은 어휘 속에서 꼭 맞는 말을 찾아 제자리에 놓기란 건축의 그것이 비할 바 아닐 것이다.

이것을 시에서는 '시어'의 발견이라고 하고, 그것을 연마하고 가공하는 데 우열을 바로 그 시인, 내지 그 작품의 우열을 결정하는 중요한 관건이 되는 것이다.

졸작 제1장 제1연의 3행을 처음에는 "햇볕의 푸른 분수가 반짝 빛나고 있다"라고 하였으니, '반짝'이란 부사는 '빛나고 있다'는 동사에 덧붙여 너무나 상식적인 범주를 넘지 못한 평범한 것이다. 그보다는 '찰찰'이라는 분수와 연결성을 가진 부사로 대체함으로써 분수의 이미지가 한결 선명해졌으니, 누구나 대숲에 들어가보면 그 간드러진 댓잎파리에 흘러든 햇볕은 그대로 '찰찰' 넘치는 푸른 분수인 것이 틀림없다.

같은 장 제4연 4행도 처음에는 "오피리아가 저희 누이라는 예쁘디예쁜 소년이 있다"고 썼으나 '예쁘다'는 형용사의 평범성을 제거하기에 여러 번 생각한 끝에 '아리잠직하다'는 좀 더 함축성 있는 형용사를 찾아 넣기까지 무진 애를 썼던 것이다.

제2장 제2연 3행 "별들을 간직한 하늘의 착한 마음이 있다"를 찾기에도 힘이 들었으니, '별들을 간직한 하늘이 있다'가 아니라, "……하늘의 착한 마음이 있다" 하였으니, 착한 것을 지닐 수 있는 것은 착한 마음의 소유자에게만 허용되는 거룩한 세계이기 때문이다.

동장 제3연은 지난번 어느 신문에서던가 어느 두메에 사는 젊은 아낙네가 춘궁에 못 이겨 어린 것을 업고 산에 올라가 산채를 뜯다가 기진맥진해서 아사하고, 업고 간 갓난애마저 숨을 거둔 엄마 옆에 손가락이 뭉개지도록 흙을 허비다가 죽어 있었다는 신문기사를 보고 몹시 가슴이 아파했던 일이 있다.

'벚꽃 흐드러진 속에'라는 구절을 넣은 것은 벚꽃이 난만할 때 꽃놀이하는 팔자 편한 족속들도 있는가 하면, '그것이 옳고 그른 것은 별 문제로 하고' 같은 벚꽃 밑에는 이렇게 비참한 우리 이웃이 있다는 것을 암시하기 위한 것으로 이런 불합리한 현실을 비판한 것으로 보아도 좋고, 이런 모순 속에서 인간들은 생을 영위하고 저대로 진리를 찾노라는 부질없음을 말한 것으로, 결국 인간이란 영원히 돌아갈 수 없는 귀촉도처럼 이방에서 울다 지쳐 끝내는 숨을 거두는 것이나 아닐까 하는 촉나라보다도 먼 인생의 이상하는 고향이 아득한 것을 읊은 것이 이 2장의 중심테마일 것이다.

제3장 제1, 제2, 제3연은 제각기 색다른 이미지의 연결로 이루어진 것이나 읽어서 알기에 힘들 바 아니기에 종련의 해설에 그치겠다.

내 가슴속에는
산같이! 산같이! 하던 '내' 가 있다.
오늘도 산같이 산같이 늙어가는 '내가' 있다.

2행의 "산같이"를 중복하게 된 것은 작자인 나뿐 아니라 모든 사람은 산을 바라볼 때마다 산같이 의젓하고 싶어 하고 산같이 굳세고 싶어 하고, 산같이 조용하고 싶어 하는 충동을 느낄 것이니, 이 의연한 심경을 나타내되, 그것을 강조하기 위하여 "산같이"의 밑에 특히 감탄부 '느낌표'를 붙인 이유가 여기 있다.

끝행 역시 "산같이"를 중복했으나 거기에는 느낌표를 넣지 않았으니, 그 까닭은 늙어가는 심경에는 산의 굳센 모습보다 산의 조용한 모습이 알맞았기 때문이다.

그리고 '내' 가 있다는 '나' 는 또 하나의 '나' 를 지칭한 동시에 그런 의욕에서 사는 불멸의 '인간상' 으로 보아 무방할 것이다.

끝으로 말하고 싶은 것은 구상한 시를 조급히 형상화시키기에 서둘 것이 아니라, 오래오래 가슴에 간직해두었다가 어느 우연한 기회에 섬광을 보듯이 정신적 충동을 받았을 때 머리에 써두었던 것을 붓을 들어 건축가가 마치 도면을 그리는 심경으로 비로소 종이에 차근차근 옮기는 것이 좋은 방법이라고 하고 싶은 것은 나의 오랜 경험에서 얻은 바이다. 이 정신적 충동을 받을 때를 인스피레이션이 떠오른다 하는데 이것은 일부에서 말하듯이 어떤 신의 계시 같은 것이 아니라, 다만 정신적 통일을 얻은 순간을 말하기 때문에 영감이라고도 한다.

요컨대 과실은 익은 뒤에 수확할 수 있고, 파종한 종자가 발아하기에는 적당한 습도와 온도에서 일정한 시간의 경과가 필요한 것과 다름없을 것이다.

구체적으로 부연을 더 했으면 싶었으나 제한된 장수가 넘어서 산만한 노트로 끝맺는다.

서정시 소고(抒情詩 小考)

— 그 수필적인 노트

그 누구였는지 이름은 잊었으나 시(詩)는 거대한 수목과 같다고 말했다.

오랜 세월을 두고 그 수목에는 헤아릴 수 없을 만큼 무수한 새들이 날아와선 노래하고 노래하다가는 날아가는데 그 새 속엔 부엉이도 꾀꼬리도 카나리아도 앵무 내지 까마귀도 있다고 한다.

우리들, 시에 종사하고 있는 사람이나, 시를 공부해서 장차 시에 종사해보겠다는 사람들도 확실히 이 거목에서 노래하는 한 마리의 새임에는 틀림없다. 그 누가 과연 꾀꼬리나 카나리아가 될 수 있고, 또 앵무나 까마귀가 될 수 있느냐의 문제는 이 뒤에 말해줄 역사에게 송두리째 맡겨두라고 하고, 여기서 말하고 싶은 것은 시는 관찰이나 실험이나 기술과 설명에서 얻을 수 없는, 다시 말하면 과학으로 구명 완성시킬 수 없는 하나의 천품(天稟)에 속하는 것이라는 것이다.

자연과학의 대상처럼 과학적으로 따지는 세계가 아니라는 것이다. 한 개의 작은 솔씨[松鍾]에서도 정정한 소나무를 생각할 수 있고, 한낱 까만 꽃씨 속에서도 능히 그 아담한 꽃잎파리와 더불어 진한 향기가 벌나비까지 생각할 수 있는 것은 바로 시의 세계에서만 허용되는 것일 것이다. 꽃씨 속에는 파아란 잎이 하늘거린다. 꽃씨 속에는 빠알가니 꽃도 피어 있고, 꽃씨 속에는 노오란 나비떼가 숨어 있다. 그러기에 꾀꼬리는 까마귀가 될 수 없고, 까마귀는 꾀꼬리가 될 수 없지 않겠는가? 그것은 천부적으로 꾀꼬리는 꾀꼬리의, 까마귀는 까마귀의 내용과 형식을 갖추었기 때문인 것이다.

타고난 천품·소질이 어느 누구에게보다도 시인에게 있어서 가장 중요한 까닭이 여기에 있는 것이다. 그러므로 시인의 소질이란 결국 남다른 경험을 남이 못하는 '때'와 '곳'에서 경험할 수 있다는 것에 불과하다.

어떻게 보고 어떻게 듣고 어떻게 감각했느냐에 의해서 시 예술은 창조될 것이다. 시 예술은 표현임에 틀림없다. 나아가서 행위의 실재(實在)일 것이다. 시가 현상에 그치지 않고 실재일 때, 시는 한 세계일 수도 있다.

당신은 시를 쓰지 않는 시인이 있다고 생각해본 일이 있는가? 만일 그렇다면 그림을 그리지 않아도 화가가 될 수 있다고 긍정해야 할 것이다. 그러나 그것은 지나친 내용편중주의자들의 잠꼬대가 아니면, 그것들이 남기고 간 한 개의 고적(古蹟)에 지나지 않는다는 것을 잊어서는 아니될 것이다.

어찌 내용 소재가 표현일 수야 있겠는가? 내용 소재는 어디까지나 내용 소재에 불과할 것이다. 그러기에 내용과 형식을 갖추어야만 시 예술은 이루어질 수 있는 것이다. 그럼에도 우리 주변에는 소재만의 시인이 있다.

모두 시인으로서 미완성품임에 틀림없다. 시의 노력은 한 개의 표현의 완성을 목표로 하는 것이다.

그러므로 시는 천사만려 해보아야 천품 있는 시인들에 의해서만 영원히 계승되리라 생각된다. 시의 해안에는 헤아릴 수 없을 만큼 무수한 시인들이 모여 있다. 어떤 시인은 그 해안에서 산책하는 것쯤으로 만족하고, 어떤 시인은 시의 바다에 들어가고 싶어서 몹시 몸부림치고, 또 어떤 시인은 그 바다에 들어갈 것을 아주 단념하고 헛되이 '확실히 헛되이' 해안에서 서성거리고 있지만, 용감한 정열을 지닌 일군 시인들은 이미 그 바다에 들어갔고, 그 바다에서 마음껏 호흡함과 동시에 걷잡을 수 없을 만큼 큰 희열을 느끼고 있다.

이 시의 바다란 결국 인간의 바다로 통하는 길인 것을 잊어서는 안될 것이다. 그렇기에 시인은 인생의 꾀꼬리에 속하는 족속들임에 틀림없다.

흔히 시인을 가리켜서 언어의 마술사라고 한다.

그만큼 언어는 시인에게 있어서 생명이다. 언어에 대한 감각, 언어를 선택하는 힘, 언어를 자유분방하게 구사할 수 있는 능력을 구비한 시인만이 친분 있는 시인일 것이다.

일상 우리들이 회화에서 무의식중에 사용하고 있는 언어의 하나에서도 정연한 건축양식에서 볼 수 있는 입체감을 느낀다면, 그 원자의 한 개만 상실해도 생명 있는 언어의 성립을 기할 수 없을 것이다. 언어가 지닌 특이한 향기와 더불어 그 언어의 삶과 피를 파악할 수 있는, 곧 언어의 생명감을 체득하지 못한다면 점정을 못한 화룡에 불과하다. 생명감의 결여는, 언어의 나열은 그 시의 귀중한 정서를 독자의 가슴에 아예 전달할 수 없을 것이다. 이것은 흔히 두뇌의 시라고 불리워지는 것이다. 그러므로 시는 언어로 이루어진 위대한 건축이라고 말하는 소이가 여기에 있을 것이다. '그러면 당신은 누구를 위하여 시를 쓰는가' 라는 질문을 받았을 때 당신은 그 누구를 위하여 시를 쓴다고 명확히 대답할 마음의 준비를 갖추었는가.

일찍이 발레리는 "나는 내 자신을 위해서"라고 대답했다고 한다. 당신도 발레리처럼 당신 자신을 위하여 써도 좋다. 또는 당신 같은 독자를 열이고 천이고 만이고 상대로 해서 써도 좋다. 기실 발레리의 '내 자신'이란 결국 발레리 같은 독자를 상대로 하는 것이 아닐까. 예술이 언제나 인간을 대상으로 하고, 또한 인간을 위해서 그 존재 가치가 있다는 것을 망각해서는 안 된다.

모든 학문이 그렇듯이 예술도 인간 사회의 요구에서 오는 것이다. 요구 없는 곳에 예술은 발생하지 않는다. 이와 관련해서 아주 사소한 것 같은 일이지만 우리들은 석양에 저 하늘 높이 날아가는 까마귀를 볼 때 그 수효는 헤아리지 않는다. 그러나 우리가 기르는 닭이나 양을 아주 정밀하게 계산한다는 것을 잊어서는 안 된다. 후자의 수효는 인간에게 필요하지만 전자의 수효는 하등 필요나 의미가 없으니까. 그러면 한 시인의 작품이 또한 인간에게 있어서는 닭이나 양의 역할을 한다고 생각하지 않을 수 없지 않은가.

萬里城
밤마다 밤마다
온 하룻 밤
쌓았다 헐었다
긴 萬里城

—「素月」

한 작품이 인간에게 있어서 닭이나 양의 역할을 한다고 해서, 이것을 어떤 실리나 공리로만 생각한다는 것을 나는 경계한다. 이 실리나 공리는 항상 인간의 정신세계에 있어서 가져오는 희열과 구원이기 때문이다.

인간세계가 뒷날 어떠한 딴 양상을 초래하고 노정하건, 그러한 실리나 공리는 우리 정서나 애정을 논의하는 서정세계의 그것이라고는 생각할 수 없다. 인간의 서정 정신세계를 가장 완전히 지배할 수 있는 존귀하고 위대한 것은 오직 애정이 아니고 무엇이겠는가? 이 애(愛)의 세계에서만 인간은 순화되고 고양될 수 있는 것이다.

만리성은 소월만이 읊조리는 서정의 세계는 아니다. 아기자기한 우리 인간의 정한은 영원히 '만리성'을 쌓을 수 있으리라 믿는다.

이 지저분한 지구에서 인간은 과연 몇 억만이나 삶을 영위해왔는지 그것은 고고학자에게 맡길 일이다. 진실하고 참하게, 아니 좀 더 아름답게 살아보자는 것이 인간의 본연의 자세가 아닐까? 오늘까지 겪어온 모든 투쟁이라거나 역사란 것도 결국은 그 참상의 의의가 그러기 위해서 행위해진 것이라고 단언하여도 독단은 아닐 것이다.

그러자면 거기에 자연 윤리니 도덕이나 종교니 또는 철학이나 하는 따위의 가장 수다스러운 이야기가 나오게 되고, 그것의 연장이 정치·경제·과학에까지 이르게 되는 것도 생각하지 않을 수 없다.

그러면 시란, 일부 고답이니 순수니 하는 사람들이 말하듯이 '이것들과는 하등 관계가 없는가' 할 때 그것은 아니다. 왜? 윤리·도덕·철학·종교 내지 정치·경제라는 배양토에 깊이 뿌리박고 발아하고 성장해야 좋은 개화와 결실을 약속할 수 있는 식물―초본(草本)이건 목본(木本)이건―임에 틀림없는 까닭이다. 그렇기에 이 배양토는 한가하고 비옥해야 된다는 것은 일찍이 문화사가 증명해준 것이며, 일제가 우리 민족의 성격을 유지하고 있는 우리 문학예술을 말살하기 전에, 먼저 우리 국어 사용을 금지한 것은 일거양득의 가장 악한 정책으로써 국어 말살에서 우리 문학의 자연 소멸을 꾀했던 것이다. 언제나 그 민족과 더불어 운명을 같이 하는 것이 언어이기 때문에, 한 언어의 성장과정은 그대로 그 민족의 역사일 것이며, 그 언어가 제 민족을 떠난다는 것은 언어의 상실에만 그치는 것이 아니라, 그 민족 자체가 다른 어족(語族)에 동화된다는 것은 더 말할 나위도 없을 것이다.

그러므로 위에서 말한 배양토가 확보되지 않는 한, 우리 독특한 사상과 감정을 무엇으로써 정할 수 있는가. 꾀꼬리에게 까마귀의 노래를 강요하는 것이 아닐 수 없을 것이다. 한때 우리의 시단의 모더니스트 편석촌은 그가 청춘시절에 우리들의 시를 청중 없는 음악회라고 흔히 써오던 것을 나는 기억한다.

그것이 20여 년 전 일인데, 이제도 역시 우리들의 시는 청중 없는 음악회의 꼴을 벗어나지 못하고 있는 것을 어찌하는가? 아직도 시는 우리들의 생활필수품 목록의 한 자리를 차지하기에는 요원한 시일이 필요하다고 본다. 인간생활에 있어 의식주와 자동차와 일생 생활필수품도 필요하지만, 인간의 아름다운 의식의 내용과 형식에서 빚어나오는 표현인 시 예술도 필요한 것이다.

나에게 누가 케케묵은 질문이긴 하지만 누구를 위하여, 무엇 때문에 시를 쓰느냐고 묻는다면 나는 서슴지 않고 '나와 같은 독자와 더불어 시에 살고 싶기 때문에 시를 쓴다' 고 대답하기에 조금도 주저하지 않겠다.

실상 시를 쓴다는 것은 시에서 살고 싶은 욕망에서 발로된 행동의 일단이 아닐 수 없기 때문이다. 오늘까지의 인간사회란 인간과 예술이 제각기 딴 영역에서 인간생활의 진의는 오랜 시간을 두고 몰락했다고 당신은 생각해 본 일이 없는가? 인간생활의 참된 의의를 시 예술과 생활을 분리할 수 없는 경지에서 찾을 수 없다면, 그것은 절망된 세계의 주민이거나 정상성을 잃은 사고에서 오는 불완전하고 비정상적인 인간일 것이다.

언제나 미래에 살고 또 살려고 하는 당신들 시인의 불타는 청춘이 자기의 아름다운 의식의 건설을 위하여 노동을 한다는 것은 당신들 생활의 일과 중에서 무엇보다도 성스럽고 중요한 일이 아닐 수 없다. 이는 당신들이 생명을 보존하는 데 있어 정신으로는 물론 내생적(來生的)으로 중요한 것이다.

인간의 지고지순한 정서를 서(敍)한다는 것은 골고다의 언덕에 끌려가서 십자가에 못 박혀 쓰러진 저 예수의 세계로 통하는 성스러운 길이요, 바이런이 그리스 독립전쟁에 그의 뜨거운 정열을 작열시킨 가장 위대한 길로 연결되는 것이며 소월의 '산유화'가 '초혼'으로 결정되는 가장 아름다운 세계가 아니고 무엇이겠는가. 시인이란 이렇게도 인간의 정신세계를 위한 선택된 가장 우수한 선수가 아니면 안 될 것이다.

마치 선철을 용해시킬 때 기사가 필요하듯이 인간의 찬란한 정신 또한 당신들 시인이 기사 이상으로 필요한 것이다.

그러므로 현대의 불안으로 당신들 의상을 갈아입는다는 것은 너무 성급하고도 위험천만한 일이 아닐 수 없다. 기원전 700년, 희랍시대에서 칠현금에 맞추어 노래 불리워졌다는 서정시의 강물은 오늘도 여전히 은은하게 흐르고 있다는 것을 망각하지 말라. 이 강물에 뛰어들어갈 때면 우리는 테이블과 머리를 마주대고 앉아서 인스피레이션을 쥐어짜지 않아도, 그 강물에서 목욕하는 뮤즈를 용이하게 만날 수도 있을 것이다. 그 시대와 문화에서 항상 선구하는 것이 시인이라면 이 행렬에서 뒤떨어져서는 벌써 시인이 아닐 것이며, 영원한 시대의 진실한 노래의 연락에서만 가능하지 않을까. 오늘의 시인은 먼저 기사(技師)여야겠다.

시작법(詩作法)에 있어서의 기술적인 기교가 아니라, 시의 영원한 고향인 시인의 생활 태도를 이름이니, 시인이 발견한 미는 곧 진실이기 때문에 시는 모든 예술의 원천인 동시에 출발이요 또한 귀결이다.

시인으로서의 만해(萬海)

— 문학적 견지에서 본 문인 한용운(韓龍雲)

위대한 영혼
마하트마
우주의 생명과 합치한 사람
고요하고도 새까만 눈, 연약해 보이는 자그마한 몸집, 여윈 얼굴 바깥쪽으로
쑥 나온 큰 귀, 흰 두건을 쓰고 온 몸에는 허름한 옷을 두르고 맨발인 채이다.

이것은 로망 롤랑이 인도의 메시아라고 불러온 간디의 모습을 말한 것이다.

지금 나는 간디의 모습과 흡사한 공통성을 일찍이 발견했던 가장 불행하
고도 가장 위대한 한 사람의 시인을 여러분의 기억에서 되살려보려고 한다.

그만치 그 시인은 가장 불행했던 시대에 태어났고, 또 그 시대를 살아왔
고, 그 시대에서 떠났지만, 가장 위대한 일을 우리 민족사와 더불어 우리 정
신사에 눈부시게 남겼던 것이다.

항상 우리 마음속에 불사조처럼 영원히 도사리고 앉아 있는, 그리고 영
원히 앉아 있을 이 위대한 시인은 다른 사람 아닌 바로 만해 한용운 그분이
다. 한 생명이 그 모습을 나타내고 이윽고는 죽어갈 때 사람들은 변전과 무
상을, 혹은 시간과 영원을 말하지만, 한용운은 어둠 속에 나타나는 그 어둠
속에서 이글이글 횃불처럼 타다가 끝내 어둠 속에서 숨을 거두었기에, 그
광망은 우리들의 마음에서 지금도, 그리고 영원히 그 찬연한 빛을 거두지

않을 것이다. 그것은 그가 떠난 지 사반세기가 넘었는데도 우리에게 남긴 빛이 찬연한 것같이 그의 가치는 통상적인 데서가 아니라, 시대가 변이하는 중에서도 그 가치의 불변성은 영원히 지속할 것이요, 더욱 더 그 위대성은 시공을 초월해서 증가될 것이다.

구름 밖에 홀립하고 있는 거악(巨嶽)은 아무리 우리와 거리를 멀리하고 있으되 우리 시야에서 사라지지 않고 더욱 그 윤곽이 뚜렷이 군소봉(群小峰) 위에 군림하고 있는 모습과 다름이 없듯이, 지금도 우리 머리 위에 뚜렷이 그 모습을 나타내고 있는 것이 바로 시인 한용운의 위대성인 것이다.

일찍이 만해 한용운은 동학에 참여했다가 불교에 입도한 뒤, 민족운동의 선구적 혁명가로서, 또는 선사로서 불교의 근대화와 더불어 대중화를 절규한 인물이니, 어찌 보면 퍽 다양한 것 같지만 불교에 뿌리박고 중생무변서원도(衆生無邊誓願度)를 몸소 행하는 한편, 위대한 사상의 근대화에 획기적 신기원을 세운 것이다.

이에 대한 상세한 연보(年譜)적인 기록은 『한용운연구』(박노준 · 권환 공저)에 미루기로 하고, 다만 나는 문인—특히 시인—으로서의 그 일면을 살펴보기로 한다.

만해가 남겨 놓은 문학적 업적으로는 『흑풍』과 『박명』의 두 소설과 시집 『님의 침묵』이 있다.

두 편의 소설은 일생 동안 일제와 항쟁을 멈추지 않은 고고한 정신적 소산으로 조국의 운명을 걱정하고 애국충정에서 썼기 때문에 소설가로서의 소설을 썼다기보다는 민족을 구원하자는 한 사람의 지도자로서 집필했다고 보아야 할 것이다. 이것은 소설에만 한한 것이 아니라, 시를 쓰는 태도에서도 또한 다름이 없는 것이다.

그러면 『님의 침묵』이 우리에게 준 하나의 지도자로서의 교훈을 들어보기로 하자. 『님의 침묵』을 펴들면 서문으로 우리 눈에 '군말'이 들어온다.

"님만 님이 아니라 기룬 것은 다 님이다. 중생이 석가의 님이라면 철학은 칸트의 님이다. 장미화의 님이 봄비라면 마찌니의 님은 이탤리다. 님은 내가 사랑할 뿐 아니라 나를 사랑하나니라. 연애가 자유라면 님도 자유일 것이다. 그러나 너희는 이름 좋은 자유에 알뜰한 구속을 받지 않느냐. 너에게도 님이 있느냐, 있다면 님이 아니라 너의 그림자니라. 나는 해 저문 벌판에서 돌아가는 길을 잃고 헤매는 어린 양이 기루어서 이 시를 쓴다."

이것은 너무나 유명한 『님의 침묵』의 서문의 전문이다. 저자 만해는 이 서문을 제(題)하되 '군말'이라 겸허하였으나, 군말이 아니라 꼭 해야 할 말, 아니해서는 안 될 말인 것이다. 200자도 못 되는 짧은 글인데, 이토록 거창한 의미를 함축성 있게 압축시킨 것을 생각하면 다만 눈이 휘둘릴 정도다.

두말할 것이 없이 중생은 석가의 님이요, 또한 만해의 님은 조선일 것이다. 해 저문 벌판이란 이미 태양을 상실한 암담한 조국이요, 길 잃고 헤매는 어린 양이란 바로 나라를 잃어버리고 헤매야 하는 이 나라의 겨레였던 것이다.

민족운동의 대열의 앞장에서 일제에 항쟁한 만해는 시인이기 전에 저 간디가 그렇듯이 이 나라의 메시아였던 것이 분명하다. 그러므로 만해 문학의 저변에는 불교 철학의 신념과 민족적 긍지로써 기초 공사를 굳건히 하고, 그 위에 건립된 것이 그의 작품세계인 것은 새삼 말할 필요도 없다.

피라미드의 저변이 공고하지 않았던들 기원전(BC 30~29)에 세운 그 삼각탑이 오늘에 이르도록 이 지구상에서 있을 리 만무하다. 그와 마찬가지로 일생을 일제에 항쟁하고, 끝내 일제시(日帝時)에 마지막 숨을 거둘 때까지 만해의 무장된 지조의 삼각탑은 그 어느 한 모서리도 금이 간 적이 없다.

1919년 2월 상순경 최린은 최남선, 현상윤 등과 독립운동 계획을 협의하던 차에 선언문 준비의 문제가 제기되었을 때, 육당(六堂)은 말하기를, "나는 한 생애를 통하여 학자의 생활로써 관철하려고 이미 결심을 한 바 있으므로 독립운동의 표면에는 나서고 싶지 않으나, 독립 선언문만은 내가 지어 보고자 하는데 그 작성 책임은 형(최린을 지칭)이 져야 한다"고 하면서 최린의 의사를 물었다 한다.(『한국사상』 제4집, 172~173쪽)

그 뒤 이 말을 들은 만해는 "독립운동에 책임을 질 수 없다는 최남선에게 그 선언문을 작성케 함은 불가하니 내가 짓겠다"고 주장했다는 것은 너무나 유명한 일화지만, 여기에서도 만해의 대쪽 같은 그 강직한 지조의 일면을 엿볼 수 있다.

일제가 발악하기 시작하면서 신문·잡지를 모조리 폐간시키고, 뒤이어 창씨개명을 강요할 때에도 일체 이에 응하지 않은 것은 만해의 종교적 신념과 민족적 긍지가 무섭도록 굳었던 까닭이었다.

같은 대열에서 민족운동을 벌이던 동지들은 앞을 다투어 일제에 굴복·아부하고 심지어 소위 신무천황(神武天皇)이 즉위했다는 강원 옆에 있다는 산 이름을 따라서 창씨개명을 달하는가 하면, 일어상용(日語賞用)의 문패를 달고 벙청거리고 사는 판에도 삼간두옥(三間斗屋) 심우장(尋牛莊)에 묻혀 민적(民籍 : 호적)마저 없이 조국 광복을 기다리다 끝내 1944년에 입적하였다.

창씨개명을 하지 않은 것이 얼마나 대수로운 일이며, 민적 없이 살아가는 것이 얼마나 큰일이겠느냐고 반문할 철없는 사람이 혹시 있을지는 모르지만, 일제의 서슬 같은 압력 아래서는 참으로 지난한 일이 아닐 수 없다. 바로 이 정신이 간디의 '비협조' 운동과 통하는 길인 것이다. 간디는 '비협조' 운동을 부정하고 나선 타고르에게, 시인은 마땅히 세계에 대한 인도의 사명을 시적으로 해설하는 것이 조국에 대한 최대의 봉사라고 지적한 바 있다.

『님의 침묵』은 바로 이 정신의 발현인 것을 잊어서는 안 될 것이다. 흔히 만해의 시를 말할 때에는 타고르와 대비하여 보는 것이 거의 상식화되었다. 여기 대해서는 송욱도 그의 『시학평전』에서 지적한 바 있듯이, 『님의 침묵』을 쓰게 된 것은 타고르에게서 받은 바 영향이 컸으리라고 보아 오진(誤診)은 아닐 것이다.

그리고 『님의 침묵』에는 「타골의 시(Gardenisto)를 읽고」라는 작품이 수록되어 있고, 그 시형(詩形) 또한 타고르의 「기탄자리」, 「초승달」, 「園丁」과 같은 산문시에 가까운 유장한 내재율이 장강처럼 저류하고 있는 것도 더욱 흡사하다.

그러나 흡사한 것은 그 시형에 그칠 뿐, 내용을 지배하고 있는 주제(사상면)에 있어서는 하늘과 땅 사이처럼 그 거리가 멀다. 타고르는 『우파니샤드

(upanisad)』에 뿌리박고 범아일여(梵我一如)의 오증(悟證)에 두고 있어 불교에서 중생을 구원하는 세계, 즉 대자대비(大慈大悲)와는 거리가 멀다 하지 않을 수 없다. 만해가 민족정기와 더불어 불도(佛道)와 융합하여 살신성불의 경지에서 일제에 항쟁하는 데 비해, 타고르는 범아일여의 순수·초월한 세계에서 유미적이며 낭만적인 명상세계에 묻혀 있었고, 그 수계에서 타고르가 명목(瞑目)하고 있을 때, 만해는 핏발 선 노한 눈으로 일제를 질시하고 있었던 것이다.

어찌 보면 몰아의 경지에 따르는 유미적인 타고르의 서정적 세계가 매연에 찌들은 현대 기계문명을 멀리한 곳에 인간 본연의 기구에서 설정한 하나의 아늑한 안식처가 될 수 있고, 또 현대 물질문명에 대한 비판이 될 수도 있으나 소극적인 면을 면할 수 없다.

그것은 간디도 악과의 비협조는 선과의 협조와 동일한 의무라고 지적하고, 시인 타고르가 소극적 상태로서 적멸을 설명한 데 대하여 무의식적으로 불교에 부정을 하게 된 것을 주목하고, 해탈은 적멸과 같이 소극적 상태라고 말하고 나아가 육(肉)의 긴박에서의 해탈, 혹은 적멸이란 항국적 희열에 들어가는 길이라고 역설하고 있는 것이다.

다시 간디는 말하고 있다. "씨를 뿌리기 전에 잡초를 뽑아 내지 않으면 안 된다. 악을 뽑아 없애지 않으면 안 된다"고─. 이에 대하여 로망 롤랑도 덧붙여 말하기를 "그러나 아마도 타고르는 아무것도 뽑아내는 것을 바라지 않았을 것이다. 그의 시적 관조는 모든 존재하는 것과 화합하여 거기에서 조화를 맛보는 것이다. 그는 천품의 아름다움을 지닌, 그러나 극단으로 행동을 결한 시편 중에서 그것을 표현하고 있다. 그것은 환영과 더불어 희롱하는 나타라쟈의 춤과 같다"고 지적하고 있다.

결론을 말하자면 만해는 시의 기량(技倆 : 형식)을 타고르에게서 얻었고, 사상적 바탕은 차라리 간디에 두고 있다고 보아 무방할 것이다. 그것은 먼저 일제의 쇠사슬에 묶여 있는 것을 벗어나는 데서 구원의 길을 찾았기 때문이다.

'비협조' 운동에 비협조한 타고르의 시정신을 용납할 수 없는 것이 만해의 지조요, 또한 민족정기였던 것이다.

그러면 만해의 그칠 줄 모르고 솟아오르는, 그리고 장강처럼 곤곤히 흘러넘치는 시세계로 발길을 옮겨보기로 하자.

> 바람도 없는 공중에 수직의 파문을 내이며 고요히 떨어지는 오동잎은 누구의 발자취입니까.
>
> 지리한 장마 끝에 서풍에 몰려가는 무서운 검은 구름의 터진 틈으로 언뜻언뜻 보이는 푸른 하늘은 누구의 얼굴입니까.
>
> 꽃도 없는 깊은 나무에 푸른 이끼를 거쳐서 옛 탑위의 고요한 하늘을 스치는 알 수 없는 향기는 누구의 입김입니까.
>
> 근원은 알지도 못할 곳에서 나서 돌부리를 울리고 가늘게 흐르는 작은 시내는 굽이굽이 누구의 노래입니까.
>
> 연꽃 같은 발꿈치로 가이없는 바다를 밟고 옥같은 손으로 끝없는 하늘을 만지면서 떨어지는 날을 곱게 단장하는 저녁놀은 누구의 시입니까.
>
> 타고 남은 재가 다시 기름이 됩니다. 그칠 줄을 모르고 타는 나의 가슴은 누구의 밤을 지키는 약한 등불입니까.
>
> —「알 수 없어요」 전문

시문학 60년의 성상이 흘러가는 동안 우리 시단의 지평선 상에는 수많은 성과가 나타났고 또 사라져갔다. 그 성과들 중에는 감상주의(Sentimentalism)의 이름으로, 이상주의의 이름으로, 또는 상징주의의 이름으로, 허무주의의 이름으로 많은 시인들이 그 눈부신 광망을 던졌던 것이다.

그것이 어디에 바탕을 두었든, 민족주의를 기조로 한 우리 신문학의 출발은 일제의 압박 속에서 발아하였고 그 속에서 성장하였던 것이다. 신문학

60년의 역사 중 거의 반 이상을 차지하는 36년간을 질곡과 암흑 속에서 허덕였으니 제대로 성장·개화했을 리 만무하다.

그 야만적인 일제의 탄압 밑에서 우리 언어를 사수한 것만으로도 우리나라 시인이 세운 공은 지고한 것이었다. 그 당시 쓰인 모든 시인의 작품은 거의 비탄과 절망, 울분과 강개의 테두리를 벗어나지 못했으니, 그것은 모두 일제의 피압박 식민지적인 탄압 아래서 참을 수 없는 반발의식이 바탕이었던 것만은 사실이다. 오로지 반항의식에서 파생된 애국 애족의 절규에서 나오는 서정이었다.

「알 수 없어요」를 읽어 내려가면 너무나 잘 알고 있다는 작자의 반어(反語)라는 것을 쉽사리 알 수 있다. '……입니까' 로 시작한 설의법은 차라리 '……입니다' 의 결정사(決定辭)에 불과하다고 볼 수 있는 것이다.

이 시에 등장하는 "발자취", "얼굴", "입김", "노래", "시"는 모두 대자연의 섭리인 우주의 발자취나 얼굴이나 또는 입김이나 노래나 시로 보아 무방할 것이요, 또는 부처님의 그것으로 보아도 무방할 것이다. 그것은 대자연의 섭리의 묘를 정밀한 관조로써 승화시킨 만해의 오묘한 서정이기 때문이다. 그러므로 이 섭리를, 가장 잘 알고 있는 사람이 다름 아닌 작자 만해이기 때문에 반어나 설의의 수법으로 결정적인 고정을 시킨 것이 아닌가 한다. 문제는 이 시의 대단원을 내린 끝연에 있으니,

타고 남은 재가 다시 기름이 됩니다. 그칠 줄을 모르고 타는 나의 가슴은 누구의 밤을 지키는 약한 등불입니까.

하고 돌연 일대 비약을 하고 있는 점이다. 작자 만해는 불제자인 한 선사인 것으로 보아 구도적인 모습을 거기서 찾아볼 수도 있겠지만, 먼저 만해는 중생제도를 다짐한 이 나라의 메시아이기 때문에, 망국민족의 울분과 광복의 굳은 종교적 신념이 곁들여진 절규가 아닐 수 없다.

타고 남은 재가 다시 기름이 되어 영원히 탈 수 있다는 신념은 그대로 조

국과 민족의 광복을 절절히 기원하는 불사조의 정신을 말한 것이요, 조국 광복의 새벽을 기다리며 어둔 밤을 지키는 지조와 정절을 눈물겹게 노래함으로써 대단원을 내리고 있다.

그 굳은 신념과 높은 지조로써 일생 동안 한 발짝도 후퇴한 적이 없는 만해는 어둠 속에서도 그 가슴에 오히려 맑은 빛을 간직할 수 있었고, 그 불사조의 정신으로 영원한 자비의 씨앗을 우리들의 가슴에 번식하였으니 이 어찌 자랑스러운 일이 아니겠는가?

이 밖에도 구구절절이 우리의 가슴을 에이고 깊숙이 파고드는 작품이 많으나 다음 기회로 미루고, 위대한 시인 만해는 역사와 더불어 우리 가슴속에 영원히 살아갈 것을 믿으면서 두서없는 붓을 놓는다.

시정신과 참여(參與)의 방향

오한(惡寒)

어둔
벌판에서는
늑대 떼가 울고 있었다.

대화도 앗아간 가슴에
채곡채곡 쌓이는
잃어버린 새벽의 찌꺼길 안고
무딜 대로 무딘 혓바닥을 깨물면서
우리들은
역시 어둔 벌판에서 울어대는
잔인한 늑대 떼의
잔인한 울음 소릴
듣고 있었다.

사뭇
하늘이 누렇게 고여드는
눈 망울 저 속 깊이
아직 파랗게 남은

한 조각 하늘을 데불고
비만한 어둠에 몰려 간
싸늘하게 식어 가는 대낮을
아아 그 눈망울만은
말할 수 있는 자유가 있다.

허덕이면서
거꾸러지면서
되쳐 일어나면서
시체된 대낮의 엉뚱하게 높은 그 언덕을 넘어가면서
으스스 오는 오한을
우린 자랑하면서 살아도 좋다.

그러기에
한번도 외롭다고 말한 적이 없다.

　얼마 전에 에즈라 파운드에 대한 수상을 둘러싸고 논쟁이 벌어졌다는 보도를 읽은 일이 있다. 내용인즉 그에게 미술 예술과학 아카데미의 연례행사인 에머슨 도로우 메달은 주어 마땅하다는 제안을 받자, 아카데미 이사회에서는 2차 대전 당시 그는 무솔리니를 지지하는 방송을 했을 뿐 아니라, 작품을 통해 반유태주의를 부르짖었는데, 그런 사람에게 인간적이어야 할 상을 줄 수는 없다고 거부한 데서 말썽이 되었던 것이다. 근 200년의 역사를 가진 예술과학 아카데미가 사회과학과 인문과학의 분야에 걸쳐 존경할 만한 업적을 남긴 사람에게 주는 권위 있는 상이라고 한다.
　거부당한 제안자 측의 말인즉, 셰익스피어도 고리대금업자였고, 크리스토퍼 말로는 동성연애자였으며, 보들레르도 난폭한 타락 속에서 살았고, 루이 페르디난트 셀린 또한 파시스트였으나 그들의 작품의 예술적 가치가 평가받지 말아야겠느냐는 것이다. 루이 페르디난트 셀린도 2차 대전 때, 반유태주의사상을 가지고 조국을 점령한 도이치 군에게 협력하여 전후엔 유죄선고를 받고 덴마크로 망명을 갔다가, 1951년에 용서를 받아 귀국했다는 점에서는 에즈라 파운드와 흡사한 사람이다. 문제는 작품의 예술적 가치 평가에 있는 것이 아니라, 과연 존경할 만한 업적을 남겼느냐에 있는 것이요, 따라서 인간적이어야 상을 줄 수 있느냐는 점이 있을 것이다.

T. S. 엘리엇의 「황무지」가 그의 손을 거쳐서 비로소 햇빛을 보았다고 하고, 또한 그의 작품을 과소평가할 수도 없다고는 하지만, 그는 조국의 적대국의 편에서 조국을 패망의 구렁으로 몰아넣는 데 부채질한 반역자인데 어찌 존경할 업적을 남긴 사람에게 주어지는 상을 수여할 수야 있겠는가? 아카데미에서 말하듯이 용서한다는 것과 존경한다는 것은 혼동할 수 없다는 이야기가 바로 그 점인 것이다. 일전 어느 신문에선가 이동주 시인은 시 월평에서 「사도행전(使徒行傳)」(박두진)을 다루면서 '현실참여는 행동으로 하고, 시는 순수 서정시로 써야 한다'는 그 시인 나름의 지론을 써놓은 대문을 읽었는데, 「사도행전」은 바로 시인 박두진의 행동이 아니고 무엇일까? 시인에 있어서의 행동이란 바로 작품 활동을 하는 것이라고 나는 생각한다. 순수 서정시를 쓰건, 참여시를 쓰건 그것은 그 시인의 가장 구체화된 행동임에 틀림없다. 「사도행전」이 참여시라면 그것도 바로 박두진이 참여하는 행동인 것은 자명한 일이다. 아무리 생각해도 참여시를 사갈시(蛇蝎視)하는 저의에서 나온 경솔한 독단이 아닐는지……. 나는 서정시를 반대하자는 것도 아니요, 반대할 아무런 이유도 없다. 그러나 '순수 서정시'란 전연 참여성을 제거한 음풍농월을 의미한다면 문제는 달라진다.

오늘날 시인들은 불행하게도 음풍농월로 만족할 수 있는 상황 속에서 살고 있지 못하기 때문이다. 공해로 오염된 공기를 마시면서 꾀꼬리는 제 목청을 낼 수 없을 것이 아닌가? 꾀꼬리가 제 목청을 내자면 공해의 제거가 선행되어야 할 것이니 이 작업이 바로 참여로 통하는 길이다. 요는 현실 참여의 방향 설정이 문제일 뿐이다. 에즈라 파운드가 그 당시 무솔리니 예찬의 지지 방송이나 작품 활동도 현실 참여요, 루이 페르디난트 셀린의 도이치 점령군에의 협력도 현실 참여임에는 틀림없다. 다만 아세곡필(阿世曲筆)

로써 조국을 배반하면서까지 원수와 손잡고 불의와 부정을 옹호한 현실 참여일 따름이다. 내가 존경하는 작가 K씨는 어디선가 '남은 보릿고개를 못 넘겨서 솔가지에 모가지를 매다는 판인데, 낙동강 물이 파아라니 푸르니 어쩌니……' 하는 창백한 문인들의 글을 놓고 열을 올려 떠들어댄 우리 문단의 작풍이 아니었느냐고 말한 것을 읽은 적이 있다. 예나 다름없이 낙동강 칠백리 물은 파랗게 흐르고 있는 것을 읽은 적이 있다. 예나 다름없이 낙동강 칠백리 물은 파랗게 흐르고 있는 것은 거짓 없는 사실이다. 낙동강 유역의 주민들의 생활상에는 눈을 딱 감고 푸른 물만 볼 수 있을 것인가? 설사 그 아름다운 낙동강의 푸른 물만 보았다고 하자. 그리고 푸른 물만 읊은 너그러운(?) 순수(?) 시인이 있다면 그는 얼마나 행복한 시인일까? '현실 참여는 행동으로 하고, 시만은 순수 서정시로 써야 한다'는 시인이 부조리한 현실 상황에 눈을 감는 것은 자유다. 그러나 그 시인이 고집하는 순수 서정이란 따지고 보면 현실 도피의 구실에 불과하다.

설령 음풍농월로 현실을 도피했다고 가정하더라도, 그 도피의 태도 가운데 부조리한 현실에 대한 강한 증오의 감정이 저류하고 있다면 천만 번 다행한 일일 것이나, 만에 일이라도 현실 순응에 그쳤다면 그에 더 불행한 일은 없을 것이다. 현실 도피이건 현실 순응이건 그 시인의 시작활동이 있는 한, 그것은 현실 참여임에는 틀림없다. 다만 현실 참여의 농도와 방향이 다를 따름이다. 그 방향 설정이 낙동강 유역의 주민들의 생활상까지 미쳤느냐 아니면 낙동강 푸른 물에만 미쳤느냐에 있을 뿐이다. 주민의 생활상에는 오불관언(吾不關焉)으로 눈을 감아버리고……그렇기에 우리가 공상하는 세계란 언제나 현실을 떠나서는 성립할 수 없는 것이다. 주어진 현실의 상황 속에 발붙이고 현실에 대한 불만과 갖고 싶어 하는 현실을 공상의 세계에 설정해보는 것이다. 낙동강 유역의 보릿고개를 시인은 시로써 노래하면 된다. 그 유역의 주민들을 위해서 구호양곡을 보내 주는 실제적 행동은 정치와 경제가 맡아서 할 일이다.

일찍이 투르게네프는 「사냥꾼의 일기」로 농노해방에 영향을 끼쳐 크게 이바지했다는 이야기는 너무나 유명하지만, 농노해방을 위해서 투르게네프가 가두에 나서서 데모를 벌였다는 이야기는 들은 적이 없다. 그러므로 예술가의 행동이란 바로 작품 활동이면 족하다. 그렇다고 실제 행동에 나가서는 절대 안 된다고 금족령을 내리자는 것은 아니다.

시정신이란 결국 사물의 배후에서, 혹은 그 중심에 파고들어 실상을 파악하고 나아가 파이척결하는 정신이고 보면, 에즈라 파운드식 참여는 전진하는 역사의 치차(齒車)를 붙들고 늘어져 엉뚱한 방향으로 끌고 나아가, 새로운 역사 창조의 저력이 될 수 있는 길은 아닐 것이다. 어찌 속정에 국척하여 참여의 방향을 그릇되게 설정할 수야 있겠는가?

인간의 기구하고 의욕하는 것을 꿈으로 승화시킬 수도 있다. 그러나 그 꿈의 저변에는 항상 현실의 부조리에 대한 증오가 깔려야 할 것임은 더 말할 것 없다. 이것이 예술가의 소중한 양심으로 통하는 길이기 때문이다.

젊은 시인에게 보내는 편지

1

P군.

내 자신도 제대로 가누지 못하고 살아가는 인생인데 새삼 군에게 이런 붓을 든다는 것이 어찌 생각하면 쑥스럽기도 하지만, 이것은 군에게 하고 싶은 이야기인 동시에 내 자신에게 들리고 싶은 이야기라고 생각하고 자성(自省)하는 의미에서 이 붓을 든다고 전제해둡니다.

시—문학—에 종사한다는 것은 바로 인생을 보다 충실하게 살자는 데 그 의의가 있다고 생각하는 것은 내 평생의 시론입니다. 그러므로 문학을 한다는 자체가 바로 인간 수업의 길로 통하리라 믿습니다. 진부한 이야기지만 제(齊)나라 경공(景公)이 정치의 요체를 공자(孔子)에게 물었을 때 '군군(君君), 신신(臣臣), 부부(父父), 자자(子子)'라고 대답한 것은 비단 정치에만 통하는 말이 아니라, 문학에도 통하는 말이라고 나는 생각합니다. 임금은 임금다워야 하고, 신하는 신하다워야 하고, 아비는 아비다워야 하고, 자신은 자식다워야 하듯이, 시인은 시인다워야 하리라 믿습니다. 답지 못한 데서 문제는 복잡하게 전개되지 않나 생각합니다. 다워야 하는 마음가짐이 문학에 임하는 문학도의 태도가 아닌가 합니다.

그러므로 문학 이전에 인간 수업이 선행되어야 한다면 나의 지나친 과언이 될는지 모르겠지만, 인간 수업을 제대로 못한 데 자기 학문에 뚜렷한 신념을 가지지 못하고, 신념을 잃기 때문에 인간의 지주로 삼아야 할 지조를 헌신짝 버리듯 팽개치는 예를 슬프게도 우리의 짧은 문학사에서도 역력히 보아온 사실이 아닙니까?

P군.

괴테는 사대 시성의 한 사람이요, 세계의 문호라는 데 아무도 이의를 말할 사람은 없을 만치 그가 우리 정신사에 남긴 위대한 업적을 부정할 수는 없습니다. 그러나 바이마르에 진격해온 나폴레옹에게 달려가 송시를 봉정한 것을 우리들은 까마득히 망각하고 있습니다.

일개 정복왕의 마제하(馬蹄下)에 송시를 써 바쳐야 하겠습니까? 사대 시성이 못 되어도 좋습니다. 『파우스트』 같은 걸작을 못 써도 좋습니다. 원수의 말발굽 아래 송시를 써올리는 망발을 범해서는 안 될 것입니다.

백마를 타고 달려오는 나폴레옹의 웅자(雄姿)에 감탄한 헤겔 또한 그의 서재의 베란다에서 '세계의 정신'이라고 환호를 올렸다니, 이 철학자 또한 괴테 못지않은 주착이 아닐 수 없습니다. 그가 설령 공화주의에 의한 세계 단일화를 염원했다손 치더라도 일인 전제의 상징인 왕관을 쓴 이상 그것은 공화주의의 이념인 '민중의 자유 평등'에 배치되는 자기기만이었던 것입니다.

나폴레옹이 황제가 되었다는 말을 듣고, 그때 봉정하려던 악보를 찢어버린 베토벤과 아울러 나폴레옹의 족벌정치에 일어섰던 철인 피히테와, 지사 슈타인을 내가 존경하는 까닭이 어디 있는가를 P군도 잘 아시리라 믿습니다.

그러기에 T. S. 엘리엇의 유명한 「황무지」가 그의 손을 거쳐서 비로소 햇빛을 보았다는 그 손의 주인공인 에즈라 파운드를 위대한 시인이라고 입을 모아 떠들어대는 것을 볼 때, 제2차 대전 때에는 단눈치오와 더불어 무솔리니의 앞잡이로 조국의 적대국의 편에서 조국을 패망의 구렁텅으로 몰아넣는 데 부채질한 반역을 저질렀다는 것을 그의 작품의 예술적 가치로 상쇄할 수 있을 것인가 하고 나는 곰곰 생각합니다. 그럴 수 없기에 말입니다.

P군.

괴테만 못해도 좋습니다. 에즈라 파운드만 못해도 좋습니다. 그러기에 나는 우리 민족의 영원한 시인 한용운을 존경하고, 내 가슴에 지니는 것입니다. 너무나 일찍 떠난 지훈(芝薰)을 아끼는 까닭도 여기 있습니다. 이들의 높은 지조는 우리 문학사의 영원한 등불이기 때문입니다.

> 님이여 당신은 백번이나 단련한 금입니다.
> 뽕나무 뿌리가 산호가 되도록 천국의 사랑을 받으소서.
> 님이여 사랑이여 아침 볕의 첫걸음이여.
>
> 님이여 당신의 의가 무거웁고 황금같이 가벼운 것을 잘 아십니다.
> 님이여 당신은 옛 오동의 숨은 소리여.
>
> 님이여 당신은 봄과 광명과 평화를 좋아하십니다.
> 약자의 가슴에 눈물을 뿌리는 자의 보살이 되옵소서.
> 님이여 사랑이여 얼음 바다에 봄바람이여.
>
> ―「찬송」

만해의 조국애가 이처럼 넘치는 「찬송」 같은 시가 있는 나라에 태어나 시인이 된 것을 행복하게 생각한다고 젊은 시인 송욱은 말하고 있습니다. 나 또한 만해 같은 시인이 태어난 나라에 생을 받은 것을 행복하게 생각하는 바입니다.

P군.

우리가 살고 있는 이 지구의 표면에는 우리보다 불행한 민족이 없는 것도 아닙니다마는 돌이켜보면 우리만치 불행한 민족도 드물 것입니다. 그리고 지금도 역시 그 불행한 민족의 대열에서 벗어나려고 하고 있는 것을 어찌합니까.

해방 사반세기가 넘도록 나라는 두 동강으로 갈라진 채 반목질시 속에서 좀체 통일의 길은 엿보이지 않고, 겨우 남북대화가 시작되는가 했더니, 그 또한 중단된 채 앞길은 까마득한 벽에 부딪치고 있으니 어찌 생각하면 암담하기 짝이 없습니다. 이런 불행 속에서 시―문학―에 종사한다는 것은 지난한 일이라기보다 차라리 고행이 아닐 수 없습니다.

현실을 범람하는 불신과 부조리에 겹쳐 빈곤 속에서 남의 턱을 바라보며 겨우 겨우 살림을 꾸려가야 하니 이런 북새 속에서 시―문학―에 종사하는 것이 고행이 아니고 무엇이겠습니까?

이런 불신과 부조리와 빈곤 속에서 인간의 정신세계를 침식하고 덤비는 불의와 부정을 모른 채 수수방관하고 앉아 고고할 수는 없습니다.

이것들을 몰아내는 데 정치와 경제의 힘도 크지만, 문학 또한 그 일익을 맡아야 하리라 믿습니다.

일찍이 사르트르는 "작가는 굶주리고 있는 20억 인간 편에 서지 않으면 안 된다"고 말했지만 우리 문학도는 먼저 불행한 우리 겨레의 편에서 붓을 들어야 하겠습니다.

한 편의 시는 불행한 겨레의 멍든 마음을 되찾아주는 따뜻한 손길이 되어줘야 하고, 같이 울어줄 수 있는 데까지 시인은 찾아가야 할 인고와 용기가 있어야 할 것입니다. 부조리한 현실에 눈감고 현실을 외면하는 것만을 능사로 삼을 수는 없습니다. 부조리한 현실에 대한 인간의 성실한 저항이 누구에게 보다도 시인에게 요구되는 것을 잊어서는 안 될 것입니다.

P군.

군은 요산(樂山)의 「모래톱 이야기」를 읽은 기억이 나리라 믿습니다. "그들이 살아오던 낙동강 하류의 어떤 외진 모래톱―이들에 관한 기막힌 사연들조차, 마치 지나가는 남의 땅 이야기나 아득한 옛날이야기처럼 세상에서 버려져 있는데 대해서까지는 차마 묵묵할 도리가 없었기 때문이다"라고 서두에서 밝히고 있습니다. '남들은 보릿고개를 못 넘겨서 솔가지에 모가지를 매다는 판인데 낙동강물이 파라느니 푸르니 어쩌니……' 하고 시인들은 잠꼬대를 하고 있으니 이게 어디 될 말이냐고 사뭇 노한 눈망울로 흘겨보는 요산을 생각할 때 가슴이 철렁 내려앉은 것만 같습니다.

공장의 굴뚝에서 연기가 오르거나 말거나 나라 일이 잘 되거나 말거나 오불관언으로 역사와 현실을 외면하고 입버릇처럼 주문 외우듯 순수를 앞세우고 예술의 영원성을 찾아서 현실을 추하다는 듯이 혼자만 속세를 털고 자위의 독방에서 칩거하면서, 고독과 절망과 허무를 배설하는 것을 유일한 순수문학인 것처럼 나르시스적인 대화를 일삼으며 살아가는 것을 오늘날 시인의 예의로 삼을 수가 없을 것입니다.

P군.

현실과 시대의 거창한 체구와 준엄한 광망을 까마득히 외면하면서 민중이라는 넓은 바다에 뛰어들기를 두려워하고, 겨레라는 높은 산악에 오르기를 두려워해서야 되겠습니까?

몰리에르의 계몽적 휴머니즘이나 사르트르의 실존적 휴머니즘이 모두 현실 참여의 소산인 것을 잊어버릴 수는 없습니다. 다만 잊어버리는 데 그치는 게 아니라 현실 참여를 마치 사갈시하는 데는 놀라지 않을 수 없습니다. 이 부대들은 과연 이 나라 시문학을 어디로 이끌고 가자는 것인지 모르겠습니다. 페니시즘과 허무의 거미줄에 걸려서 나비처럼 언제까지나 퍼덕이고 있어야만 할 것인지……. 이야길 하다 보니 두서없는 난필이 길어졌습니다. 오직 건강한 정진을 거듭 빌고, 군의 산간은 건강을 빌면서…….

2

R군.

오랜만에 나는 이 붓을 들었다. 그대는 평소에 시에 대해서 남달리 항상 의심을 품고 있을 뿐 아니라, 시를 쓸수록 어려워 간다는 그대의 이야기가 생각히워서 오늘 밤에는 이 밤을 새워가면서라도 그대가 품고 있는 시에 대한 의심을 내가 생각하는 세계에서 풀어본다기보다 이야기하고 싶다.

추야장(秋夜長)이라면 기나긴 가을밤을 두고 이르는 말인데, 이 기나긴 밤을 내가 아끼고 사랑하는 그대를 위하여 시를 이야기할 수 있다는 것은 얼마나 즐거운 일인가?

어느 시인이 문학 강연에 나아가서 한 시간 남짓 시에 대해서 이야기를 했더니 그 강연을 다 듣고 난 뒤에 청중의 한 사람들이 말하기를 "시는 무엇입니까?"하고 질문을 하더라는 것이다. 이 질문이 어찌 생각하면 우습기 짝이 없는 것 같지만, 이 질문을 그대로 우습다고만 처리하기에는 너무나 심각하고 절실한 질문인 것을 잊어서는 안된다. 그렇다! 과연 그렇다! 일생을 바치고도 오히려 모자라는 학문의 길—더구나 그것이 예술의 길인 것을 어찌 한 시간의 강의로 감히 그 진의를 체득할 수 있을 것인가? 2+2=4는 어디로 통하는 길이요, 누구나 알 수 있는 길이지만, 예술의 길은 2+2=4의 세계가 아닌 것을 어찌하랴! 라디오나 텔레비전은 제조되는 과학의 세계지만, 시는 제조되는 것이 아니라 창조되는 예술의 세계이기 때문이다. 창조란 더 말할 것도 없이 무(無)에서 유(有)를 창조하는 좋은 실례가 아닐 수 없다. 시 또한 누에의 경우와 다름이 없는 것이니 대상을 있는 그대로 묘사하는 것이 아니라, 그 대상을—인생이건, 자연이건—잘 소화해서 비로소 그것을 표상하는 작업인 것이다.

R군!

일찍이 C. D. 루이스는 "한 편의 시는 어떻게 엮어지나?"의 프로세스를 다음과 같이 세 개의 단계로 말하였다.

① 한 편의 시의 종자, 혹은 싹이라고 할 만한 것이 시인의 상상력을 세차게 칩니다. 그것은 무엇인가 대단히 강한, 그러나 막연한 감정, 어떤 특정의 경험, 혹은 하나의 관념의 형태로 나타날 것입니다. 때로는 그것은 우선 먼저 하나의 이미지로서 나타나는 경우도 있습니다. 또 나아가서는 거의 벌써 말의 옷을 걸친 시구의 형태로, 혹은 꼭 한 줄의 음문의 형태로 나타나는 수조차 있습니다. 시인의 그 관념이거나 이미지거나 그의 노트북에 적어둡니다. 또는 머릿속에 잠깐 집어넣어 둡니다. 그리고 나서 시인은 그런 일은 잊어버리고 맙니다.

② 그러나 그의 종자는 시인의 체내에 이른바 무자각적 의식이라고 불리는 그의 부분 속에 넌지시 들어갑니다. 이리하여 그 종자가 점점 성장하게

되고 차차로 형태를 갖추기 시작합니다.(그때 하등 그 종자와는 관계없는 많은 딴 시적 종자가 함께 성장하는 수가 있습니다. 그것은 시인은 자기 몸의 내부에서 몇 편의 시이든 동시에 성장하여도 조금도 관계가 없기 때문입니다.) 이렇게 하여 비로소 한 편의 시가 탄생하는 그 순간이 찾아옵니다. 한 편의 시가 나오기 위해서는 이 제2의 준비는 며칠이나 걸리는 수도 있고 몇 해가 걸리는 일까지도 있습니다.

③ 시인은 하나의 시를 쓰고 싶다는 무서운 욕망을 느낍니다. 그 욕망은 단순히 욕망이라기보다는 마치 육체에까지 스며드는 것 같은 실감적인 경우가 가끔 있습니다. 내 자신에 대하여 말하면 나는 이 욕망을 나의 위장 속에 느낍니다. 그 느낌은 뭐라고 했으면 좋을까요. 배가 고플 때에 위장에 느끼는 느낌과, 그 무엇인가가 내 몸을 내려 덮으려 할 찰나에 말할 수 없이 흐뭇하거나 겁나는 때의 느낌과 서로 뒤섞인 그런 느낌입니다. 그때가 바로 시가 탄생하려고 하는 찰나입니다. 시인은 숨을 죽이고 가만히 앉아 있습니다.—혹은 한 시간 5마일의 속도로 시골을 활보하고 있어도 관계찮습니다.—아무것이고 좋습니다. 그 시를 자기의 태내로부터 끄집어 내는 데 주의를 집중시켜 주는 도움이 된다면 아무 것이고 좋습니다. 시인은 그 시 속을 들여다보고 수 시간 수개월 씩 전에 최초로 머리에 떠올랐던 저 종자—그 뒤 씻은 듯이 잊어버리고 있던 저 종자를 거기에 인정합니다. 그러나 그 종자는 어느덧 보기 좋게 성장하고 발전해 있습니다.

이상에서 제시한 C. D. 루이스의 말과 같이 한 편의 시가 탄생하게 될 때까지의 시의 종자의 파종에서 발아, 또 개화에 이르기까지 시인의 체내에서 오랜 시일이 경과된 뒤에 비로소 한 편의 시는 형상화되는 것이다. 짧으면 며칠, 길면 몇 해의 세월을 요하는 것이니, 저 조지훈씨의 「승무」의 구상에서 집필까지의 경로를 보더라도, 맨 처음 한성준의 춤을 보고 두 번째에는 최승희의 춤, 세 번째에는 이름 없는 승녀의 춤을 본 다음, 다시 수원 용주사에 가서 '승무' 밖에 몇 가지 불교 전래의 고전음악을 듣고, 또 다시 김은호의 〈승무도〉앞에서 두 시간을 바라보는 동안 7, 8매의 스케치를 했다. 그러고도 미흡하여 구왕궁(舊王宮) 아악부(雅樂部)에서 〈영산회상〉의 한 가락을 듣고 난 뒤에 비로소 「승무」의 골자를 얽게 되었다 하니, 실로 구상한 지 열한 달, 집필한 지 일곱 달 만에 겨우 「승무」는 완성된 작품이라고 한다.

R군!

한 작품의 구상과 완성에 어찌 열여덟 달의 「승무」만 있으리요? 괴테의 『파우스트』는 60년의 세월을 걸려 완성했다 하니, 실로 우연한 일이 아닐 것이다.

> 한 송이의 국화꽃을 피우기 위해
> 봄부터 소쩍새는
> 그렇게 울었나 보다.
>
> 한 송이의 국화꽃을 피우기 위해
> 천둥은 먹구름 속에서
> 또 그렇게 울었나 보다.
>
> 그립고 아쉬움에 가슴 조이던
> 머언 먼 젊음의 뒤안길에서
> 인제는 돌아와 거울 앞에 선
> 내 누님같이 생긴 꽃이여.
>
> 노오란 네 꽃잎이 필라고
> 간 밤엔 무서리가 저리 내리고
> 내게는 잠이 오지 않았나 보다.
>
> — 서정주, 「국화 옆에서」

한 송이의 국화꽃을 피우는 데도, 소쩍새와 천둥과 먹구름이 동원되고, 끝내는 무서리까지 참여시켰을 뿐 아니라, 잠이 오지 않는 긴긴 밤이 있었다는 것을 잊어서는 안 될 것이다. 실로 이 수다스러운 상념을 이 시인은 어떻게 처리하고 어떻게 압축시켜서 끝내는 그 형상화 공작(工作)에 애를 썼는가 알 수 있을 것이다. 조지훈씨의 경우와 서정주씨의 경우를 막론하고 그러한 프로세스를 거치지 않고서야 어찌 그 시가 탄생할 수 있었을 것인가?

R군!

나는 이 프로세스의 모든 누적을 그 시인에게 있어서의 정서의 역사 — 인생의 역사, 철학의 역사라고 불러도 좋다. — 라고 부르고 싶다.

인생을 철학하고 사유하는 아름답고 진실한 '정서의 역사' 가 없는 한, 그들은 어떻게 예술에 종사할 수 있을 것인가 말이다. 그러므로 이런 '정서의 역사' 에서 호흡하는 한, 그들은 인생을 진실하게 사유하고 철학하지 않고서야 어찌 인생을 아름답고 진실하게 노래할 수 있겠느냐? 요컨대 이 프로세스의 참된 총화에서 작품은 탄생한다는 것을 부디 잊지 말아 다오. 참된 총화라 함은 어디까지나 인생을 진실하게 사유하는 그 시인의 철학을 지칭하는 것이니, 이 철학의 심천광협(深淺廣狹)에 따라서 그 시인의 가슴에 던져진 종자의 호불호(好不好)는 결정된 것이다.

좋은 종자에서 좋은 개화와 좋은 결실은 약속될 것이요, 나쁜 종자에서는 아예 좋은 결실의 약속은 불가능한 일이다. 괴테는 스피노자와 칸트의 철학에 의거하였으나, 그의 시는 근원에는 스피노자와 칸트라는 대하가 도도히 흐르고 있었다는 것을 우리는 쉽사리 알 수 있을 것이며, 저 인도의 시성인 타고르 또한 그의 사상의 근원에는 인도 고대의 종교 철학인 『우파니샤드(Upanisad)』에 의지하고 있는 것이다.

> 나의 조국이여! 나는 그대에게 나의 모든 것을 바치노라. 그대를 위하여 목숨을 바치노라. 그대를 위하여 나는 울고, 그대를 위하여 나는 노래부르리. 설혹 내 팔이 가녀리고 또 아무 힘이 없어도, 나는 그대를 위하여 바치리. 나의 칼은 부끄러움에 녹슬었어도 그대를 휘감은 쇠사슬을 끊으리. 오오! 나의 조국이여!

이렇게 그는 절규하였으니, 그 당시 영국의 관헌이 이 저항의 시를 탐탁스럽게 생각했을 까닭이 없다. 실로 이 위대한 저항의 시는 이 시인의 위대한 철학에서 출발하였을 것이니, 이런 예는 매거할 겨를조차 없을 것이다.

저 영국의 유명한 시인 바이런은 그의 불기분방(不羈奔放)하고 강렬한 자유혁명사상이 조국에서 용납되지 않았을 때, 그는 끝내 그리스 독립운동에 참가하여 객사하였으니, 이 또한 바이런의 정열의 소산이 분명하지 않은가?

R군!

끝으로 한 가지 덧붙여 말하고 싶은 것은 요즈음 문제되는 난해시에 대한 것인데, 그 시가 어떠한 문예사조―다다이즘이건 슐레알리즘이건, 또는 모더니즘이건, 실존주의건 좋으나, 다만 문제의 초점은 그 난해시의 가치가 역사적 가치의 유무로 그 존재 가치가 결정될 것이다. 물론 전위적인 시가 그 어느 시대를 막론하고 비난과 고독 속에 버림을 받은 예는 얼마든지 있으니 '알 수 없다'는 비난으로 그 시의 가치를 결정할 수 없을 것이다. 가령 엘리엇의 예를 보더라도 발표 당시에 난해하다고 일반에게 알려지지 않았던 「황무지」의,

> 사월은 가장 잔인한 달,
> 죽은 땅에서도 라일락은 자라고.

의 시구가 30여 년이 지난 오늘에는 이미 새로운 것이 아니라는 것을 보더라도, 역사의 한 걸음 앞장 선 엘리엇에게 난해의 책임이 있다느니보다는, 그를 따라가지 못한 독자의 태만에 그 책임을 돌려야 할 것은 두말할 것도 없다. 만일 독자의 비난을 그대로 긍정해야 된다면, 그것은 시의 진보를 거부하는 무지일 것이요, 이 무지는 결국 역자의 진전을 거부하는 우매가 아닐 수 없다.

그렇다고 해서 '난해의 시'를 전적으로 독자의 태만에만 그 책임을 돌릴 수 있느냐 하면 또한 그것도 아닐 것이니, 그 시인이 의지하고 있는 철학이 공허한 것이라면 그의 사상 감정도 공허한 것일 것이니, 그것은 '난해'라는 의상을 입힘으로써 그 공허를 카무플라주하는 데 불과할 것이다. 그것은 마

치 허수아비에 입힌 의상 이상의 것이 못 될 것이다. 지난 모 문예지의 현대시의 기본 과제라는 설문의 대답 중에는,

"우선 내가 시급히 요구할 과제는 나 같은 무식쟁이도 좀 알 만한 시를 써달라는 것입니다. 현대 사회의 부조리성이 어쩌구 거기서 얻어진 생활 경험이 어째서 시가 그렇게 됐다는 이야기는 나도 들었습니다. 그래서 메타포·심볼·패러독스·아이러니 같은 것이 현대시의 밑천이 됐다고는 하지만, 어째서 그런 시를 분만하게 되었든 그 이유야 여하간에 남들이 봐야 이해도 안 되는 걸 버젓이 활자화하는 이유는 또 무엇입니까?"(김우종), 이런 흥미 있는 구절이 있었다.

소위 현대시와 대중이라는 테마는 가장 많이 논의되는 문제이지만 이 설문에 대답한 평론가 또한 '시의 주제'를 강요한 것은 아닐 것이다. 현대 사회의 부조리성을 완전히 소화 못한 시인들의 소화불량적 증후(症候)에서 결과한 것을 지적했다고 보아서 무방할 것이다. 이런 소화불량증 환자가 어찌 엘리엇연할 수가 있겠는가? 그것은 마치 데생도 제대로 못하는 화가가 피카소를 흉내 내는 난센스와 무모에 불과할 것이다.

그러면 R군!

'난해시'에는 뚜렷이 역사적 가치가 있는 것과 없는 것을 구별하여, 그 책임의 소재를 절연히 가려내야 한다는 것은 알았을 것으로 생각한다.

요는 어떻게 우리가 살아야 가장 가치 있는 생활자일 수 있느냐에 귀결할 것이니, 시의 고향은 바로 생활이 아니면 안 될 것이다. 그러므로 아름다운 행동은 아름다운 생활에서 출발하는 것이니, 이 행동에 대한, 또는 이 생활에 대한 향수와 동경은 바로 시가 아닐까?

시를 쓴다는 것은 시에서 살고 싶은 욕망에서 발로하는 행동의 일단이라고 나는 말하고 싶다.

못다 부른 목가(牧歌)

— 전원에의 향수

들길에서

푸른 산이 흰 구름을 지니고 살듯
내 머리 위에는 항상 푸른 하늘이 있다.

하늘을 향하고 삼림처럼 두 팔을 들어
낼 수 있는 것이 얼마나 숭고한 일이냐

두 다리는 비록 연약하지만 젊은 산맥으로 삼고
부절히 움직인다는 둥근 지구를 밟았거니

푸른 산처럼 든든하게 지구를 디디고
사는 것은 얼마나 기쁜 일이냐.

뼈에 저리도록 생활은 슬퍼도 좋다.
저문 들길에 서서 푸른 별을 바라보자.

푸른 별을 바라보는 것은 하늘 아래
사는 거룩한 나의 일과이거니……

1. 문학이라는 고질

불행한 소년시절이 지나갔다.

가난과 학문이 누대를 억누르는 속에서 나의 소년시절은 꿈과 낭만을 가꾸기도 전에 가실 길 없는 생채기투성이로 유치할 수 없는 고독과 우울에서 보냈던 것이다. 극히 내성적이고 염세적인 소년은 문학에서 구원의 손길을 찾아오다가 열일곱 나던 봄에 「기우는 해」라는 짧은 시가 조선일보에 발표된 이래 문학이라는 고질을 앓게 되었던 것이다.

한동안 노장철학을 섭렵하다가 끝내 청운의 뜻을 품고 석전 박한영 스님의 문을 두드리게 된 것이 스물네 살 나던 봄.

아내와 어린 것은 그대로 소작논 몇 마지기에 매달아둔 채 훌쩍 중앙불교전문 강원생이 되었다.

『불교유경』과 『사십이장경』을 손쉽게 떼고 난 뒤 『대승기신론』의 강을 받게 되던 5월 어느 날, 뜻밖에도 난데없는 엽서 한 장이 날아왔다. 동대문 밖 지리엔 서투르니 틈 내서 한번 꼭 나와달라는 사연이었다. 시문학(詩文學)사의 박용철이 띄운 것이다. 강원 앞뜰에는 보리수나무 꽃이 만개하여 향기가 진동하는 오후, 나는 기신론 강을 끝내던 길로 낙원동 시문학사를 찾아갔다. 한복 차림의 창백한 얼굴에 몹시 수척한 청년이 바로 용철이었다. 주로 문통(文通)이 있던 사이라 일면여구로 이야기를 나누는 동안 정지용과 이순석이 들어왔다. 까만 명주 두루마기에 흰 고무신으로 차린 두메샌님 같은 지용의 모습은 양복차림으로 스마트한 청년 화가 이순석과는 대조적인 인상을 주었다.

이윽고 술상이 들어왔다. 주거니 받거니 술이 거나하게 되자 지용은 자작시를 비롯하여 나의 시, 편석촌의 시를 원고를 펼쳐들고 낭독을 시작하는 것이었다. 그 낭랑한 목소리로 읊어내는 솜씨가 어찌 멋이 철철 흐르던지 우리는 귀를 모두어 듣고만 있는 것이었다. 시를 읽고 나더니 불쑥 '석정은 프로시를 쓰지 않고, 왜 이런 시를 쓰는 거야?' 지용의 말이다. 그 무렵 프로

시가 문단을 풍미하던 때라, 신진이라면 으레 프로시를 써야만 행세하는 판
이었다. 지용의 이 말에는 야유 반 의문 반의 의미를 가지고 있었던 것이 사
실이었다. 마냥 취한 우리는 밤이 이슥해서야 낙원동 시문학사를 나와 인사
도 하는 둥 마는 둥 거리로 나왔으나, 밤이 이슥한데다가 전차도 이미 끊어
지고 어떻게 곤드레가 되었던지, 동대문 밖 대원암(大圓庵)까지 갈 생각은
엄두도 낼 수 없어 그 길로 당주동에 사는 종자형 성해(星海)댁까지 겨우 찾
아가서 그날 밤을 앓다시피 보냈다.

그때부터 불경 공부는 부업으로 밀어붙이고, 틈만 나면 시문학사로, 연
건동 편석촌의 집으로, 명동 다방으로 쏘다니는 시간이 많았다. 같은 강원
에 있던 조종현도 곧잘 나의 동행이 되어주곤 했다. 종현은 이은상을 찾아
다니며 시조 공부에 여념이 없던 때로, 같이 나가는 날이면 동아일보 학예
부로, 동광사로, 불교사로 돌아다니는 게 일과였다.

2. 학문으로 배운 신심(信心)

춘원을 만나고 요한을 만나고, 만해 스님을 만나던 때가 모두 그때의 일
이었다. 편집실 문 밖에까지 전송을 나오는 춘원, 동광사에 가면 시 원고를
내놓고 가라던 요한, 불교사에 들려서 듣던 만해 스님의 그칠 새 없는 장광
설, 모두 기억이 새롭다.

여름방학이 닥쳐왔다.

나는 매일 총독부 도서관(지금 국립도서관)에 나가서 루소와 타고르의 작
품을 찾아 탐독하고, 일찍이 섭렵해 오던 노장철학을 다시 굽어보기 시작하
였다.

『도덕경』은 하상공(河上公) 주(注)와 왕필(王弼) 주를 구해놓고, 다케우치
요시오(武內義雄)의 『노자연구(老子硏究)』를 샅샅이 읽어 내리고, 장자의 『남
화경(南華經)』을 굽어보면서 그해 여름을 보냈다.

가을로 접어들면서 나는 강원생들과 함께 『원선(圓線)』이란 회람지를 시

작했다. 문학지망생들의 동인지로 철판에 긁어 등사로 냈던 것이다. 그 뒤 30여 년이 지나갔으니 문단에 등장한 친구도 없지 않으련만, 그 당시 동인들의 이름도 기억할 수 없으니 알 길이 전연 없다. 다만 대원암 뒤채에서 내 시중에 정성을 들이던 광조라는 소년이 잊혀지지 않을 뿐이다. 그는 지금쯤 어느 절 주지를 맡아보고 있는지, 아니면 어느 포교소를 지키고 있는지 문득 생각날 때가 한두 번이 아니다.

해가 바뀌었다. 만주사변이 터지고 세상은 뒤숭숭하기 시작했다. 기신론의 종강을 마치고 나니 한영 스님은 친히 나를 불러 앞에 앉혀 놓고,

"신 군도 이제 기신론을 끝냈으니 신심이 나는가?"

"저는 불교를 학문(철학)으로 배운 것이지, 종교로 배운 것이 아닙니다."

"신심이 안 나다니 신 군은 헛것을 배웠구만⋯⋯."

태연하게 하시는 말씀인데도 그렇게 명랑한 얼굴은 아니었다. 학문에 신념을 갖는 것과 신심을 내는 것과는 확실히 거리가 있는 문제일 것이라고는 생각했지만, 불쑥 하고 난 대답으로 스승의 마음을 흐리게 한 것만은 오늘에 이르도록 죄스럽기 짝이 없다. 금강산으로 입산수도의 길을 떠나자는 동료들의 간곡한 청을 물리치고 나는 귀향의 길을 서둘렀다. 몇 마지기 안 되는 전답이지만 그 악랄한 지주의 착취 대상으로 젊은 아내를 그대로 맡겨두기가 너무 가슴 아파왔을 뿐 아니라, 서울 생활을 더 지탱해낼 도리가 없었던 데도 그 원인이 컸다.

3. 청구원(青丘園) 목가시인

시골로 떠나면 문학하는 데 시간은 있겠지만 자극을 받을 길이 없으니 떠나지 말고 더 견디어보라는 편석촌의 간곡한 이야기도 좋은 충고엔 틀림이 없었으나, 시골로 돌아가 물려받은 가난과 싸우면서라도 좀 더 인생을 건실히 살아야겠다는 나의 결의는 그대로 실천에 옮기고 말았다. 돌아오던 길로 소작 전답을 얻어 들이고, 저 도연명이나 카펜터처럼 일생을 조촐한 속에서

살아갈 것을 다짐했다. 삼 년을 걸려서 소작농에서 얻은 벼로 집을 하나 마련해서 그동안 우거하던 오막살이를 면하고 청구원(靑丘園)이라고 격에 맞지 않은 멋진 이름을 붙이고 앞뜰에는 은행나무·벽오동나무·자귀대나무·모란을 심어 가꾸고, 동쪽에는 감나무, 서쪽에는 시누대를 심어놓고 측백나무로 울을 두른 뒤 제법 조촐한 집으로 꾸몄다.

> 가을날 노랗게 물들인 은행잎이
> 바람에 흔들려 휘날리듯이
> 그렇게 가오리다
> 임께서 부르시면……

처녀 시집 『촛불』에 나오는 은행나무와 대숲과 푸른 하늘은 모두 청구원에서 얻은 것들이다. 모두 꿈과 낭만이 넘치는 나의 초기를 대표하는 것으로 안서(岸曙)의 칭찬도 컸지만, 그때 편석촌은 나를 목가시인이라 불렀던 것이다.

이 무렵에 멀리 황해도에서 찾아온 문학 소년이 바로 중학을 갓 나온 장만영이요, 중학 2년을 다니던 서정주도 이때에 처음 만난 문학 소년이었다. 거의 매년 찾아주다시피 하던 만영과 정주는 청구원 시절의 가장 반가운 손님이었으니, 그것이 인연이 되어 만영은 나와 동서가 되었던 것이다.

4. 시와 더불어 살리라

가람과 조운(曹雲)이 찾아주던 것도 이 무렵.

그것이 인연으로 가람은 오늘에 이르도록 나의 문학 스승으로 모시게 되었고, 6·25 뒤 7, 8년을 같이 전북대학에서 강의를 맡게 된 것도 모두 그때 맺은 인연의 탓이다.

1939년 오래 벼르던 나의 첫 시집이 나왔다. 12월 28일 오후 6시 경성그릴에서 『촛불』 출판기념회를 열게 되었으니, 상경하라는 편석촌의 간곡한 편지를 받고 나는 서울로 뛰어올라갔다. 실로 9년 만의 상경이었다. 그동안에는 황해도 백천(白川) 온천에 만영(萬榮)을 찾아 매년 겨울 서울을 거쳤지만 서울을 목적한 것은 그때가 처음이었다. 만영의 『축제』와 공동으로 이루어진 기념회에는 가람·안서·기림을 비롯하여 문단 지우 30여 명이 모여 자못 성황을 이룬 기념회로 소운(素雲)·육사(陸史)·석초(石艸)·원조(源朝)·임화(林和)도 모두 처음 대하는 얼굴들이었다. 그 뜨거웠던 악수는 지금도 내 체온의 한 구석에 남아 있는 것만 같다.

그 뒤 세상은 자꾸 어두워만 갔다. 『문장』지에 기고한 시가 두 차례나 교정쇄에 붉은 잉크로 상처를 입고 되돌아오더니 끝내 『문장』지는 폐간을 하고, 『인문평론』이 『국민문학』이라는 일문(日文)잡지로 둔갑을 하고 나서, 일본말로 써 내라는 협박장에 가까운 원고 청탁서가 날아들더니, 끝내 문인들은 뿔뿔이 헤어져 금강산으로 들어가는가 하면 시골로 모두 떠나고, 서울에 가야 『국민문학』에 종사하는 어용들 외에는 좀체 만날 길이 없었다.

『국민문학』사(인간평론)에서는 일문으로 시를 써 보내라고 성화를 내던 것도 그때의 일이다.

해방이 되던 이듬해 출판된 제2시집 『슬픈 목가』는 그동안에 숨막혔던 속에서 써두었던 작품들이다.

그동안 흩어졌던 문인들은 모두 서울로 돌아왔다. 나도 서울로 기어 올라왔다.

1년을 꼬박 참고 견디다가, 나는 또다시 귀향을 하고 말았다. 해방된 서울은 너무도 숨이 막히는 곳이었다. 시골 중·고등학교를 전전하다가 전주로 온 지도 벌써 17년. 이젠 나의 제2의 고향이 되었다. 30여 년을 살다가 온 청구원은 내 마음의 고향, 그 옛날 심은 은행나무·벽오동나무가 이미 아름드리 거목이 되는 동안 손주는 고등학교엘 다니고, 나도 그 거목보다 허망하게 이순을 넘었다. 전주에 나와서 얻은 제3시집 『氷河』가 있고, 지금 제본을 서두르고 있는 『山의 序曲』이 네 번째의 수확이 된다.

『촛불』에서 자연의 품에 깊숙이 묻혀 꿈과 낭만을 엮던 시절을 생각하면 옛날 다녀온 먼 여로에서 눈여겨보았던 산줄기만 같아 몹시 그립고, 『슬픈 목가』 시절은 악몽 같으면서도 뼈에 저리도록 망각할 수 없는 나의 역정이 요, 『氷河』 또한 허전한 생활을 다스리면서 내일을 모색하는 안간힘이라면, 『山의 序曲』 또한 몸부림에서 오는 저항이 아닐까 생각한다. 그러나 다시금 나는 『촛불』 시절로 돌아가고 싶은 생각은 추호도 없다. 그것은 내가, 그리 고 여러 사람이 살고 싶어 하는 의욕과는 너무나 먼 세계이기 때문이다. 차 라리 『山의 序曲』을 내 인생의 오버츄어로 삼고 싶다.

인생을 피날레 할 때까지 나는 줄곧 시와 더불어 살리라. 시를 쓴다는 것 은 시에서 살고 싶은 욕망에서 발로된 행동의 일단이기 때문에……。

슬픈 구도(構圖)

1

나와
하늘과
하늘 아래 푸른 산뿐이로다.

꽃 한 송이 피워 낼 지구도 없고
새 한 마리 울어 줄 지구도 없고
노루 새끼 한 마리 뛰어다닐 지구도 없다.

나와
밤과 무수한 별 뿐이로다.

밀리고 흐르는 게 밤뿐이요
흘러도 흘러도 검은 밤뿐이로다.
내 마음 둘 곳은 어느 밤 하늘 별이드뇨.

불행한 세대에 태어나서 불행한 속에서 불행한 청춘을 고스란히 장사지냈다. 그때 삼천리 강토는 송두리째 감옥이었고, 일제의 몇몇 앞잡이를 제외한 모든 겨레는 그대로 이 감옥에서 신음하는 복역수였던 것을 생각하면 새삼 가슴이 떨릴 뿐이다.

'밤이 이대로 억만년이야 가겠느냐?' 고 때로는 자위를 해보았지만, 우리를 휘감고 있는 어둔 밤은 좀체 여명을 약속할 것 같지 않았다. 그러는 동안에 성급한 친구들은 조국을 버리고 멀리 떠나버리는가 하면 어떤 친구는 몸을 팔아버리기도 하고, 어떤 친구는 그 소중한 마음까지 팔아버리기도 하는 비극이 꼬리를 물고 일어났다.

생각건대 역사의 거센 물결이 휩쓸 때처럼, 자신의 학문과 인격과 거기 따르는 지조를 지키기란 참으로 죽음보다 더 지난한 것임을 뼈저리게 느껴본 적은 없다. 저 빈델반트의 말마따나 진리를 위해서 죽는 것은 어려운 일이라고 사람들은 말한다. 그러나 진리를 위해서 산다는 것은 그보다 더 어려운 일이기 때문이다.

한때 독립운동의 기치를 높이 들고 맨 앞장을 내닫던 분들이 학병과 지원병의 권유 유세의 앞장에서 눈물로 호소하던 슬픈 풍경을 목격했을 때, 나는 가슴속으로 뜨거운 눈물을 흘리며 소리 없는 통곡을 하던 일이 바로 엊그제같이 선하게 떠오른다. 그들이 한때 생명처럼 여기던 지조를 헌신짝처럼 팔아넘기면서도 그들 나름의 변명은 없지 않았을 것이다. 일제의 총칼에 할 수 없었다는 것은 차라리 좋으나 그것이 민족을 위하는 길이라는 궤변에는 침을 뱉어주기에는 내 침이 아까웠다.

각설, 그 무렵 나는 의지할 데 없는 정신적 고아로 나날을 보냈다. 술을 마냥 마시던 것도 그 무렵의 일이요, 미치광이처럼 산야로 쏘다니던 것도 그 무렵이요, 친구들 붙들고 눈물을 짜던 것도 그 무렵이었다. 그러나 가슴에 맺힌 설움이 가실 리는 만무했다. 천지를 바라봐야 몸담을 곳이 없고, 꽃 한 송이, 새 한 마리 나를 달랠 수 있는 것도 아니었다. 다만 어둔 밤이 나를 에워쌀 따름이었다. 어제도 흐르던 검은 밤이 오늘도 흐르고, 다만 그 무서운 밤이 밀리고 흐를 뿐이었으니, 어쩌지 못하는 마음은 어느 밤하늘 별에다 두어야 할 것이었던가? 이렇게 살아온 인생은 오늘이라서 마음 둘 별이 있다는 것도 아니다.

2

몇 번이고 뜯어 고쳐본 상처투성이의 자서전인데도, 그래도 지금까지 한 가닥 남아 있는 것은 등 뒤에 숨어서 항상 내 정신세계를 지배하고 채찍질하여, 나로 하여금 크게 그릇됨이 없이 이끌어주고 있는 스승님의 위대한 교훈이다.

한동안 괴테의 『파우스트』를 원문으로 읽어보겠다는 야망에서 독일어 공부를 하느라고 무진 애를 써오던 나는 동양사상에 심취되어 노장철학을 굽어보기 시작하고, 끝내는 불교철학을 섭렵할 생각으로 당시의 불교계의 교종(敎宗)의 거벽 석전(石顚) 박한영 스님의 문을 두드렸으니, 이때 내 나이 스물네 살 나던 3월로 기억된다.

석전 스님은 당시 불교계에 있어서만 거벽이 아니라 육당(六堂)과 위당(爲堂)도 감히 따르지 못하는 대 석학으로 이름 높은 분이었다. 그때 석전 스님은 환갑을 갓 넘으신 때였으니, 조촐하게 노경을 맞으신 풍채가 마치 거악(巨嶽)을 바라보는 듯했다. 유창한 편은 아니었지만, 거침없는 말씀에 따르는 그 소박하고도 담담한 체취에서 풍겨오는 고매한 품격은 그대로 내 인격 형성을 훈도한 기층이 되었다고 생각한다.

워낙 한문에 소양이 없을 뿐더러, 불교에 백지였던 나는 『불유교경(佛儒敎經)』과 『사십이장경』을 배우는 동안 매일같이 불교 사전과 씨름을 해가면서 겨우 불교에 대한 개념을 어렴풋이나마 터득하게 되었다. 뒤이어 『대승기신론』을 붙들게 되었으나, 내게 있어서, 그것은 너무나 벅찬 고역이었다.

더구나 틈만 있으면 낙원동에 있는 시문학사에 박용철을 찾아가 지용 선배와 어울려 술을 마시게 되고, 때로는 주요한 선배를 찾아가 동광사(東光社)를 드나들었고, 불교사(佛敎社)에 들려 한용운 스님을 만나 뵙는 것이 거의 주기적인 일과이고 보니, 숫제 불경 공부는 될 턱이 없었다.

불문에 들어선 지 1년이 넘어서야 겨우 『기신론』을 마치게 되었던 것이다.

『기신론』의 마지막 강의를 듣던 것이 아마 그 이듬해 5월 중순이 아니었던가 생각된다. 『기신론』을 중간에 놓고 마주 앉아 있는 나를 보시던 석전 스님은,

"신군! 이젠 신심이 좀 나는가?"

꼭 한 마디 조용히 던지시는 말씀이었다. 불교를 종교로 배웠건, 철학으로 배웠건 그것은 문제될 바가 아니다. 석전 스님의 말씀은 종교적 신앙을 뜻하는 것만은 아니었을 것이다. 학문을 배운 이상 하나의 신념이 정립되지 않는다면 그것은 한낱 도로(徒勞)에 불과하다는 뜻이었으리라. 학문에 뛰어난 사람들이 스스로 닦아온 그 바탕을 떠나 생명으로 받들어야 할 지조를 헌신짝처럼 내던진 사람은 얼마든지 있는데 우리는 새삼 놀라지 않을 수 없다.

저 바이마르에 진격해온 나폴레옹에게 달려가 송시(訟詩)를 봉정한 괴테는 천만 번 생각해도 제대로 시정신을 지닌 시인이라고는 수긍이 가지 않는다. 나폴레옹이 황제가 되었다는 말을 듣고 그에게 바치려던 악보를 찢어버렸다는 베토벤을 생각할 때 더욱 그렇다.

시정신은 시인에게 있어서 뿐 아니라, 모든 인간에게 있어서 갖추어야 할 하나의 신념이다. 이 시정신이야말로 사물의 실상을 척결하고 아울러 새것을 창조하려는 원동력일 것이다.

이것이 언어를 재료로 건축되면 바로 시가 되고, 소리를 타고 오면 음악이 될 것이요, 색채와 선으로 조형되면 훌륭한 미술작품이 될 것이 아닌가?

좀 과장된 이야기가 될는지 모르지만 시정신이 없는 민족, 시정신이 없는 국가는 흥할 도리가 없다. 시정신의 바탕이 되는 것은 신념이요, 신념은 바로 지조로 통하는 길이다.

창밖의 뜰에서는 보리수 꽃 짙은 향기가 그윽이 들려오던 5월, 그날은 유달리 햇빛도 맑은 날이었다.

『기신론』을 새에 놓고 스승과 마주 앉아,

'신군! 이젠 신심이 좀 나는가?'

그렇다. 학문에 신념이 없으면 언제 어느 때 고귀한 지조를 팔아넘기는 속한(俗漢)이 안 된다고 보증할 수 있으랴?

스승의 이 교훈을 나는 내 좌우명으로 삼아 살고 있고, 또 숨을 거두는 날까지도 가슴에 지니리라.

나의 문학적 자서전

꿈 많은 소년이었다.

항상 우리 고을 주변에 알맞게 자리 잡고 있는 나지막한 구릉의 잔디밭이 아니면, 산 언저리 백화 등이 칭칭 감고 올라간 바위 밑을 찾아가서는 어슴어슴 황혼이 먼 바다를 걸어올 때까지, 오랑캐꽃빛 섬이나 저녁 노을 붉게 타는 수평선을 덧없이 바라보면서 아득한 꿈을 멀리 띄워 보내고 망연자실하는 것이 내 소년시절을 거의 차지하던 일과였다. 이렇게 지내오는 동안 키타하라 하쿠슈[北原白秋]의 『우사기노템뽀』와 나쓰메 소세키[夏目漱石]의 단편을 거쳐서 투르게네프의 『사냥꾼 일기』에 맛을 붙이게 되고, 하이네의 『서정서곡』에 군침을 흘리는 문학 소년이 되었다.

열여덟 나던 3월 어느 날, 유달리 기다란 머리를 올백으로 넘기고 키가 후리후리한 청년이 우리 집에 나타났다. 어찌 그 청년이 우리 집을 찾아왔는지 그 용무까지는 내 알 바 아니었으나, 그 청년은 남궁현이라는 영광 사는 나의 아버지의 진외갓집으로 아우뻘 되는 사람이었다. 그 청년이 며칠을 묵게 되는 동안 나의 하잘것없는 문학 취미를 눈치챘던지 그의 간단한 여장—작은 책보에 꼼꼼히 싸 가지고 온 『젊은 베르테르의 슬픔』과 『창조』를 내게 보여주면서, 그는 일장의 문학담을 해 주었다.

지금도 잊히지 않는 것은 진한 오렌지빛 책가위에 금자로 찍어낸 『젊은 베르테르의 슬픔』은 차라리 가지고 놀고 싶은 책이었다. 일찍이 춘원의 『무정」을 읽다가 아버지께 들켜서 찢긴 뒤로는 처음 대하는 책이었고, 녹색 표지로 얄팍하게 꾸며낸 『창조』 또한 처음으로 대하는 우리 말 잡지였다. 그때 처음으로 읽게 된 요한의 「불놀이」와 「봄달잡이」는 시방도 서슴없이 내 머리에 떠오르는 것이다.

아아 날이 저문다. 서편 하늘에, 외로운 강물 위에 스러져 가는 분홍빛 놀……

이렇게 산문조로 시작된 「불놀이」의 저류하는 리듬이라거나,

봄날에 달을 잡으러
푸른 그림자를 밟으며 갔더니
바람만 언덕에 풀을 스치고
달은 물을 건너 가고요…….

하는 섬세하고도 아름다운 「봄달잡이」의 멜로디는 그 당시 몇 편 얻어 읽은 안서의 감상과는 그대로 천양의 차가 있는 새로운 세계의 것이었다.

더구나 "달은 물을 건너 가고요……"의 '가고요……' 에서 나는 그 얼마나 매력을 느꼈는지 모른다.

머리가 사뭇 희랍 철학자처럼 긴 이 문학 청년의 로맨틱한 문학담에 나는 완전히 매혹되었고, 『로미오와 줄리엣』도 그때 들은 이야기였다.

이튿날 그 청년은 우리 마을에서 한 20리 남짓 떨어져 있는, 계화도(界火島)라는 섬엘 놀러가지 않겠느냐고 하기에, 난생 처음으로 그를 따라서 섬 구경을 나서게 되었다. 일찍이 계화도에는 우리나라 성리학의 대가 간재(艮齋) 선생이 체류하던 곳이요, 내가 6, 7세 때에 나의 아버지께서도 그 문하에서 오래 공부하시던 섬이었기에 계화도라면 언젠가는 한번 가보고 싶은 섬이었고, 날이면 날마다 산 언저리에서 바라보던 섬이었다. 그 청년을 따라 섬에 건너가 어느 주막에 들러서 갓 잡아온 쭈꾸미 회에 막걸리를 마시게 된 것도 그때가 처음이었으니, 아마 내 애주의 역사도 어찌 생각하면 그때

부터 비롯했는지 모른다. 기암 괴석이 즐비한 해안에서 우리들은 조개껍질도 주워 모으고, 사장을 걷기도 하면서, 밀려오는 들물에 벅차는 가슴을 그저 바다에 맡겨보는 것이었다. 언덕에 나란히 누워서 이야기 이야기하다가, 이윽고 우리는 내기를 하기로 했다. 식물을 채집하되 종류를 많이 채집한 사람이 이기는 것이었다. 이렇게 긴긴 봄날 하루해를 보내다가, 물때가 되어 우리는 아침에 들렀던 주막에 가서 역시 쭈꾸미 안주에 막걸리를 반주로 점심을 끝내고 썰물을 따라 섬을 나오게 되었다.

바닷길 10리를 걸어오는 도중에 곧장 수평선을 넘어가는 해를 처음 보게 된 우리들은 감격하였다. 오던 길로 「기우는 해」라는 제목의 시 한 편을 읽어 바로 그에게 보였더니, 여간 감탄하는 것이 아니었다. 그 내용이 무엇이었던지 기억에 오르지 않으나 3연 12행쯤 되는 단시로, 다만 기억되는 것은 맨 끝줄을, ‘해는 기울고요……’ 하여 요한의 「봄달잡이」의 기법을 채용했던 것만은 잊히지 않는다.

이 졸작이 그해 조선일보사 지상에 ‘소적’이라는 필명으로 1단의 스페이스를 차지하게 된 것도 전혀 그의 지나친 찬사의 부산물이었으리라.

그때 조선일보 학예부에는 소설사 성해(星海)가 계시던 때였는데, 내가 어려서 배우던 보통학교의 은사일 뿐 아니라, 종매부였던 관계로 가끔 처가골을 오게 되었다. 자주 ‘소적’이라는 이름의 투고를 받아보고 퍽 궁금하게 여겼었다는 이야기를 들은 것은 그 얼마 뒤의 일이었다. 이리하여 시작(詩作)에 손을 대게 된 나는 당시 3대 신문 조선·동아·중앙지를 무대로 매월 몇 편씩 발표하게 되었다. 그 무렵 자주 이 지상에서 만나게 된 시인이 임화·김창술·김해강들이었다.

그러는 동안 나는 섣불리 들어선 문학의 길을 단념할 것을 맹세하고, 일삼아 써오던 일기, 잡문, 시 나부랭이를 고스란히 불사른 적도 한두 번이 아니었다. 그러면서도 그 나이에 찾아오는 풀 길 없는 인생의 고독과 낭만은 역시 문학밖엔 의지할 데가 없었던지, 다시 책을 모아들이고 사전을 찾아가면서 톨스토이와 투르게네프를 탐독하게 되었고, 아내의 결혼반지를 팔아다가 시집을 사들이곤 하였다. 한문 공부를 하는 한편 노장철학을 섭렵해보려고 무진 애도 써보고, 도연명의 소박한 시를 애독하는가 하면, 타고르의 세계에 파묻히던 때도 바로 그때였다.

그 무렵에 우리 고을에는 사백을 중심으로 '야인사' 라는 문학 서클이 있었는데, 일본에서 새로운 사조의 세례를 받은 청년들도 매월 원고로 회람하는 작품 활동과 아울러 독일어 공부도 하게 되었다. 나도 그 틈에 끼어 적지 않은 문학적 자극을 받았건만, 독일어는 영 팽개치고 말았다. 안서 선배가 에스페란토 지방 강좌를 우리 고을에서 갖게 된 것도 그 무렵의 일이다.

그 뒤 낙원동 유일여관에 계시던 안서와 서신 왕래가 잦았으나, 실지 만나게 된 것은 훨씬 뒤의 일이다. 밤을 세워가며 편지를 마련하던 일이 역력하다.

만주사변이라는 일제 침략의 전초전이 일어나기 직전, 나는 청운의 뜻을 품고 마명의 소개를 얻어 가지고 석전 화상이 계시던 동대문 밖 중앙불교전문강원의 문을 두드렸으니, 그것이 1930년 3월의 일이었다.

불경을 배우는 것은 강원에 있게 되니 의무로 지워진 나의 일과였고, 문학 서적을 탐독하는 것이 그때 나의 본업이었다. 30여 명의 젊은 승려 학도들이 득실거리는 틈에서 문학에 뜻있는 승려를 규합하여 『원선』이라는 프린트 회람지를 만드는 것이 또 한 가지 나의 일이었다.

지금은 광주에 있는 조종현 형도 나와 같이 그 강원에서 공부하던 선암사 출신의 승려로, 그때 매일 같이 동요를 써내던 친군데, 그 뒤 노산을 찾아다니며 시조를 배웠고, 동아일보를 비롯하여 『동광』지에 숱하게 시조를 발표했었다.

『시문학』 3호에 시 「선물」이 발표된 것이 인연이 되어, 하루는 용아(龍兒, 박용철)에게서 엽서가 날아들었다. 동대문 밖 지리에 소홀하니, 틈내서 한번 오라는 극히 간단한 사연이었다. 바로 낙원동 시문학사(용아의 집)를 찾아가서 막 인사를 끝내고 앉았노라니, 검은 명주 두루마기에 버선을 점지하고, 얼굴이 검은데다가 유달리 웃인중이 긴 청년과 털털한 양복 청년이 들어오게 되어, 알고 보니 검은 명주 두루마기의 촌뜨기가 지용이었고, 양복 청년이 화가 이순석이었다. 이하윤도 거기에서 처음 만나 알게 되었다. 이윽고 술자리가 벌어져 거나하게 되자, 지용은 자작시를 비롯하여 영랑, 편석촌, 나의 시를 서슴없이 유창한 솜씨로 읊어내리는 게, 마치 구슬을 굴리듯 하였고, 순석은 파리에 가겠다고 연거푸 술잔을 기울였다. 그날 밤 나도 어찌나 폭주를 했던지 서대문 성해 댁까지 오는데 기어오다시피 찾아왔었다.

그 뒤 우리는 자주 시문학사에서 만나게 되었고, 「봄은 전보도 안치고」의 새로운 감각을 짊어지고 나온 편석촌의 작품도 자주 대하게 되었다. 그때 편석촌은 성진 고향에 있을 때였으니, 그를 만나게 된 것은 그가 조선일보사에 입사한 그 이듬해의 일이다. 조종현 형과 더불어 요한을 찾아 동광사에 갔던 것도 그 무렵이었고, 중앙불교종무원 불교사로 만해 한용운 스님을 찾아간 것도 그 무렵이었으며, 춘원을 찾아 동아일보사로, 서해(曙海)를 찾아 매신 학예부로 마치 무슨 순례나 하듯이 돌아다녔다. 사무적이고 쌀쌀한 요한의 풍모는 두 번 다시 찾아볼 용기를 낼 수 없었고, 거만 무쌍하면서도 다정한 만해 스님은 아주 붙일 맛이 두터웠다. 시방도 잊을 수 없는 것은 매신 현관에서 그 초췌한 얼굴로 우리를 보내던 서해의 초라한 모습이었다. 서해는 그 뒤 얼마 안 되어 타계하였으니, 그때가 처음이고 마지막이었다. 춘원은 그 뒤에도 마명의 원고 부탁도 있고 하여 가끔 찾아가게 되었다. 언제나 정중하고 다정하게 맞아주는 것이 마치 인자한 스님을 대하는 것 같았다.

그 이듬해(1931년) 나는 그 길로 입산을 하느냐 귀향을 하느냐의 기로에서 오래 망설이다, 입산을 단념하고 그대로 귀향을 하게 되었으니, 마명과 같이 꿈꾸던 신문사 창설의 계획이 수포로 돌아간 뒤의 일이었다.

영국 시인 카펜터를 본떠 농촌에 엎디어 꾸준히 공부할 것을 새로 다짐하고 막상 귀향은 했으나, 그 당시 농촌의 현실은 나의 꿈을 살릴 수 있는 그런 평온한 지대는 아니었다. 10여 두락의 소작으로 호구지책을 세운다는 것도 불가능한 일이거니와, 노동에 익숙하지 못한 죄로 백수의 탄식을 하는 수밖에 별 도리가 없었다. 때로는 밀짚모자를 눌러쓰고 모내기 김매기의 뒤

서두리도 해보고 채마밭을 가꾸어보기도 했건만, 노동이란 하루 이틀에 뼈에 젖어든 용이한 것도 아니었다. 이런 빈한 속에서 깐에는 인내하고 싸워나가는 동안 그래도 문학만은 필생의 업으로 삼으려니 굳은 각오도 해보고, 밤을 새워 독서와 사색에 여념이 없던 때도 바로 그때다. 아마 나에게 참다운 생활이 있었다면 그때가 절정이 아니었던가 싶다. 지금도 내 학문의 재산이 남아 있다면 그 무렵에 읽고 생각했던 것의 잔재에 불과할 것이다.

서정주, 장만영의 젊은 시우가 찾아오던 때도 모두 그 무렵의 일이다. 정주의 패기만만한 기백이라거나, 만영의 백절불굴의 노력이라거나, 안서 선배와 편석촌의 격려가 모두 내 하잘것없는 문학 수업에 잊을 수 없는 높은 자극제가 아닐 수 없었다. 뒤이어 가람, 운(雲) 두 선배가 찾아 주었으니, 그때 운과 화답하던 시는 시방도 잊을 수가 없다.

예서 부안이 북으로 백오십 리
모르던 옛날에는 천오백 리만 여겼더니
이제는 시오 리 남짓, 되나마나 합니다.

내 고장 산과 물이 부안만이야 하리마는
해불암 하루 저녁 쉬어감직 한 곳이니
신나무 제 철이 되거던 한번 찾아주소서.

엽서 한 장 주고받는 데도 정이 서려 있고, 만나서 펴는 정이 또한 극진하였으니 어디 오늘날 반목질시하는 문단에서 찾아볼 수나 있는 풍속이리요.

장만영과 동서로 맺은 인연으로 나는 매년 백천 온천에 가게 되는 기회를 얻게 되었고, 오고 가는 길에 서울에 들러서 여러 문우들을 만나게 되었으니, 지용·편석촌·김광균·서정주·이봉구가 모두 그때 친숙해진 벗들이다. 그 무렵 문단엔 『문장』과 『인문평론』이 두 성좌처럼 자리잡고, 『자오선』, 『시인부락』, 『풍림』을 필두로 동인지가 속출하던 때요, 『시건설』이 중강진에서, 『시원』은 서울에서 꾸준히 나오게 되어, 문단도 그대로 백화 찬

란의 전성기였다. 지용(芝溶)·영랑(永郎) 시집이 시문학사에서 나오게 되자, 뒤이어 편석촌의 『기상도』가 나오고, 백석의 『사슴』과 만책의 『축제』 그리고 나의 『촛불』이 모두 그때(1939)에 출판되었다. 빈한과 인고 속에서 겨우 결실된 것이 『촛불』이었으니, 노장철학을 바탕으로 하고 도연명과 타고르와 졸로에게서 받은 영향이 적지 않았다.

작건 크건 한 시인이나 작가가 의지하는 철학이 없다는 것은 캔버스 위에 2차원의 평면에서 만족하는 화가의 비극이 아닐 수 없다. 공간 구성이 없는한 어찌 거대한 인간상의 집약을 찾아낼 수 있으랴?

일정의 억압과 착취가 범람하는 그 당시, 나는 일제와 정면하여 싸울 수 있는 용감한 청년이 못되었다. 예술의 목적을 싸우는 데만 둘 수는 없었다. 생활을 승화시킨 꿈의 세계에서 미의 절정을 찾아내려 하였을 때, 사람들은 흔히 나를 가리켜 목가시인이라 불러주었다.

다만 일제에 저항하지 못한 것이 부끄러울 뿐, 그렇게 불려지는 것을 탐탁하게 여긴 바도 없거니와, 그렇게 불쾌하게 여긴 적도 없다.

그 뒤 일제는 최후 발악을 시작하여 끝내는 미친 개처럼 날뛰었으니 『문장』은 폐간을 당하고, 『인문평론』은 『국민문학』으로 둔갑을 하였다. 뜻 있는 문인들은 산 속으로 시골로 모두 도망을 할 수밖에 없었던 것이다. 나는 애당초 시골뜨기라 있는 곳이 도망해온 곳이었지만, 작품 하나 발표할 데 없이 그저 숨막히는 속에서 술과 친구에 휩쓸려 그저 목숨만 지탱하고 있을 뿐이었다.

신석정 연보

1907년   (1세) 7월 7일(음력) 전북(全北) 부안군(扶安郡) 부안읍(扶安邑) 동중리
         (東中里) 303-2번지에서 신기온(辛基溫)의 차남으로 출생.

1914년   (8세) 봄부터 문학적 고향인 선은리(仙隱里)에 정착.

1917년   (11세) 부안보통학교 2학년으로 입학.

1924년   (18세) 11월 24일 『조선일보』에 첫 작품 「기우는 해」를 '蘇笛' 이라는
         필명으로 발표.
         이후 『조선일보』, 『동아일보』 등에 다수의 작품을 발표.

1926년   (20세) 3월 13일 두 살 연하의 규수 박성녀(朴姓女)와 혼인.(후에 소정
         (小汀)으로 개명)

1927년   (21세) 3월 1일 장남 효영(孝永) 출생.(자녀 4남4녀)

1929년   (23세) 11월 1일 차남 제영 출생.

1930년   (24세) 중앙불교전문강원에서 석전(石顚) 박한영(朴漢永) 스님 하에서
         불전(佛典)을 공부함.

1931년   (25세) 2월 6일(음) 모친 이윤옥 작고. 『촛불』의 서두작 「임께서 부르시
         면」을 『동광(東光)』지에 발표.

1932년   (26세) 집을 마련, 이곳을 '청구원(靑丘園)' 이라 이름을 짓고 본격적인
         시작(詩作) 생활 시작.

1935년   (29세) 6월 5일 차녀 난 출생.

1938년   (32세) 1월 21일 (음력), 3남 광연 출생.

1939년   (33세) 첫 시집 『촛불』을 인문평론사에서 간행.

1941년   (35세) 3월 28일, 소연 출생. 『문장』과 『인문평론』이 폐간되고 친일문
         학지 『국민문학』으로부터 원고 청탁서를 받았으나, 발표하지 않고 이
         후 해방까지 절필함.

1943년   (37세) 10월 23일 4녀 엽 출생.

1945년   (39세) 8월 18일, '조선문화건설중앙협의회' 결성에 참여.

1946년   (40세) 2월 8~9일 양일간 '조선문학가 동맹'이 서울종로 기독교 청년
          회관에서 개최하는 '전국문학자 대회'에 참석.
          동년 3월 이후 1950년 6월까지 부안중학교와 죽산(竹山)중학교에서 교
          직생활.

1947년   (41세) 7월 제2시집 『슬픈 牧歌』를 부안 낭주문화사에서 간행.

1948년   (42세) 4남 광만 출생. 11월 10일자로 부안중학교에서 죽산중학교로 부임.

1949년   (43세) 죽산중학교에서 다시 부안중학교로 옮김. 1950년 6 · 25를 거쳐
          9월 30일까지 근무함.

1952년   (46세) 태백신문사(太白新聞社) 편집고문으로 있으면서 '토요시단(土
          曜詩壇)'을 주재.
          이해에 전 가족이 전주로 이거.

1954년   (48세) 4월 이후 7년간 전주고등학교 교사생활. 동년 6월 『중국시집』
          (대역)을 정양사에서 간행.

1955년   (49세) 전북대학교와 영생대에서 '시론(詩論)'을 강의.

1956년   (50세) 11월 제3시집 『빙하(氷河)』를 정음사에서 간행.

1958년   (52세) 4월 『명시조감상(名時調 鑑賞)』(이병기 공저)을 박영사에서 간행.
          동년 6월 『매창시집(梅窓時執)』(대역)을 낭주매창시집간행위원회에서
          간행.
          동년 12월 전라북도문화상 수상.
          동년 「자유문학」지 시추진위원으로 피촉. 11월 21일 '전라북도문화상
          (문학부분)' 수상.

1959년   (53세) 신구문화사 간 『한국시인전집』(5권)에 김영랑, 박용철과 함께
          시작품 수록.

1960년   (54세) 2월 2일 부친 신기온 작고.

1961년   (55세) 8월 25일자 전주고교를 떠나 향후 2년간 김제고등학교에서 교
          사생활. 전주시 노송동 집 '비사벌초사(比斯伐艸舍)'에서 생활.

1964년   (58세) 4월 1일 전주상업고등학교로 옮겨 1972년 8월 30일 정년시까지
          재직.

1965년   (59세) 6월 '전주시 문화장(文化章)' 수장

1966년   (60세) 3월 이후 2년간 한국문인협회 전북지부장 역임.

1967년   (61세) 5월 이후 2년간 제6대 한국예총 전북지부장 역임.

동년 10월 회갑기념으로 제4시집 『산의 서곡(序曲)』을 가림출판사에서

간행.

1968년   (62세) 예총 전북지부장으로서 '한국문학상' 수상.

1969년   (63세) 8월 23~29일까지 광주 지역 언론인과 문인협회의 초청으로 광

주 Y살롱에서 시화전 개최.

1970년   (64세) 4월 13~18일 한국시인협회 박목월 회장의 초청으로 덕수궁 국

립공보관 화랑에서 개인시화전 개최.

11월 30일 제5시집 『대바람 소리』를 한국시인협회에서 간행.

1971년   (65세) 4월 외솔회 전북지회 초대 회장으로 추대됨.

1972년   (66세) 9월 1일 문화포장 수장. 9월 5일 전주상업고등학교 정년퇴임.

1973년   (67세) 10월 20일 제5회 대한민국 예술문학상 수상. 10월 21일 '전라북

도문화상' 심사 도중 졸도.

1974년   (68세) 7월 6일 0시 20분 영면. 전북 임실군 관촌면 신월리에 안장. 7월

에 유고수필집 『난초잎에 어둠이 내리면』(지식산업사) 발간.

1976년   7월 전주 덕진공원에 '신석정 시비' 세움.

2000년   3월 29일 부안군 행안면 서옥부락 선영 하 부인 곁으로 이장.

2000년   4월 25일 묘소 앞에 시비 세움.

2004년   9월 3일~9일 '30주기 추모문학제' 개최.

2007년   9월 14일~20일 '석정탄생 100주년 기념문학제' 개최.

2009년   4월 『신석정 전집』(국학자료원) 간행.

2011년   10월 29일 석정문학관 개관.(전라북도 부안군 부안읍 선은리)

저자 **송하선**(宋河璇)

1938년 전북 김제에서 태어나 전북대 및 고려대 교육대학원 등을 졸업했고, 중국 문화대학에서 문학박사 학위를 받았다. 1971년 『현대문학』에 작품을 발표하며 문단에 등단했다. 1980년 우석대 교수로 부임하여 도서관장, 인문사회대학장 등을 역임했고, 현재 우석대 명예교수이다.

시집으로 『다시 長江처럼』 『겨울풀』 『안개 속에서』 『강을 건너는 법』 『가시고기 아비의 사랑』 『새떼들이 가고 있네』 『그대 가슴에 풍금처럼 울릴 수 있다면』 『아픔이 아픔에게』, 저서로 『詩人과 眞實』 『韓國 現代詩 理解』 『中國 思想의 根源』(공역) 『未堂 徐廷柱 研究』 『한국 현대시 이해와 감상』 『시인과의 진정한 만남』 『한국 명시 해설』 『서정주 예술 언어』 『夕汀 詩 다시 읽기』 『시적 담론과 평설』 『송하선 문학 앨범』 『未堂 評傳』 등이 있다.

전북문화상, 전북 대상(학술상), 풍남문학상, 한국비평문학상, 백자예술상, 목정문화상, 황조근정훈장 등을 수여받았다.

신석정 평전―그 먼나라를 알으십니까

인쇄 2013년 7월 17일 | 발행 2013년 7월 25일

지은이 · 송하선
펴낸이 · 한봉숙
펴낸곳 · 푸른사상사
주간 · 맹문재 | 편집 · 지순이 | 교정 · 김소영

등록 제2-2876호
주소 서울시 중구 충무로 29(초동) 아시아미디어타워 502호
대표전화 02) 2268-8706~7 | 팩시밀리 02) 2268-8708
이메일 prun21c@hanmail.net
홈페이지 www.prun21c.com

ⓒ 송하선, 2013

ISBN 978-89-5640-078-5 93810
값 29,000원

☞ 저자와 합의하여 인지는 붙이지 않습니다.
 이 책의 전부 또는 일부 내용을 재사용하려면 사전에 저작권자와 푸른사상사의
 서면에 의한 동의를 받아야 합니다.

e-CIP 홈페이지(http://www.nl.go.kr/cip.php)에서 이용하실 수 있습니다.
 (CIP제어번호 : CIP2013011936)